Collection dirigée par Glenn Tavennec

LES AUTRICES

Kass Morgan est diplômée de l'université de Brown et d'Oxford, elle vit à Brooklyn, New York. En 2013, elle publie son premier roman et le premier tome d'une série dystopique, *Les 100.* Les quatre tomes ont été adaptés en série, tous les épisodes y compris la septième et dernière saison sont disponibles sur Netflix.

Les 100 ainsi que son autre saga *Light Years* sont parus en France dans la Collection R.

Danielle Paige est diplômée de l'université Columbia et vit actuellement à New York. En plus d'écrire des romans à destination des jeunes adultes, elle travaille comme scénariste pour la télévision et a été nommée à plusieurs Emmy Awards.

Plus d'informations sur son site : http://daniellepaigebooks.com

Retrouvez tout l'univers des Ailes d'ombre sur les réseaux sociaux de la Collection R

COLLECTION R

KASS MORGAN
DANIELLE PAIGE

Les Ailes DE FEU

traduit de l'anglais (États-Unis)
par Madeleine Nasalik

R

Loi n° 49 956 du 16 juillet 1949 sur les publications
destinées à la jeunesse et aux jeunes adultes

Titre original : *The Monarchs*

Produced by Alloy Entertainment, LLC
Published by arrangement with Rights People, London
(édition originale : ISBN 978-0358098225,
first published by Clarion Books
an imprint of the Houghton Mifflin Harcourt Books
for Young Readers division, Boston)

ISBN 978-2-221-24247-6
ISSN 2258 29232
Dépôt légal : juillet 2022
Éditions Robert Laffont – 92, avenue de France 75013 Paris

À notre clan éditorial :
Lanie, Laura, Ellen et Emilia.
Vos mots sont pure magie.

Kass

À ma sœur, Andrea.
Petite, je te suivais partout, comme le soleil.
Je t'aime, frangine. Encore maintenant
je te suivrais jusqu'au bout du monde.
Et pour Fi et Sienna, mon petit clan de sorcières.

Danielle

Prologue

Dans un clignement de paupières, des yeux éteints depuis une éternité s'entrouvrent.

Les ténèbres de la crypte ont été violées. Un rai de lumière s'infiltre par un trou à peine plus large qu'une tête d'épingle.

Après être restés vides des siècles durant, ses poumons se remplissent d'air, ce qui déclenche une exquise douleur.

Il respire, enfin.

Un cri strident jaillit de sa gorge affamée, contenu par les murs de la tombe. Des ongles, il racle les parois du cercueil jusqu'au moment où la pierre déchire ses chairs, met ses os à nu.

Alors la panique monte et un souvenir commence à prendre forme. Un fort mauvais souvenir. Il se rappelle qui l'a enfermé dans cette prison maudite. Les sorcières, bien sûr.

Les sorcières.

Où sont-elles ?

Il ne lui faut qu'un instant… Le voilà. Le délicieux parfum de la magie.

Les sorcières.

Ce sont elles, les responsables. Et elles sont toujours ici. *Je sens leur présence.*

Une sorcière. Deux. Trois.

Elles ont apporté le vent avec elles. Les rafales balaient le ciel dans un hurlement lugubre, presque humain. Elles déchiquettent les branches de l'arbre, en fouettent les rameaux, les projettent au sol comme des poignées de confettis. Ce tourbillon ne laisse que désolation sur son passage.

Oui, elles ont apporté le vent. Des trombes d'eau, un orage impétueux, le tonnerre et les éclairs qui se déchaînent.

Au cœur de ce chaos, trois jeunes femmes. Trois sorcières. Une Coupe, une Denier et, la plus dangereuse, la plus maléfique de toutes, une Épée, déterminée à défier les lois naturelles.

Un arbre tombe. Des éclats de verre jonchent le sol. L'une après l'autre les sorcières s'effondrent – et la maléfique ne se relève pas.

Elles ont fait trembler la terre. Un grondement résonne dans l'air… puis tout s'arrête. Le vent se calme. La pluie cesse aussi vite qu'elle est arrivée. Les nuages se dispersent dans un ciel sans lune.

Les sorcières sont trop occupées à pleurer pour voir autre chose que leur peine.

Personne ne remarque qu'une fracture s'opère dans l'univers, qu'un gouffre s'est ouvert.

Et personne non plus ne voit la main pâle, maculée de terre, qui jaillit des profondeurs et rampe à la surface.

— Je suis libre. Et je vais leur faire payer cher, chuchote une voix dans les ténèbres.

Nul ne l'entend. Il est encore trop tôt pour le savoir, mais la vengeance est en marche.

Une sorcière, deux, trois… zéro.

1

Scarlett

— En gros, ce que tu suggères, c'est de changer l'identité même de Kappa, contra Eugenie en passant à Marjorie le plat de purée aux truffes.

J'ai tellement hâte que les vacances d'hiver se terminent, se lamenta Scarlett Winter en son for intérieur. Prise au piège dans sa propre maison, elle était coincée entre sa mère et sa sœur, deux anciennes de Kappa, et elle endurait son dernier dîner en famille avant de réintégrer la fac de Westerly.

Au bord de la crise de nerfs, elle prit une profonde inspiration, jeta un coup d'œil à Eugenie et regretta, pour la millième fois de la journée, de ne pas être aux côtés de ses sœurs. Ses vraies sœurs : les Ailes d'Ombre. Trois semaines s'étaient écoulées depuis qu'elles s'étaient toutes dit au revoir, au terme du semestre le plus éprouvant que Scarlett ait vécu. Et même si elles s'envoyaient constamment des textos, ça n'avait rien à voir. Il fallait reconnaître que Marjorie et Eugenie s'étaient un peu – un peu seulement – calmées sur les quantités de venin qu'elles avaient l'habitude de déverser mais… avec la proposition qu'elle venait de leur faire, elles n'allaient plus jouer aux gentilles très longtemps.

— Je suis certaine que ce n'est pas ce que suggère ta sœur. Je me trompe, ma puce ? demanda Marjorie, de la bienveillance dans la voix.

— Eh bien, non… et oui, répondit Scarlett, toujours en prenant des pincettes.

À cet instant, son téléphone vibra. Elle l'avait caché sous sa cuisse pour s'épargner les foudres de sa mère, qui n'en ratait jamais une pour se plaindre de la calamité du portable à table, mais elle n'avait pas résisté à l'envie de le consulter en catimini. C'était la faute de Jackson, aussi. Jackson, qu'elle avait la très mauvaise idée d'encourager. Avec qui elle était restée en contact par SMS. Jackson, à qui elle avait jeté un sort d'amnésie.

— Tu vois ? Je te l'avais dit, déclara Eugenie avec un air suffisant. Elle essaie de détruire Kappa de l'intérieur.

Scarlett en profita pour consulter furtivement son téléphone.

Ouf, tu n'es pas morte. Comme tu m'as laissé sans nouvelles une journée entière, je commençais à m'inquiéter…

Sentant qu'un sourire allait la trahir, Scarlett se mordit la lèvre.

— Qu'as-tu à répondre ? lui lança Marjorie.

Elle rangea les complications de sa vie sentimentale dans un recoin de son esprit et se donna une contenance, les mains jointes sur la table. Il fallait absolument qu'elle obtienne l'accord de sa mère ce soir. Elle *devait* convaincre la présidente du Cénacle des anciennes membres de Kappa, les Ailes de Feu ; c'était à cette facette de sa mère qu'elle s'adressait, pour que toutes les autres sorcières se rangent ensuite à son avis. Rallier la bonne personne à ses arguments, telle était la clef de la réussite.

— J'avoue, oui, je veux changer les choses, pour que les événements qui se sont produits au semestre dernier ne se reproduisent plus.

— Et tu penses sincèrement que demander à chaque Kappa de mettre par écrit tous ses secrets est un pas dans la bonne direction ? Cela nous fait courir le plus grand des risques : celui d'être percées à jour.

— J'ai réfléchi à ça. J'ai réfléchi à tout. Je suis une Winter, oui ou non ?

Là-dessus, Scarlett se tint un peu plus droite. Elle n'exagérait pas, elle avait vraiment retourné la question dans tous les sens. Elle s'était creusé la cervelle durant trois longues semaines.

Marjorie poussa un soupir.

— Ce qui s'est passé au dernier semestre est une anomalie. Mais il faut savoir tourner la page. Laisser le passé derrière nous.

C'était précisément ce que redoutait Scarlett : celles qui avaient assisté de loin à cette tragédie ne comprenaient pas le traumatisme vécu par celles qui étaient aux premières loges. L'effroi d'apprendre que sa meilleure amie avait rejoint les forces obscures et assassiné trois de ses sœurs dans le simple but de devenir plus puissante.

— Justement, le voilà, le problème. Le passé n'est pas resté derrière nous. Il est revenu nous hanter, sans que nous l'ayons anticipé. Sans nous laisser le temps de nous préparer. Parce que nous ignorons tout de notre propre histoire.

Si seulement les Ailes d'Ombre avaient connu l'existence du talisman d'Hénôsis, peut-être auraient-elles pu retenir la main de Tiffany avant qu'elle ne fasse couler le sang. Peut-être auraient-elles pu sauver Dahlia, l'ancienne présidente de Kappa.

Marjorie s'autorisa quelques secondes de réflexion.

— Parle-moi de ce *sondage* que tu souhaites mettre en place, suggéra-t-elle les lèvres pincées.

Elle appuya sur le mot « sondage » d'une façon si subtile que la majorité des gens n'auraient rien relevé d'inhabituel. Scarlett connaissant sa mère par cœur, la nuance ne lui échappa pas.

Eugenie s'invita dans la discussion.

— Vas-y, petite sœur, explique-nous pourquoi tu penses que cela vaut la peine de violer la vie privée des anciennes Kappa.

— C'est parce que nous avons fermé les yeux sur les squelettes dans notre propre placard qu'ils sont revenus nous hanter, et je veux que ce soit la dernière fois.

— Nous sommes toutes d'accord sur ce point, murmura Marjorie.

Scarlett sentit son moral remonter d'un cran. Elle redressa les épaules et poursuivit :

— Je veux demander à chaque Kappa de rédiger un compte rendu de la période où elle a intégré notre sororité. Pas besoin de s'étaler sur des détails intimes ni de laver son linge sale ; ça ne m'intéresse pas de savoir qui est sorti avec qui. Je veux simplement des renseignements sur les sorts qu'elles ont pratiqués au sein du clan, en particulier les sorts collectifs ; des informations sur l'histoire de Kappa ou de Westerly en général...

La main levée, Marjorie lui coupa la parole.

— Je suis navrée, ma chérie, mais le respect du secret a toujours été une priorité pour Kappa Rho Nu.

— Tu veux vraiment demander à certaines des femmes les plus puissantes du pays de te laisser la preuve écrite qu'elles sont des sorcières ? ricana Eugenie.

— Non, bien évidemment, rétorqua Scarlett avec tout le dédain dont elle était capable.

Elle n'avait rien laissé au hasard. Elle plongea la main dans le sac Hermès vintage dont sa mère lui avait fait cadeau pendant les vacances. Depuis toute petite elle était en admiration devant cet objet que Marjorie s'était offert des dizaines d'années plus tôt à Paris. Un enchantement le rendait aussi léger qu'une plume portée à l'épaule.

Encore plus jouissif que le cadeau : l'expression affichée par Eugenie lorsque Scarlett l'avait déballé.

Cet Hermès, c'était le gage du respect que lui témoignait Marjorie à présent. De la confiance qu'elle lui accordait. Après tout ce qui s'était passé – *après avoir vu de ses propres yeux le monstre qu'était devenue Tiffany* –, sa mère allait céder à ses arguments, forcément.

Scarlett en sortit un livre relié en cuir qui présentait sur sa couverture deux figures en relief issues du tarot : la Lune et le Magicien. Elle se mit à feuilleter l'ouvrage tout en murmurant : « J'en appelle à la Lune et au Magicien. Révélez à quelle source s'abreuvent les ambitions des miens. »

Eugenie s'adossa à sa chaise et croisa les bras, goguenarde.

Marjorie, quant à elle, se pencha, sa curiosité titillée. Sur les pages vierges apparurent des lettres à l'encre noire, si bien tracées et si lisibles qu'elles semblaient avoir été tapées à la machine à écrire.

— Intéressant, lâcha-t-elle. Donc, cette formule protège l'anonymat des personnes qui apportent leur contribution au registre ?

Scarlett confirma d'un signe de tête.

— Et si le livre détecte l'intrusion d'une personne extérieure à Kappa, les caractères s'effacent aussitôt, compléta-t-elle.

Elle parcourut les pages et ferma vivement les yeux lorsque son regard tomba par hasard sur la contribution de Mei.

— J'ai déjà recueilli les souvenirs des Kappa actuelles, afin de montrer comment ça fonctionne. Mon projet, c'est de demander aux Ailes de Feu lors du gala des anciennes membres de se joindre à nous pour pratiquer un rituel collectif et d'y ajouter toutes les informations qui leur semblent pertinentes.

— Mmmh. Impressionnant, conclut Marjorie, tapotant de son ongle la table en bois massif lorsque Scarlett referma le livre.

Elle resta sans parler un bon moment, puis elle asséna :

— Fort bien. Il va falloir en débattre à la prochaine réunion. Nous allons le soumettre au vote, j'imagine.

Eugenie manifesta son approbation. Scarlett cligna des paupières, stupéfaite de recevoir le soutien de son aînée.

— Oh… d'accord. Eh bien… merci.

Alors le visage d'Eugenie se fendit d'un large sourire.

— Voir les nouvelles propositions atterrir à la poubelle, c'est un de mes petits plaisirs. C'est particulièrement savoureux de revenir dessus pendant le cocktail qui suit la réunion.

Pourquoi je ne suis pas étonnée ? Jamais Eugenie ne s'abaisserait à la soutenir, peu importent ses succès, peu importent ses progrès. Après tout, elle avait choisi ce soir précis pour venir dîner chez leurs parents. La seule soirée où Scarlett avait espéré avoir Marjorie pour elle toute seule, pour lui parler de Kappa. Eugenie avait prétendu qu'elle voulait passer plus de temps avec sa cadette mais Scarlett n'était pas dupe. Eugenie était verte de jalousie. Et inquiète à l'idée que sa petite sœur la supplante au rang de présidente la plus éminente de la famille.

Eh bien, tant mieux, se dit Scarlett, soudain renfrognée. Effacer sa sœur des tablettes, c'était précisément ce qu'elle comptait faire.

— Par ailleurs, ajouta Eugenie en faisant tinter la clochette qui servait à appeler les employés de maison, d'après mes informations, tu n'auras pas besoin de fouiller dans le passé de Westerly pour vous trouver un ennemi mortel. Il est déjà là, sous votre nez.

— Qu'est-ce que tu sous-entends par là ?

Elle lui adressa un sourire suffisant.

— D'après la rumeur, les Theta sont sur les rangs pour décrocher l'organisation de la Fiesta du Printemps cette année. Elles vont candidater lors du prochain Conseil panhellénique.

Scarlett ne put réprimer un éclat de rire.

— Quoi, c'est tout ?

Elle s'attendait à mille fois pire. Que Theta Omega Xi, la deuxième sororité la plus influente du campus – la première place du podium étant occupée, bien entendu, par les Kappa – les affronte une nouvelle fois dans l'espoir fou de mettre sur pied la fête la plus attendue de l'année, ce n'était pas vraiment un scoop. La rivalité entre les deux sororités remontait à la fondation de Westerly.

— C'est chaque année la même comédie, répliqua Scarlett, Maria supplie le doyen de lui confier les clefs de la Fiesta. Une présidente qui a les dents qui rayent le parquet, ce n'est pas ce que j'appelle une menace. Encore moins après ce que j'ai vécu cet été.

Plus que toutes les autres associations étudiantes basées à Westerly, Theta s'enorgueillissait d'adhérer à des règles sorties tout droit du siècle dernier, de respecter un code vestimentaire et une charte de conduite extrêmement stricts. Récemment, des passages entiers de leur règlement avaient fuité sur Internet et fait le tour de la Toile. Un schéma qui expliquait comment assortir différentes teintes de blanc avait fait hurler de rire plus d'un internaute, mais il y avait aussi le chapitre qui détaillait les « tenues adaptées à chaque morphologie ». Cette publicité, les Theta s'en seraient bien passées. On avait cherché à identifier la taupe et les soupçons s'étaient portés sur une Theta exaspérée par ces lois grotesques, mais ce n'était pas allé plus loin.

— Sous-estimer son ennemi, c'est l'échec assuré, pontifia Eugenie à l'instant où l'employée de maison faisait son entrée. Oh, ma très chère Beth, nous sommes prêtes pour le dessert.

Scarlett lança un sourire glacial à sa sœur tandis que la nouvelle domestique revenait, poussant un chariot sur lequel étaient présentés des biscuits accompagnés d'une épaisse crème. Une fois chacune servie, Scarlett avala une bouchée et, instantanément, fut projetée dans le passé. Ce biscuit, il avait le goût de l'enfance, de l'amour, de l'innocence et des bras dans lesquels on se blottit.

Il avait le goût de Minnie.

Minnie, sa bien-aimée nourrice, qui avait quitté ce monde presque un an plus tôt. Scarlett se tourna vers Marjorie.

— Maman, comment as-tu… ?

— C'est Beth qu'il faut remercier. Une sorcière de Coupe, donc pleine d'empathie. Nous avons pensé que ce dessert te ferait plaisir, expliqua sa mère avec un sourire indulgent.

Scarlett comprit ce qu'elle tramait. Marjorie Winter pensait qu'à un problème, il n'existait que deux solutions : l'argent, ou la magie. Après l'épreuve que sa fille avait traversée, l'avocate n'avait pas lésiné sur les moyens.

Scarlett repoussa son assiette. Sa mère essayait de se montrer attentionnée, mais elle ne la connaissait pas aussi bien que Minnie la connaissait. Minnie aurait su que rien ne pouvait remplacer ses petits plats, comme personne ne pouvait la remplacer, elle. Scarlett sentit monter en elle l'envie irrépressible d'être seule.

— Vous m'excuserez, mais j'ai des cours à réviser.

Elle attendit que Marjorie la congédie d'un hochement de tête, puis elle gagna sa chambre.

Une fois la porte refermée derrière elle, elle fondit en larmes. Quelques secondes plus tard, des gouttes de pluie frappèrent le carreau et le tonnerre gronda dans le lointain, appelés par sa magie, par ses larmes. Avant que Scarlett ne comprenne le lien particulier qui l'unissait à l'eau, elle avait peur de l'orage. Quand le fracas du tonnerre retentissait, elle se glissait dans la chambre de Minnie et se pelotonnait contre elle, toute tremblante.

— N'aie crainte, petiote. L'eau fait partie de toi. C'est ta magie, chuchotait Minnie, un bras enroulé autour de ses épaules. Tu ne trouves pas ça drôle, toi, qu'un phénomène aussi destructeur puisse être aussi beau ?

Aux côtés de Minnie, tout était une leçon empreinte de bienveillance et d'amour – et pour cela, Scarlett lui serait éternellement reconnaissante. Grâce à ses mots, elle était restée en vie. Elle n'avait couru aucun danger.

Scarlett pensa à Tiffany, sa meilleure amie, qui avait succombé à son désir de toute-puissance. Elle était allée jusqu'à sacrifier des vies et avait sur la conscience la mort de ses propres sœurs. Belle et destructrice, elle aussi, comme l'orage.

— N'aie pas peur, mais reste sur tes gardes, répétait Minnie. Tu es l'orage. Sauf que tu n'es pas la seule, loin de là.

Les années passant, les conseils de Minnie avaient porté leurs fruits. Scarlett avait développé ses pouvoirs et convoqué un orage la nuit où Tiffany avait tenté de les tuer, elle et Vivi. Minnie avait raison : elle était l'orage. Mais Tiffany aussi l'avait été, à sa façon.

Cette pensée fut accompagnée par un sursaut de culpabilité. Seules les Kappa, ses sœurs, la comprenaient. Elles savaient toute l'histoire, du début à la fin. Et elles éprouvaient le même chagrin. Lorsqu'elles seraient réunies sous le même toit, Scarlett allait pouvoir reprendre le dessus. Retrouver ses racines, se recentrer. Elle se sentirait chez elle, enfin. Une raison de plus pour retourner à Westerly au plus tôt.

Scarlett chercha son tarot au fond de son sac. Pas les cartes flambant neuves que sa mère lui avait offertes à son entrée à la fac, non ; le vieux jeu presque en charpie qu'elle conservait en souvenir de Minnie. Des cartes déchiquetées, marquées de pliures et de taches. Mais ce tarot-là connaissait Scarlett. Il la comprenait. Son cœur n'avait aucun secret pour lui.

Et il lui donnait toujours des réponses sincères. Même quand elles n'étaient pas agréables à entendre.

Un lointain coup de tonnerre fit vibrer les vitres. Scarlett prit le tarot à deux mains et se concentra sur le semestre qui s'annonçait, sur ses fonctions à la présidence de Kappa. Sur l'occasion qui lui était offerte de reconstruire le clan aux côtés de ses sœurs. Un nouveau départ après la tragédie.

Le printemps, c'était la promesse d'une vie nouvelle. Une renaissance, l'aube qui point à l'horizon. Les Kappa en avaient désespérément besoin.

— Montrez-moi ce que le semestre à venir nous réserve, chuchota-t-elle à l'adresse des cartes.

Et à l'adresse de Minnie, si elle était proche, quelque part, à l'écouter.

Scarlett étala les cartes en éventail sur le lit, puis elle les interrogea du bout des doigts. Sa peau fut parcourue de fourmillements à l'instant où elle en toucha une. Elle la mit de côté et fit un second passage. La carte suivante se détacha de son plein gré avant même qu'elle ne l'atteigne. Aussitôt suivie d'une troisième. Scarlett les disposa côte à côte devant elle, à l'envers, puis elle prit une profonde inspiration.

La première carte représentait le passé récent de Kappa. Elle la retourna.

La Tour. Le danger, la destruction, un bouleversement terrible et soudain. *Eh bien, ça s'appelle mettre dans le mille.*

La deuxième carte était censée symboliser le présent, le sien et celui de ses sœurs. Retenant son souffle, elle la consulta.

Le Trois d'Épée. L'image représentait un cœur sanguinolent, transpercé de trois épées. Le chagrin, la douleur, le deuil. De son vivant, Tiffany était une Épée et Scarlett remarqua aussitôt la coïncidence. Chacune des trois armes lui rappela une personne qu'elle avait perdue durant les derniers mois : Tiffany, Dahlia et Gwen, une ancienne Kappa.

Scarlett sentit sa gorge se nouer lorsqu'elle approcha la main de la dernière carte. L'avenir. Cette carte lui indiquerait à quoi les Kappa devaient se préparer. *Par pitié, donne-nous une bonne nouvelle.* Cela leur mettrait du baume au cœur.

Elle retourna la carte et immédiatement, l'abattement la gagna.

Le Dix d'Épée. Incarné par un homme gisant face contre terre, dix poignards fichés dans le dos.

Trahison. Ennemis. Malédictions et attaques.

Un éclair illumina la chambre, d'une blancheur si aveuglante qu'il s'imprima sur la rétine de Scarlett. La colère l'envahit. Elle fit voler les cartes, se dirigea à grandes enjambées vers la fenêtre, se posta devant celle-ci et se perdit dans la contemplation de l'orage. Un orage presque aussi violent que celui qui s'était déchaîné la nuit où sa meilleure amie avait trouvé la mort, il y avait un mois à peine.

Un mois qui lui avait paru une éternité.

— Je me fous de ce que disent les cartes, murmura-t-elle en s'adressant à son reflet. *Moi,* je vais m'arranger pour que ce semestre soit une réussite. Et ça me coûtera ce que ça me coûtera.

Seul le tonnerre lui répondit.

2

Vivi

— Regarde, il y a une place pile devant. C'est bon signe, pupuce, tu ne trouves pas ?

Assise derrière le volant, Vivi lança à sa mère un regard soupçonneux. D'ordinaire, Daphné Devereaux voyait des signes partout – la promesse d'un grand malheur dans les lames du tarot, des présages sinistres dans les feuilles de thé, l'annonce de l'apocalypse dans le croassement des corbeaux – mais des *bons signes* ? C'était du jamais-vu. Elle ne parlait pas non plus de cette voix faussement enjouée, en détachant chaque syllabe, qui sert habituellement à calmer un bambin qui fait un caprice ou à désarmer un tueur psychopathe.

Vivi se rendait bien compte que sa mère tentait d'apaiser l'angoisse qu'elle éprouvait à la perspective de retrouver Westerly et, plus précisément, Kappa House, l'élégant manoir situé à moins d'un kilomètre de l'endroit perdu dans les bois où Vivi avait failli être tuée quelques semaines plus tôt.

Elle avait frôlé la mort et cela l'avait forcée à admettre que la magie pouvait constituer une arme dangereuse, même si elle savait à présent qu'elle était capable d'affronter une menace, n'importe laquelle, tant que ses sœurs combattaient à ses côtés. Après tout, Kappa était l'un des clans magiques les plus puissants du pays.

— Ça passe, tu es sûre ? demanda Vivi.

— Tu ne pourras pas éviter les créneaux toute ta vie, soupira Daphné. On aurait dû s'entraîner pendant les vacances.

— Je n'évite rien du tout. Ça va aller. Je vais m'en sortir.

Vivi prit une profonde inspiration et redressa le volant. Elle avait commencé sa manœuvre lorsqu'elle aperçut trois membres de PiKa sur le trottoir. Il était à peine onze heures et pourtant, ils avaient tous les trois à la main un gobelet rouge, signe qu'ils étaient de retour d'une soirée. Vivi leva les yeux au ciel. *Ces caricatures d'étudiants.*

— Et c'est parti pour le grand défi du créneau de la mort ! s'exclama l'un des gaillards en levant haut son gobelet.

— La victoire est à portée de main, mais les Américains arriveront-ils à renverser la vapeur *in extremis* ? déclara son ami d'une voix de stentor – parfaite imitation d'un commentateur sportif.

— Fais comme s'ils n'étaient pas là, louloute, dit Daphné en réprimant un sourire.

En temps normal, elle se méfiait de la gent masculine comme de la peste mais, inexplicablement, elle avait un faible pour les frimeurs en polo, et cela plongeait Vivi dans une certaine perplexité.

Les joues en feu, elle se cramponna au volant et chuchota :

— J'en appelle à la Papesse et au Valet d'Épée. Prêtez-moi le savoir-faire acquis par la volonté.

À peine la dernière syllabe avait-elle franchi ses lèvres qu'une chaleur réconfortante envahit ses membres, la sensation qu'on venait de l'emmitoufler dans une couverture électrique. Les muscles de ses épaules se décrispèrent et, presque sans y penser, elle effectua son créneau d'un mouvement fluide, guidée par des réflexes qu'elle ne possédait pas quelques secondes plus tôt.

Elle lança au trio un regard triomphant. Celui qui avait brandi son verre la félicita, le pouce levé. Les deux autres, qui ne s'intéressaient plus du tout à elle, avaient repris leur route.

Daphné secoua la tête.

— Tu vas prendre de mauvaises habitudes à force de faire appel à la magie à la moindre occasion.

— Ce n'est pas toi qui voulais que je m'entraîne ?

— Je pensais davantage à l'autodéfense magique, mon cœur. Pas pour se garer les doigts dans le nez, précisa Daphné en observant par-dessus son épaule les trois étudiants qui s'éloignaient. Et surtout pas devant des inconnus.

Vivi s'étrangla de rire.

— Même si leur entonnoir à bière prenait vie et se mettait à chanter de la country, ces blaireaux seraient incapables de reconnaître l'influence de la sorcellerie. Et même là, ils mettraient ça sur le compte d'une herbe de mauvaise qualité.

— À ta place je ne les mettrais pas tous dans le même sac. Du temps où j'étais à la fac, j'en ai connu quelques-uns qui sortaient du lot.

Une lueur de nostalgie traversa le regard de Daphné, une expression qui lui venait rarement et qui ne pouvait signifier qu'une chose : elle pensait à un fantôme, à la seule personne qui n'apparaissait jamais dans la conversation.

— Est-ce que mon père était membre d'une fraternité ? demanda Vivi avec, dans la voix, une désinvolture étudiée – elle avait peur que Daphné ne se referme comme une huître ou qu'elle ne change de sujet, sa stratégie à chaque fois que Vivi revenait à la charge.

— Bien sûr. Vince était *quarterback*. Il a rejoint sa fraternité via l'équipe de football américain.

Vivi se pétrifia. *Vince.* Jusqu'ici sa mère avait refusé de lui dire comment s'appelait son père, pour ne pas lui donner l'idée de « le chercher sur Google » ni de remonter sa piste. C'était la première fois qu'elle divulguait une information aussi capitale et cela donna à Vivi l'audace de demander :

— Alors il est allé à Westerly en même temps que toi ?

Daphné fit la sourde oreille. Elle attrapa son sac et déboucla sa ceinture de sécurité.

Même s'il s'était écoulé près d'un mois depuis Noël, les façades du quartier avaient gardé leurs décorations – toutes, à l'exception de Kappa, qui avait joué la carte de la sobriété pour rendre hommage à Dahlia. Partout où elle avait vécu, Vivi avait trouvé ce spectacle de déco de Noël en plein janvier profondément déprimant ; il traduisait une lassitude cafardeuse, raccord avec la mine maussade des passants. À Savannah, ce n'était pas du tout la même ambiance. Les demeures élégantes, patinées par les intempéries, où les guirlandes électriques se confondaient avec le lierre, lui évoquaient de jeunes mondaines qui se seraient endormies sans retirer leurs rangs de perles au retour du bal.

— Tu veux que je t'aide à monter tes affaires dans ta chambre ? demanda Daphné.

— Ça va, je vais me débrouiller.

Vivi récita à mi-voix une autre formule qu'elle avait répétée consciencieusement. Son paquetage, dont les coutures menaçaient de craquer, s'allégea comme par miracle et les valises posées sur les marches du perron s'élevèrent à quelques centimètres du sol.

Sans réfléchir, Vivi jeta un coup d'œil par-dessus son épaule, en direction de la forêt qui s'étendait derrière Kappa House, et elle fut parcourue d'un frisson. La lueur meurtrière dans le regard de Tiffany, le clair de lune reflété sur le poignard qu'elle brandissait… l'image lui revint, d'une absolue netteté.

Une fraction de seconde, Vivi se retrouva transportée dans cette clairière. Elle entendit le tonnerre mugir et des branches se briser sous le déchaînement de l'orage. Le parfum de la terre imprégnée de pluie qui se mêlait à l'odeur de son propre sang…

Sous ses pieds le sol se mit à trembler et cela la ramena à l'instant présent.

— Mais qu'est-ce que…

Elle tourna vivement la tête, cherchant à comprendre ce qui avait provoqué cette secousse. Un poids lourd qui remontait la rue ? Des cantonniers armés d'un marteau-piqueur ? Non, rien – rien d'autre que le calme et le silence.

Daphné, qui manifestement n'avait rien senti, prit Vivi dans ses bras et l'écrasa contre elle.

— Fais bien attention à toi, ma puce.

— Oui, promis.

— Je t'aime, ajouta-t-elle avant de lâcher sa fille.

— Moi aussi, je t'aime.

Vivi adressa un sourire et un signe de la main à sa mère. Comme les choses avaient changé en l'espace de quelques mois ! Vivi avait débarqué à Westerly avec l'espoir de démarrer une nouvelle vie, loin de Daphné et de ses prophéties alarmistes. Pourtant, elle sentit son cœur se morceler lorsqu'elle vit sa mère s'installer au volant et s'éloigner.

Elle pivota sur ses talons et sa tristesse s'évapora à l'instant où elle découvrit Etta postée sur le seuil, le visage fendu d'un large sourire. Elle alla la serrer dans ses bras.

— Tu es de retour !

Comme à son habitude, Etta embaumait la lavande et la menthe, car elle passait le plus gros de ses journées à bichonner le carré d'herbes aromatiques et les plantes exotiques dans la serre.

— Entre donc. Tu as besoin d'aide ?

Du bras, elle montra les bagages de Vivi.

— T'inquiète.

Là-dessus, son amie claqua des doigts et fut aussitôt rejointe par les valises en lévitation.

— La vache ! siffla Etta, impressionnée. Je vois que tu n'as pas chômé pendant les vacances.

Vivi la suivit dans le vestibule. La vue du papier peint imprimé de roses thé et de la table galbée en acajou, dominée par le portemanteau en laiton, lui arracha un sourire. Grâce à un sort d'embellissement, le rez-de-chaussée s'adaptait aux saisons, à l'heure de la journée ou à l'humeur des locataires, et cette ambiance-là, c'était celle qu'elle préférait entre toutes.

— La maison était encore en mode minimalisme moderne il y a dix minutes, affirma Etta. Elle a dû sentir ton arrivée.

À cet instant, Mei dévala l'escalier. Aujourd'hui, ses cheveux, teints en rose pétant, lui arrivaient à la taille.

— Ah, la voilà ! Alors, tu as essayé ces charmes que je t'ai envoyés ?

Mei et Vivi étaient des Deniers, les seules du clan, et l'aînée s'était donné pour mission d'inonder la boîte mail de Vivi de messages inventoriant des sortilèges liés à leur élément commun, la terre.

— Oui, merci ! Le dernier était génial, répondit Vivi.

Mei lui avait envoyé, notamment, une formule qui permettait à la sorcière qui la récitait de faire jaillir des cailloux du sol et de les agglomérer pour former un bouclier. Vivi avait travaillé et retravaillé ce sort dans le jardin de sa mère et, pour la première fois depuis qu'elle était sortie de la forêt, elle s'était sentie en paix, et en sécurité. La Vivi naïve, celle qui accordait sa confiance au premier venu, c'était de l'histoire ancienne.

Dans une pièce résonna un cri étouffé et, une seconde plus tard, quelqu'un se jeta sur elle. Ariana lui entoura la taille de ses bras et la serra tellement fort qu'elle faillit l'étouffer.

— Mais où tu as traîné comme ça ? ! Tu es venue à pied depuis Jekyll Island ? Ou tu as fait un crochet par chez Mason ?

— C'est ça, tu as deviné, plaisanta Vivi. J'ai décidé de présenter ma mère à mon mec.

C'était la première fois qu'elle employait l'expression « mon mec » en parlant de Mason. À vrai dire, c'était la première fois tout court qu'elle employait l'expression « mon mec ».

Sur ces entrefaites, Reagan apparut au fond du couloir.

— C'est bien ce qu'il me semblait, c'est la voix de la meuf la plus badass du clan, lança-t-elle.

Sonali, qui l'accompagnait, piqua un sprint, serra Vivi fort dans ses bras, puis recula d'un pas pour l'examiner de la tête aux pieds. Elle avait passé ses vacances au Pérou, où elle avait travaillé bénévolement à l'hôpital d'une petite ville perdue dans les montagnes. Comme ça captait très mal, ça l'avait rendue folle de ne pas pouvoir appeler Vivi en FaceTime pour prendre de ses nouvelles.

— Alors, tu tiens le coup ? lui demanda-t-elle.

— Respire un bon coup, docteur Mani, tu vois bien qu'elle pète la forme, déclara Reagan en ébouriffant les cheveux de Vivi. Elle pète le feu, même. C'est pour moi que tu devrais te faire du souci. La nouvelle lubie de ma mère, c'est de me caser avec le rejeton d'un sénateur et quand on était à Washington, elle m'a traînée à huit cocktails de Noël différents. Si un autre Chad ou un autre Luke me bassine avec ses exploits en crosse à la fac de Dartmouth ou en aviron à Princeton, je me jette un sort pour que mes oreilles se détachent de mon crâne.

— Ça devrait régler le problème une bonne fois pour toutes, répondit Ariana. Aucun joueur de crosse qui se respecte ne voudra sortir avec une fille qui n'a pas d'oreilles.

Elle noua son bras à celui de Vivi.

— Suis-moi… il y a du thé glacé qui t'attend dans le jardin. Je veux que tu me racontes où ça en est avec Mason, et sans omettre le moindre détail.

— Il n'y a pas grand-chose à raconter, tu sais. Je monte mes affaires et j'arrive.

Tout sourire, Vivi se dirigea vers l'escalier, suivie de ses valises. Elle n'avait pas pu voir Mason au cours des congés d'hiver mais pas un jour ne s'était passé sans qu'ils se parlent au téléphone. Elle éprouvait un étrange plaisir à se dire que le jeune étudiant qui lui avait tapé dans l'œil – l'ex de Scarlett, qui plus est – était devenu la personne qu'elle contactait en priorité lorsque l'angoisse la saisissait au moment de choisir ses TD ou lorsqu'elle voulait partager une vidéo avec un chien qui faisait un truc de chien. Pourtant elle était condamnée à lui dissimuler tout un pan de sa vie et elle craignait qu'à terme, cela ne menace leur couple. Vivi ne pouvait dire à Mason, sous aucun prétexte, que la magie n'existait pas que dans les livres et que la façade de Kappa Rho Nu cachait un clan de puissantes sorcières.

Elle gagna le premier étage et s'autorisa à admirer, quelques instants les murs d'un bleu profond ornés de miroirs ouvragés, de chandeliers et de tableaux représentant des enchanteresses illustres et les hauts lieux de la magie situés aux quatre coins du monde. Vivi adorait ce côté fastueux, presque théâtral, mais la partie de la demeure qu'elle aimait par-dessus le reste, c'était le second étage baigné de soleil, avec ses poutres apparentes et ses murs blanchis à la chaux, qui accueillait les nouvelles recrues. Ariana, Bailey et elle y avaient chacune leur chambre. Elle s'apprêtait à reprendre l'escalier quand une voix attira son attention.

— Ce n'était pas là tout à l'heure, j'en suis sûre, disait Bailey sur un ton où perçait l'inquiétude. Tu crois qu'un oiseau est rentré dedans ?

Elle se tenait aux côtés de Scarlett devant l'un des bow-windows qui donnaient sur le jardin. Le renfoncement était occupé par une petite banquette sur laquelle Vivi avait passé des heures, avec un bon livre et une tasse de thé qui restait à la température idéale jusqu'à la dernière goutte grâce à un sort judicieusement choisi.

— Tout va bien ? lança Vivi à la cantonade.

— Vivi ! Tu es de retour !

Bailey serra brièvement la nouvelle arrivée dans ses bras avant de reporter son attention sur la fenêtre. Elle triturait machinalement la couture de son pull, un automatisme qui trahissait sa nervosité.

— Eh oui, je suis de retour, fit Vivi. Salut, Scarlett.

À la grande surprise de Vivi, son Aînée se contenta de lui adresser un sourire furtif avant de reprendre son inspection du bow-window, dont un carreau était brisé. La fêlure dessinait une toile d'araignée.

— Je suis sûre que ce n'est rien, affirma-t-elle en passant un doigt dessus. Dans les vieilles maisons, il arrive que les fondations bougent.

La présidente de Kappa Rho Nu était comme à son habitude impeccable, avec sa robe en tweed qui épousait ses formes, et son collier de perles. Une tenue en accord avec ses nouvelles fonctions.

La maison craquait et grinçait de partout, c'était indéniable, surtout par temps d'orage, mais était-il possible que le bois travaille au point de fragiliser les carreaux des fenêtres ? Vivi était loin d'être convaincue par cette version.

— J'ai l'impression d'avoir senti quelque chose d'anormal dehors il y a quelques minutes, une sorte de vibration.

Vivi crut voir un éclair de terreur traverser le visage de son Aînée, rapidement remplacé par un sourire. Scarlett s'empressa de conclure :

— Mais bon, ça devait être un camion de déménagement qui passait dans le voisinage. Tu vas réussir à réparer ce carreau toute seule ou tu as besoin d'aide ?

— Je gère, répondit Bailey, sûre de ses moyens.

— Génial. On se retrouve en bas dans cinq minutes. Réunion générale.

— Bien sûr, fit Vivi.

Pas le temps de demander à Scarlett comment s'étaient passés ses congés : elle descendait déjà l'escalier quatre à quatre.

Vivi déposa ses bagages dans sa chambre et, sans perdre un instant, fila au rez-de-chaussée. Lorsqu'elle débarqua au salon, elle le trouva déjà bondé. D'un sourire assorti d'un coucou de la main, elle salua les Kappa qu'elle n'avait pas encore croisées puis se fraya un chemin jusqu'à Ariana, qui se décala pour lui faire une petite place sur un repose-pieds en velours bleu assorti au fauteuil dans lequel Jess et Juliet s'étaient installées, serrées l'une contre l'autre.

Seule Scarlett était restée debout. Elle avança d'un pas et les conversations cessèrent, par respect.

— Bienvenue à vous, mesdemoiselles, commença-t-elle d'une voix où se mêlaient à parts égales chaleur et autorité. J'espère que ces vacances vous ont apporté le repos que vous méritiez toutes et que vous avez rechargé vos batteries. Au cours du dernier semestre, nous avons dû affronter le danger le plus redoutable que notre clan ait eu à braver jusqu'ici, et nous sommes sorties plus fortes de cette épreuve. Quand les Kappa unissent leurs forces, rien ne les arrête.

Elle se tut et son regard s'attarda sur la seule place laissée vide, un fauteuil en brocart rouge à côté de la cheminée. Le fauteuil qu'occupait Dahlia.

— Mais nous avons aussi connu une grande tragédie, ajouta-t-elle.

Vivi sentit sa gorge se serrer. Dans un monde plus juste Dahlia serait en train d'accueillir ses sœurs en prononçant un de ces discours austères, empreints d'humour noir, qui faisaient sa signature. Au lieu de cela elle gisait, froide et mutique, au fond d'une tombe fraîchement creusée au cimetière Bonaventure.

— Dahlia n'est pas à nos côtés en chair et en os mais nous savons toutes qu'elle est parmi nous en esprit. Nous continuerons à sentir sa présence. À sentir sa magie. Observons un moment de silence pour notre sœur… pour nos sœurs.

Elle vient de faire allusion à Tiffany, songea Vivi, remarquant que plusieurs Kappa échangeaient des regards interloqués. Tiffany, la meilleure amie de Scarlett qui s'était lancée en quête du talisman d'Hénôsis, une fabuleuse amulette avec laquelle elle espérait guérir sa mère, qui souffrait d'un cancer en phase terminale. Malgré des intentions louables, elle avait fini par succomber à l'appel de la magie maléfique et sombrer dans une spirale meurtrière qui s'était soldée par l'assassinat de Dahlia.

Au bout du compte, Scarlett avait dû livrer bataille contre sa meilleure amie dans l'objectif de sauver Vivi, sorcière novice dépassée par la tournure qu'avaient prise les événements. Depuis, la culpabilité rongeait Vivi. *Tu n'as pas à t'en vouloir*, se répéta-t-elle.

Cette pensée fut loin de la consoler.

Elle ferma les yeux et les images furent projetées sur l'écran de ses paupières. Elle vit la forêt, la clairière plongée dans les ténèbres. Les battements de son cœur s'accélérèrent. L'orage approchait ; elle perçut l'électricité qui faisait grésiller l'air et elle entendit, à l'arrière-plan, le rire de Tiffany.

Si elle avait pu développer ses pouvoirs au cours de l'enfance, si on lui avait donné plus tôt les clefs de cet univers, si elle avait bénéficié de la même éducation que les autres Kappa – peut-être ne serait-elle pas tombée dans le piège tendu par Tiffany.

Pas étonnant que Scarlett lui en veuille. C'était tout naturel. Elle n'avait pu faire autrement que de tuer Tiffany, parce que Vivi n'avait pas eu les armes qui lui auraient permis de riposter. Est-ce qu'elle la considérait comme un boulet ?

— Bon, nous avons quelques petits points à régler avant de discuter du planning des soirées, poursuivit Scarlett.

Reagan, qui était adossée au mur un peu à l'écart du groupe, sembla se réveiller.

— Trop cool. Est-ce qu'on peut faire une thématique Révolution française ? Ma grand-tante Sylvie vient de me léguer tout un tas de bijoux anciens, y compris un bracelet que Marie-Antoinette a porté la veille de son exécution.

Levant les yeux au plafond, Ariana chuchota :

— Heureusement pour elle qu'on a arrêté de guillotiner les gens sous prétexte qu'ils sont pétés de fric et déconnectés des réalités.

— Ça, c'est notre chargée de l'événementiel qui en décidera, répondit Scarlett avec fermeté.

Vivi dut faire un effort surhumain pour ne pas craquer. Chargée de l'événementiel, c'était le poste qu'avait occupé Tiffany.

— D'ailleurs, j'aimerais proposer un nom pour ce poste hautement stratégique, enchaîna Scarlett. Celui d'une sorcière dont le travail acharné et le dévouement ont déjà impressionné une grande partie de notre clan. Vivi ?

Interdite, Vivi balaya le salon du regard. Scarlett comptait sur elle pour suggérer une candidate ? C'est au moment où Mei leva la main et dit « Je vote pour » que Vivi se prit la réalité de plein fouet.

C'est moi qu'elle nomme chargée de l'événementiel.

— Des objections ? lança Scarlett à la cantonade.

Elle étudia les visages qui l'entouraient. Personne ne se manifesta. Son sourire s'élargit.

— Vivi, acceptes-tu cette responsabilité ?

Vivi comprenait à présent pourquoi son Aînée lui avait battu froid : elle n'avait rien voulu dévoiler avant la réunion. Une vague de fierté déferla en elle, la jubilation d'avoir obtenu sa confiance. *Elle croit en moi.*

Autour d'elle, les Kappa exprimèrent un éventail d'émotions qui allaient de la surprise à la fébrilité – et, dans le cas d'Ariana, de la joie pure et simple. Etta et Juliet échangèrent un sourire ravi, comme si elles étaient dans la confidence. Mei semblait elle aussi aux anges. Quant à Reagan, elle trahit un agacement qui s'effaça à la seconde où le regard de Vivi croisa le sien.

L'heureuse élue s'éclaircit la voix.

— Oui, Scarlett, bien entendu. Merci.

— Formidable. Bon, pour en revenir à notre programme, enchaîna Scarlett en jetant un coup d'œil à Reagan qui tendit l'oreille, soudain attentive. C'est nous qui organisons la prochaine soirée en collaboration avec les PiKa, ici même, vendredi prochain.

Les nouvelles recrues accueillirent cette annonce avec des cris d'allégresse, sous le regard amusé des anciennes.

— Après la tragédie qui s'est abattue sur nous, il va falloir qu'on assure. Voilà pourquoi je me réjouis que notre sœur ait accepté ce poste.

L'euphorie de Vivi reflua tout doucement. À Kappa, la chargée de l'événementiel avait la responsabilité d'organiser toutes sortes de mondanités. Ce qui voulait dire qu'elle n'aurait pas le temps de prendre ses marques. Elle allait devoir régler, presque au débotté, chaque détail d'une soirée exceptionnelle, qui allait rester dans les annales de Kappa. Et pas une seconde à perdre : elle avait moins d'une semaine devant elle.

Pas du tout de quoi se mettre la pression…

3

Scarlett

Scarlett étudiait la tombe de la famille Everly. Un détail la chiffonnait, mais elle n'arrivait pas à identifier lequel.

— Je n'arrive pas à croire qu'elle n'est vraiment plus là, soupira Vivi.

Dans le silence du cimetière, elle parlait à voix basse. Ce cimetière où, il y avait une éternité de cela, Scarlett avait infligé une mauvaise blague aux jeunes recrues, étape indispensable dans leur initiation.

Par terre, au pied de la pierre tombale, étaient entassés des bouquets. Il y en avait pour tous les goûts et toutes les bourses, entre la gerbe commandée chez un artiste floral et la poignée de fleurs sauvages que des étudiants avaient dû cueillir dans un champ. C'est alors, entre les œillets et les lys, que Scarlett comprit ce qui lui agressait tant le regard. Des roses roses. Elle sentit la colère monter.

— Elle détestait les roses roses.

— Personne ne déteste les roses, répondit Vivi, sans réfléchir, avant de se mordre la langue. Je suis désolée. Je ne voulais pas…

Mais Scarlett n'avait pas la patience d'écouter ses excuses. Elle s'était déjà laissée tomber à genoux et elle avait empoigné les fleurs qu'elle considérait comme une insulte à la mémoire de la défunte. Vivi s'accroupit à côté d'elle et posa une main sur son épaule.

— Hé, Scar… ça va aller…

Scarlett leva la tête et scruta Vivi, de la surprise au fond des yeux. La surprise d'avoir perdu son sang-froid, la surprise de découvrir qu'à un moment de leur parcours commun, Vivi, la novice qu'elle avait longtemps accablée de son mépris, était devenue sa confidente. Sa meilleure amie – la seule qu'il lui restait. Scarlett sentit grossir une boule dans sa gorge. Elle serra les dents.

En toute honnêteté, Scarlett devait avouer que ce n'était pas la présence de ces fichues roses qui la mettait en rage ; c'était l'absence de Dahlia. Elle serra le bouquet dans son poing et s'assit dans l'herbe détrempée.

— Tiens, mettons-les sur une tombe où il n'y a pas de fleurs, proposa Vivi.

Elle lui prit les roses des mains tandis que Scarlett gardait les yeux braqués sur l'océan de cartes de condoléances. Tout le monde s'était fendu d'un petit mot – « Merci pour tout », « Tu nous manques », « On t'aime trop » –, les étudiants, les représentantes des autres sororités, même les dames du resto U. À Westerly, tout le monde connaissait Dahlia, ou du moins croyait la connaître.

Un carton attira son attention, placé à côté de quelques roses esseulées, non loin de la pierre tombale. Scarlett se leva et alla le ramasser. Une simple phrase sur du papier vert, une écriture élégante. *On sait que c'est toi.* Scarlett sentit un frisson courir le long de sa colonne vertébrale.

En toutes circonstances, Dahlia donnait la priorité à Kappa. Elle avait été une présidente hors pair. Elle s'était servie de ses pouvoirs aux quatre coins du campus, par petites touches, pour que le grand public considère Kappa avec bienveillance. Pour tisser un réseau d'influence, en quelque sorte. Ou de pouvoir. Peut-être que sa ruse avait été percée à jour, que quelqu'un avait vu clair dans son jeu.

— Dahlia se liait d'amitié avec tous ceux qui croisaient sa route, pas seulement parce qu'elle appréciait sincèrement les gens, mais parce qu'elle pensait que cela nous protégerait. *Être une bonne sorcière, c'est bon pour toutes les sorcières*, disait-elle.

Vivi absorba cette perle de sagesse.

— Oh, elle n'aurait reculé devant aucun sacrifice pour nous défendre. Et elle a fait le sacrifice ultime. Elle serait fière de toi si elle te voyait.

Scarlett laissa échapper un rire sans joie.

— Tu crois ? Je ne suis pas sûre qu'elle apprécie le cap que j'aimerais faire suivre à notre clan.

Entre le fantôme de Dahlia qui la hantait à chaque pas et la pression exercée par sa mère et sa sœur, Scarlett avait l'impression que l'objectif qu'elle s'était fixé reculait à mesure qu'elle avançait. Elle courait après la perfection depuis qu'elle avait appris son premier sort. Chaque fois qu'elle en approchait, celle-ci lui filait entre les doigts. Si proche et pourtant hors d'atteinte.

— Elle te respectait, protesta Vivi. C'est toi qu'elle a choisie. Et elle savait mieux que n'importe qui que la perfection n'est pas de ce monde.

À cet instant, le vent se leva. Des pétales se détachèrent des bouquets posés à leurs pieds et essaimèrent sur les pierres tombales. Scarlett chassa de son visage les cheveux qui s'étaient plaqués dessus.

Vivi lâcha un petit cri.

— Regarde…

Un papillon s'était posé au centre de la plaque funéraire, à côté de la plume qui rappelait l'appartenance de Dahlia aux Ailes d'Ombre. Un magnifique spécimen qui déploya des ailes immenses, chatoyantes, dont le violet profond, presque noir, rappelait le plumage des corbeaux.

La gorge nouée, elle vit les ailes du papillon refléter les rayons du soleil, agitées d'un frémissement. *Dahlia.*

Quelques secondes plus tard l'insecte prit son envol, virevolta au-dessus de leurs têtes et disparut, comme avalé par l'azur d'un ciel sans nuage.

Vivi sourit, un sourire sincère, le premier que Scarlett voyait sur son visage depuis la veille.

— Tu as vu ? Dahlia est d'accord avec moi. Tu vas faire une présidente du tonnerre.

Scarlett avait beau fouiller dans ses souvenirs, impossible de se rappeler la dernière fois où elle s'était sentie aussi nerveuse avant un rendez-vous. *C'est un rendez-vous galant, au fait ?* s'interrogea-t-elle intérieurement alors qu'elle se dirigeait à grands pas vers la pelouse principale du campus. Jackson n'avait pas précisé.

Lorsqu'il lui avait envoyé un texto deux jours après le début des vacances, pour vérifier à qui appartenait ce numéro, et pour quelle raison il était enregistré dans ses contacts, Scarlett avait eu l'impression que le destin lui offrait une seconde chance. Elle avait prétendu que le message était un SMS collectif envoyé dans le cadre de leur TD de philo, et il avait gobé ce mensonge. Leur échange aurait dû en rester là. Mais Jackson lui avait envoyé un autre texto. Puis un autre. Et plus ils débattaient, toujours par SMS, du « snobisme systémique dans les sororités » ou des « implications morales du conformisme », plus leurs conversations s'étiraient. Au fil des jours, les émojis qui émaillaient leurs phrases avaient pris un sens différent et Scarlett s'était retrouvée tenaillée par la mauvaise conscience.

Allons boire un café, maintenant que les cours ont repris. Cela pouvait signifier tout et n'importe quoi. Un simple café, des retrouvailles entre amis.

Jackson avait lui aussi connu un semestre exténuant. Il s'était lancé à la poursuite d'une sorcière renégate, Gwen, et il avait découvert la vérité sur la disparition de sa demi-sœur, Harper. Puis il avait localisé le cadavre de Gwen avant d'aider Scarlett à remonter la piste de sa meurtrière. Et, en point d'orgue, il avait embrassé Scarlett.

Tous les soirs, elle fermait les yeux et revivait ce baiser. Le banc sur la berge de la rivière Savannah. La caresse de ses lèvres, leur douceur. La joie et la confiance au fond de ses yeux quand il avait avalé une grande gorgée du thé qu'elle lui avait apporté.

Un thé auquel elle avait ajouté une potion d'amnésie extrêmement puissante.

Le remords lui transperça le cœur à la façon d'un poignard.

Elle longea le bâtiment de sciences et s'arrêta pour examiner son reflet dans une vitre. Elle avait opté pour une tenue classique : une minijupe plissée et une veste par-dessus un chemisier en soie – décolleté, juste ce qu'il fallait pour titiller l'imagination. Avec sa queue-de-cheval et les cahiers dont elle s'était chargée, elle incarnait l'étudiante idéale. Rendez-vous galant ou pas, était-ce vraiment important ? Est-ce que ça intéressait quelqu'un, d'ailleurs ?

Elle était Scarlett Winter. Et ce n'était pas un garçon qui allait la déstabiliser.

Tout sourire, Scarlett se remit en marche. Elle contourna le bâtiment et, aussitôt, elle repéra Jackson au milieu du groupe, en train de rire aux éclats. Il dépassait tout le monde d'une bonne tête.

Elle fit halte pour l'admirer un instant.

Avec son t-shirt tout simple et son jean subtilement lacéré, Jackson était tout bonnement irrésistible et il donnait l'impression que c'était son mode par défaut. Le soleil créait des reflets miel sur sa peau et ses cheveux crépus, coupés ras, avaient poussé au cours des vacances. En dehors de ces détails, rien n'avait changé depuis le jour où elle l'avait laissé au bord de la rivière.

Sentant le regard de Scarlett posé sur lui, il se retourna. Adressant un dernier mot à ses amis, il traversa la pelouse en petite foulée et vint à sa rencontre.

Le cœur de Scarlett s'emballa. Ils avaient passé trois semaines à échanger par SMS, mais sans se voir, et Jackson avait oublié à quel point ils s'étaient rapprochés avant la coupure. Allait-il la prendre dans ses bras ? L'embrasser ? Elle sentit un fourmillement lui chatouiller les lèvres.

Elle, elle n'avait pas oublié.

À l'instant où Jackson la rejoignit, ses inquiétudes s'envolèrent. Il se pencha vers elle, le plus naturellement du monde, et déposa un baiser sur sa joue. Dans le soleil de l'après-midi, ses yeux luisaient d'un éclat noisette doux et chaleureux.

— Ça fait plaisir de te voir.

— Ça me fait plaisir à moi aussi. Tu es avec des amis ?

De l'autre côté de la pelouse, les membres du groupe qu'il venait de quitter – tous de sexe masculin – jetaient des coups d'œil pas très discrets dans leur direction, se demandant sans doute pourquoi Jackson discutait avec cette pimbêche de Scarlett Winter. Elle les salua de la main et trois étudiants, peut-être davantage, sursautèrent et détournèrent le regard.

— Le Club des Jeunes Philosophes, je t'en ai déjà parlé, répondit Jackson.

— Comment ai-je pu le gommer de ma mémoire ? rétorqua Scarlett, haussant un sourcil moqueur.

— C'est moi qui en prends la tête ces prochains mois. On était en train de programmer notre premier débat.

Ils mirent le cap sur le Grain à Moudre, le café préféré des étudiants, situé au cœur du campus.

— Tu devrais venir, ajouta-t-il. Si tu as aimé le cours de Follet au dernier semestre, tu vas kiffer. On se donne rendez-vous jeudi dans l'amphi Taylor, après les cours.

— Ça m'a l'air plutôt amusant.

La surprise se peignit sur le visage de Jackson.

— Vraiment ? Scarlett Winter qui rallie le cercle des intellos ? Ce serait une première…

— Parce qu'on ne peut pas appartenir à une sororité et être une intello ?

— Ce n'est pas ce que j'ai dit. Je n'étais pas certain que tu aurais le temps, vu que tu es ab-so-lu-ment surbookée.

Scarlett coula vers Jackson un regard en biais.

— Dis donc, je me trompe ou tu es pétri de préjugés par rapport aux filles ?

— Seulement les plus captivantes, répliqua Jackson avec un clin d'œil, et le cœur de Scarlett se mit à galoper dans sa poitrine. Mais ce que je trouve suspect, ce sont les filles parfaites – trop parfaites.

Scarlett sentit sa bouche se dessécher.

Ils étaient arrivés au milieu du campus, où des stands étaient dressés dans l'herbe. Chacun était occupé par une association d'étudiants qui faisait la promotion des événements et des activités qu'elle avait programmés au cours des mois suivants. L'une d'elles s'était distinguée en se servant d'un bateau comme élément de déco, une autre distribuait des muffins pour faire la publicité de son club de pâtisserie.

— Oh, parfaite, c'est un bien grand mot, répondit-elle sur un ton faussement désinvolte. Il y a eu ce jour où le vent m'a décoiffée.

Jackson explosa de rire.

— Ah oui, ça m'a échappé. Presque parfaite, disons. À quatre-vingt-dix-neuf pour cent.

— Bien sûr, si on prend en compte mes résultats aux partiels…

— Si tu me rappelles encore une fois que tu étais la première de la promo en philo, je te jure…

Il lui décocha un petit coup de coude, par jeu, et elle rétorqua, par jeu elle aussi :

— Pas ma faute si tu t'es pris les pieds dans les citations de Kant.

— Je compte me rattraper pendant la séance du Club des Jeunes Philosophes mais avant, j'aimerais avoir une autre occasion de me triturer les méninges avec toi. Ça te tente, un dîner ?

Il jeta un coup d'œil à Scarlett, dont le pouls s'accéléra.

Donc, c'était un rendez-vous galant. Le doute n'était plus permis.

Sans lui laisser le temps de répondre, il leva la main.

— Hé, avant que tu dises oui ou non, j'ai un truc à t'avouer, déclara-t-il sur un ton grave. Quand j'ai commencé à t'envoyer des textos, j'avais une idée derrière la tête. J'ai trouvé ton numéro dans mes contacts et j'ai pensé que c'était un coup de pouce du destin. Je voulais en savoir plus sur Kappa.

Scarlett poussa un soupir qui venait de loin, de très loin.

— On n'accepte pas les garçons, plaisanta-t-elle, pour détendre l'atmosphère. Ce n'est pas du tout prévu.

Jackson ébaucha un sourire.

— Si je voulais en savoir plus, c'est parce qu'à Kappa… je crois que c'est là que j'ai perdu ma sœur…

— Jackson, je peux t'expliquer…

— Quelque chose m'a envahi. Une sorte de paix. Kappa n'était pas responsable… il s'agissait d'un accident. Et j'ai fait fausse route d'être en colère contre Kappa, ou de les soupçonner. Ensuite j'ai compris que tu n'étais pas une Kappa, tu es toi. Tu es Scarlett, et moi, ce que je veux…

— Qu'est-ce que tu veux ? reprit-elle en écho tandis qu'il avançait d'un pas.

— C'est essayer de te préparer à dîner et, après, qu'on se regarde un film de série Z ensemble…

— Vendu. À l'exception du dîner. Laisse-moi te filer un coup de main, je me débrouille pas trop mal en cuisine.

— Grâce à Minnie.

— Oui, acquiesça-t-elle, ravie qu'il se souvienne de ses textos la mentionnant. Mais reconnais que tu ne veux pas qu'on se montre en public, parce que tu ne veux pas que tes amis te voient avec moi.

— Non, pas du tout. Simplement, en ce moment j'essaie de mettre de l'argent de côté.

— Tu économises pour quoi ?

— Pour financer un *road trip* cet été. On avait planifié ce voyage, Harper et moi, bien avant... euh. Bref, tu la connaissais, je crois ? Quand vous étiez en première année ?

Il se frotta la nuque. Scarlett tressaillit.

— En effet, articula-t-elle.

Harper avait trouvé la mort lors d'un accident tragique qui s'était produit à Kappa, sous les yeux de Scarlett – un accident qu'elle avait provoqué, sans le faire exprès, et un secret que Tiffany lui avait fait jurer d'emporter dans la tombe.

Au cours du semestre précédent, Jackson avait fini par apprendre la vérité. Il avait pu tourner la page. Mais maintenant...

Des secrets à n'en plus finir. C'était tout bonnement irrationnel d'espérer construire une relation avec Jackson alors qu'elle avait tant à cacher.

— En tout cas, reprit-il, je veux toujours partir sur les routes. Pour elle, tu comprends ?

— Je comprends très bien.

Scarlett détourna les yeux et observa les stands vers lesquels ils portaient leurs pas. Les autres étudiants vaquaient à leurs petites affaires, indifférents aux mois qui venaient de s'écouler, à la mort et à la souffrance. Scarlett, elle, avait changé, et il n'y avait pas de retour en arrière possible. Nul doute que Jackson avait subi, lui aussi, un changement radical après le décès d'Harper.

Elle posa son regard sur lui tandis qu'une idée germait dans son esprit.

— Au fait, tu ne bosses pas de temps en temps comme serveur ?

La première fois qu'elle lui avait adressé la parole en dehors de leur cours de philosophie, c'était à l'occasion d'un cocktail que Dahlia avait organisé à Kappa. Il avait été embauché par le traiteur.

— Pourquoi ? Tu as quelque chose à me proposer ?

— Justement, oui. On met sur pied une soirée vendredi prochain. Si tu veux te faire quelques dollars…

Le visage de Jackson s'éclaira. Si elle n'y prenait garde, Scarlett allait se noyer au fond de ses yeux.

— D'accord. Je note ça dans un coin de ma tête.

— Grande teuf pour marquer la reprise des cours, vendredi prochain ! hurla une voix qui ramena brutalement Scarlett à la réalité.

Au milieu de la pelouse, Theta Omega Xi avait monté deux barnums de location aux couleurs de leur sororité, le vert et le rose. Un travail de professionnel, et Scarlett n'aurait pas été étonnée d'apprendre qu'elle se trouvait devant une boutique éphémère de sa créatrice préférée, Lilly Pulitzer.

Ce n'était pas tout : une machine rose crachait de la neige carbonique et les filles de Theta en sortaient, avec des grands moulinets des bras, comme si elles exécutaient un tour de magie, des bouteilles en inox réutilisables estampillées du logo de l'université de Westerly – UW – qu'elles distribuaient aux étudiants. Scarlett était prête à parier que ces bouteilles étaient déjà remplies, et pas avec de l'eau.

Les Kappa avaient déjà annoncé qu'elles organisaient leur propre soirée à la même date.

— Elles plaisantent, j'espère ? marmonna Scarlett, prenant Jackson à témoin, pile à la seconde où l'une des Theta, vêtue d'une jupe moulante à carreaux, l'avisait.

Cette fille, Scarlett la connaissait. Elle avait essayé d'intégrer Kappa la même année que Scarlett. Elle avait réussi à faire crachoter un cierge magique, difficilement, et n'avait pas passé la seconde épreuve. Pas assez de magie en elle pour en faire une sorcière digne de ce nom. Scarlett était très physionomiste et elle n'oubliait pas les visages de celles qui postulaient à Kappa. Elle avait le prénom de cette fille sur le bout de la langue. Katie ? Katheryn ? Quelque chose dans ce goût-là…

— Scarlett !

La fille se fraya un chemin à grands coups d'épaule à travers un groupe de première année qui essayait de convaincre Maria, la présidente de Theta, de leur donner une seconde bouteille isotherme.

— Je suis trop contente de te voir. On voulait vous inviter, toi et les Kappa, à notre petite sauterie.

Elle lui tendit un tract qui reprenait le code couleur des Theta, en pastel.

GRAND APÉRO DE RENTRÉE

— On ne veut pas empiéter sur vos plates-bandes ni rien, jacassait la fille – Cait, elle s'appelait Cait. C'est juste que Theta n'a rien organisé de mémorable depuis un sacré bout de temps et comme habituellement vos soirées commencent assez tard, on a eu l'idée de proposer une petite mise en jambes.

— Sans rire, répondit Scarlett sur un ton aussi glacial que son regard.

Ce ne serait pas plutôt un moyen de réparer votre réputation, qui prend l'eau de toutes parts, tout en ruinant la nôtre ?

Lorsque Cait posa les yeux sur Jackson, elle papillonna des paupières.

— Toi aussi, tu es le bienvenu. Tu es nouveau ? Je n'ai pas l'impression qu'on se soit déjà croisés sur le campus, minauda-t-elle.

Scarlett la prit instantanément en grippe. Jackson enroula un bras autour de sa taille et son animosité fondit comme neige au soleil.

— Pas de bol. Je suis ici depuis ma première année. Il y a tout un monde en dehors de la voie Grecque, figure-toi.

Scarlett tâcha de garder son sérieux et elle rendit le tract à Cait.

— Navrée, mais je crois qu'on sera toutes trop occupées à régler les derniers détails de notre propre soirée. Tu diras à Maria qu'on est désolées de rater cet événement.

C'est là que Maria surgit derrière l'épaule de Cait.

— Tu peux me le dire en face.

La présidente de Theta portait la même jupe à carreaux que ses sœurs – avaient-elles opté pour un uniforme cette année ? Quelle ringardise. Elle avait assorti cette jupe à un pull gris qui mettait en valeur ses cheveux noirs et son teint de porcelaine. Maria faisait partie de ces filles qui exploitaient sans scrupule leur physique avantageux.

— Maria, lâcha Scarlett sans tempérer son hostilité. Elle sentit le bras de Jackson se contracter autour de sa taille. Je disais justement à Cait qu'on ne va pas pouvoir assister à votre apéro. Tu n'as sans doute pas oublié qu'on a choisi cette date pour organiser notre soirée de rentrée.

— Mais quel dommage, rétorqua Maria avec un sourire toutes dents dehors. On espérait rameuter tout le campus. Vos soirées sont toujours un grand succès mais, l'année dernière, j'ai entendu des gens dire qu'ils n'étaient plus trop chauds. D'autres, que ça commençait trop tard, que ça finissait trop vite. Je me suis dit, *creuse-toi la tête, Maria, pourquoi ne pas répondre à cette demande ?*

— Eh bien, fais donc, répondit Scarlett, les mâchoires crispées, je suis certaine que tout le monde va passer un super moment.

J'espère que le campus tout entier ne va pas finir bourré avant même que notre soirée commence.

— Bien sûr qu'on va tous passer un super moment. Tu n'es pas au courant ? C'est fini, l'élitisme. Westerly se tourne vers la diversité, ce qui veut dire que Kappa – la sororité la plus élitiste du campus –, c'est mort.

Scarlett se prit ces paroles comme une gifle. D'ailleurs, Maria était de mauvaise foi. Kappa était la sororité la plus ouverte car elle choisissait ses membres en fonction d'un unique critère : la magie.

— Je constate que tu as toujours un faible pour nous, répliqua Scarlett.

Maria s'esclaffa.

— Je préfère les roses aux plumes. Je ne sais pas ce qui m'est passé par la tête. Les plumes, c'est démodé.

À cet instant, Scarlett posa les yeux sur une rose épinglée au col de Maria. Une rose rose identique à celles qu'elle avait trouvées sur la tombe de Dahlia. À côté de ce message menaçant : *On sait que c'est toi.*

— Maria, tu sais qui a fait fuiter votre règlement sur Internet cet été ? osa-t-elle demander.

Le sourire de Maria se figea.

— Le karma va te jeter un sort, Scarlett Winter. Tu vas voir.

Jeter un sort. Scarlett crut qu'elle allait avoir une crise cardiaque. Non, il n'y avait pas de message caché dans les mots de Maria ; c'était une coïncidence, rien de plus, rien de moins.

Maria ne la laissa pas répondre : elle pivota sur ses talons, agitant un tract à la façon d'un étendard.

Eugenie avait raison. Theta avait vraiment déclaré la guerre à Kappa. Scarlett ignorait si Dahlia était responsable de la débâcle des Theta mais ce qui ne faisait aucun doute, c'est que les choses se présentaient très mal.

4

Vivi

Tout sourire, Vivi prit place sur la chaise que Mason lui présentait. Avant son arrivée à Savannah, cette galanterie l'aurait fait grincer des dents, surtout venant d'un garçon de sa génération. Mason était du genre à tenir les portes aux dames et à se lever dès qu'une femme sortait de table ; il aurait donné son blouson au fantôme de la légendaire Lizzie Borden s'il l'avait vue grelotter au coin d'un bois. Au fil du temps, Vivi s'était rendu compte qu'il se pliait à ces règles moins par respect aveugle de coutumes sexistes et désuètes que par désir sincère de rendre la vie plus agréable aux gens qui l'entouraient.

— Rassure-moi, je t'ai déjà dit que tu es rayonnante ? demanda-t-il, les sourcils froncés.

Il s'assit à son tour et déplia une serviette sur ses genoux. Il avait réservé une table dans un bistro français qui disposait d'une terrasse surplombant la rivière. Des guirlandes lumineuses se devinaient à travers le feuillage des arbres, et des photophores, version surdimensionnée des lucioles qui voletaient autour d'eux, étaient suspendus aux branches.

— Oui, tu me l'as dit, répondit Vivi. Mais n'hésite pas à me le répéter deux ou trois fois, je ne m'en lasse pas.

Par chance, la douceur de cette soirée lui permettait de se passer de gilet. Elle avait emprunté à Ariana une robe rose pâle, terriblement romantique, et elle aurait trouvé dommage de couvrir ce décolleté si seyant.

— C'est noté. Je programme un rappel toutes les douze minutes, plaisanta Mason en faisant mine de chercher son téléphone dans sa poche.

Vivi éclata de rire et elle se pencha par-dessus la table pour lui mettre une petite tape mutine sur le bras. Ce faisant, elle renversa un flacon de vinaigre balsamique.

— Zut.

Un filet de liquide brun s'écoula jusqu'au bord de la table et dégoulina sur sa robe. Au lieu d'être absorbé par le tissu, il sembla glisser dessus, comme sur une toile cirée. Un serveur se précipita vers eux pour éponger les dégâts.

— Ça va, ta robe ? s'inquiéta Mason.

— Nickel, répondit Vivi.

Elle le tranquillisa d'un sourire. Avant qu'elle franchisse la porte de Kappa, Sonali lui avait jeté un sort d'autoréparation, afin de s'assurer que sa coiffure, son maquillage et sa tenue restent impeccables tout au long de la soirée. « C'est un sort que j'adore, avait-elle dit à Vivi. Ça rendait folles les filles de mon équipe quand je sortais de la piscine après une compèt' de natation avec mon eye-liner toujours en place. » Vivi avait accueilli à bras ouverts toute l'aide qu'on voulait bien lui donner ; c'était la première fois depuis Noël qu'elle se retrouvait en tête à tête avec Mason et rien ne devait gâcher cette soirée. Elle avait appréhendé leurs retrouvailles, convaincue qu'ils n'auraient pas la même alchimie en présence l'un de l'autre, malgré les heures passées au téléphone. Mais sa nervosité s'était envolée à l'instant où elle l'avait trouvé sur le seuil de Kappa, manifestement ravi d'être là.

— Alors, ta rentrée, ça se passe comment ? lui demanda-t-il. J'imagine que c'est compliqué de revenir vivre dans cette maison.

D'après la version présentée dans la presse, Dahlia et Tiffany avaient été victimes d'une improbable tornade qui s'était abattue sur la forêt, contre toute prévision. Un scénario à la fois aux antipodes de la vérité et parfaitement réaliste : une tragédie violente et cruelle qui avait fauché deux vies. Mason savait que Vivi se trouvait dans les bois à ce moment-là. Ce qu'elle ne pouvait pas lui dire, pour des raisons évidentes, c'était qu'elle avait été kidnappée par une sorcière maléfique qui avait essayé de lui arracher le cœur, mais elle avait vécu comme un soulagement le fait de pouvoir lui parler de ces événements traumatisants sans entrer dans les détails – la terreur qu'elle avait ressentie, son sentiment d'impuissance face à des forces qui la dépassaient, la culpabilité d'avoir survécu quand d'autres avaient trouvé la mort.

Elle avait pu se confier à lui, dans une certaine mesure, même si elle avait dû jeter un voile sur ce qu'il s'était vraiment passé.

— C'est dur, confirma-t-elle après un long silence. Chaque fois que je passe devant leur chambre, ou que je monte voir Scarlett dans le bureau de Dahlia…

De la tête, Mason montra qu'il comprenait.

— Oui, j'imagine. Et Scar, elle tient le coup ?

Vivi releva l'usage du diminutif et ravala sa contrariété. Mason et Scarlett s'étaient séparés en bons termes quelques semaines plus tôt – jusqu'au jour où Scarlett avait surpris Mason et Vivi en train de s'embrasser, peu de temps après leur rupture, et la situation s'était sérieusement compliquée. Mais Scarlett semblait avoir déjà passé l'éponge et, à en juger par le compte rendu haletant qu'elle avait fait à Vivi de sa promenade avec Jackson, tourné la page.

— On va dire ça, vu la situation.

— Perdre ses deux meilleures amies le même jour, c'est plus que cruel… Tu ne crois pas qu'elle aurait dû mettre ses études sur pause ce semestre ?

Vivi afficha une moue dubitative et Mason éclata de rire.

— Ça ne lui ressemble pas, hein ? Non, tu as raison. Il vaut sans doute mieux qu'elle ait l'esprit occupé.

— Elle assume déjà ses fonctions de présidente avec cette énergie qui la caractérise. Ça fait plaisir de la revoir en action.

Scarlett s'était jetée à corps perdu dans l'organisation du gala des anciennes Kappa, programmé le mois suivant, un gala qui allait marquer les cent cinquante ans de la fondation du clan. Les invitées devaient arriver par avion des quatre coins du globe et il y avait parmi elles une lauréate du prix Pulitzer, une top-modèle qui venait de fonder une start-up, une ministre retirée de la vie politique, une actrice célèbre et deux sénatrices. Les Kappa étaient surexcitées, en particulier les plus âgées, car elles savaient que cet événement leur offrirait une occasion unique de développer leur réseau professionnel.

En attendant, Vivi était incapable de se concentrer sur autre chose que sur les préparatifs de la fête de rentrée. Elle ne savait plus où donner de la tête. Sa première responsabilité en tant que chargée de l'événementiel. Sa première chance de prouver à la terre entière que Scarlett avait eu raison de lui faire confiance. Ou de tomber le masque et montrer qu'elle n'était pas à la hauteur…

— Vivi ? lança Mason.

Elle s'arracha à ses réflexions et se rendit compte que le serveur la fixait, avec l'air d'attendre quelque chose.

— Oh, excusez-moi. Je vais prendre la… la… bouillie… la bouillabaise, s'il vous plaît.

— La bouilla*baisse*, corrigea le serveur, les commissures des lèvres parcourues d'un frémissement. Très bien, mademoiselle.

Vivi piqua le fard du siècle. Apparemment toute la magie du monde ne suffisait pas, il fallait toujours qu'elle trouve le moyen de se ridiculiser. D'instinct elle jeta au serveur le sort d'amnésie qui allait effacer cet instant de sa mémoire – ce sort, elle l'avait longuement répété et c'était l'un des rares qu'elle maîtrisait sans avoir à réciter la formule à voix haute. Si tout se passait comme elle l'espérait, le serveur allait aussitôt oublier sa bourde.

Il s'éloigna, une expression hébétée imprimée sur ses traits. Vivi s'adressa alors à Mason.

— Désolée. Tu vois, Scarlett a complètement perdu la boule. Moi, chargée de l'événementiel ? Je n'arrive même pas à lire un menu. Et elle veut que j'organise des soirées de A à Z ? Je suis encore novice en sorc... en sororité. Et maintenant c'est à moi de tout planifier ?

Elle s'était rattrapée juste à temps – elle avait évité une énorme gaffe.

Mason lui serra la main.

— Détends-toi, Vivi. Scarlett est une perfectionniste. Elle ne t'aurait pas choisie si elle avait eu des doutes sur tes aptitudes. Alors, elle est prévue quand, cette grande soirée ?

— Vendredi prochain. Demain, première réunion de préparation avec les filles.

Vivi avait sélectionné les autres recrues. Elle voulait que la fête soit une surprise totale pour leurs aînées.

Reagan s'était enthousiasmée dès le départ pour son projet et elle lui avait transmis une multitude d'idées dont la plupart tournaient autour des vêtements qu'elle avait dans sa garde-robe. Bailey, pour sa part, était plus inquiète : elle était d'avis qu'il fallait demander leur aide aux sorcières plus expérimentées et Vivi lui avait assuré qu'elles se tourneraient vers elles au moindre souci.

Mason caressa du doigt la peau délicate de son poignet et elle sentit un frisson lui parcourir l'échine.

— Tu es assez intelligente pour t'en sortir haut la main, et tes sœurs vont te filer un coup de main. Et tu sais que tu peux toujours m'appeler en cas d'urgence. Je suis même prêt à servir le cocktail.

— Laisse-moi réfléchir. Je vais te confier un job essentiel. Tu vas rester collé à moi toute la soirée et t'assurer que je ne pète pas un câble.

— Compte sur moi.

De la tête, Mason montra son verre vide.

— Tu veux boire quelque chose ? suggéra-t-il, et il essaya d'attirer l'attention du serveur.

Et merde. Le regard de l'employé survola leur table sans remarquer que son client lui faisait signe. Le sort d'amnésie était efficace… d'une efficacité redoutable, même.

Profitant de ce que son petit ami était occupé ailleurs, Vivi récita entre ses dents :

— J'en appelle à l'As d'Épée. Que son attention soit par Mason attirée.

Alors le serveur sembla s'arracher à sa stupeur et se précipita vers leur table. Lorsque Mason passa commande, il le remercia d'une profonde révérence et gagna les cuisines en piquant un sprint.

— Dans cet établissement, les garçons sont très, comment dire… prévenants, fit remarquer Mason, interloqué.

— Ça doit être ton charme irrésistible.

— Il faut croire.

Il jeta un coup d'œil par-dessus son épaule, visiblement préoccupé. Vivi s'éclaircit la voix.

— Et toi, alors ? Comment s'est passée ta rentrée ?

Mason cligna des paupières et parut se rappeler qu'il n'était pas seul.

— Super bien. Ma conseillère m'a dit qu'elle avait entamé les démarches pour demander à devenir ma directrice de mémoire ! Elle a préparé le premier jet d'une lettre officielle.

— Ce n'était pas déjà le cas ?

L'année précédente, Mason avait occupé la fonction d'assistant de recherche à temps partiel auprès d'une enseignante qui écrivait un essai sur la condition féminine dans le Savannah de l'époque coloniale. Plus d'une fois, Vivi l'avait retrouvé devant l'hôtel de ville après sa journée de travail dans la salle des archives, une pièce sans fenêtre. Il avait les yeux qui brillaient, comme un enfant qui sortirait tout juste de l'atelier du Père Noël.

— Non, là c'est pour que je puisse m'inscrire en doctorat à la fac de Géorgie quand j'aurai décroché mon diplôme à Westerly. Il faut que ton conseiller te rédige une lettre de recommandation et, normalement, ça n'arrive pas avant la fin de l'année de maîtrise. La mienne m'a dit qu'on bossait trop bien ensemble pour qu'elle prenne le risque que je sois débauché par un autre prof, dans une autre fac.

— Mais c'est génial, Mason ! Félicitations !

Sur ce, Vivi leva son verre d'eau.

— Je trinque à la réussite de Mason Gregory, futur docteur en histoire. Tu l'as annoncé à tes parents ?

— Pas encore.

Vivi savait que les parents de Mason lui mettaient la pression pour qu'il bifurque vers le droit et intègre le cabinet d'avocats fondé par son père. À vrai dire, « mettre la pression » était un euphémisme. Mason avait déjà son bureau dans les locaux situés au centre de Savannah, ainsi qu'une plaque à son nom vissée sur la porte, et ses parents lui avaient fait très clairement comprendre que s'il s'obstinait à « gâcher ses meilleures années à lire des journaux intimes et des recettes de cuisine », ils allaient lui couper les vivres.

— Tu veux que je t'accompagne ? Pour te soutenir moralement ?

— C'est très gentil de ta part, mais je dois faire ça tout seul.

Vivi acquiesça de la tête. Elle ne pouvait s'empêcher de se demander quelle tournure auraient prise les choses si Mason avait continué à fréquenter Scarlett. Si l'héritière de la respectée dynastie Winter, parfaite jusqu'au bout des ongles, avait annoncé qu'elle apportait son soutien plein et entier à Mason, les Gregory auraient-ils pris les projets de leur fils plus au sérieux ? Scarlett apportait de la crédibilité à tout ce qu'elle touchait. Elle appartenait à une famille qui, depuis des générations, faisait la pluie et le beau temps dans la bonne société de Savannah, tandis que le patrimoine des Devereaux se limitait à un drive de fast-food.

À moins que son père – celui de Vivi – soit lié d'une manière ou d'une autre à Savannah. Depuis la conversation qu'elle avait eue avec sa mère, le prénom « Vince » s'était accroché à sa mémoire aussi obstinément qu'une fleur de bardane. Pourtant, chaque fois qu'elle était à deux doigts de puiser en elle le courage de taper « Vince football université Westerly » dans la barre Google, la peur l'avait paralysée. Et s'il avait fondé une autre famille ? Eu d'autres enfants ? Avait-elle vraiment envie de se prendre la triste vérité en pleine figure, de découvrir qu'il ne s'était jamais intéressé à elle ? Et si c'était un criminel ? Ou un adepte des théories du complot les plus délirantes ? Difficile de croire que Daphné cachait son identité sans raisons valables. Vivi allait-elle céder à la tentation d'ouvrir une boîte de Pandore qu'il lui serait ensuite impossible de refermer ?

Elle frissonna lorsqu'une brise fraîche caressa ses épaules dénudées, leva vivement la tête et s'aperçut que le ciel nocturne, piqueté d'étoiles, s'était voilé. Les contours de la lune, un disque d'un jaune resplendissant, étaient devenus flous.

— Tu veux ma veste ? proposa Mason. Sa voix lui parvint étouffée et indistincte, comme si lui aussi avait été englouti par d'épais nuages.

Un croassement retentit, assourdissant, au-dessus de sa tête. Vivi se tordit le cou et aperçut, juché sur une branche basse, un énorme corbeau qui la fixait sans ciller de ses prunelles jaunes. D'ordinaire elle se sentait une affinité avec ces oiseaux, pour des raisons évidentes, mais celui-là ne lui disait rien qui vaille. Le volatile tourna lentement la tête et resta dans cette position, étrangement immobile, comme s'il observait quelque chose derrière Vivi.

Sans gestes brusques, elle risqua un regard par-dessus son épaule et réprima un cri de surprise lorsque ses yeux se posèrent sur une silhouette élancée aux cheveux blonds.

Tiffany.

Tous ses muscles se bandèrent et une vague glacée déferla sur elle. Elle braqua son regard sur la sorcière qui avait failli la tuer. Mais non, vérification faite, la fille qui attendait qu'une table se libère à l'intérieur du restaurant avec sa bande d'amis ne présentait aucune ressemblance avec Tiffany. Et sa queue-de-cheval blonde était parcourue de mèches teintes en rose fluo.

Soudain, comme si elle avait senti le regard de Vivi peser sur elle, l'inconnue se retourna. Et braqua les yeux directement sur elle.

Le cœur de Vivi s'emballa. Elle avait cru qu'elle allait pousser un ouf de soulagement en se rendant compte que ce n'était pas Tiffany, mais il y avait un je-ne-sais-quoi chez cette fille qui, décidément, la perturbait.

Mason lui tapota le bras, ce qui la fit sursauter.

— Un peu de pain ? proposa-t-il avec un coup d'œil vers la panière.

Le contact de sa main envoya une décharge électrique et fit fondre toutes les résistances de Vivi. Comment refuser ?

— Avec plaisir.

Lorsqu'elle se retourna à nouveau, la fille aux cheveux roses était partie et le serveur arrivait à pas précipités, chargé des plats qu'ils avaient commandés. Pourtant, Vivi n'arrivait pas à s'enlever de la tête que quelque chose lui échappait, quelque chose d'important. Pourquoi cette fille l'avait-elle dévisagée ? Même en admettant qu'elle avait été atteinte par le sort d'amnésie que Vivi avait jeté au serveur, son comportement était quand même bizarre.

— Mange pendant que c'est chaud, conseilla Mason.

— Tu as raison.

Elle prit une cuillerée de sa bouillabaisse et, les yeux fermés, savoura la palette de saveurs. Un régal. Elle s'était peut-être ridiculisée, mais ça en valait largement la peine. Les aromates lui éclaircirent les idées et elle réussit à rester concentrée sur Mason jusqu'à la fin du repas. Oubliés, les inconnues aux mèches fluo et les corbeaux aux manières étranges.

— Tu sais ce que ça implique, cette thèse ? lui demanda Mason.

Il avait réglé l'addition et ils se promenaient le long de la rivière.

— Non, quoi ?

Il prit Vivi par la main et il l'attira vers lui pour l'embrasser.

— Ça implique que je vais passer les prochaines années à Savannah… avec toi.

Vivi sentit son estomac faire un looping, comme si elle venait de rater une marche. Puis elle se pendit au cou de Mason et toutes ses pensées parasites s'envolèrent.

5

Scarlett

La rumeur qui montait du salon ne put arracher Scarlett à sa rêverie. Les Ailes d'Ombre trépignaient d'impatience. Pourtant, elle était incapable de penser à autre chose qu'à son rendez-vous. Elle devait dîner chez Jackson. Il lui avait donné rendez-vous sur le campus et, de là, ils allaient se rendre à pied à l'appartement qu'il occupait en ville.

Elle ne devait surtout rien apporter, il avait insisté là-dessus, mais elle avait quand même prévu une bouteille de vin. Une cuvée hors de prix, prélevée dans la réserve secrète de Marjorie, planquée dans un coin de la cave. Scarlett trouvait qu'ils le méritaient, après ce qu'ils avaient traversé ensemble.

Même si Jackson ne se souvenait de rien, ou tout comme.

L'arrivée d'Etta la tira de sa méditation.

— Madame la présidente, demanda cette dernière de sa voix gazouillante. Vous voulez qu'on pose ça où ?

Scarlett jeta un coup d'œil à son amie, chargée d'un plateau sur lequel étaient présentés des sachets de graines. Etta lui adressa un large sourire. C'était une sorcière qui appartenait à l'ordre des Coupes et sa magie était reliée à la nature, à l'abondance et à la fertilité. Scarlett avait conscience qu'elle se sentait éclipsée par les autres magies, beaucoup plus tapageuses, alors que sans les plantes et les herbes d'Etta, leurs sorts tomberaient souvent à l'eau. Elle espérait que son idée aiderait leur herboriste officielle à se convaincre que ses compétences étaient absolument essentielles pour le clan – et qu'elle était également indispensable aux yeux de sa présidente.

— À côté des pots, Etta, ce sera parfait.

De l'index, Scarlett lui montra le mur du fond, contre lequel Mei était en train de disposer des pots en céramique, classés par taille et par couleur, qu'elle prenait en photo pour les partager avec son million et quelques de followers.

Les nouvelles recrues étaient déjà installées, en tailleur par terre, et les tapis persans avaient été remplacés par des bâches en plastique – plus pratiques à nettoyer.

— Une petite minute ! L'une de vous veut bien m'expliquer comment ce sort va nous aider à mettre la misère aux Theta ? voulut savoir Hazel, assise à côté de Kim, une Bâton inscrite en deuxième année qui faisait des étirements, étalée par terre, en préparation de son entraînement d'athlétisme.

La nouvelle que les Theta organisaient un apéro le soir même de leur propre fête avait fait le tour de Kappa et toutes étaient convaincues que c'était l'objet de cette réunion.

Reagan leva la main, en bonne élève.

— Est-ce que ces graines vont donner des plantes soporifiques qui vont endormir les Theta et foutre leurs plans en l'air ? suggéra-t-elle.

— Nous aborderons le problème des Theta dans un second temps. Pour l'instant, nous devons nous concentrer sur un sujet beaucoup plus important.

Les sorcières échangèrent des regards décontenancés.

— Plus important que d'écraser des pauvres meufs qui nous crachent au visage ? s'étonna Reagan.

Scarlett la réprimanda d'un regard noir.

— La beuverie des Theta ? Vous n'avez que ça en tête ? J'ai pensé que ça vous intéresserait d'apprendre une nouvelle forme de magie.

Vingt paires d'yeux se braquèrent sur elle. Enfin, elle avait capté l'attention de ses sœurs. Elle sentit sa gorge se nouer. Peut-être avait-elle survendu la chose.

— Bien entendu que ça nous intéresse, répondit Vivi en lui lançant un clin d'œil, signe qu'elle soutenait son Aînée sans réserve.

— Très bien, en fait, je vous propose un nouveau rituel, expliqua Scarlett. Ou, plus exactement, une pratique ancestrale. J'ai emprunté l'idée à l'un des journaux intimes que j'ai lus à la bibliothèque, ceux qui ont été rédigés par les anciennes. C'est relié à la magie de Deniers.

Pour être tout à fait précis, il s'agissait d'une tradition séculaire que les Kappa avaient abandonnée depuis plusieurs générations.

— Chacune de vous va focaliser ses pensées sur un domaine qu'elle espère améliorer au cours du semestre, poursuivit-elle. Sa moyenne aux partiels, par exemple, ses résultats sportifs... sa vie amoureuse.

La dernière proposition déclencha des gloussements dans l'assistance.

— Choisissez absolument ce que vous voulez, liberté totale. Ensuite vous irez choisir les plantes qui favoriseront au mieux l'accomplissement de ce désir. Sur ce point, Etta vous apportera ses lumières.

Debout à côté des pots, Etta salua ses sœurs de la main.

— Et ensemble on jettera aux graines un sort d'épanouissement. Elles vont germer dans les mois qui viennent et votre projet personnel se développera en même temps que la plante.

Scarlett conclut son laïus d'un sourire satisfait. Reagan leva les yeux au ciel, s'abstenant de faire un commentaire à voix haute. Sonali se pencha vers elle et chuchota à son oreille.

— Attendez, depuis quand on fait des trucs baba cool à la Gwyneth Paltrow ? ricana la rouquine, ce qui provoqua l'hilarité de Jess et de Juliet.

Scarlett se serait laissé gagner par le rire, elle aussi, si elle n'avait pas été la cible de cette pique. C'était le genre de moquerie qu'elle aurait échangée avec Tiffany, à la grande époque. À présent, c'était une humiliation qu'elle ne pouvait accepter.

— Ha, lâcha-t-elle. Estimons-nous heureuses d'avoir des sœurs aussi influentes.

— Attends… tu n'es pas en train de dire que Gwyneth est une Kappa…

— Je dis qu'être ouverte, c'est un premier pas vers le succès. Dans cette maison, et au-dehors. Et il ne s'agit pas de ruminer le passé, mais de se tourner vers l'avenir.

— J'adore, intervint Vivi, incendiant ses camarades du regard.

— Moi aussi, renchérit Ariana, le visage fendu d'un sourire.

Assise à côté d'elles, Bailey hocha la tête, mais sans l'enthousiasme dont elle faisait preuve d'ordinaire.

— C'est obligatoire ? voulut savoir Juliet, occupée à natter les cheveux de Jess. Je dois déjà rendre un canevas de ma thèse la semaine prochaine…

— Personne ne t'oblige à participer, répondit Scarlett, dressée sur ses ergots. Mais ce sera notre premier rituel collectif depuis notre retour sur le campus.

Juliet lui lança un regard sombre, puis elle haussa les épaules et resta à sa place.

Scarlett reprit la parole :

— Prenons toutes un moment pour réfléchir à l'objectif qu'on espère atteindre.

Son objectif, elle l'avait déjà identifié : elle comptait faire pousser une plante qui l'épaulerait dans sa nouvelle fonction – un iris pour la sagesse, par exemple, ou une aubépine pour le pouvoir et l'énergie.

Tu ne préférerais pas planter des violettes, pour l'amour ? lui souffla une petite voix dans un recoin de sa conscience.

Elle fit celle qui n'avait rien entendu. Priorité absolue au rôle qu'elle jouait à Kappa.

Un murmure attira son attention. Juliet et Jess conspiraient, la tête baissée. Tout ce qui arriva aux oreilles de

Scarlett, c'est « Dahlia n'aurait jamais versé dans le baba cool, elle », et cela suffit à lui couper le souffle.

Est-ce qu'elles avaient raison, au fond ? Était-ce vraiment une idée catastrophique ?

Dahlia n'aurait jamais eu l'idée de pratiquer un rituel de ce genre, Scarlett voulait bien le reconnaître. Mais Dahlia n'avait qu'une seule et unique préoccupation, le pouvoir, et le court terme. Scarlett était prête à parier que son approche était la meilleure, et de loin. Elle risquait moins de se retrouver avec une Tiffany sur les bras.

Scarlett s'était engagée à faire prendre une nouvelle direction à Kappa ce semestre, et ce n'étaient pas des paroles en l'air. Terminée, l'utilisation de leurs pouvoirs à des fins malveillantes.

— Prêtes ? Excellent. Etta, tu veux bien nous détailler les vertus des herbes que tu as mises à notre disposition ?

À son immense soulagement, elle remarqua que Bailey et Ariana sortaient un cahier pour prendre des notes à l'instant où Etta prit la parole.

Et pourtant, elle n'arrivait pas à se défaire de l'impression tenace que quelque part au-dessus d'elle Dahlia, dépitée, n'avait rien raté de cette scène.

Lorsque Scarlett traversa la pelouse, elle était en retard. Jackson lui avait donné rendez-vous devant le bâtiment Hewitt un quart d'heure plus tôt mais elle avait consacré plus de temps que prévu au rituel. Incapable de se concentrer, de s'appliquer entièrement à sa tâche. Plus d'une fois elle s'était interrompue pour surveiller les autres, s'assurer que les nouvelles recrues suivaient correctement les consignes – et, oui, pour écouter en douce Juliet et Jess et vérifier que Reagan avait arrêté de râler. Elle n'avait rien entendu de suspect, mais elle avait intercepté des regards furtifs qu'elle était incapable d'interpréter.

Qu'est-ce qui cloche chez moi ? Elle accéléra le pas. Elle, d'ordinaire si résolue, si sûre de ses choix. Depuis la rentrée, elle se comportait comme une première année fébrile et elle revenait sur ses décisions à chaque instant.

Elle consulta une dernière fois son téléphone. Aucune réponse de Jackson. Il n'avait toujours pas lu son dernier texto : J'arrive dans cinq minutes !

Elle pressa le pas, puis un mouvement sur sa droite attira son attention. Un étudiant avait déplié un plan du campus et se battait avec.

Blanc de peau, à peu près du même âge qu'elle, vêtu d'un jean et d'un pull en cachemire bleu. Il détacha le regard de son plan, contrarié, et chercha de l'aide autour de lui. C'est alors qu'il avisa Scarlett, qui se trouvait à quelques mètres de lui, et il afficha un large sourire. Rouge écarlate, il suait à grosses gouttes. Physiquement, il cochait toutes les cases du beau mec. Musclé, la mâchoire carrée, les yeux myosotis, et d'épais cheveux noirs parfaitement coiffés – pas une mèche ne dépassait. Il se passa une main dedans pour leur donner un peu de volume – relevant le bord de son pull et, dans le même geste, révélant des abdominaux en béton.

— Désolé si je t'ai fait peur, dit-il. Vraiment. Et désolé si je te regarde de façon aussi insistante. C'est juste que tu… j'erre sans croiser personne depuis plusieurs minutes à part toi… Et je suis un peu en galère.

Scarlett scanna les environs des yeux. Le type n'exagérait pas. Il n'y avait pas un chat à Westerly et, à cette heure, en fin de semaine, ce n'était pas normal.

Elle dégaina son téléphone.

— Où est-ce que tu as trouvé ce plan ? Tu sais qu'on a une super appli qui permet de se diriger sur le campus ?

— Aaah… je vois, répondit-il d'un air penaud. Il faut encore que je la télécharge. Le plan était fourni avec mon kit de bienvenue.

— Et tu t'en sors comment avec ?

— Très bien, une fois qu'on m'aura dit où est le nord.

Scarlett éclata de rire et, les mains posées sur ses épaules, l'orienta vers la bonne direction. Toutes les sorcières sans exception savaient situer les points cardinaux, qui leur étaient essentiels si elles voulaient jeter un sort.

— Merci, tu me sauves la vie. Je suis déjà en retard.

— Tu cherches un bâtiment en particulier ? s'enquit Scarlett, étudiant le plan.

Elle-même avait des vues sur Jackson, ou elle espérait que Jackson avait des vues sur elle. Mais ce serait bête de passer à côté d'une telle occasion. Mei avait passé le semestre précédent désespérément seule. Peut-être que ce mec paumé-mais-mignon était la solution à son célibat – ce serait une bonne idée de l'inviter à leur grande soirée de rentrée.

— Le bâtiment principal. Je viens d'arriver, répondit l'étudiant avec une grimace. Il faut que j'aille récupérer les documents pour valider mon transfert.

Il se redressa de toute sa hauteur, de toute évidence il attendait qu'elle réagisse à ce qu'il avait dit. Qu'elle lui demande où il avait étudié avant, pourquoi il avait changé de fac… À en juger par son accent du Sud des États-Unis, très prononcé, il ne pouvait pas venir de très loin. Mais Scarlett avait déjà fait attendre Jackson. Elle ne pouvait pas se permettre de lui tenir compagnie.

— C'est à l'administration que tu dois t'adresser. Mais je ne pense pas qu'ils soient ouverts le week-end.

Elle montra un édifice flanqué d'un campanile tout au bout de l'étendue engazonnée.

— Pas de bol, lâcha l'inconnu, qui avait pourtant l'air ravi. Tant pis. Il va falloir que je revienne.

— OK.

Elle repartit en direction de Hewitt mais le nouveau n'en avait pas fini avec elle. Il cala son pas sur le sien.

— On s'est déjà croisés, non ? Sur la voie Grecque. Tu m'as dit que tu appartenais à quelle sororité, déjà ?

Elle le fusilla du regard. Elle le trouvait mignon, même si son petit doigt lui disait de se méfier de lui. Mais elle ne savait plus où donner de la tête. Et c'était à Jackson qu'elle comptait accorder son attention pleine et entière.

— Kappa Rho Nu, répondit-elle à contrecœur.

— On est de la même famille, alors. J'étais membre de PiKa à l'université Vanderbilt. J'ai eu une veine incroyable en arrivant ici, une chambre venait de se libérer chez eux.

La chambre qu'occupait Mason au dernier semestre, déduisit Scarlett. Ils échangèrent une poignée de main.

— Ça m'embête de te planter là, mais j'ai rendez-vous, déclara-t-elle sans tourner autour du pot, et avec un sourire neutre. Au fait, je me présente, Scarlett Winter.

— Xavier. À une prochaine, peut-être ?

Elle le salua mollement de la main et reprit sa route. Elle sentit son regard vrillé dans son dos et elle comprit qu'il n'allait pas la quitter des yeux tandis qu'elle traversait la pelouse. Elle réfléchit quelques instants. Quel mal y avait-il à présenter un charmant jeune homme à Mei ou à l'une de ses sœurs ? Elle se retourna pour le héler :

— Hé, Xavier…

Xavier afficha un sourire plein d'espoir.

— Évite le cours d'histoire du professeur Grant, lui conseilla Scarlett, sans comprendre d'où cette phrase était sortie. Les PiKa vont essayer de te convaincre que l'examen n'est qu'une formalité, mais c'est une vraie boucherie.

Le nouveau venu la remercia en soulevant un haut-de-forme imaginaire, puis il s'éloigna.

Scarlett avait son invitation sur le bout de la langue et, pourtant, une force l'avait retenue. Ce Xavier était inconnu au bataillon. Après les événements du dernier semestre, mettre ses sœurs en contact avec une personne qu'elles ne connaissaient ni d'Ève ni d'Adam était un risque qu'elle refusait de prendre. Même si le Xavier en question était plutôt beau gosse.

Occupe-toi d'abord de tes affaires, songea-t-elle.

Elle tourna le coin d'un bâtiment et se retrouva face au point de rendez-vous, et aussitôt elle zappa Xavier de son esprit parce que… Jackson n'était pas là.

Merde.

Scarlett ressortit son téléphone et essaya de le contacter sans passer par la case texto. Elle composa son numéro et laissa sonner, faisant les cent pas. À l'instant où la boîte vocale se déclenchait, elle entendit des rires en provenance de la roseraie, un petit coin de paradis un peu en retrait de Hewitt.

Elle raccrocha et laissa les rires la guider. Elle fit quelques pas, reconnut la voix de Jackson.

— Nan ! Tu déconnes ! s'exclamait-il.

Elle arriva au niveau de la roseraie, tout sourire, des excuses aux lèvres. Jackson se trouvait au centre de son cercle d'amis, les membres de son club de philo.

— Désolée d'être en retard, lui lança-t-elle, hors d'haleine.

Jackson posa les yeux sur elle, le front barré d'une ride.

— Bonjour à tous, lança Scarlett avec une jovialité qui, soudain, lui parut forcée. Vous permettez que je vous emprunte votre intrépide leader ? On a prévu de dîner ensemble.

Jackson ne la regardait même plus. Il n'en avait que pour ses amis.

— Matt, tu disais ? On devrait débattre de Butler la prochaine fois, c'est ça ? fit-il, l'ignorant ostensiblement.

Scarlett resta pétrifiée sur le seuil de la roseraie, le sang battant à ses tempes. Il était en train de l'envoyer balader. Il lui faisait la leçon pour quelques minutes de retard.

Jackson continua à la snober, très occupé à planifier le lieu et l'heure du prochain débat.

Scarlett fronça les sourcils. Elle était loin d'imaginer que leur premier rendez-vous se déroulerait ainsi. *Aucun homme ne traite Scarlett Winter de cette façon.* Et pourtant, c'était exactement de cette façon que Jackson la traitait.

— Jackson ? lança-t-elle, sa voix trahissant un début d'agacement.

Les garçons qui entouraient Jackson avaient bien capté la situation, même si lui semblait indifférent. Les Jeunes Philosophes quittèrent la roseraie et se dispersèrent, les uns saluant Jackson de la main, les autres observant Scarlett, bouche bée. Lorsqu'ils se retrouvèrent seuls, Jackson fut obligé de lui faire face.

Il s'était mis sur son trente-et-un, remplaçant son t-shirt et son jean par une chemise et un pantalon. Plus élégant que jamais. Quelque chose brillait autour de son cou : une chaîne en argent.

— Scarlett. Quel plaisir de te voir, articula-t-il sur un ton qui manquait de naturel.

Elle tenta de lui répondre par un sourire sincère, le cœur battant à tout rompre.

— Désolée d'être en retard. J'ai dû régler un truc à Kappa.

— Pas de souci. Comme tu le vois, je passe d'excellents moments sans toi, répliqua Jackson.

Là-dessus, il mit son sac à dos à l'épaule. Scarlett sentit la déception l'envahir.

— Donc… tu ne veux plus qu'on dîne ensemble.

— J'ai autre chose de prévu.

— Comment ça, autre chose de prévu ? C'est toi qui me l'as proposé. Tu as oublié ? bredouilla-t-elle, à la fois vexée et sur la défensive.

— J'ai un autre truc, c'est tout…

Il voulut s'en aller, mais elle se planta devant lui. Leurs regards se croisèrent.

— On se revoit en cours, Scarlett, fit-il, la mâchoire serrée.

— Tu te fous de moi.

Il fronça les sourcils. Une fraction de seconde, il parut être la proie d'un intense combat intérieur. Il finit par secouer la tête, le regard toujours perdu dans le vague.

— Je pensais que ce serait possible, mais non. Tu es une Kappa. Et je ne peux pas sortir avec une Kappa. À bientôt, Scar.

Elle le regarda s'éloigner et son cœur se morcela. Elle avait la sensation d'avoir été victime d'une arnaque. Elle ne s'expliquait pas comment c'était arrivé, mais elle s'était fait des films en se persuadant que Jackson tenait vraiment à elle. Ils s'étaient mis à flirter par textos durant la coupure des vacances, mais ça s'était limité à ça. À des textos. Elle avait cru que le courant passait entre eux, qu'une étincelle s'était allumée. Mais elle avait effacé les derniers mois de sa mémoire. Et il avait oublié qu'ils avaient affronté le danger ensemble, main dans la main. Oublié qu'ils s'étaient *embrassés*. L'univers s'ingéniait à les réunir, puis à les séparer.

Ou peut-être que tu ne lui plais pas, voilà tout, se dit-elle en le regardant traverser la pelouse sous le soleil de cette fin d'après-midi. Pas une fois il ne jeta les yeux en arrière, pas une seule. Comme s'il avait définitivement pris Scarlett en grippe.

Eh bien, il venait de l'humilier, et cette pilule-là était encore plus amère.

6

Vivi

La Taverne de Grandgousier était le bar préféré des étudiants de Westerly parce qu'il restait ouvert jusqu'à une heure tardive et que les serveurs fermaient les yeux sur l'âge des consommateurs – du moment que les pourboires suivaient. Voilà pourquoi cinq étudiantes de première année, accessoirement membres de Kappa, avaient choisi de s'y donner rendez-vous et occupaient un box à l'écart, loin des oreilles indiscrètes.

Les habitants de la voie Grecque avaient envahi l'établissement bas de plafond, aux murs lambrissés, ambiance pub irlandais. Dès que Sonali – la dernière à arriver – se glissa sur la banquette, essoufflée, Bailey sortit son tarot de son sac et chercha une carte précise, en se cachant à moitié sous la table. Lorsqu'elle la trouva, elle la pinça entre le pouce et l'index et prit la main de Sonali dans la sienne.

Les Kappa formèrent une chaîne et reprirent à mi-voix la formule que Bailey chuchotait.

— J'en appelle à la Reine de l'Air. Que notre présence soit reléguée à l'arrière.

Vivi fit converger son pouvoir vers Bailey. Quelques secondes plus tard, elle sentit qu'un changement s'opérait dans la salle. Des visages se détournèrent, des regards un peu trop curieux se désintéressèrent de leur groupe. Bailey afficha un sourire satisfait et lâcha la main de Sonali.

— Et voilà.

— Merci, lui dit Vivi.

Il fallait absolument qu'elle étudie la technique de Bailey. Elle semblait beaucoup plus efficace que celle que Vivi avait utilisée durant son dîner aux chandelles avec Mason.

— Désolée d'être en retard, soupira Sonali en faisant à la va-vite un chignon de ses cheveux noirs, épais et ondulés. J'ai commis une petite bourde.

— Qu'est-ce qu'il s'est passé ? voulut savoir Ariana. Tu vas bien ?

— Moi, parfaitement bien. Mais dans mon TD de santé publique il y a un type odieux, un vrai Monsieur-je-sais-tout, il monopolise la parole et aujourd'hui il a vraiment commencé à me courir sur le haricot, alors...

Elle s'interrompit quelques instants, rouge comme une tomate.

— Alors je lui ai jeté ce sort, vous savez, celui qui fait gonfler la langue de la personne qui se le prend. Les autres ont cru qu'il faisait un choc anaphylactique et ils se sont massés autour de lui, du coup je n'ai pas pu jeter le contre-sort avant l'arrivée de l'ambulance, et ça s'est fini en chaos général.

— Oh là là, j'y crois pas ! s'esclaffa Reagan.

— Il va s'en sortir ? s'inquiéta Bailey. Je ne dis pas qu'il ne l'a pas mérité, mais...

— Oui, il va bien maintenant. J'ai pu réciter la formule quand il était sur la civière, mais ça a pris un bon moment. Bon, on parle de cette fête, oui ou non ?

Vivi hocha la tête et s'apprêta à prendre la parole mais elle fut prise de vitesse par Reagan qui se pencha en travers de la table, projetant une cascade de boucles d'un roux flamboyant sur les épaulettes de son chemisier noir transparent.

— J'ai quelques idées, Devereaux, déclara-t-elle.

— Et si on laissait d'abord Vivi nous expliquer ce qu'elle a en tête ? intervint Ariana, déjà agacée.

— Eh ouais, Reagan, plaisanta Bailey. Fais attention à tes fesses, ou Vivi va te faire le même coup que Sonali.

— Pardon, pardon, rétorqua Reagan en levant les mains. Je te laisse le micro, Vivian.

Vivi adressa à Ariana un sourire reconnaissant.

— Je serai ravie que tu partages tes idées avec nous, Reagan, mais après. Pour l'instant j'ai quelques suggestions à vous soumettre.

Elle plongea la main dans son sac, sortit son téléphone, ouvrit le fichier vidéo qu'elle avait créé avec l'aide d'Ariana, puis tira son propre tarot et retourna la première carte.

— J'en appelle à la Lune, créatrice de mirages et de visions. Prête ta force à cette illusion.

L'écran de son portable s'éclaira et une image en 3D du salon des Kappa apparut sous leurs yeux, très semblable à un hologramme, une maquette tournant lentement sur son axe.

— Pour le thème, j'ai pensé à *Alice au pays des merveilles.* Vous voyez ? fit Vivi, puis elle effleura l'écran du doigt : le canapé se transforma en champignon et le lustre se recouvrit de tasses en porcelaine.

— Au salon on pourrait installer le thé du Chapelier Fou, poursuivit-elle, et dans le jardin mettre en place un décor en rapport avec la Reine de Cœur et la partie de croquet.

Bailey se pencha pour mieux voir tandis que Sonali hochait la tête, impressionnée.

— Très sympa !

— Et j'ai noté les sorts qui correspondent à chaque métamorphose.

Vivi zooma sur le buffet ; la table ployait sous les cupcakes géants et les mini-sandwichs, à peine plus grands que des amuse-bouches.

— Ici, je pense qu'un simple sort d'embellissement suffira.

Reagan fit une moue dubitative.

— Mouais, peut-être, à condition qu'il ne lâche pas au beau milieu de la soirée.

Bailey se rangea à l'avis de Reagan.

— Tu vas avoir besoin d'un sort beaucoup plus puissant, expliqua-t-elle, pour éviter d'attirer les soupçons. Tu as pensé à te servir d'un charme d'illusion alchimique ? C'était très populaire pendant la Renaissance. J'en ai testé quelques-uns avec Juliet pendant nos séances de tutorat.

Vivi se sentit rougir jusqu'à la racine des cheveux. Un charme d'illusion alchimique ? Elle ne savait même pas que cela existait. Et ses propres séances de tutorat, sous l'égide de Scarlett, n'avaient pas repris depuis les événements du dernier semestre.

— Bien vu, répondit-elle, espérant masquer son ignorance. Je vais y réfléchir.

Reagan et Sonali échangèrent un regard dont le sens lui échappa.

Mais qu'est-ce que je fous là ? songea Vivi. Elle n'était pas prête à assumer des responsabilités pareilles. Si elle n'arrivait même pas à convaincre les filles de sa promo, comment espérait-elle impressionner ses aînées ?

Vivi savait combien la première fête de l'année pesait lourd. « Elle va donner le ton pour les mois à venir, lui avait dit Scarlett à la table du petit déjeuner le matin même. Par ailleurs, il faut montrer au Conseil panhellénique que Kappa est toujours *la* référence pour la Fiesta de Printemps. Les Theta ont déterré la hache de guerre. En fait, je crois qu'elles cherchent à se venger – c'est Dahlia qui a fait fuiter leur règlement débile sur Internet. C'est elle qu'elles tiennent pour responsable, en tout cas. Dis-moi si tu as besoin que je t'accompagne durant les préparatifs. »

Que je t'accompagne. Vivi avait décliné l'offre, elle allait très bien s'en sortir toute seule. Pour elle, il était insupportable de réclamer de l'aide aussi vite, de décevoir son Aînée dès le départ.

Sous la table, Ariana lui mit un petit coup de genou. Vivi arrêta de rêvasser.

— Bon, je vais vous demander de travailler de votre côté les sorts associés à votre élément. Reagan, Bailey, je peux vous confier les lumignons et les bougies ?

En leur qualité de sorcières de Bâton, Reagan et Bailey avaient un talent inégalé pour la magie associée à la lumière et au feu.

— Etta m'a montré une recette qui pourrait s'avérer utile, déclara Ariana. Une potion qui te permet de ressentir l'ivresse quand tu picoles tout en échappant à la gueule de bois le lendemain.

— Excellent, répondit Vivi avec un grand sourire. Alors, on en fait profiter les Kappa ? Ou on en élargit l'utilisation à tous ceux qui débarquent à la soirée, même s'ils n'ont aucun pouvoir ?

— Je suis pour partager, si ça peut éviter que les invités vomissent sur la pelouse. Les Theta vont organiser leur apéro de merde, grogna Reagan en lançant un regard noir vers le fond du pub. Tout le monde va se mettre minable avant de se pointer chez nous.

Vivi suivit son regard et aperçut quelques Theta attroupées à côté du bar. Même si, officiellement, l'association d'étudiantes prétendait avoir changé de politique, elle constata avec amusement qu'elles respectaient toujours à la lettre leur règlement, qui stipulait qu'elles avaient le droit de se coiffer de trois façons différentes, pas une de plus, et qu'elles devaient porter des ballerines assorties à leur sac Longchamp.

À cet instant, une autre fille chaussée de ballerines se joignit au groupe, mais ses cheveux roses prouvaient sans conteste qu'elle s'était libérée du carcan des Theta. Cette fille, Vivi l'avait vue au restaurant l'autre soir, elle l'avait même prise pour Tiffany. Drôle de coïncidence.

— Écoutez, je n'ai pas envie d'être vache, chuchota Reagan sur un ton qui suggérait l'exact contraire, mais je pense que ce projet est un peu… ambitieux. Tu n'as pas envie d'avoir les yeux plus gros que le ventre, pas vrai, Vivi ?

— Excuse-moi, l'interrompit Ariana, mais tu n'étais pas dans les souterrains avec nous la nuit où Vivi nous a tirées d'affaire ? Ce n'est pas toi que j'ai vue arrêter la vague qui allait nous tomber dessus, Reagan.

— Je n'ai jamais dit que ses pouvoirs étaient limités, rétorqua Reagan, manifestement vexée. Mais je crois que Vivi sera la première à reconnaître qu'elle a encore de gros progrès à faire. Imagine, si ses sorts nous lâchent en pleine soirée, on va se retrouver dans une sacrée merde.

Comme pour ponctuer ses propos, elle avala une gorgée de son cocktail, grimaça et recracha dans son verre un liquide visqueux et brunâtre.

— Qui a transformé ma vodka tonic en sauce barbecue ? ! s'exclama-t-elle d'une voix stridente.

— Il faut croire que tu as encore de gros progrès à faire en matière de sorts de protection, fit Bailey d'une voix mielleuse.

Il y eut un silence tendu, puis les cinq sorcières explosèrent de rire à l'unisson.

— Bon, j'avoue, je l'avais peut-être un peu cherché, répondit Reagan en s'essuyant la bouche avec une serviette en papier. Mais ne comptez pas sur moi pour aller au bar et faire amie-amie avec les Theta.

— À votre avis, pourquoi les Theta ont décidé de s'en prendre à nous ? demanda Ariana. Elles n'ont pas encore compris qu'elles ne nous arrivent pas à la cheville ?

— D'après Scarlett, Maria accuse Dahlia d'avoir fait fuiter leur règlement, expliqua Vivi.

Reagan leva les yeux au plafond.

— Tu parles. Elles s'en servent comme prétexte pour nous chasser de la première place du podium. La diversité, elles en ont plein la bouche, mais pour elles, c'est juste une stratégie marketing. En résumé, elles racontent n'importe quoi.

— Ah bon ? s'étonna Bailey, en jaugeant Maria avec curiosité.

— Qu'est-ce qu'elles font en faveur de leur nouvelle grande cause, à part poster un million de selfies assortis de citations sur « la pensée positive » ? ricana Reagan. Tu le sais, toi ? Mais Maria a l'air de croire qu'on devrait lui lécher les pieds parce qu'elle sort avec le fils de Vince Lee.

— Le joueur de foot ? fit Ariana. Une des légendes de Westerly, c'est ça ?

Voilà qui coupa le souffle à Vivi. *Vince* ? C'était le prénom que sa mère avait lâché par mégarde l'autre jour dans la conversation. Le nom de son père. Jusqu'ici Vivi avait réussi à résister à la tentation de mener sa petite enquête, mais si son fils fréquentait Westerly, cela voulait dire que Vivi…

Les mains tremblantes, elle attrapa son téléphone et pianota « Vince Lee Westerly » dans la barre Google. Sa recherche donna des centaines de résultats mais une date lui sauta aux yeux : 1998. Il était sorti diplômé de la fac un an avant Daphné, ce qui suggérait que leurs chemins s'étaient sans doute croisés. Combien de joueurs répondant au nom de Vince dans l'équipe de foot à cette époque ?

— Et son fils, Tim, enchaîna Reagan, il paraît qu'il joue encore mieux que lui. Possible qu'il lâche les études pour passer professionnel, et alors Maria pourra réaliser son rêve de devenir une WAG.

Ses amies, qui n'avaient pas compris la référence, posèrent sur elle un regard inexpressif.

— C'est comme ça qu'on appelle les meufs qui vivent aux crochets d'un sportif…, expliqua la sorcière rousse, surtout si elle s'arrange pour claquer tout le fric qu'il gagne en bijoux, par exemple, ou en extensions capillaires.

Vivi tenta de dissimuler son trouble mais c'est le cœur battant qu'elle chercha le trombinoscope de l'équipe de football qui s'était illustrée durant la période qui l'intéressait. Il n'y avait qu'un seul Vince, le fameux Vince Lee. C'était lui, son père ; forcément que c'était lui.

— Tu peux parler, toi, répondit Sonali sur un ton taquin, avant d'attraper une des mèches lustrées de Reagan.

— Hé, je n'ai rien payé du tout, s'indigna cette dernière. C'est Mei qui les a fait apparaître.

— Vivi, ça va ? s'inquiéta Bailey. Pourquoi tu as le regard perdu dans le vague comme ça ?

— Désolée, ce n'est rien.

Vivi eut beau secouer la tête, cela ne chassa pas la question qui s'était logée dans son cerveau et qui prenait toute la place. Avait-elle un *demi-frère* qui fréquentait Westerly ?

Son enfance solitaire lui revint par flash-back. Les après-midi longs et mornes dans une enfilade d'appartements meublés de bric et de broc, où Vivi attendait que sa mère rentre du travail. Elle avait toujours caressé l'espoir d'avoir un frère ou une sœur mais c'était un espoir qu'elle avait abandonné depuis bien longtemps.

— Je sais à qui elle pense, plaisanta Ariana. Et justement, il vient d'entrer.

Vivi découvrit alors que Mason balayait le pub du regard. À en juger par sa besace bourrée à craquer et par les dossiers qu'il portait sous le bras, il arrivait directement de la bibliothèque. Entre la foule et le bruit, il avait du mal à trouver ses marques.

Vivi adressa à son amie un regard affectueux.

— N'essaie pas de nous faire croire que tu lis dans les pensées, Ari. On sait que ce n'est pas ton fort.

Ariana appartenait à la famille des Coupes et elle était naturellement plus empathique que la moyenne mais les sorts de clairvoyance, qui venaient si facilement à Reagan par exemple, lui posaient problème en règle générale.

— Je reviens, lança Vivi à ses sœurs.

Elle se mit debout et rompit un instant le sortilège de distraction en faisant signe à Mason. Leurs regards se croisèrent, le visage du jeune homme se fendit d'un large sourire et Vivi sentit une douce chaleur envahir ses membres. Mason se dirigea vers leur table, laissa tomber son sac sur la banquette, déposa un baiser sur la joue de Vivi puis salua le groupe d'amies.

— Vous avez encore soif ? Je peux attendre au bar pendant que vous bouclez votre réunion. Je sais que je n'ai pas accès à certains secrets d'État.

— Ne dis pas de bêtises, rétorqua Ariana. On peut aussi effacer ta mémoire.

Mason partit d'un grand rire tandis que Bailey réprimandait Ariana d'un regard appuyé.

— D'accord, mesdemoiselles, mais avant, laissez-moi vous payer la prochaine tournée.

— Une autre vodka tonic pour moi, répondit Reagan avec la spontanéité d'une fille habituée à ne jamais sortir sa carte bleue.

Elle jeta un coup d'œil en direction du bar puis elle se tourna vers Mason avec, aux lèvres, un sourire malicieux.

— En fait, je t'accompagne. Le mec canon que j'ai repéré à mon cours d'anthropologie vient de débarquer.

— Avec grand plaisir, répondit Mason, et il lança à Vivi un regard amusé avant d'escorter Reagan au bar.

— Lui, il faut que tu le gardes, chuchota Ariana. J'en veux un exactement pareil. Je me demande si les sorts de clonage fonctionnent vraiment.

À cet instant, la serveuse se matérialisa à côté de leur table, tout sourire.

— Je vous apporte la carte, les filles ? Ou je vous ressers la même chose ?

Les Kappa braquèrent sur elle un regard interloqué. Ce n'était pas normal. Jamais Bailey n'avait raté un sort de distraction, pas une seule fois.

— Euh… je crois qu'on a besoin d'une petite minute, lui répondit Vivi.

— Pas de souci. Je reviens dès que je me débarrasse de ça, fit la serveuse en montrant le plateau chargé de verres sales qu'elle tenait calé en équilibre contre sa hanche.

Elle n'eut pas le temps de se retourner : quelque chose la percuta de plein fouet et le plateau fit un vol plané. Un liquide glacé éclaboussa le visage de Vivi et lui entra dans les yeux. Elle poussa un petit cri et jeta des regards paniqués autour d'elle. Ariana, Bailey et Sonali faisaient de même. Soudain leur table fut recouverte d'une flaque poisseuse et leurs vêtements se retrouvèrent imprégnés de bière.

Quelques instants plus tard un poing s'agita au-dessus de leurs têtes : un gaillard balèze aux cheveux blonds coupés très court voulait rectifier le portrait à un autre étudiant, encore plus musclé, qui avait les cheveux bruns.

Bailey quitta la banquette d'un bond et se réfugia de l'autre côté de la table, loin de la bagarre, pendant que Sonali se plaquait contre le mur.

— Hé ! s'écria la serveuse. On se calme *tout de suite.*

Mais les combattants firent la sourde oreille et un troisième étudiant, lui aussi grand et costaud, se jeta dans la mêlée. Une foule de curieux s'agglutina autour d'eux et personne n'avait l'air de se soucier que leur table se soit subitement transformée en ring.

— Vas-y ! Mets-lui sur la gueule !

Un poing partit dans la direction de Vivi et lui frôla la joue. Par réflexe, elle s'écarta. Plus de peur que de mal. Alors elle distingua la voix de Mason.

— C'est quoi ce bordel, les mecs ?

Il s'était ouvert un passage dans la cohue à coups de coudes et il dégagea le type qui se tenait sur la table. Et qui ne l'entendait pas de cette oreille.

— Pourquoi tu te mêles de ce qui te regarde pas, Gregory ?

Mason se servit de son bras comme d'un bouclier.

— Justement, ma copine, ça me regarde. Et j'ai l'impression que tu viens de la frapper.

Au fond de ses yeux brûlait une flamme que Vivi voyait pour la première fois.

Le blond toisa Vivi, puis il lâcha un rire abject.

— Je suis sûr qu'elle ne l'a pas volée, sa correction, cracha-t-il.

— D'où tu te permets de parler comme ça ? répondit Mason. Dans sa voix grondait une menace voilée. À ma petite amie, en plus. Tu vas lui présenter des excuses.

Avec un bruit sourd, le poing du blond entra en contact avec les abdominaux de Mason. Vivi se rencogna sur la banquette, mais son champ de vision était réduit par l'attroupement, qui semblait avoir doublé de taille au cours de la minute qui venait de s'écouler. Les curieux se tenaient sur la pointe des pieds pour ne rien rater du spectacle. Certains s'étaient même perchés sur des chaises ou des tables.

Sans réfléchir, elle ferma les yeux et récita tout bas :

— J'en appelle à l'Empereur et à l'Impératrice. Apaisez ces passions destructrices.

Un sort que lui avait enseigné Scarlett et qui s'adaptait à toutes les situations, en particulier aux urgences.

— J'en appelle à l'Empereur et à l'Impératrice, répéta-t-elle, plus fort. Apaisez ces passions destructrices.

De sa main restée libre, elle chercha à tâtons son tarot dans son sac à main. Du bout des doigts, elle effleura les cartes.

Debout au fond de la salle, la fille aux cheveux roses capta son regard. Elle semblait parfaitement sereine alors que le chaos se déchaînait sous son nez. Sidérée, Vivi se détourna à l'instant où Mason se prenait un direct en pleine mâchoire. *Mais ils ont pété un câble ou quoi ?*

Vivi baissa la tête et découvrit deux cartes qui dépassaient du jeu de tarot. Elle les saisit. L'Empereur et l'Impératrice, couple représentant le calme au milieu de la tempête, parfaitement assortis, lui renvoyèrent son regard. Les paupières closes, elle se concentra dessus de toutes ses forces.

— J'en appelle à l'Empereur et à l'Impératrice. Apaisez ces passions destructrices.

Un silence aussi soudain que pesant s'abattit sur le pub. Quelques murmures s'élevèrent mais elle n'entendit plus ni chocs ni grognements.

Elle ouvrit brusquement les yeux pour voir l'adversaire de Mason trébucher contre une chaise et s'affaler par terre. Le gaillard aux cheveux hérissés vacilla sur ses jambes et Mason le rattrapa, puis il l'aida à s'appuyer contre le bar.

Le blond tenait d'une main son nez qui pissait le sang, mais il n'essaya pas de s'en prendre à Mason. Il se contenta de tituber vers la sortie. La foule se fendit pour le laisser passer, gardant une distance respectueuse à cause du sang qui imbibait son t-shirt.

Vivi le regardait s'éloigner quand, tout d'un coup, le pub se métamorphosa. Des branches jaillirent du plafond pour remplacer les poutres apparentes. Le plancher devint boueux et des plantes grimpantes s'enroulèrent autour des tables et des chaises puis se mirent à ramper vers elle. Vivi sentit une liane lui serrer la cheville et elle étouffa un cri.

Mais c'est quoi, ce délire ? Elle tenta de dégager sa jambe mais elle était paralysée. Ses pieds restaient ancrés dans le sol. La végétation en profita pour se propager aux deux jambes. Les plantes prirent d'assaut ses mollets, lui chatouillèrent l'arrière des genoux.

Ce n'était plus le même air qu'elle respirait. Les bouffées nauséabondes propulsées par le climatiseur avaient cédé la place à une ambiance moite, humide. Elle entendit un bruissement, un battement d'ailes. *Des papillons ?* se demanda-t-elle en son for intérieur. *Ou d'autres insectes…*

— Vivi !

Mason l'attrapa par le coude.

Elle cligna des paupières et le pub reprit brutalement son apparence initiale. Un plafond et un sol tout ce qu'il y a de plus normal. Des clients ordinaires, qui regagnaient leur table et reprenaient le fil de la soirée. Le spectacle était fini.

Vivi avala de grandes goulées d'air, dans l'espoir de se ressaisir et d'apaiser son cœur qui lui cognait les côtes.

Une fraction de seconde, elle avait eu l'impression d'être de retour dans les profondeurs de la forêt. Perdue au milieu des ténèbres, un orage grondant au-dessus d'elle. Elle secoua la tête. Ce n'était qu'un souvenir. Rien de plus qu'un mauvais souvenir.

— Ça va ? lui demanda Mason, inquiet.

Ce n'est qu'à cet instant qu'elle remarqua l'état de son visage, sa joue meurtrie et la poche de glace, fabriquée avec les moyens du bord – des torchons empruntés au bar –, qu'il tenait dans son poing.

— Oui, ça va, fit-elle en effleurant sa mâchoire – elle n'avait presque pas mal. C'est pour toi que je me fais du souci.

Elle lui prit la poche de glace et l'appliqua sur sa pommette. Mason essaya de la rassurer, mais son sourire évoquait davantage un rictus de douleur.

— C'est rien. Ce pauvre Dante a pris beaucoup plus cher.

Il coula un regard vers le type aux cheveux hérissés qui était toujours appuyé au bar. Dante avait la paupière salement enflée et il n'allait pas tarder à se retrouver avec un œil au beurre noir.

— Tu le connais ? demanda Vivi.

— Il était à PiKa avec moi. Le mec le plus pacifique que je connaisse. Je ne comprends pas quelle mouche les a piqués…

Mason avait quitté PiKa, sa fraternité, quelques semaines plus tôt. Vivi savait que la plupart de ses amis proches en étaient toujours membres.

— Les effets de l'alcool, tu crois ?

— Ça en a tout l'air, soupira Mason avec, dans la voix, un désarroi que Vivi perçut clairement. Mais c'est bien la première fois que je vois la situation dégénérer comme ça.

Prise d'un besoin soudain de réconfort, elle se serra contre lui et enfouit son visage au creux de son torse.

Mason va bien. Tout le monde va bien.

Mais l'image de la forêt resta imprimée dans son esprit.

7

Scarlett

— Je suis bluffée, Petite Sœur. Jamais l'idée ne me serait venue. Kappa et son Pays des Merveilles...

Scarlett contemplait le salon métamorphosé. Des champignons, dont certains vénéneux, s'étaient substitués aux canapés d'époque. Les tapis créaient l'illusion de l'herbe et des miroirs déformants fixés aux murs agrandissaient encore une pièce aux volumes impressionnants.

Vivi attendait impatiemment le verdict de son Aînée.

— Je pensais qu'il y aurait plus de filles déguisées en Reine de Cœur et en Alice, fit remarquer Scarlett en défroissant son jupon.

Elle sentit la crinoline rebondir sous sa main et cela lui procura une intense satisfaction. Quel plaisir de porter ce costume splendide.

— Tu veux rire ? répondit Vivi. Elles n'oseraient pas. Elles tiennent trop à leur tête. C'est toi, notre Reine de Cœur.

Et Vivi était une Alice absolument parfaite. Scarlett pensait qu'elle avait perdu sa belle énergie mais elle s'était accrochée, et ses efforts se voyaient dans les moindres détails de cette fête qu'elle avait organisée de A à Z.

Les invités avaient tous joué le jeu : jusqu'ici Scarlett avait croisé le Chat du Cheshire, le Loir, le Lièvre de Mars. Près de la porte qui ouvrait sur le jardin, une fontaine composée de tasses en porcelaine posées en équilibre les unes sur les autres faisait couler le champagne à flots et, juste à côté, des Kappa et des PiKa prenaient place, à tour de rôle, devant un mur tapissé d'horloges. Une affichette expliquait que les aiguilles allaient révéler la date de naissance de l'amour de leur vie, mais Scarlett savait que c'étaient des pendules enchantées qui devinaient l'anniversaire de la personne qui se tenait à leurs côtés.

Mei appelait cet endroit « le mur à rencards ». Vivi l'avait rebaptisé le Mur des Cœurs, une trouvaille qui n'aurait pas déplu à Lewis Carroll. Scarlett vit Mei pousser un cri de joie lorsque les horloges affichèrent la date de naissance d'un PiKa qu'elle tenait dans son viseur depuis plusieurs mois. Et qui parvenait à rester appétissant alors qu'il était déguisé en Tweedledee.

— Hé, mais c'est le jour où je suis né ! s'exclama le PiKa, qui ne soupçonnait rien, avant d'envoyer un clin d'œil à Mei.

— Sans déconner, Sherlock Holmes, lui lança Mei.

— Non, moi c'est Tweedledee.

— Merci, je ne suis pas aveugle.

Pas sûr que ce soit celui qu'il te faut, Mei, se désola Scarlett, envoyant son message par télépathie. Manifestement, il avait un peu forcé sur l'alcool pendant l'apéro des Theta.

Je vais pas me laisser abattre... avec deux litres de café dans le sang, Tweedledee sera tout à fait présentable, lui répondit son amie, toujours par le même canal.

Voyant Mei rejeter ses longues boucles neigeuses derrière son épaule – elle s'était déguisée en Reine Blanche – et lancer des œillades enflammées à sa nouvelle cible, Scarlett sentit son cœur se serrer. Elle s'imagina quel déguisement aurait choisi Dahlia, ou ce que Tiffany aurait chuchoté à son oreille. Si elles avaient été là ce soir, toutes les deux.

Tiffany avait les soirées costumées en horreur, alors elle n'aurait pas hésité à tout critiquer, entre le choix du thème et son exécution. Scarlett réprima un sourire, en proie à un dilemme, et prit une profonde inspiration. Je ne devrais pas souffrir de son absence, elle a fait des choses horribles.

Postée près de Scarlett, Vivi était toujours cramoisie ; elle ne se remettait pas des compliments de son Aînée.

— Je sais que tu m'avais dit de ne pas forcer la dose…

— C'est vrai que c'est chargé, Vivi. Mais tu peux être fière du boulot que tu as réalisé.

L'inquiétude l'avait gagnée lorsqu'elle avait vu sa Cadette se lancer tôt le matin dans les préparatifs et courir d'un étage à l'autre. Entre chaque élément de déco et le bar qui fonctionnait sans barman, la masse de travail était énorme. Elle avait même pensé à rendre la maison imperméable aux éclaboussures d'alcool.

Vivi bomba le torse et Scarlett sentit une vague d'affection déferler en elle.

Elle était fière de sa Cadette. Et ravie que sa première fête en tant que présidente de Kappa se déroule sans accroc. Cette année serait à marquer d'une pierre blanche pour Kappa. Scarlett allait s'en assurer.

Même l'apéro des Theta, programmé de façon à gâcher leur propre soirée, ne leur avait pas posé tant de problèmes que cela. Juliet et Etta avaient peaufiné un sort qu'elles avaient jeté à la porte afin qu'elle repousse automatiquement toutes les personnes qui avaient trop bu et qui éprouvaient, avant de franchir le seuil, le désir aussi soudain qu'irrépressible de tourner les talons et de rentrer cuver dans leur lit. Le Tweedledee sur lequel Mei avait jeté son dévolu et qui avait du mal à tenir debout semblait être l'exception, pas la règle.

— Oh, et… désolée pour ça, fit Vivi, et elle lança un regard par-dessus l'épaule de Scarlett.

En contrebas, elles pouvaient observer, à travers la cohue, le ballet des serveurs proposant aux invités une profusion d'amuse-gueules et de verrines sur des plateaux. Scarlett ne comprit pas tout de suite à quoi Vivi faisait allusion.

Chargé lui aussi d'un plateau, Jackson distribuait du champagne à un groupe de première année près de la cheminée. Scarlett sentit un frisson glacé lui parcourir l'échine.

Vivi avait déguisé chaque serveur en Chapelier Fou et Jackson parvenait à avoir fière allure, même affublé d'un costume bariolé. Il portait une chaînette autour du cou et le haut-de-forme plaquait ses cheveux sur son crâne, et pourtant il dégageait la même assurance qu'en jean et t-shirt. Comme s'il se moquait royalement du regard des autres.

Et surtout du mien.

— J'ai oublié de l'annuler, s'excusa Vivi. On le renvoie chez lui si tu veux. Je peux descendre et lui jeter ce que tu sais…, chuchota-t-elle, suggérant un sort d'expulsion.

— Pas la peine, répondit Scarlett d'une voix crispée. Cet argent, il en a besoin. Je ne veux pas qu'il rate des jobs sous prétexte qu'il ne s'intéresse pas à moi.

— S'il ne s'intéressait pas à toi, il aurait pu te le dire directement. Pas la peine de te donner de faux espoirs et de te foutre la honte devant ses potes. Il est tombé sur la tête ou quoi ?

— Aucune idée, et tu sais quoi ? Je m'en balance. C'est moi qui suis tombée sur la tête. Ça n'aurait jamais marché entre nous…

Scarlett se rendit compte qu'elle protestait beaucoup trop, pour une affaire qui était censée la laisser de marbre, et elle laissa sa phrase en suspens. Puis elle se détourna de Jackson, la tête haute.

— Enfin bref, passons à autre chose.

Pourtant, l'attitude du jeune homme lui laissait un goût amer. Peut-être parce qu'elle était toujours à cran depuis quelques mois. Ou parce qu'elle ne pouvait s'empêcher de méditer sur la tournure qu'aurait pu prendre leur relation si elle n'avait pas dû garder sous clef les secrets de Kappa.

À cet instant, Jackson leva la tête et étudia le balcon, comme s'il avait senti le regard de Scarlett posé sur lui. Elle s'écarta vivement de la balustrade. Vivi, qui ne l'avait pas quittée, se tenait très droite, attendant ses ordres. Avec sa jolie robe bleue et le ruban assorti dans ses cheveux blondis par un enchantement de Mei, elle faisait déjà une Alice très convaincante, mais ses yeux écarquillés par l'envie de faire plaisir à son Aînée faisaient d'elle une réplique quasi parfaite. Scarlett résista à l'envie d'éclater de rire.

— Mais qu'est-ce que tu attends ? fit-elle en la poussant vers l'escalier. Descends t'amuser. Tu l'as bien mérité.

Elle regarda Vivi rejoindre ses camarades dans le jardin, puis elle gagna le rez-de-chaussée à son tour, à pas lents, tâchant d'invoquer son énergie habituelle. En temps normal Scarlett adorait faire la fête. Elle adorait voir, et être vue. En mettre plein les yeux au campus tout entier.

Ce soir, tout lui paraissait sens dessus dessous. Sans doute à cause de ses nouvelles responsabilités. Et elle remarqua, déçue, que peu de têtes se tournaient sur son passage tandis qu'elle se mêlait aux invités.

Pourtant, elle s'était déguisée en Reine de Cœur et elle avait apporté un soin tout particulier à sa tenue. Elle avait piqué la coupe de sa robe à Beyoncé, qui avait porté la même dans un clip annonçant un énième album surprise. Seule la couleur changeait : le platine avait cédé la place au rouge. En guise de coiffure, un extravagant pouf blond vénitien qui montait très, très haut. Et son maquillage, fignolé par Mei, s'inspirait de celui de Marie-Antoinette : lèvres écarlates, pommettes fardées, mouches dessinées à l'eye-liner censées représenter la passion. Objectivement, elle était sublime… alors pourquoi n'attirait-elle pas tous les regards ?

À l'autre bout du salon, une invitée était allée encore plus loin dans l'excentricité avec une perruque monumentale ornée de roses et une robe de bal en cuir rouge qui parvenait à suivre tous les codes du style néoclassique. Oui, Scarlett était sublime, mais cette fille-là assurait le spectacle.

Vulgaire, songea-t-elle. Et pourtant, c'était l'autre qui s'attirait les compliments des fêtards. Pas elle.

L'amertume de Scarlett monta d'un cran lorsque la fille en question se retourna : c'était Maria. Accompagnée d'un grand gaillard moustachu coiffé d'oreilles de lapin qui portait autour du cou une montre de gousset géante que n'aurait pas reniée le rappeur Flavor Flav. Tim et Maria étaient l'un des couples établis de la fac. Deux ou trois fois durant leur première année d'études, Scarlett et Mason avaient dîné avec eux. Un beau jour, Scarlett avait obtenu la plume noire et Maria non, et leur amitié était immédiatement partie à vau-l'eau. Elles ne s'étaient guère plus croisées qu'à des soirées. Désormais, Scarlett avait l'impression de la voir partout. Eh bien, elle n'allait pas laisser les actions de Dahlia et la soif de vengeance mesquine des Theta avoir raison de ses bonnes manières.

Elle se dirigea vers le couple, un sourire plaqué sur les lèvres.

— Tim. Maria. Je suis si contente que vous ayez pu venir. Je me demandais si on aurait le plaisir de vous voir après votre petite sauterie.

Maria afficha un rictus qui simulait mal l'affection.

— Bien sûr que oui ! Pour rien au monde, on n'aurait manqué cette charmante kermesse.

Elle accompagna sa réplique d'un clin d'œil. Scarlett se hérissa, mais Maria montrait déjà leurs tenues :

— Et les grands esprits se rencontrent, hein ? Quelle coïncidence !

La présidente de Kappa dut se mordre la joue pour résister à l'impulsion d'expliquer à sa rivale que sa robe à elle était faite sur mesure, digne des plus grands couturiers, rien à voir avec son accoutrement en skaï.

— Eh bien, tu es magnifique, lâcha-t-elle, par pure politesse.

Maria lui tapota l'avant-bras.

— Oh, ma cocotte, ne t'inquiète pas, toi aussi tu es mignonne comme tout.

Scarlett se déroba à son contact – elle ne comptait pas laisser cette garce lui gâcher la soirée. Après tout, Maria était une fille comme les autres. Elle, elle était Scarlett Winter.

— Et je suis tellement contente que quelqu'un ait eu le courage de ressortir du frigo la robe en viande de Lady Gaga, asséna-t-elle.

Le sourire de Maria s'effaça et elle enfonça ses ongles dans le bras de Tim.

— Aïe, lança Tim.

— Il faut que je fasse le tour des invités, déclara Scarlett en s'écartant d'un pas. Profitez bien de cette *charmante kermesse.*

Maria l'arrêta de la main.

— La prochaine fois, j'espère que tu pourras venir à Theta ! On organise une soirée le week-end qui vient.

— Hé, lança Tim, peut-être que tu peux aussi convaincre les PiKa de venir. Si, avec Mason, tu voulais…

Maria lui mit un violent coup de coude dans les côtes et il se tut. Apparemment, Mason n'avait pas gardé contact avec Tim depuis qu'il avait quitté la fraternité. Autrement, il aurait su qu'ils avaient rompu. Maria, elle, était parfaitement au courant, à en juger par son sourire, plus narquois que celui du Chat du Cheshire.

— Mason a quitté PiKa, l'informa Scarlett avec froideur. Et on a rompu. Et je vais d'abord consulter mon agenda. Après tout, certains d'entre nous ont des cours et des partiels à la fin de l'année.

Là-dessus, elle salua Maria d'un hochement de tête et leur faussa compagnie.

Merde et re-merde. Eugenie avait raison. Les Theta allaient mettre tous les atouts dans leur manche pour obtenir le droit d'organiser la Fiesta du Printemps. Si Maria avait planifié deux soirées à une semaine d'intervalle, c'était l'unique explication. Scarlett aurait dû envoyer deux ou trois espionnes à l'apéro des Theta. Pour vérifier si elles étaient à la hauteur de leurs ambitions – si Kappa devait craindre l'arrivée sur le ring d'un adversaire sérieux. C'était à peine croyable, car les Theta avaient une réputation d'éternelles secondes qui leur collait aux semelles, sans parler du fait que Kappa pouvait toujours compter sur la magie, ce qui leur donnait un avantage considérable.

La rumeur des conversations et le tintement des verres mirent ses ruminations à l'arrière-plan. Traversant le vestibule, elle avisa l'étudiant qui lui avait demandé son chemin l'autre jour sur le campus – Xavier, c'était bien ça ? –, vêtu de noir des pieds à la tête. Rôdant près de la porte d'entrée, il faisait tache dans le décor. Qu'est-ce qu'il fichait là ?

Scarlett traversa sans difficulté la cohue car, grâce à un sort précis, les attroupements s'ouvraient toujours pour laisser passer les Kappa.

— Tu n'as pas compris le concept de soirée déguisée ? dit-elle lorsqu'elle arriva au niveau de Xavier.

— Mais je suis déguisé, protesta-t-il.

— Un déguisement, il n'y a pas besoin de l'expliquer.

— Au contraire. Les déguisements les plus réussis sont ceux qu'on doit expliquer. Tu as déjà entendu parler du Valet de Pique ? demanda-t-il avec un geste théâtral du bras. Condamné à mort par la Reine. Sauf que ce n'était pas le Valet de Pique, mais le Valet de Trèfle.

— Lewis Carroll sait au moins qu'il existe, ce valet ?

— Il était un peu moins connu que les autres.

Xavier sortit de sa poche une carte qu'il présenta à Scarlett. C'était bien le Valet de Trèfle. Elle sentit qu'un sourire la trahissait : il avait réussi à la surprendre.

— Ça ne va pas t'aider à gagner le concours du plus beau déguisement, mais tu as tout de même gagné le droit de rester.

Il la salua en inclinant la tête.

— Merci, Votre Altesse.

— Risqué, de ployer le cou devant la Reine de Cœur, plaisanta Scarlett.

— Le risque, ça ne me fait pas peur. Mon petit doigt me dit que la reine va m'épargner.

Scarlett se détendit un peu. Elle discutait avec quelqu'un qui ignorait tout de ses soucis et elle passait un bon moment.

— Alors, fit-elle en affectant un air nonchalant, notre fête, quelle note tu lui donnes par rapport aux fêtes quand tu étudiais à… j'ai oublié.

Xavier acheva la phrase à sa place.

— Vanderbilt.

Il fit errer son regard à travers la salle, sans se presser, puis il ajouta :

— Je pourrai t'en parler autour d'un café, si tu acceptes que je t'invite demain.

Scarlett lâcha un petit rire moqueur.

— On t'a déjà dit que tu es extrêmement obstiné ?

— C'est mon deuxième prénom. Neuf heures, au Grain à Moudre ?

Le café du campus. À titre personnel, Scarlett aurait préféré le bar réservé aux dernière année à Taylor. Mais il ne pouvait pas le savoir : il venait d'arriver.

Elle l'étudia attentivement. Décidément, après cette journée éprouvante, entre orages et tempêtes, Xavier était un vrai rayon de soleil.

— Je n'ai jamais dit oui, lança-t-elle.

— Tu n'as pas dit non, non plus, rétorqua-t-il.

Le regard de Scarlett dériva vers la foule – vers les serveurs qui passaient d'un groupe à l'autre. Elle n'arriva pas à localiser Jackson, mais Xavier n'était pas idiot : il comprit ce que signifiait ce regard.

Elle leva les yeux au plafond.

— *Non.* Voilà, je l'ai dit. Content, Xavier ?

— Je vois. Le cœur de la demoiselle est déjà pris. Pas de souci. Je n'ai pas besoin qu'on me fasse un dessin.

Xavier changea immédiatement d'attitude : il se redressa, fourra ses mains dans les poches et, d'une démarche désinvolte, alla se mêler aux fêtards.

Scarlett le regarda s'éloigner. Difficile de ne pas remarquer qu'il faisait tourner pas mal de têtes féminines sur son passage. Elle redirigea son attention sur les invités. *Mais qu'est-ce que je fabrique ?* Elle se donnait en spectacle. Elle avait envoyé promener un type plus que potable au profit d'un autre qui lui refusait la moindre miette de tendresse.

Scarlett n'avait pas le courage d'affronter Jackson. Pas si tôt, pas après avoir été rejetée aussi violemment. Mais il n'était qu'à quelques mètres d'elle, et la tentation était trop grande. Scarlett n'arrivait pas à se défaire de la certitude qu'il y avait un problème. Lors de leur dernier échange, elle ne l'avait pas reconnu. Elle attendait qu'il lui dise en termes transparents, sans équivoque, qu'il ne voulait pas d'elle dans sa vie. L'une de ses grandes qualités, après tout, c'était de savoir s'exprimer clairement.

Et si sa mémoire n'avait été effacée qu'en partie seulement ?

Si le sort d'amnésie n'avait pas porté ses fruits, elle ne savait pas quoi faire. Recommencer ? Cette idée lui faisait horreur. Mais rien n'avait changé. Sa loyauté, c'était à Kappa qu'elle devait la donner, en priorité.

Soudain, Jackson se matérialisa non loin d'elle – à croire qu'elle l'avait fait apparaître par magie. Puis il disparut au coin d'un mur. Le cœur de Scarlett s'emballa. Le couloir dans lequel il s'engageait était barré d'une corde en velours à laquelle était suspendue une énorme pancarte qu'il était impossible de rater : INTERDIT AUX PERSONNES EXTÉRIEURES À KAPPA.

Qu'est-ce qu'il allait trafiquer là-bas ?

Scarlett quitta discrètement le vestibule et enjamba la corde en velours. Peut-être qu'il cherchait les toilettes et qu'il s'était perdu en chemin.

Elle atteignit cette zone indéterminée où étaient situés les rangements et l'escalier qui menait au sous-sol. Il fallait éviter qu'une personne aussi futée et tenace que Jackson aille fourrer son nez à cet endroit. À l'instant où elle tourna le coin, elle se figea, le souffle coupé. Avec l'impression de s'être pris un uppercut en plein estomac.

Jackson était appuyé à la porte du sous-sol, sans se cacher le moins du monde. Et il n'était pas seul. Une fille vêtue d'une jupe en vinyle avait noué ses doigts derrière sa nuque et lui chuchotait quelque chose à l'oreille. Alors ils échangèrent un baiser fougueux.

Une fraction de seconde, la fille détacha son visage de celui de Jackson et Scarlett crut que le ciel lui tombait sur la tête. C'était une Theta. *Cait.*

Jackson embrassa Cait une nouvelle fois et Scarlett s'éloigna à toutes jambes, le cœur brisé.

8

Vivi

Vivi sourit lorsqu'elle aperçut deux filles – l'une déguisée en Lapin Blanc version coquine et l'autre en Chenille sexy, sauf qu'elle faisait plutôt penser à un tuyau d'arrosage usé – qui contemplaient, comme frappées de stupeur, le buffet sucré.

Elle admira son œuvre, bouffie de fierté. La table ployait sous une multitude de pâtisseries aux coloris pastel. Il y avait d'énormes religieuses rose et blanc, aussi grosses que des ballons de basket, et de minuscules éclairs mauves à peine plus grands qu'une boîte d'allumettes. La place d'honneur était occupée par une immense théière en argent qui sifflait, relâchant dans l'air des pompons de vapeur.

— Comment elles ont réussi un truc pareil ? s'étonna le lapin, inspectant de plus près la théière.

La chenille tira sur la queue cotonneuse de son amie pour l'empêcher de se brûler le nez, qu'elle avait peint en rose.

— Fais gaffe ! J'ai entendu dire qu'elles ont fait venir depuis Los Angeles un spécialiste en effets spéciaux. Ça a dû leur coûter une blinde.

Au-dessus de leur tête flottaient des petits lampions en forme de tasses, assortis aux lustres qu'elle avait métamorphosés à l'intérieur. Tout avait été pensé dans les moindres détails pour rendre hommage au classique de Lewis Carroll

– jusqu'à la piste de danse évoquant un échiquier qu'elles avaient « installée » dans un coin du jardin. Chacune de ses sœurs avait mis les bouchées doubles. Et c'était Vivi qui avait tout orchestré, d'une main de maître.

L'écho des compliments de Scarlett retentit dans son esprit. *C'est tout bonnement fabuleux.* Vivi n'allait pas contredire son Aînée.

Debout à côté d'elle, Mason afficha un large sourire. Dans ses pupilles se reflétait la lumière tremblotante des lampions.

— Vous, les Kappa, vous savez vraiment en mettre plein les yeux.

— *Nous* ? En mettre plein les yeux ? Jamais.

Vivi fit courir un doigt taquin sur le torse de Mason. Il avait apporté beaucoup de soin à son déguisement de Chapelier Fou. Et sa redingote violette, son nœud pap' et son haut-de-forme démesuré n'enlevaient rien à son charme.

— Mais tu es obligé de reconnaître qu'on sait y faire, dit-elle.

Mason prit Vivi dans ses bras et la fit tourner sur elle-même.

— Vous vous en sortez très bien, même, répondit-il, puis il appuya son front au sien.

Vivi se percha sur la pointe des pieds, embrassa Mason et se détacha de lui avec un sourire.

— Viens. Il y a encore des invités que je n'ai pas salués. Allons les voir.

— Tu as compris que j'ai quitté PiKa justement pour éviter ces moments-là, hein ? fit Mason avec un haussement d'épaules.

— Je ne t'ai pas forcé la main ! Je t'ai dit que rien ne t'obligeait à venir ce soir.

— Tu crois que j'allais rater l'occasion d'assister à ton triomphe ?

Mason jeta un regard admiratif autour de lui, puis il lui offrit sa main. Vivi l'accepta et il la fit valser, son jupon bleu virevoltant autour de ses jambes.

— Vous êtes trop mignons, tous les deux, leur lança Bailey en faisant une mine écœurée. Ça devrait être illégal d'être mignons comme ça.

— Houlà, lui fit Mason. Je dois en déduire que ton rencard est tombé à l'eau ?

Après avoir entendu Bailey se plaindre de la disette sentimentale des filles inscrites en littérature française, il avait proposé de la mettre en relation avec un de ses amis.

— Tu aurais dû me prévenir qu'il adorait imiter Adam Sandler, répliqua Bailey en le fusillant du regard.

— Je lui ai pourtant conseillé de s'abstenir. Navré, Bailey. Mais plus on le connaît, plus on l'apprécie, je t'assure.

Ariana passa près d'eux, des verres à la main. Jamais elle ne renversait une goutte, même quand elle gesticulait dans tous les sens. C'était l'un des avantages qu'il y avait à être une Coupe, prétendait-elle.

— Ça y est, chuchota-t-elle, j'ai mis une bonne dose d'anti-gueule de bois dans le punch.

— Tu nous sauves la vie.

Vivi accepta le verre qu'elle lui tendait, puis elle adressa un sourire à Reagan et à Sonali, qui suivaient de près.

— Excellent boulot avec les lampions. Et, Sonali, tu fais rêver les invités avec tes hologrammes de flamants roses.

Sonali la remercia d'une courbette exécutée à la perfection.

— J'ai piqué l'idée à ma mère, qui en met à toutes ses réceptions.

Vivi s'apprêtait à lui demander quel genre de réceptions organisait sa mère lorsque Reagan fronça les sourcils, le regard attiré par ce qu'il se passait derrière elle.

— Vingt-deux, lâcha-t-elle et, une seconde plus tard, Vivi entendit quelqu'un s'éclaircir la voix dans son dos.

Elle se retourna et découvrit une fille dont les traits lui étaient vaguement familiers, déguisée en Reine de Cœur – Scarlett devait être ravie d'accueillir une rivale sous son toit – et pendue au bras d'un gaillard aux cheveux bruns qui tenait une montre de gousset géante. Collée au couple, l'inconnue aux cheveux roses qu'elle avait vue à la Taverne de Grandgousier.

— Vivi, c'est bien ça ? demanda la Reine de Cœur avec un sourire engageant. J'ai cru comprendre que c'est toi qu'il fallait féliciter pour cette réussite. Je suis Maria. Et voici mon petit ami, Tim, et Rose, l'une de mes Theta.

Tim. La poitrine oppressée, Vivi étudia le fils de Vince Lee, le jeune homme qui était peut-être son frère. Un physique de *quarterback* qui frôlait la caricature, une mâchoire en enclume et un visage rectangulaire qui le faisait ressembler, de loin, à Gaston dans *La Belle et la Bête.* Il semblait s'ennuyer comme un rat mort. En dehors de leur couleur de cheveux, lui et Vivi n'avaient aucun point commun. Mais ils n'étaient rattachés qu'à moitié par la génétique, après tout – peut-être que Tim tenait plus de sa mère.

— Euh, merci, fit-elle en jetant un regard furtif à ses amies.

Reagan bouillait de rage tandis qu'Ariana, Bailey et Sonali ne manquaient pas une miette de la scène.

Après une courte hésitation, Vivi accepta la main que lui présentait Maria. La présidente de Theta avait la poigne ferme et précise. Vivi se remémora ces faux entretiens d'embauche que les élèves répétaient en cours de sciences économiques dans l'un des lycées où elle était passée en coup de vent.

— Tu sais t'organiser, la complimenta Maria. Dommage, on aurait dû te demander ton aide pour notre apéro. Plus de gens auraient pu venir.

— Peut-être qu'il fallait y penser avant de le programmer le même soir que notre fête, rétorqua Reagan d'une voix mielleuse.

Le sourcil en accent circonflexe, Maria lança un regard éloquent au verre de vin que tenait Reagan.

— C'est donc ça, la fameuse hospitalité Kappa dont j'entends tellement parler.

Bailey s'empressa d'intervenir :

— Vous êtes allés voir le buffet des desserts ? Je vous conseille d'aller y faire un tour avant que tous les éclairs ne disparaissent.

Tim s'anima soudain.

— Des éclairs ? répéta-t-il.

— Malheureusement, j'ai tiré un trait sur tout ce qui est aliments transformés. Et Rose évite le gluten, expliqua Maria en secouant tristement la tête.

Le visage de Tim s'assombrit. Vivi sauta sur l'occasion.

— Eh bien, il n'y a aucune raison que *toi*, tu te prives. Les desserts sont à tomber par terre. Suis-moi, je te montre !

Cet accès d'enthousiasme provoqua la perplexité de Mason mais Vivi fit celle qui n'avait rien vu. Après tout, la chargée de l'événementiel avait pour responsabilité de se mettre au service des invités, même s'il fallait les conduire au buffet à cinq mètres de distance.

— Et voilà ! s'exclama Vivi en offrant une assiette à Tim. Ça va, tu passes un bon moment ?

— Hein ? lâcha Tim, son attention accaparée par les pâtisseries qu'il amassait sur son assiette. Ouais, c'est cool.

— Tu as quoi d'autre de prévu ce week-end ?

— Pas grand-chose. D'autres teufs, j'imagine. Et le match dimanche, bien sûr.

Mordant dans un chou à la crème, il projeta un nuage de sucre glace.

— Bien sûr, répéta-t-elle, éprouvant une pointe de déception.

Si Tim et elle étaient réellement frère et sœur, un lien se serait immédiatement tissé entre eux – une complicité naturelle, une sensation de bien-être, de chaleur. Ici, il n'y avait qu'un malaise plein d'embarras. Pourtant, elle s'accrocha :

— Ton père a étudié à Westerly, c'est ça ?

Tim délaissa un instant la montagne de sucreries empilées sur son assiette et posa sur Vivi un regard étonné. Il avait sur le bout du nez une tache de sucre – on aurait cru un chien qu'on venait de surprendre la tête dans le réfrigérateur.

— Toi, tu dois être fan de foot américain, fit-il.

— Oh oui, très. J'adore tout ce qui est… sport, affirma Vivi d'une voix molle, parce qu'il n'existait aucun sort assez puissant pour la faire passer pour une inconditionnelle de foot. En réalité non, pas vraiment. Je… euh…

Il faut remarquer, à son crédit, que Tim sembla complètement indifférent aux bafouillages de Vivi. Il s'enfourna un mini-éclair et posa sur elle un regard placide, comme s'il ne demandait pas mieux que de mâchonner des pâtisseries devant une étudiante en première année qui s'emmêlait les pinceaux.

— Je ne sais pas grand-chose sur mon père, lui offrit-il, non sans gentillesse, si c'est ça qui t'intéresse.

— Donc vous n'êtes pas… proches ?

— Ma mère ne parle pas beaucoup de lui. Pendant longtemps je n'ai même pas su qu'il était une star sur le campus.

— Moi non plus ! s'exclama-t-elle.

Tim lui lança un regard inexpressif. Vivi avait tendance à se laisser déborder par ses émotions ; impossible de garder la tête froide dans ces circonstances. Si elle ne crachait pas le morceau tout de suite, Tim allait lui coller l'étiquette « meuf dérangée » et passer le restant de ses études à l'éviter.

— Bon, Tim, ça va sans doute te sembler vraiment tordu mais… – Vivi prit une profonde inspiration – mais moi aussi, j'ai grandi sans connaître mon père. Et j'ai appris son nom il y a seulement quelques semaines, quand ma mère a fini par lâcher l'info. Elle m'a dit qu'il s'appelait Vince et qu'il faisait partie de l'équipe de foot à Westerly. Elle a quitté la fac un an après ton père.

Vivi se prépara à un éclat de rire incrédule, ou à un *tu te fous de ma gueule ?* agressif. Elle ne s'attendait pas à ce que Tim l'observe longuement, toujours impassible.

— Eh ben, finit-il par dire.

— Oui.

De nouveau, un silence gêné.

— Je suis sûre que tu ne t'attendais pas à entendre ça ce soir. Ma mère m'a dit qu'il jouait au foot à Westerly, ce qui m'amène à penser…

Vivi ne parvint pas à achever sa phrase ; elle n'avait pas le courage de dire à voix haute ce qu'elle avait à l'esprit. Tim vola à son secours :

— Qu'on serait frère et sœur, genre ?

— C'est bien ça, fit-elle, soulagée. Genre.

— Ce serait carrément délirant, déclara-t-il et, pour la première fois, elle le vit sourire.

— Pas si délirant que ça non plus, s'empressa-t-elle d'ajouter, de peur de passer aux yeux de Tim pour quelqu'un qui ne savait pas se contrôler. Pas délirant comme quand on publie un bouquin ou qu'on décroche sa propre émission de téléréalité.

— Faut croire. Attends, c'est comment ton nom, déjà ?

— Vivi.

— Vivi, répéta Tim. Ravi de faire ta connaissance, Vivi. Désolé, c'est un truc bizarre à dire à sa quasi-sœur, s'esclaffa-t-il.

— C'est vrai que c'est bizarre. Alors, tu as grandi où ?

— Je suis né tout près de La Nouvelle-Orléans, mais on a déménagé à…

Tim laissa sa phrase en suspens, distrait par l'une des lanternes qui passait au-dessus de lui. Vivi avait essayé de s'assurer qu'elles restent à proximité du chêne majestueux, pour ne pas éveiller les soupçons. Pourtant, le globe lumineux semblait partir à la dérive dans le ciel, avec les étoiles pour seule compagnie.

— Le câble est invisible, expliqua-t-elle d'une voix désinvolte.

— Trop cool, répondit Tim. Comment vous avez…

Sa question fut étouffée par un fracas assourdissant qui retentit à l'intérieur de Kappa. Vivi se retourna et échangea un regard interloqué avec Ariana, qui était en train de discuter avec Mason et Bailey à quelques mètres de là. *Un feu d'artifice ?* lut-elle sur les lèvres d'Ariana. Mais Vivi avait été très claire avec Reagan sur ce point, pas de feu d'artifice ce soir. Et le bruit provenait de la maison, pas du jardin.

Vivi se tourna vers Tim, cachant son appréhension sous un sourire de façade.

— Excuse-moi, fit-elle. Il faut que j'aille vérifier quelque chose. Je reviens.

Elle pivota sur ses talons et, à cet instant, sous ses yeux horrifiés, la lanterne qui flottait au-dessus d'elle éclata à la façon d'un ballon piqué par la pointe d'une épingle et fit pleuvoir une grêle de verre sur la tête des invités. Ceux qui se pressaient autour du buffet hurlèrent et cherchèrent à se mettre à l'abri. Rose poussa un cri strident.

— Ne bouge surtout pas ! s'exclama Vivi, trop tard : Rose chassait déjà de la main les fragments de verre qui lui avaient entaillé la peau, faisant apparaître des petites gouttes de sang.

Sans laisser à Vivi le temps de lui venir en aide, Rose prit la fuite, la main crispée sur son avant-bras.

— Rose, attends !

Si seulement Rose n'était pas partie si vite, Vivi aurait pu lui jeter un double sort, de guérison et d'amnésie. Mais sa voix fut couverte par d'autres détonations lorsque les globes lumineux se brisèrent, l'un après l'autre.

Ariana apparut à ses côtés

— Qu'est-ce qu'on fait ? siffla-t-elle.

— Trouve Scarlett, ordonna Vivi tout en explorant fébrilement les poches de son costume.

La totalité de son tarot ne tenait pas dedans mais Vivi avait sélectionné quelques cartes, au cas où il lui aurait fallu retoucher certains sorts en cours de soirée.

Ariana fit signe qu'elle avait compris et fonça vers Kappa à l'instant où Sonali faisait son apparition.

— Le feu de joie..., pantela-t-elle. On a besoin d'aide.

Vivi tourna la tête et découvrit Reagan et Bailey postées de part et d'autre d'un feu de joie dont les flammes, déchaînées, s'élevaient jusqu'au ciel et menaçaient à tout moment de déborder le cercle de pierres qui délimitait le foyer. Les plus hautes atteignaient quasiment le toit de Kappa alors que presque toutes les bûches qu'elles avaient allumées au début de la soirée s'étaient consumées.

— Catastrophe, souffla Vivi lorsqu'une pluie de braises rougeâtres s'abattit sur les balcons en bois.

Elle piqua un sprint, Sonali sur les talons, et arriva à temps pour attraper Bailey et Reagan par la main. En chœur, les sorcières psalmodièrent d'une voix précipitée :

— Nous en appelons à la Reine de Bâton, maîtresse du Feu. Aide-nous à éteindre ce lieu.

Vivi tourna vivement la tête. Elles n'étaient pas assez discrètes – n'importe qui pouvait les entendre. Elle se rendit alors compte que le jardin avait sombré dans le chaos le plus total. Des filles s'étaient perchées sur des bancs pour éviter de marcher sur les éclats qui jonchaient la pelouse. Certains étudiants s'en allaient à toutes jambes, leur petite amie dans les bras, quand d'autres détalaient en direction de la rue.

Personne ne leur prêtait attention. En tout cas, c'est ce qu'elle espérait. Elle prit une inspiration et joignit sa voix à celle de ses sœurs.

— Nous en appelons à la Reine de Bâton, maîtresse du Feu. Aide-nous à éteindre ce lieu.

Elle sentit la magie déferler en elle. L'énergie prit naissance entre ses épaules, courut le long de ses bras et se mêla à celle qui émanait de Reagan, Bailey et Sonali. Pourtant, au lieu de jaillir indomptée, leur magie rencontra une vive résistance. Vivi eut la sensation que ses poings étaient entrés en contact avec un mur de brique. Presque comme si le sort se retournait contre elle.

Et les flammes fusèrent plus haut encore, avides, et se mirent à lécher la façade de la demeure en bois.

— Nous en appelons à la Reine de Bâton, maîtresse du Feu.

Vivi n'était pas loin de hurler. Elle n'entendait plus les autres. Ses sens étaient saturés par le rugissement des flammes, par la chaleur qui émanait du foyer et par cette force qui luttait contre leur volonté collective. Alors, au loin, à la limite de son champ de perception, elle distingua un autre bruit, à peine audible.

Un éclat de rire.

— Vivi !

Sans crier gare, quelqu'un l'attrapa par les épaules et Vivi fit un bond de deux mètres. Elle lâcha les mains de ses sœurs et, aussitôt, la magie fut soufflée comme la flamme d'une bougie.

À côté d'elle, Scarlett marmonna des paroles inintelligibles, rejointe quelques instants plus tard par Mei et par Etta, l'une et l'autre hors d'haleine. En un clin d'œil le feu de joie retomba, mourant aussi vite qu'il s'était déclenché. Même les flammes qui avaient commencé à attaquer la façade disparurent.

— Merci, lâcha Vivi d'une voix rauque, puis elle poussa un soupir interminable.

Son soulagement ne dura qu'une fraction de seconde. Le jardin offrait un spectacle de désolation. L'herbe disparaissait sous les assiettes et les tasses brisées. Les fragments de verre qui parsemaient la pelouse miroitaient. Les fêtards qui n'avaient pas pu s'enfuir observaient, les yeux écarquillés, abasourdis, l'étendue des dégâts.

Par les portes-fenêtres qui ouvraient sur le patio, elle découvrit que leur maison semblait avoir été saccagée. Les murs et les tapis étaient maculés de taches, la table de la salle à manger était cassée en deux. Et pour couronner le tout, des sirènes se mirent à hurler au bout de la rue. Quelqu'un avait appelé la police.

Les derniers fêtards s'éloignèrent en titubant, abandonnant les Kappa à leur triste sort. Vivi prit son courage à deux mains et se retourna lentement. Elle s'attendait à ce que Scarlett la foudroie d'un regard plein de fureur et de mépris.

Pourtant, Scarlett se contenta de balayer la scène d'un regard circulaire avant d'aboyer ses ordres.

— Jess, va ouvrir aux policiers et occupe-toi d'eux. Essaie de les convaincre que tout est parfaitement normal. Sonali, tu accompagnes Jess. Reagan, Bailey, nettoyez-moi ça, ajouta-t-elle en montrant le foyer d'un geste du bras. Mei et Etta, je vais avoir besoin de vous à l'intérieur. Juliet, Hazel, je vous charge de mettre de l'ordre dans le jardin…

— Et moi, qu'est-ce que je fais ? souffla Vivi.

Scarlett lui lança un sourire si glacial qu'elle frissonna.

— Toi, tu en as assez fait pour la soirée.

9

Scarlett

Ce ne fut pas avant trois heures du matin qu'elles réussirent à restaurer un semblant d'ordre dans la résidence. Grâce à Mei et à Etta, le salon était à nouveau d'une propreté irréprochable ; elles avaient nettoyé le punch et la nourriture renversés dans le sauve-qui-peut général. Les policiers étaient partis en leur adressant un simple avertissement car, jusqu'ici, la sororité avait eu un comportement exemplaire – chez les Kappa Rho Nu, on ne finissait pas ses soirées au poste.

Scarlett savait d'avance que sa mère allait lui passer un savon par téléphone à la première heure. Pour l'instant, c'était sans importance. Pour l'instant, il fallait qu'elles restent toutes concentrées.

— Chacune a compris le rôle qu'elle a à jouer ? demanda-t-elle à voix basse.

— Peut-être qu'on ferait mieux de pratiquer le rituel un peu plus tard, murmura Etta. Elles sont toutes épuisées, Scar.

Agenouillées sur le tapis, les membres du clan formaient un cercle autour d'une coupelle qui contenait des feuilles de laurier et de l'encens de cèdre, censés assurer la purification et la protection. Chacune avait posé devant elle son jeu de tarot et retourné la carte du dessus, qui représentait une figure différente de la suite des Épées.

— Dahlia nous aurait dit de monter nous reposer d'abord, déclara Reagan en posant sur Scarlett un regard éloquent.

Serrant les dents, Scarlett réprima un mouvement d'humeur. Dahlia ne s'était jamais retrouvée obligée de modifier les souvenirs de la moitié des étudiants de Westerly. Que ses sœurs osent se plaindre lorsqu'elle essayait de leur enseigner un sort qu'elles ne connaissaient pas, passe encore ; mais qu'elles se dérobent devant leur devoir le plus fondamental – protéger leur clan – ça, c'était inacceptable.

— Tu as raison. On devrait toutes aller dormir un peu et demain matin, on va découvrir qu'une main anonyme a tagué SORCIÈRE à la bombe sur la porte de Kappa, et les gens autour de nous vont commencer à se dire que ce n'est pas tout à fait faux, parce qu'ils n'auront pas oublié la fois où ils ont vu la maison prendre feu et les flammes s'éteindre sans explication rationnelle, rétorqua Scarlett.

Mei choisit d'intervenir à ce moment :

— Si on veut remodeler la mémoire de quelqu'un, il faut s'y prendre le plus tôt possible.

Scarlett remercia son amie en son for intérieur. Elle ne voulait surtout pas que les autres sorcières pensent que Mei se rangeait systématiquement à l'avis de la présidente.

— Dans ce cas, on ne devrait pas demander à une Épée de mener le rituel ? s'obstina Reagan.

Elle mit un coup de coude à Sonali. Celle-ci n'en menait pas large : elle baissa la tête et fit un geste qui voulait dire non.

— On est toutes hyper stressées, j'en ai bien conscience, soupira Scarlett. Mais la situation va empirer si on ne se serre pas les coudes. Alors, vous êtes avec moi ou non ?

Elle offrit sa main aux sorcières qui l'encadraient.

Reagan soutint son regard, la défiant du menton. Autour d'elle, les filles obéirent l'une après l'autre à la consigne de Scarlett. Finalement, au bout de ce qui parut une éternité, Reagan accepta la main que lui tendaient Sonali et Vivi.

Scarlett tâcha de ne rien trahir de son soulagement. Elle ne savait pas si elles étaient capables de pratiquer ce rituel si l'une des leurs, une seule, manquait à l'appel. Modifier les souvenirs n'était jamais facile, surtout à une échelle aussi vaste… Scarlett avait le plus grand mal à croire qu'après les événements de la soirée, certaines se permettaient encore de ruer dans les brancards. Quelle mouche avait piqué Reagan ?

De l'autre côté du cercle, un mouvement attira son attention. Vivi changeait de position en se mordillant la lèvre inférieure. La pauvre avait passé les dernières heures sur les nerfs. Scarlett sentit le remords former une boule au creux de son estomac. Jamais une présidente digne de ce nom n'aurait rejeté la responsabilité sur sa Cadette comme elle l'avait fait. Elle avait cédé à la colère, et à la panique. C'était la première fois qu'elle voyait la magie partir en vrille entre leurs mains. À l'intérieur de la maison, la fontaine enchantée avait craché une eau bouillante, les lustres avaient explosé et les miroirs déformants s'étaient avachis sur eux-mêmes tandis que les sorts lâchaient l'un après l'autre.

Quelle explication donner aux fêtards qui avaient vu leur tabouret moelleux en forme de champignon redevenir un canapé en velours ? Ou le tapis qui imitait l'herbe changer à la fois de couleur et de texture ?

Scarlett n'arrivait pas à effacer de son esprit l'horreur qui s'était imprimée sur les visages. Une horreur qui virerait au dégoût et à l'effroi si jamais le monde extérieur apprenait la véritable identité – la véritable nature – des Ailes d'Ombre. Jamais les Ailes d'Ombre n'avaient frôlé d'aussi près la possibilité d'être découvertes. Et elle en était responsable. Elle n'aurait pas dû confier une tâche aussi écrasante à une première année qui n'avait pas beaucoup d'expérience en matière de sorcellerie.

— Ce qu'il s'est passé aujourd'hui, commença-t-elle, consciente qu'elle devait assumer, est entièrement ma faute.

En ma qualité de présidente, je suis censée m'assurer que vous ne courez aucun risque, et protéger nos secrets. J'ai échoué et je vous dois des excuses.

— Non, Scarlett, protesta Vivi, c'était mon boulot…

— Un boulot que je t'ai donné, contra Scarlett. J'en assume la responsabilité. En attendant, on a besoin que tout le monde soit sur le pont pour réparer les dégâts. Ailes d'Ombre, restons concentrées sur l'essentiel : rectifier le tir.

Scarlett attendit que ses sœurs esquissent un signe d'assentiment avant de baisser la tête. Et elles se mirent au travail.

Scarlett n'arrivait pas à trouver le sommeil. Après être parvenues au bout du rituel d'amnésie, les sorcières étaient l'une après l'autre montées dans leur chambre, mais leur présidente s'était réfugiée dans la cuisine, où elle avait fini de laver les assiettes et les verres qui avaient survécu au carnage. Elle aurait pu se servir d'une formule toute bête pour que la vaisselle se lave toute seule – ou demander au traiteur de faire revenir les extras. Mais la répétition de gestes simples lui apportait du réconfort.

— Présider Kappa, ce n'est pas ce que tu crois, lui avait dit Dahlia. C'est une fonction qui exige que tu restes proche de tes sœurs tout en instaurant une certaine distance. En faisant un petit pas de côté. Tu dois réussir à voir ce qu'elles ne voient pas. Être leur amie, mais aussi leur guide. Ne pas mâcher tes mots, mais ne pas les brusquer non plus. Et si tu veux capter leur attention, tu dois leur faire un peu peur…

Scarlett repensa aux longues heures passées en compagnie de Dahlia, son Aînée, et à ses connaissances encyclopédiques. Elle était convaincue à l'époque qu'elle reprendrait son flambeau un jour. Pas dans ces conditions, bien sûr. Mais, contrairement à Dahlia, Scarlett n'avait pas l'intention de régner par la peur. Peut-être qu'elle avait tort de ne pas y avoir recours, tout bien réfléchi ?

Scarlett n'avait ni l'ambition, ni l'envie d'ajouter la peur à son arsenal, mais il n'était pas impossible que Dalhia ait eu raison sur le reste. Si elle avait pris du recul ce soir, elle aurait vu que Vivi avait eu les yeux plus gros que le ventre. Si elle n'avait pas tenu à imposer le tout premier rituel à ses sœurs, peut-être qu'elle aurait entendu ce qu'elles avaient à dire sur les Theta. Si elle n'avait pas été préoccupée par Jackson. Si. Si. Si. Avec des si… voilà dans quelle galère on se retrouvait. Elle n'avait pas été assez attentive. Et elle ne pouvait s'en prendre qu'à elle-même. Vivi n'avait rien à se reprocher. Ses sœurs non plus.

Scarlett s'acharnait sur la vaisselle, mais elle ne pouvait se laver la conscience d'un simple coup d'éponge. Penchée au-dessus de l'évier, elle était en train de rincer une flûte à champagne quand un léger bruit de pas sur le carrelage lui fit dresser l'oreille.

— Ce n'est que moi, chuchota Vivi, soucieuse de ne pas faire sursauter son Aînée. Je peux te donner un coup de main, si tu veux.

Scarlett plongea quelques secondes son regard dans l'eau savonneuse, pensive, puis elle se décala sur la gauche et laissa Vivi s'approcher, un torchon à la main. Durant quelques minutes, elles s'activèrent sans échanger le moindre mot, Scarlett frottant et rinçant, Vivi séchant et rangeant la vaisselle dans les placards. Vivi finit par s'éclaircir la voix.

— Je suis désolée.

— Je sais, soupira Scarlett. Moi aussi, je suis désolée. Je n'aurais pas dû t'enguirlander devant tout le monde. Et c'est moi qui t'ai confié…

— J'aimerais juste comprendre ce qui est allé de travers, grommela Vivi. Je ne sais pas quel sort j'ai foiré, ni même comment. Tous ces dégâts…

— Tu aurais dû venir me demander de l'aide. Après ce qu'on a traversé ensemble, tu ne devrais même pas hésiter.

Lorsque Vivi lui répondit, ce fut d'une toute petite voix. Une voix d'enfant.

— J'ai voulu t'impressionner.

— Et à cause de toi, le campus tout entier est peut-être au courant de ce qu'on est en réalité, répondit Scarlett, en mode cocotte-minute.

Elle oscillait entre pitié et colère vis-à-vis de Vivi. Elle manipula le robinet, augmentant le débit de l'eau chaude et pensa à sa mère, imaginant sa réaction. Son agacement décupla.

— Il faut que tu apprennes à identifier tes priorités. Ça ne vaut pas la peine de se mettre en danger pour impressionner quelqu'un.

— Je sais, répondit Vivi, les yeux voilés de larmes.

L'évier grinça.

— Ce qui est fait est fait. Fermons ce chapitre et passons à autre chose. Ensemble. Et on resserre la vis, pour que ça ne se reproduise pas. On a eu de la chance ce coup-ci.

Un nouveau grincement en provenance de l'évier. Scarlett n'y prêta aucune attention.

— Je t'ai nommée au poste de chargée de l'événementiel, enchaîna-t-elle, parce que après ce qu'on a vécu au dernier semestre, j'ai cru que tu étais la candidate idéale. Tu as su garder la tête froide en pleine tempête. Je me demande si je n'ai pas fait une erreur. Et je m'inquiète pour toi, Vivi. Le cent cinquantième gala des anciennes Kappa approche à grands pas et des personnes importantes vont y participer. Sans oublier la Fiesta du Printemps dans la foulée, si on part du principe que Theta ne nous la rafle pas. Peut-être que tu n'es pas prête. Peut-être que c'était trop, et trop tôt… après… tout ce qui s'est passé. Si tu ne te montres pas à la hauteur, je vais devoir faire appel à quelqu'un d'autre.

Vivi tressaillit.

— Si, je vais être à la hauteur, je te le jure. C'est juste que…

Dans un fracas assourdissant, le robinet fut arraché à l'évier. Les deux sorcières lâchèrent un juron et s'écartèrent d'un bond tandis qu'une eau nauséabonde, couleur de rouille, jaillissait du trou laissé par le robinet. La cuisine fut envahie d'une odeur d'œuf pourri.

Scarlett jeta vivement les mains en l'air.

— Et allez. Ça y est, tout le monde a pété un boulon ou quoi ? s'exclama-t-elle, comme si elle s'adressait à la maison tout entière.

Vivi jeta un coup d'œil au plafond, pensant à leurs sœurs qui devaient dormir à poings fermés dans les étages.

— Je descends couper l'eau, l'informa Scarlett.

Elle se dirigea d'un pas lourd vers l'escalier qui menait au sous-sol. Elle allait devoir appeler l'intendance à la première heure. Génial. Encore des gens qui viendraient fourrer leur nez chez Kappa.

— Je t'accompagne, offrit Vivi.

Elle emboîta le pas à son Aînée, qui fit la sourde oreille et traversa l'office passablement énervée. Arrivée en haut des marches, elle ouvrit la porte d'un geste brusque et Vivi passa sous son bras pour allumer. Elle essaya, en tout cas. Elle eut beau appuyer sur l'interrupteur, pas moyen d'obtenir de la lumière.

— C'est mort.

L'obscurité était si compacte qu'elle avait du mal à distinguer la première marche de l'escalier. Au-delà, il n'y avait que le silence. Le néant.

— Et merde.

Scarlett chercha à tâtons dans un placard le stock de bougies qu'Etta avait préparé en cas de panne électrique. Elle en saisit une, murmura :

— J'en appelle à la Reine de Bâton. Exauce ma prière en nous donnant la lumière.

Une étincelle embrasa la mèche de la bougie. La main en paravent, Scarlett s'aventura dans l'escalier. La flamme qu'elle tenait siffla et vacilla, fragile.

Vivi la suivit. Elles s'enfoncèrent dans la cave et l'air autour d'elles se réchauffa, par paliers. L'atmosphère devint moite, poisseuse.

— Vivi, va rebrancher le disjoncteur. Moi, je m'occupe de l'eau.

Scarlett montra un renfoncement sombre tout au fond de la cave, à côté de flacons d'onguents dûment étiquetés, placés en rangs d'oignon, et d'une quantité impressionnante de bouteilles millésimées.

Vivi se détacha de Scarlett, la respiration lourde. Elle se retourna un instant.

— Scarlett, pour l'eau… c'était toi ? Je sais que tu es fâchée contre moi…

De la tête, Scarlett fit non. Elle était fâchée, oui… mais pas au point d'éventrer des canalisations.

— Non, je n'y suis pour rien. Kappa House est une bâtisse très ancienne, suggéra-t-elle, même si, au fond d'elle, elle savait que son argument ne valait pas grand-chose.

La demeure dans laquelle les Ailes d'Ombre s'étaient installées avait plusieurs siècles à son compteur, mais il y avait de la magie dans chaque angle, chaque recoin ; elle était très bien conservée, un peu comme une femme qui avait su préserver sa jeunesse grâce à des crèmes hydratantes. Scarlett avait beau fouiller dans sa mémoire, elle était incapable de se rappeler quand, pour la dernière fois, elle avait dû faire appel à l'intendance – sauf pour ménager les apparences.

Elle se dirigea vers la chaudière, coincée entre la machine à laver que personne n'utilisait vraiment – les sorcières trouvaient beaucoup plus facile de laisser la magie se charger de la lessive – et la pompe extérieure raccordée au tuyau d'arrosage, qui alimentait en eau le jardin d'hiver. Cette partie du sous-sol, très spacieuse, était envahie de toiles d'araignée et de poussière. Scarlett savait qu'au fil des ans Kappa avait multiplié les demandes pour lancer de grands travaux de rénovation, convertir cette cave en chambres ou en salles d'étude. Pourtant, à chaque fois, le projet était tombé à l'eau, les personnages haut placés à Westerly mettant leur veto en dépit de l'influence considérable de la sororité. Ainsi le sous-sol était resté vide. On ne s'en servait même pas de zone de stockage.

D'un côté, Scarlett ne comprenait pas pourquoi il n'était pas exploité. De l'autre, elle devait reconnaître que l'ambiance donnait la chair de poule. Ses joues se mirent à picoter, lui rappelant la sensation qu'elle avait éprouvée au moment où elle s'était précipitée vers le feu de joie. Oui, c'était identique, ces flammes impétueuses à un mètre à peine de son visage.

Tandis qu'elle avançait, pas à pas, vers le ballon d'eau chaude, la température augmenta. Dans son dos, elle entendit une voix assourdie lâcher une bordée de jurons. Vivi se battait manifestement avec le boîtier électrique et les interrupteurs. Mais Scarlett n'arrivait pas à détacher les yeux du mur du fond.

Elle avait entendu un autre bruit, elle en était certaine. Pas les grincements habituels de la maison, ni le chuintement du vent à cause d'une porte mal isolée. Non, c'était plus rythmé. Plus régulier, plus puissant.

Un sifflement, un souffle. Très semblable à...

Quelqu'un qui respirait.

Son pied s'enfonça dans une substance molle et elle eut le souffle coupé par la surprise. Elle rapprocha la bougie du sol et grimaça lorsqu'elle découvrit un vieux tapis mis au rebut qui avait absorbé l'humidité. Tout cela méritait une bonne séance de ménage, et au plus vite. Peut-être allait-elle confier cette corvée aux nouvelles recrues, pour les sanctionner après le fiasco de cette soirée.

Contournant précautionneusement le tapis, elle s'avança vers le mur. À l'étage, il faisait frais. Ici, de grosses gouttes de sueur roulaient le long de ses tempes et sur sa nuque. Lorsqu'elle tendit la main et toucha le métal du robinet d'arrivée d'eau, elle se brûla. Scarlett retira vivement sa main, en pestant. *Qu'est-ce qu'il se passe, bordel ?* Elle murmura un ordre et la flamme enfla, projetant un vaste cercle de lumière. Rien d'inhabituel à signaler. De simples pierres, des câbles qui couraient dessus. Pourtant, lorsque Scarlett passa le doigt dessus, le mur était si chaud qu'elle tressaillit.

Des problèmes électriques ?

Elle fronça les sourcils. Et le bruit recommença. Cette respiration, plus forte à présent. Et plus proche. On aurait dit qu'une personne dormait, tout près d'elle.

— Il y a quelqu'un ? murmura-t-elle.

Elle s'attendait à ce que Vivi lui réponde. Silence.

La respiration cessa. Une fraction de seconde, elle crut que c'était son imagination qui lui avait joué un tour.

C'est alors que démarrèrent les chuchotements.

Embrouillés, sans queue ni tête. Une dizaine de voix qui parlaient toutes en même temps, dans une langue qu'elle ne reconnut pas. Pourtant, même si le sens des mots lui échappait, Scarlett comprit très clairement le message.

C'était un déchaînement de rage.

Son instinct lui donna l'ordre de prendre ses jambes à son cou. Mais Scarlett Winter affrontait le danger la tête haute. Surtout quand elle livrait bataille aux démons forgés par sa propre imagination.

— Ça suffit, lança-t-elle.

Elle se repositionna face au robinet d'arrivée d'eau et tira violemment dessus, ignorant la douleur fulgurante. Il fallait absolument couper l'eau avant que la cuisine soit inondée. Elle imprima un mouvement violent de torsion mais le robinet résista. Alors, de sa jupe, elle s'emmaillota la main et elle repartit à l'assaut.

Les chuchotements se firent plus forts. Plus proches.

Quelque chose lui chatouilla la nuque. S'insinua dans ses cheveux. *Un courant d'air ?* Ou des doigts…

— Allez, bon sang.

Elle tira une dernière fois, de toutes ses forces, et tout se produisit en même temps.

Les lampes se rallumèrent, inondant le sous-sol d'une lumière fluorescente. À l'autre bout de la salle, Vivi lâcha un petit cri de victoire.

Au-dessus de Scarlett, le plafond émit un grognement horrible – et creva. Une eau fétide, qui puait le soufre, se déversa sur sa tête et noya la mèche de la bougie. Scarlett hurla et s'écarta d'un bond, mais il était trop tard. Elle était trempée, de la tête aux pieds. Ses yeux se mirent à piquer. *De la rouille.* L'eau avait des reflets marron, on aurait cru de la boue.

Au moins, le mystère des chuchotis était élucidé. *C'était l'eau, qui filait dans les canalisations.* Scarlett se sentait bête. Très bête, et trempée comme une soupe.

— Scarlett ?

Vivi la rejoignit au triple galop et l'observa, les yeux grands comme des soucoupes.

— Mais j'hallucine. Qu'est-ce qu'il s'est passé ? Dis-moi quel sort peut réparer ça.

Scarlett éclata de rire. En sorcellerie, Vivi était une parfaite néophyte alors qu'elle avait une expérience de vie beaucoup plus riche que la plupart de ses sœurs. Sa Cadette était un paradoxe ambulant.

— Certaines choses sont au-delà de la magie, déclara Scarlett. Je crois qu'on a avant tout besoin d'un plombier…

Après la soirée qu'elles avaient endurée, elle s'était convaincue que les Kappa avaient touché le fond. Tout en refaisant, du mieux qu'elle le pouvait, sa queue-de-cheval, elle se dit qu'elles étaient loin d'être tirées d'affaire.

10

Vivi

Vivi passa une nuit agitée, rythmée par des rêves peuplés de flammes et de l'écho des cris terrifiés des invités. Pourtant, ce qui l'avait vraiment traumatisée, c'était l'expression de Scarlett lorsqu'elle lui avait dit : *Si tu ne te montres pas à la hauteur, je vais devoir faire appel à quelqu'un d'autre.*

Peut-être était-ce la solution la plus raisonnable. Non seulement elle avait fichu en l'air la première fête de l'année, l'événement qui était censé rendre tout son lustre à Kappa, mais, par sa faute, le secret des Ailes d'Ombre avait failli être éventé. Le nœud dans son estomac se resserra quand elle se força à regarder la réalité en face : il fallait qu'elle démissionne.

On frappa doucement à sa porte. Vivi grommela et enfouit la tête dans son oreiller. Si seulement elle pouvait disparaître, se volatiliser d'un claquement de doigts. Il existait forcément un sort qui servait à cela mais, la connaissant, elle était capable de bâcler la formule et d'atterrir dans un no man's land magique dont elle resterait prisonnière à jamais.

La personne toqua de nouveau, un peu plus fort cette fois-ci.

— Entrez.

Avec un soupir, Vivi quitta son lit. Elle portait son t-shirt le plus miteux et un short à l'effigie de Hello Kitty dont elle avait un peu honte, mais ça ne pesait pas lourd par rapport à l'humiliation vécue la veille.

La porte s'ouvrit. Ariane et Bailey apparurent sur le seuil, chacune chargée d'un plateau.

— On t'apporte le petit déjeuner, pour te remonter le moral, déclara Ariana sur un ton enjoué.

Elle entra dans la chambre et posa son plateau sur le lit. Un vrai festin : pancakes, œufs au plat, bacon et jus d'orange fraîchement pressé. Bailey, elle, apportait une théière, une cafetière et un mug.

— On ne savait pas si tu serais plutôt thé ou café ce matin, expliqua-t-elle en posant le tout sur l'édredon. Ari n'a pas voulu que je te prépare ce punch au gingembre dont j'ai peaufiné la recette, pourtant il fait péter la forme.

— Bailey, fit Ariana en levant les yeux au plafond, tu as déniché cette recette dans un grimoire qui date de 1688. La moitié des ingrédients sont toxiques.

— Mais je t'ai dit que j'avais trouvé un substitut à l'arsenic, rétorqua Bailey, vexée.

— Du café, c'est parfait, répondit Vivi. Pas de thé pour moi, ça me rappelle trop cette soirée ratée. Et c'est hyper gentil de m'empêcher de mourir de faim mais là, je n'ai pas beaucoup d'appétit.

— Super. Ça en laissera plus pour moi !

Reagan déboula dans la chambre, Sonali sur les talons. Elles arrivaient avec le dessert : un énorme bac de crème glacée et un gâteau au chocolat préparé par Sonali. Vivi ouvrit de grands yeux.

— Tu m'as préparé un gâteau ?

— Tu n'as pas vu son soufflé au chocolat, celui qu'elle nous a concocté quand elle n'a eu « que » 18 à son partiel ? fit remarquer Bailey.

Sonali haussa les épaules, penaude.

— C'est vrai, admit-elle, je passe mes nerfs en faisant de la pâtisserie.

Vivi grimaça tandis qu'une nouvelle vague de culpabilité affluait en elle.

— Je m'en veux tellement pour ce qu'il s'est passé hier. Je vous ai mis trop de pression sur les épaules. On a essayé d'en faire trop, en trop peu de temps.

— Tu n'as rien à te reprocher, protesta Ariana. On a travaillé ensemble sur tous ces sorts. Ce qui est arrivé…

— Cherche pas, c'est pas notre magie le problème, l'interrompit Reagan, la bouche pleine de crème glacée – elle avait déjà attaqué le bac. Ce truc avec le feu, je l'ai déjà pratiqué une bonne dizaine de fois.

— Tout a été fait dans les règles de l'art, ajouta Bailey, qui avait l'air exténuée. On a suivi chaque rituel à la lettre ; je ne comprends pas comment le feu a pu devenir incontrôlable.

— Possible que je me sois trompée en pratiquant la magie d'Épée, avoua Sonali avant d'échanger un regard avec Reagan. À la fin de la soirée, quand on essayait de contenir le feu de joie, j'ai senti quelque chose… comme une autre magie, qui s'opposait à la nôtre.

Vivi l'avait senti, elle aussi. Elle avait eu l'impression que leur magie agissait de son propre chef. Si une personne extérieure au clan leur mettait des bâtons dans les roues, peut-être qu'elle pouvait arrêter de se faire des reproches. D'un autre côté, si ce n'était pas elle, la responsable, cela signifiait qu'elles avaient un énorme problème sur les bras.

— Je ne sais pas trop, lâcha Vivi, pas encore convaincue.

Ariana se percha au bord du lit.

— On devrait en parler à Scarlett, suggéra-t-elle. Il faut qu'elle sache que quelqu'un essaie de saboter nos efforts.

Un grand silence accueillit sa proposition. L'ambiance devint pesante, chargée. Toutes repensaient à ce que Tiffany avait fait, sous leur nez. Une autre sorcière qui trahissait ses sœurs, vraiment ?

— Je m'en charge, promit Vivi. Mais je ne veux pas tirer de conclusions trop rapides. On est toutes sur les nerfs après les histoires du dernier semestre, et rien ne dit qu'on ne s'est pas loupées hier soir.

Reagan s'apprêtait à protester quand Vivi lui coupa la parole :

— Je ne dis pas que *toi*, tu t'es loupée, Reagan. Mais on a pratiqué tout un tas de sorts, il a fallu jongler avec différentes sources de magie. Il y a tellement de choses qui ont pu aller de travers…

La sorcellerie était puissante. Imprévisible. L'explication la plus vraisemblable, c'était que Vivi avait eu les yeux plus gros que le ventre. Après tout, l'une des Aînées se serait manifestée si elle avait senti une magie malveillante à l'œuvre.

— Quoi qu'il en soit, poursuivit-elle, je suis la seule responsable de cette débâcle.

Ariana poussa dans sa direction une assiette sur laquelle s'empilaient des pancakes.

— Ne te flagelle pas comme ça. C'était la première grosse soirée que tu as dû organiser. Et ça s'est super bien passé, si on ne pense pas trop à la fin. Pas vrai, les filles ?

Toutes acquiescèrent. Même Reagan, qui jeta un regard furtif à Sonali. Vivi se demanda ce que ces deux-là racontaient à son sujet quand elles étaient seules, loin des oreilles indiscrètes. Est-ce que Reagan n'avait toujours pas digéré le fait que le poste de chargée de l'événementiel lui était passé sous le nez ? Les deux novices avaient plus d'expérience qu'elle car elles avaient toutes deux grandi avec la magie. Vivi, elle, découvrait tout en direct.

— Ne baisse pas les bras, souffla Ariana. C'était juste ton galop d'essai, et tout le monde se prend les pieds dans le tapis au démarrage. Mais tu vas assurer. J'en suis certaine.

Pendant qu'elle s'habillait, Vivi prépara ce qu'elle allait dire à Scarlett. Elle descendit l'escalier d'une démarche traînante et c'est les pieds lestés de semelles de plomb qu'elle négocia les dernières marches, terrorisée à la perspective de faire face à son Aînée.

Peut-être qu'il valait mieux laisser à Scarlett un jour ou deux de répit, pour qu'elle se calme.

À son immense soulagement, il régnait une tranquillité inhabituelle dans les couloirs. D'ordinaire elle ne se lassait pas du bruit et de l'animation produite par une vingtaine de jeunes sorcières qui vivaient sous le même toit – les cris euphoriques qui saluaient une métamorphose réussie, la pétarade inquiétante des sorts qui prenaient l'eau, le fracas des tasses de café qui s'entrechoquaient dans la cuisine, les bruits sourds qui accompagnaient une petite fête improvisée dans une chambre, le bavardage des oiseaux dans la volière – mais aujourd'hui, elle était très contente d'éviter les regards de ses sœurs.

Elle récupéra sa besace, pendue à un crochet dans le vestibule, et se rendit à la bibliothèque – l'un de ses lieux préférés. L'un des rares, aussi, à n'avoir subi aucune métamorphose magique, et Vivi comprenait pourquoi. Il serait criminel de toucher à ces étagères qui s'élevaient jusqu'au plafond, ces livres reliés en cuir et ces imposants cabinets d'apothicaire en bois équipés de tiroirs recelant des herbes séchées, ingrédients destinés aux potions, sans oublier ce magnifique plafond bleu rehaussé d'une rose des vents peinte à la feuille d'or.

Vivi s'installa dans son fauteuil attitré et prit une profonde inspiration, remplissant ses narines d'un mélange d'odeurs réconfortantes – cuir, encaustique, cire de bougie, herbes aromatiques – auquel s'ajoutait le parfum presque insaisissable des sortilèges pratiqués entre ces murs. Ce petit rituel l'emplissait de vénération et elle avait la sensation de s'imprégner de la magie des générations qui l'avaient précédée – un riche héritage qui était le sien à présent. Mais, ce matin-là, elle ne put dissiper le sentiment d'avoir usurpé sa place. Combien d'enchantements contenus dans ces pages jaunies serait-elle capable de pratiquer sans faire de mal aux autres ?

Elle sortit son manuel de neurosciences et l'ouvrit au chapitre étudié en cours cette semaine-là. Ses yeux survolèrent plusieurs fois le préambule mais rien ne s'imprimait dans son cerveau, saturé de culpabilité et de remords. Elle se rappela, amère, l'expression qui s'était affichée sur les traits de Tim alors qu'il aidait Maria à conduire les Theta en lieu sûr. Déjà qu'elle avait dû passer pour une folle avec son histoire, son comportement étrange à la fin de la soirée n'avait pas joué en sa faveur. En plus d'avoir détruit la réputation de Kappa, elle avait sans doute réduit à néant toutes ses chances de faire plus ample connaissance avec son frère.

Vivi se mit debout avec un soupir et fit les cent pas dans la bibliothèque. Les fenêtres étaient encadrées de lierre et la lumière qui filtrait par les carreaux mouchetait la pièce de taches glauques, ajoutant à l'ambiance surnaturelle. Elle avait la sensation d'avoir trouvé refuge dans la retraite d'un génie de la forêt. Elle passa la main sur le dos des livres rangés sur les étagères, les uns craquelés par le passage du temps, les autres ornés de splendides dorures. Des catalogues recensant les plantes médicinales, des volumes d'histoire, des guides traitant d'horoscopes et de thèmes astraux, de vieux atlas, d'innombrables grimoires.

Si elle arrivait à comprendre ce qui était allé de travers hier soir – une énergie parasite ? un sort qui avait fait boomerang ? –, peut-être qu'elle pourrait prendre les mesures nécessaires pour que cela ne se reproduise pas.

La réponse était forcément quelque part. Ensevelie sous la montagne de connaissances amassées par les sorcières qui étaient passées par Kappa, génération après génération.

Vivi fit une nouvelle fois le tour de la bibliothèque, prêtant une attention particulière aux titres. Une petite brise lui chatouilla la nuque et elle se retourna, avec l'intention de découvrir d'où elle venait. On n'ouvrait que rarement les fenêtres dans cette pièce mais Kappa House était une vieille demeure parcourue de courants d'air, avec ses bardeaux gauchis par la pluie, ses portes qui s'ouvraient à la volée et les résidus de la magie de Bâton qui flottaient dans l'air.

Une fois encore, un souffle lui effleura le cou. On aurait dit que quelqu'un lui respirait dans la nuque.

Vivi fut traversée d'un frémissement et elle choisit de se concentrer sur le contenu des rayonnages. Son regard fut attiré par un imposant volume relié en toile bleu foncé qui dépassait d'une étagère, comme si une main négligente l'avait remis en place. *Le Guide Llewellyn de l'aménagement des jardins et de leur protection.* Sa curiosité piquée, Vivi s'en empara et l'ouvrit avec mille précautions, prenant soin de soutenir le dos abîmé.

Il sembla s'ouvrir en deux, facilement, et Vivi eut la surprise de découvrir un autre livre, plus petit, emboîté à l'intérieur. Plus fin aussi, à peine plus épais qu'un calepin, même s'il paraissait de bonne facture. Le genre de carnet que Daphné offrait à Vivi à l'occasion des anniversaires, cuir gaufré et papier vergé, dans lequel elle n'osait jamais écrire, de peur d'abîmer ce petit bijou de papeterie avec ses gribouillages puérils. Ils finissaient toujours au fond d'un placard.

Sur la couverture d'un brun presque noir se dessinait un motif de feuilles argentées qui encadraient plusieurs symboles, dominés par un cercle renfermant une sorte de croix. Très semblable à un pentacle.

Surexcitée, Vivi passa le doigt sur le cuir soyeux. Un pentacle destiné à une sorcière de la famille des Deniers ? D'instinct elle leva la tête, vérifia que la porte de la bibliothèque était bien fermée, la pièce vide, puis elle dégagea le carnet de sa cachette.

Elle replaça le Llewellyn sur l'étagère, puis elle regagna son fauteuil et se plongea dans l'étude du carnet. Il était si ancien que le papier paraissait tanné par endroits, comme du parchemin. C'était un manuscrit et son auteur avait une écriture remarquable, très élégante. Sans quelques variations dans l'encre, qui s'était décolorée çà et là, Vivi aurait pu croire qu'elle avait entre les mains un livre imprimé.

Il s'agissait d'un grimoire qui contenait des formules magiques. Avec des dessins sur certaines pages, des reproductions très détaillées d'autels ou de tirages de tarots. Sur d'autres, des annotations – un sortilège suivi de quelques paragraphes de description, des conseils dispensés par l'auteur qui avait mis le sort en pratique.

Il y avait une multitude d'enchantements dont Vivi n'avait jamais entendu parler. Une recette de « miel de sirène » qui, ajouté à une tisane de chardon, permettait d'obtenir une voix si mélodieuse qu'elle hypnotisait quiconque l'entendait. Un charme qui vous aidait à décrypter le chant des oiseaux et d'envoyer des messages par l'intermédiaire d'alouettes.

Mais c'est la préface rédigée par l'auteur qui accapara l'attention de Vivi ; un court manifeste sur le danger qu'il y avait à accorder trop d'importance aux cartes :

Les jeunes sorcières intègrent souvent la communauté magique via un processus d'initiation qui identifie la source de leurs pouvoirs – Bâtons, Coupes, Épées ou Deniers. Cette coutume remonte au dix-septième siècle et elle a été pérennisée par des individus qui cherchent à limiter le pouvoir des sorcières. La perspective que l'une d'elles s'affranchisse des règles établies présente une menace telle que les forces établies se raccrochent à cette contre-vérité pour encourager la formation de clans et de *covens* qu'il est plus aisé de surveiller, de tenir à l'œil, d'influencer. Ce modeste volume se propose d'aider les sorcières à se libérer de ces entraves arbitraires et de prendre la pleine mesure de leurs facultés magiques.

Les pensées se bousculèrent sous le crâne de Vivi. Si elle arrivait à maîtriser certains de ces sorts, il était carrément possible qu'elle puisse libérer son plein potentiel. Et qu'elle en mette plein les yeux à Scarlett et à ses sœurs, tout en effaçant les erreurs qu'elle avait commises la veille.

Elle sentit un picotement au bout de ses doigts, signe que la magie se réveillait. Peut-être qu'elle pouvait essayer un sort tout simple, histoire de s'échauffer. Elle feuilleta le carnet jusqu'à ce que son regard tombe sur un titre – « Sort d'oblitération fort commode » – accompagné d'une courte présentation :

Ce sort polyvalent devrait faire partie de l'arsenal magique de toute sorcière. Il peut servir à faire disparaître de menus objets et, si la situation s'y prête, il s'avère être un outil ingénieux pour terrasser ses ennemis.

Vivi fronça les sourcils, inquiète de ce que « terrasser » impliquait dans ce contexte, avant de balayer ces préoccupations d'un revers de main. La seule personne qu'elle aurait voulu faire disparaître, c'était son ancienne coloc', mais depuis que Vivi avait quitté la résidence étudiante pour poser ses valises à Kappa, elle échappait aux commentaires narquois de Zoe et ses piques passives-agressives ne lui manquaient pas le moins du monde.

De menus objets. Elle attrapa un stylo et joua avec, la tête ailleurs, tout en poursuivant sa lecture.

Les sorts d'oblitération exigent à parts égales de la magie liée à la terre et à l'air. Au lieu d'invoquer la Reine d'Épée et/ou la Reine de Deniers, ce qui dilue la puissance d'une sorcière avec des incantations maladroites, il est autrement plus avisé de vider son esprit et de faire appel à ces deux sources d'énergie dans lesquelles baigne toujours une sorcière de talent, quelle que soit la famille dont elle se réclame.

Vivi se rembrunit. C'était déjà assez compliqué, la magie, sans qu'elle ait à suivre des instructions aussi vagues que « vider son esprit », mais elle se dit qu'elle ne perdrait rien à essayer. Elle fixa son regard sur le stylo et elle imagina, à la place, un espace vide. Aucun résultat. Elle réessaya, cette fois-ci les yeux fermés. Elle sentit la vibration bien connue de la magie au creux de sa poitrine mais, lorsqu'elle ouvrit les paupières, le stylo n'avait pas bougé.

Elle poussa un long soupir. Génial. Son plan avait fait naufrage au bout de dix minutes. Elle retourna à la lecture du grimoire et parcourut les notes griffonnées dans la marge.

Le sang, qui agit comme amplificateur, est d'une efficacité remarquable dans ce sort précis. Quelques gouttes peuvent avoir une action spectaculaire.

Vivi chercha à l'intérieur de sa besace une petite épingle à nourrice qu'elle déplia et elle en enfonça la pointe dans la pulpe de son pouce. Pas beaucoup, juste ce qu'il fallait pour faire apparaître une unique goutte de sang.

Elle regarda le stylo les yeux mi-clos, ignorant le léger élancement.

Le stylo n'est plus là. Elle l'imagina en train de disparaître, de s'effacer.

Elle sentit un filet de sueur couler le long de sa tempe. Elle tenta de ne pas se laisser distraire mais le picotement se transforma en brûlure et, n'y tenant plus, elle leva la main et se gratta le visage.

Lorsqu'elle reporta les yeux sur le stylo, il avait disparu.

Le sort avait fonctionné.

Avec un sourire satisfait, Vivi se renfonça dans son fauteuil, referma le carnet. Elle jeta un coup d'œil par la fenêtre et se rendit compte que l'après-midi touchait à sa fin. À travers le lierre, l'éclairage extérieur des maisons voisines projetait une lueur dorée dans le jour déclinant.

Mais elle n'avait pas perdu son temps. Il y a une heure encore, elle était au bord du gouffre, perdue, désorientée. À deux doigts d'abandonner, de décevoir encore plus son Aînée. Et Kappa lui avait apporté l'aide dont elle avait désespérément besoin.

Lorsque Vivi fit face aux portraits des anciennes Ailes d'Ombre, elles parurent l'encourager du regard au lieu de l'intimider, l'air de dire : *Tu peux arranger la situation.*

Et, pour la première fois depuis son réveil, Vivi sut qu'elle allait se montrer à la hauteur.

11

Scarlett

Ce soir, c'était la séance de cinéma de plein air et, à cette occasion, la pelouse principale était noire de monde. Chaque sororité avait réservé son petit coin d'herbe et Kappa occupait, comme d'habitude, la place d'honneur : en plein milieu de l'étendue engazonnée, assez loin de l'écran pour éviter les torticolis mais assez près pour être éclairées par le film et permettre aux autres étudiants de les admirer.

En ce mardi soir, pourtant, l'ambiance était morose. Les Ailes d'Ombre ne s'étaient pas encore remises du fiasco du vendredi précédent, même si elles essayaient de faire bonne figure.

Scarlett, en particulier, était à cran.

Eugenie lui avait envoyé un texto dès le lendemain de la fête, au saut du lit. Pourquoi c'est #ThetaFiesta qui est le plus suivi sur le fil Twitter du campus ? Quelques heures plus tard, Marjorie lui avait passé un savon au téléphone.

— Il paraît que la police est venue à Kappa ? avait-elle fulminé.

Scarlett avait bien perçu la peur qui perçait sous sa colère.

La peur que la vérité soit dévoilée au grand jour. La peur que Kappa coure un danger plus grand encore que celui qu'elles avaient affronté au cours du dernier semestre. Afin de rassurer sa mère, de la convaincre qu'elle avait la situation bien en main, Scarlett avait dû déployer des trésors de persuasion. Elle expliqua que la visite de la police était un incident isolé qu'elles avaient su gérer du début à la fin.

Elle avait gardé le silence sur l'étendue des dégâts. Si Marjorie l'apprenait, elle piquerait une vraie crise. Mais lorsque Scarlett avait tâté le terrain en cours dès le lundi, posant quelques questions prudentes à ses camarades, elle s'était rendu compte que leur sort d'amnésie avait fonctionné à merveille. Personne ne gardait de souvenirs très précis de la fête. La déco était hyper cool, le punch un peu trop chargé. Tout le monde semblait mettre les débordements sur le compte de l'alcool, qui avait coulé à flots lors de l'apéro. Et le campus tout entier ne parlait que de l'after chez les Theta – apparemment Maria avait réussi, au pied levé, à commander un buffet, organiser un tournoi de bière-pong et faire livrer des tonneaux de bière artisanale. Du pur délire.

Scarlett bouillait de rage à l'idée que les Theta aient pu les éclipser. Pourtant, elle ne pouvait pas vraiment se plaindre. Leur situation serait encore plus catastrophique si les gens avaient une idée de ce qu'il s'était réellement passé.

Elle s'installa confortablement dans son siège fétiche, un gros pouf blanc en forme de cygne, cadeau que Tiffany lui avait acheté en première année. Au début, ce cygne était une blague, mais elles l'avaient nettement amélioré à l'aide de quelques sorts et il était devenu aussi douillet qu'un lit de plumes. Scarlett avait remarqué qu'avec ce pouf, elle avait lancé une mode parmi les autres associations d'étudiantes. Plusieurs filles l'avaient imitée, sans jamais l'égaler ; certaines s'étaient équipées d'un flamant rose vif, d'autres d'une licorne gonflable. Justement, elle repéra un autre cygne, une pâle copie, dans la zone occupée par les Theta. Une fille appelée Deylin était vautrée avec une Gamma sur un cygne rose à moitié dégonflé qui semblait fusiller Scarlett du regard. La narguer, même.

Parce qu'à côté d'elles, Cait et Jackson étaient blottis l'un contre l'autre sur une courtepointe à carreaux.

Dans la lumière tremblotante projetée par l'écran – un classique du septième art, *Psychose* – Scarlett put voir que Jackson avait enveloppé les épaules de Cait d'un bras protecteur. Aussitôt son cœur se serra et elle se força à détourner le regard. Ce qui était encore plus cruel, c'était que *Psychose* faisait partie de leurs chouchous à tous les deux, sauf que Jackson l'ignorait. Ils s'étaient découvert une passion commune pour les films d'horreur pendant qu'ils étaient lancés à la poursuite de Gwen. Mais ce souvenir était effacé de sa mémoire, aussi sûrement que Gwen l'était du monde des vivants. Et Scarlett était là, dans le noir, condamnée à revivre seule ce qu'ils avaient vécu ensemble.

Elle poussa un soupir et se désintéressa de l'écran. Même la scène où Norman Bates faisait pour la première fois allusion à sa mère ne lui procura aucun plaisir.

— Ne regarde pas encore, chuchota Mei – assise à côté de Scarlett, elle avait apporté son propre siège, un coussin de style marocain assorti par magie au sarouel en soie et au top brassière qu'elle portait ce soir – mais le grand brun ténébreux assis là-bas te dévore des yeux depuis dix bonnes minutes.

D'un mouvement de tête, elle montra le coin où s'étaient installées leurs rivales. Xavier se prélassait en compagnie d'une Theta. Il avait étalé dans l'herbe son sweat à capuche aux armoiries de PiKa pour s'asseoir dessus.

Effectivement, il avait les yeux braqués sur Scarlett. À la seconde où leurs regards se croisèrent, il la salua de la main, un petit sourire réjoui aux lèvres. Sa voisine leva la tête, vexée.

Un agacement soudain traversa Scarlett. Et pourtant...

Elle coula un nouveau regard vers Jackson, à la dérobée. Elle l'observa, puis elle observa Xavier. Elle pouvait voir ça comme une expérience. Comme ces moments où on retourne une carte et on sent, au plus profond de soi, ce qu'on veut vraiment. Si Jackson nourrissait encore des sentiments à son égard, comme elle le pensait, la voir au bras d'un autre le ferait forcément grincer des dents. Elle eut un instant d'hésitation, gênée par rapport à Xavier. Comment réagirait-il s'il apprenait qu'il n'était qu'un pion sur son échiquier ?

Elle en était là de ses réflexions quand un bruit à l'écran fit sursauter Cait. Jackson la colla contre lui.

Alors Scarlett reporta son regard sur Xavier, sourit, leva la main. Puis, de l'index, elle l'invita à la rejoindre.

Il n'en fallut pas plus. Le jeune homme bondit sur ses pieds, ramassa prestement son sweat et se dirigea vers le carré des Kappa.

Mei adressa un clin d'œil à Scarlett. *Amuse-toi bien*, lui dit-elle par transmission de pensée, ses lèvres rouge carmin esquissant un sourire espiègle. Alors elle décala son coussin pour faire un peu de place à Xavier.

L'heure était à la détente. Vivi se reposait, la tête sur le torse de Mason, les mains jointes sur le ventre. À côté des deux tourtereaux, Juliet manipulait distraitement les nattes de sa petite amie. Captivées par le film, Etta et Ariana échangeaient des regards apeurés tout en chuchotant pendant les rares scènes de répit et Reagan passait son temps à leur demander de se taire.

Pile à cet instant, Xavier lui cacha l'écran. Scarlett lui sourit.

— Je demande la permission de m'approcher de Son Altesse, plaisanta-t-il.

Il hésita une fraction de seconde, puis il se laissa tomber à côté de Scarlett. Les Kappa avaient déployé sous leurs sièges un immense édredon brodé de lunes et d'étoiles. Les sourcils haussés, Xavier mit des petites tapes dessus.

— C'est drôlement confortable, pour une pelouse composée de cailloux et de vieilles branches.

Scarlett lâcha un rire discret.

— On finit par connaître le terrain, et on s'adapte en fonction.

— Il paraît que je te dois des excuses, dit Xavier tout à trac.

— Des excuses pour quoi ?

Il tressaillit, l'oreille basse. Les jeux d'ombre projetés par l'écran soulignaient les aplats et les angles de son visage.

— Je dois avouer que j'ai quitté votre soirée avant la fin.

— Laisse-moi deviner, soupira-t-elle. Tu t'es réfugié chez les Theta ?

— En réalité, je suis allé me coucher. Au fond de moi, je suis un petit pépé pantouflard.

Scarlett explosa de rire et Reagan se retourna pour lui faire les gros yeux mais, à la seconde où elle remarqua que c'était la présidente qui troublait la projection, elle piqua un fard et refit face au film sans rien dire. Scarlett étudia son dos, se rappelant que Reagan n'avait pas caché sa rage durant le grand ménage qui avait suivi la fête. Est-ce qu'elle fulminait toujours ? Est-ce qu'elle trouvait que Scarlett n'arrivait pas à la cheville de Dahlia ?

Xavier se pencha vers elle.

— Je vais aller chercher du pop-corn, chuchota-t-il à son oreille. Tu veux quelque chose ?

Elle allait lui demander de lui rapporter un Coca lorsqu'un mouvement attira son attention : Jackson s'était détaché de Cait et il avait pris la direction de la buvette installée tout au bout de la pelouse.

— Je t'accompagne, répondit-elle à mi-voix, sans se laisser le temps de changer d'avis.

Xavier lui offrit sa main et l'aida à se mettre debout. Il avait la paume rêche, couverte de cals, comme abîmée par un travail physique. Curieux. Cette main ne cadrait pas avec son apparence : tout en lui transpirait l'étudiant insouciant dorloté par papa-maman.

Étonnée par ce contraste, elle cala son rythme sur le sien.

— Alors, comment tu trouves Westerly ? demanda-t-elle à Xavier. Tu n'es pas trop déçu pour le moment ?

— Difficile d'être déçu, répondit-il, son regard s'attardant sur elle. Navré, tu veux dire au niveau des études, ou au niveau sentimental ?

Elle laissa échapper un petit rire moqueur. Xavier répondit par un sourire qui fit frémir la commissure de ses lèvres. Jouer le jeu de la séduction avec lui ferait le plus grand bien à son amour-propre, songea Scarlett.

— Pourquoi tu as changé de fac ? À part pour te trouver une copine, je veux dire.

— Tu es drôlement curieuse. Tu fais subir un interrogatoire à tous les nouveaux, ou j'ai droit à un traitement spécial ?

— Je fais la conversation, c'est tout, protesta-t-elle.

Ils s'engagèrent dans la file d'attente et elle repéra Jackson qui faisait la queue devant eux, les mains dans les poches, la tête inclinée. Deux personnes les séparaient de lui. Scarlett suivit son regard et se rendit compte qu'il avait les yeux braqués sur Cait, à l'autre bout de la pelouse. Comme s'il ne pouvait tolérer d'être séparé d'elle une seule minute.

Mais qu'est-ce qu'il lui trouve, à cette greluche ? Jackson n'avait jamais caché son dédain pour les étudiantes qui avaient intégré une sororité. Cela avait demandé à Scarlett des semaines, et des textos par dizaines, pour qu'il baisse la garde et lui propose un café. Pour mieux lui poser un lapin quelques jours plus tard – et tomber fou amoureux de la caricature de ces filles qu'il méprisait tant ?

La file avança et Jackson avança avec, sans même cligner des paupières. Sous les ampoules de la buvette, Scarlett découvrit qu'il s'était converti aux polos et aux pantalons en toile. Un style BCBG qui ne lui allait pas du tout. Le Jackson qu'elle connaissait n'aurait jamais renoncé à ses t-shirts barrés d'un visage ou d'un slogan.

La voix de Xavier la ramena à l'instant présent.

— Si je te dérange…

Scarlett se sentit rougir, elle remarqua que le regard de Xavier passait d'elle à Jackson. Il avait compris.

Elle eut un rire contraint.

— Désolée, j'étais perdue dans mes pensées. La semaine a été rude.

— On est mardi, rétorqua Xavier.

— Donc tu disais, tu es venu à Westerly parce que…

— Tu ne supportes vraiment pas que les gens changent de sujet, hein ? s'agaça-t-il.

Scarlett scruta son expression. Qu'est-ce qu'il lui prenait, tout d'un coup ?

— Si ça t'embête d'en parler…

— Non, pas de souci. C'est juste un sujet épineux avec ma famille, voilà.

Il partit d'un petit rire, mais le cœur n'y était pas.

— Mes parents… ils me mettent la barre très haut. Par rapport à qui je dois devenir, quelle voie je suis censé suivre.

Scarlett sentit une boule se former dans sa gorge. Elle savait exactement de quoi Xavier parlait. Les remontrances de sa mère étaient encore fraîches dans sa mémoire.

— Ils t'ont forcé à changer de fac ?

— Pas forcé, à proprement parler. Mais ils ont été très clairs sur le fait que je devais prendre une autre orientation, et ils n'ont pas caché non plus qu'ils arrêteraient de couvrir mes frais si je ruais dans les brancards.

— Bienvenue au club, malheureusement.

— Tu m'en vois désolé pour toi.

Scarlett haussa une épaule, en mode « c'est la vie ».

— Ça pourrait être pire. Attention, ça ne veut pas dire que je n'aime pas ma famille.

— Pareil.

Xavier l'étudia longuement avant de reprendre :

— Simplement, je regrette parfois qu'ils soient plus attachés à leurs traditions qu'à moi.

— La reine a révisé son opinion sur les costumes. Elle pense qu'elle te préfère sans déguisement, déclara Scarlett, sincère.

— Je crois que ça peut s'arranger, répondit Xavier sur le même ton.

À cet instant, le type qui attendait derrière eux bouscula Scarlett.

— Hé, fais gaffe, lança Xavier au fautif en posant une main protectrice dans son dos.

Elle ne chercha pas à fuir ce contact mais, lorsqu'elle se replaça dans le sens de la file d'attente, elle découvrit qu'ils étaient déjà arrivés à la buvette. Jackson attendait sa commande, un peu à l'écart. Discuter avec Xavier l'avait aidée à oublier, à se changer les idées. En un sens.

Décidément... il y avait quelque chose qui clochait chez Jackson, elle le sentait. Sa relation avec Cait était plus que louche, mais il n'y avait pas que ça. Son regard... il était distant, perdu. Jamais elle ne l'avait vu aussi détaché de ce qui l'entourait. En temps normal il était attentif à tout, et à tout le monde. Lorsqu'elle avait fait sa connaissance, il l'avait agacée, parce que rien n'échappait à son œil de lynx. L'agacement avait laissé la place à de l'amusement, puis à une attirance irrésistible. À présent, il avait la prunelle éteinte.

Il fallait qu'elle lui parle. Qu'elle tente de lui parler, du moins. Vouloir le rendre jaloux, c'était puéril. L'important, c'était de s'assurer qu'il allait bien. Elle n'avait pas l'intention de le récupérer, non. Elle avait presque réussi à se convaincre de cela.

— Tu veux bien m'excuser une petite minute, dit-elle à Xavier.

Elle le laissa planté là et s'approcha de Jackson.

— Jackson, lança-t-elle.

Aucune réaction. Aucun regard dans sa direction, ni le moindre signe qu'il avait capté sa présence. Réprimant une envie viscérale de hurler, Scarlett lui toucha délicatement l'épaule.

— *Jackson*, insista-t-elle.

Il fit un bond de deux mètres et, enfin, il la regarda. Pas tout à fait. Il projeta son regard par-delà son épaule, plutôt, comme s'il était incapable de fixer les yeux sur son visage.

— Salut, Scarlett.

— Est-ce que ça va ? Est-ce que ça va *vraiment* ? Arrête de regarder Cait. Regarde-moi, ordonna-t-elle.

Elle faillit avoir recours à la magie, mais elle se ravisa. Jackson était l'unique partie de sa vie qu'elle souhaitait garder à distance de la magie.

Il fronça les sourcils, une ride lui creusa le front. Le Jackson de ses souvenirs ne fronçait pas les sourcils. Il l'avait habituée à des sourires narquois et à des saillies ironiques.

— Je vais très bien, lui répondit-il sur ce ton monocorde qu'elle avait entendu dans sa bouche toute la semaine. Je suis venu chercher des boissons pour moi et pour Cait.

Tout en parlant, il se massa la nuque et dérangea la chaîne qu'il portait autour du cou. Scarlett s'éclaircit la voix. Cela ne menait à rien. Si elle ne posait pas clairement la question qui la taraudait, jamais elle n'aurait l'esprit tranquille.

— Puisqu'on parle de Cait…

Une étincelle jaillit au fond des yeux de Jackson. Il sembla reprendre vie.

— Elle est merveilleuse, soupira-t-il.

— Compris. Je veux dire, c'est bien. Je suis contente pour toi, mais je… Quand est-ce que vous vous êtes mis ensemble ?

Il ne fallait surtout pas qu'elle prenne sa réponse trop à cœur. *Ça n'a aucune importance. De toute façon on n'a jamais été en couple.*

Mais s'il était déjà lié à Cait cet hiver, alors qu'ils s'échangeaient des rafales de textos, ou avant le dîner qu'ils avaient programmé chez lui…

— Ce week-end, répondit Jackson. À l'apéro des Theta.

Le soulagement submergea Scarlett. Le point positif, c'était qu'il ne lui avait pas donné de faux espoirs. *Mais quand même.*

— Donc… c'est récent, entre vous deux ?

— J'imagine qu'on peut dire ça. J'ai l'impression de la connaître depuis toujours. Elle est merveilleuse, répéta-t-il.

Scarlett sentit la douleur ouvrir un gouffre au creux de sa poitrine.

— Écoute, Jackson…

— Il faut que j'y aille.

Jackson récupéra ses canettes de soda et s'éloigna à grandes enjambées. Scarlett le suivit du regard un instant, accablée. *Laisse-le partir.* De toute évidence, il allait très bien. Et il était fou amoureux de Cait. Il fallait qu'elle se rentre dans la tête que rien n'était possible entre eux.

Au moins, elle s'était assurée que le dernier semestre était totalement effacé de sa mémoire. Et tant mieux. *Tu devrais sauter de joie*, se réprimanda-t-elle tout en rejoignant Xavier. Il lui fit de la place à côté de lui.

— Ça fait combien de temps que c'est fini, entre toi et le serveur ? demanda-t-il.

— Ne l'appelle pas comme ça.

— C'est si récent que ça ?

— Pas exactement. Je pensais qu'il y avait un truc entre nous. Il n'était pas de cet avis, expliqua Scarlett, ces mots laissant un arrière-goût amer sur sa langue.

— Dans ce cas, c'est un sombre idiot. Tu sais… certains mecs restent aveugles même quand ils ont la personne idéale devant les yeux.

— Pas toi, en revanche ? rétorqua-t-elle sur un ton moqueur.

— Non. Moi, j'ai dix à chaque œil.

— Tu as déjà séduit une fille avec cette repartie ?

— Pas encore. Mais je suis d'une nature optimiste.

Pop-corn et boissons à la main, ils avaient presque atteint la zone monopolisée par les Kappa lorsque le bruit parvint à ses oreilles. Pas très fort au début, à peine un murmure, presque imperceptible. Scarlett mit cela sur le compte de l'un des nombreux couples qui se contaient fleurette à voix basse, d'autant plus que le film touchait à sa fin et s'achevait sur une note romantique.

Puis le bruit s'amplifia, se rapprocha.

Xavier s'arrêta net, tendant l'oreille.

— Tu entends ? fit-il.

Quelqu'un hurla.

Pas à l'écran. Hitchcock n'avait rien à voir là-dedans. Là, c'était réel. Un cri de terreur strident comme Scarlett n'en avait jamais entendu, pas même au milieu du combat qui l'avait opposée à Tiffany. Les poils de sa nuque se dressèrent. Tout autour d'eux les gens s'assirent dans l'herbe. Les hurlements reprirent, hystériques, si forts qu'ils leur perçaient les tympans. Ils venaient du centre de la pelouse. De la zone Kappa.

Oubliant Xavier, Scarlett piqua un sprint. Elle dut contourner des groupes d'étudiants qui commençaient à quitter leur place, intrigués par la tournure que prenait la soirée. Enfin, elle arriva au milieu d'une scène de chaos.

Bailey était prise de convulsions sur sa couverture. Reagan et Sonali essayaient de l'immobiliser mais, dès qu'elles la touchaient, elle se débattait. Scarlett vit Reagan reculer, le bras en sang à l'endroit où Bailey avait planté ses ongles. De sa main restée libre, la pauvre attrapa une mèche de ses propres cheveux, tira dessus de toutes ses forces et l'arracha, ce qui produisit un bruit abominable.

Une seconde plus tard Scarlett rejoignit Mei et Etta qui chuchotaient déjà une formule, les yeux mi-clos.

— Hé, Bailey ! C'est moi ! Je suis là. Toutes tes sœurs sont ici, à tes côtés, s'exclama-t-elle à distance respectueuse.

Puis elle baissa les paupières et s'adressa télépathiquement à toutes les Kappa présentes.

Un sort d'apaisement. Et sans attendre.

Elle montra l'exemple en se laissant tomber à genoux à côté de Bailey, tendant la main aux sorcières les plus proches. Toutes les Kappa l'imitèrent.

Bailey faisait peine à voir. Elle s'était griffé le visage et le cou, sa robe blanche était maculée de sang.

Au loin, des projecteurs s'allumèrent. Scarlett entendit des clameurs, la plainte d'une sirène. L'ambulance arrivait.

À côté d'elle, Mei se mit à réciter un sort de distraction et Scarlett éprouva un soulagement empreint de désarroi. Elle aurait dû y penser à la seconde où elle avait vu Bailey. Les gens se désintéressèrent de leur groupe, les têtes se détournèrent. Mais le sort n'allait pas durer éternellement et les témoins en avaient déjà trop vu.

Scarlett agrippa plus fermement la main de ses sœurs.

— Deux de Coupes et…

Elle s'interrompit. *Merde, j'ai oublié ce qui vient après.*

Sa respiration s'accéléra sous l'effet de la panique et la peur paralysa son cerveau. Bailey paraissait si vulnérable, recroquevillée en position fœtale. Scarlett revoyait en boucle ce qu'il s'était passé dans la forêt, avec Tiffany. L'expression qu'affichait son visage à l'instant où la tempête l'avait engloutie.

Ses sœurs l'observèrent quelques instants. Etta finit par poser une main rassurante sur son épaule et prit le relais.

— Deux de Coupes et roue de la loi…

Scarlett retrouva sa voix.

— Guérissez cette enfant et rendez-lui la joie.

Le chœur des sorcières s'éleva alors :

— Deux de Coupes et roue de la loi, guérissez cette enfant et rendez-lui la joie.

Bailey cessa enfin de se débattre. Elle s'affaissa sur la couverture, les yeux fermés. Mais des écorchures sanguinolentes lui labouraient le visage et la gorge, elle s'était arraché les cheveux par poignées entières. Et leur magie n'arrivait pas jusqu'à elle. Elle gisait là, immobile. Pourquoi ne bougeait-elle pas ? Elle respirait encore, c'était déjà beaucoup.

Contrariée, Scarlett récita la formule d'une voix plus forte. Ses sœurs firent de même.

— Deux de Coupes et roue de la loi, guérissez cette enfant et rendez-lui la joie.

— Ça ne marche pas, siffla Reagan.

À cet instant Mei intervint télépathiquement, la voix entrecoupée. *Le sort de distraction est en train de capoter. Rien ne fonctionne. Qu'est-ce qu'il se passe ?* Dès que sa voix résonna dans l'esprit de Scarlett, elle sentit l'énergie refluer. Les étudiants s'intéressaient à nouveau à elles. Quelques PiKa s'approchèrent.

— Pourquoi vous restez autour d'elle comme ça ? Pourquoi personne ne l'aide ? voulut savoir quelqu'un.

Un autre s'adressa à Mason, qui se tenait près de Vivi.

— Elle a besoin d'aide ?

Tim, le petit copain de Maria, le dégagea d'une bourrade.

— Je l'emmène. L'ambulance est arrivée sur le parking.

Il s'agenouilla et, du regard, demanda la permission de Scarlett. Scarlett le fixa, puis son regard se posa sur la silhouette avachie de Bailey qui ne bougeait toujours pas. Et elle accepta d'un hochement de tête. Tim prit Bailey dans ses bras comme si elle ne pesait pas plus lourd qu'une plume. Vivi se détacha de Mason et s'approcha de lui.

— J'accompagne Bailey. Pour m'assurer qu'elle ne reste pas seule à l'hôpital.

— Moi aussi, lança Reagan.

Figée sur place, Scarlett regarda le petit groupe traverser la pelouse et rejoindre le véhicule rouge vif avec ses gyrophares aveuglants. *Qu'est-ce que c'est que ce cauchemar ?* Il y a quelques minutes encore, Bailey allait parfaitement bien. Elle passait un bon moment en compagnie de ses sœurs… non ? Y avait-il eu des signaux d'alerte que Scarlett avait ratés, occupée qu'elle était à piquer la jalousie de Jackson ?

Ce n'est que lorsque Mei attira son attention d'un petit coup de coude que Scarlett se rappela que Xavier était encore là. Elle se retourna et découvrit qu'il la regardait droit dans les yeux, éberlué.

Et merde. Qu'avait-il vu, au juste ?

12

Vivi

— De l'armoise ? suggéra Vivi.

Elle était en train d'explorer le rayon herboristerie de Chaudrons & Chandelles, l'échoppe magique située dans le centre-ville de Savannah où les Ailes d'Ombre se fournissaient en matériel de toutes sortes.

Scarlett, qui feuilletait un épais volume trouvé sur une étagère, lui répondit :

— Je suis à peu près certaine qu'il reste un fagot d'armoise fraîche dans le garde-manger. En revanche, je ne suis pas allée voir s'ils ont remis des cônes d'encens. On commence à manquer de sang-de-dragon.

— Je regarde ce qu'ils ont.

Vivi inspira profondément et se laissa griser par les parfums entêtants qui flottaient dans la boutique – herbes séchées, encens aromatique, vieux grimoires. L'odeur caractéristique de la magie l'aidait à mettre de l'ordre dans ses idées et ralentissait son rythme cardiaque. C'était la première fois qu'elle lâchait vraiment prise depuis le désastre de la fête costumée.

— J'ai beaucoup repensé à cette maudite soirée, articula Scarlett, comme si elle avait lu dans les pensées de sa Cadette. À la façon qu'ont eue les sorts de se retourner contre nous, tous en même temps… Tu expliques ça comment ?

Vivi se raidit, sur la défensive. Était-ce une question inoffensive, ou un interrogatoire ?

— Reagan pense qu'une force extérieure est venue contrecarrer nos projets, et les autres aussi, dit-elle en choisissant ses mots avec soin. Elles ont senti qu'une autre magie faisait obstacle à la nôtre tandis qu'on s'efforçait de réparer les dégâts.

Scarlett opina, puis elle se mit sur la pointe des pieds et prit une agate veinée de bleu sur l'étagère du haut.

— Et toi, tu en penses quoi ? demanda-t-elle à Vivi.

— Moi, je crois que c'était ma faute. Je me suis… éparpillée pendant la fête.

Scarlett arqua un sourcil, attendant que sa Cadette lui en dise plus. Vivi savait que le temps des excuses approximatives était passé ; elle prit son courage à deux mains et se jeta à l'eau :

— Je crois que j'ai rencontré mon frère.

— Quoi ? Quel frère ? bafouilla Scarlett.

Abasourdie, elle se mit à cligner des yeux à toute vitesse. Il en fallait beaucoup pour désarçonner une Winter, mais Vivi y était parvenue. Elle lui répéta le lapsus de Daphné, ainsi que les informations qu'elle avait glanées sur Tim. Scarlett l'écouta sans l'interrompre, la compassion imprimée sur ses traits. Vivi remarqua que sous cette façade se cachait quelque chose qui ressemblait à de la pitié. Elle se sentit gagnée par l'embarras.

— Tu parles bien du Tim qui sort avec Maria ? Eh bien… je ne sais pas quoi dire. Bon, si tu as besoin de quoi que ce soit, n'hésite surtout pas à me demander, lui dit son Aînée, un peu gênée, comme si Vivi avait perdu, pas gagné, un membre de sa famille.

Jusqu'à cet instant, Vivi n'avait pas compris qu'une personne comme Scarlett – qui jouissait d'un pedigree impeccable – pouvait prendre de haut quelqu'un qui n'avait pas la même mère que son frère.

— Merci, fit-elle, impatiente de passer à un autre sujet, mais en ce moment je reste concentrée sur ma seule famille. Sur les Ailes d'Ombre. Promis, juré.

— Donc, tu penses toujours que c'est un sort qui nous a pété à la figure et déclenché une réaction en chaîne ?

— Je n'en sais rien. J'ai longtemps refusé d'y croire mais, après ce qui est arrivé à Bailey pendant la projection de *Psychose*, je me demande si quelqu'un ne cherche pas à nous nuire. Je me vois mal survivre à un semestre dans le genre de celui qu'on vient de traverser.

Scarlett remit l'agate à sa place.

— Je te comprends, soupira-t-elle. Mais si quelqu'un a pris les Ailes d'Ombre pour cible, il faut que ça s'arrête.

— Il s'est aussi passé un truc bizarre à la Taverne. Des types ont commencé à se bagarrer, ils ont rompu notre sort de distraction et atterri sur notre table. C'est arrivé comme ça, de nulle part.

Scarlett ne répondit pas tout de suite.

— C'est peut-être un simple hasard. L'alcool, ça a tendance à rendre violent.

— Bien sûr, j'en ai conscience, mais…

Vivi marqua un temps d'arrêt. Elle n'avait pas envie de livrer une nouvelle confidence qui lui attirerait la pitié de son Aînée.

— Ça fait quelque temps que j'ai des… visions, des images étranges qui me viennent. Je me revois dans la forêt avec Tiffany. Tout est normal et, la seconde d'après, je me retrouve en plein dedans. C'est tellement brutal que j'ai l'impression que ça ne se passe pas que dans ma tête.

Scarlett s'approcha de Vivi pour la réconforter, un bras autour de ses épaules.

— Je suis désolée, fit-elle. Moi aussi, j'ai des flash-back du même genre. C'est horrible.

— C'est autre chose que des flash-back, répondit Vivi d'une voix assourdie, presque comme si elle avait peur de l'avouer tout haut. Et si elle n'était pas vraiment morte ?

Scarlett secoua la tête sans attendre qu'elle finisse sa phrase.

— Je l'ai vue. Sa famille est venue chercher son… – elle n'eut pas la force de prononcer le mot *cadavre.* Elle est morte, Vivi. Mais si ce qu'elle a fait a donné des idées à quelqu'un d'autre…

Vivi se crispa, comprenant soudain que Scarlett l'avait amenée à Chaudrons & Chandelles exprès, pour qu'elles aient cette conversation ici. À l'écart du campus. Loin des yeux indiscrets, des oreilles qui traînaient.

— Tu ne crois quand même pas que c'est une de nos sœurs, si ?

Scarlett retourna la question dans sa tête, les lèvres pincées.

— J'espère que non. Je fais confiance aux Kappa. Mais ce qui me préoccupe, c'est que je faisais aussi confiance à Tiffany.

Vivi ferma les yeux, réprimant un haut-le-cœur. Si une autre Kappa avait mal tourné, à qui faire confiance ?

Scarlett la secoua légèrement par l'épaule.

— Écoute. Tâchons de ne pas virer paranos. Attendons d'avoir des éléments concrets. D'accord ?

Vivi se ressaisit.

— D'accord.

— Il faut qu'on reste concentrées sur le gala des anciennes pour en faire la soirée du siècle, pas vrai ?

Vivi adressa un sourire à son Aînée et camoufla son inquiétude derrière un mouvement de tête affirmé. Le cent cinquantième anniversaire de la sororité devait être parfait en tous points. Elles étaient condamnées à la réussite.

Un peu plus tard, alors que l'après-midi touchait à sa fin, Vivi était adossée au tronc d'un arbre, le grimoire en équilibre sur ses genoux. La forêt était plongée dans la pénombre et elle avait du mal à distinguer les caractères sur la page ; le jour commençait à décliner et, chaque fois que le vent secouait les branchages, des ombres traversaient le papier, dessinant des silhouettes d'araignée. Il y a encore quelques jours, elle aurait perdu courage à l'idée de se rendre au cœur des bois, à l'endroit où Tiffany l'avait attirée pour lui arracher le cœur et lui voler sa magie. Pourtant, dans la foulée de la conversation qu'elle avait eue avec Scarlett, elle avait cherché un lieu calme et retiré pour s'y recueillir – et pratiquer ses nouveaux sorts – et ses pas l'avaient portée dans les profondeurs de la forêt. Le grimoire à la main, elle se sentait puissante et apaisée, ce qui ne lui était pas arrivé depuis de longs mois. Cet ouvrage contenait une magie qui semblait jaillir des pages pour irriguer ses veines. Grâce à lui, les sorts lui venaient si facilement, si naturellement, qu'elle se sentait prête à affronter les démons, réels ou imaginaires, tapis dans la forêt.

Et ce n'était qu'un début. Si elle parvenait à maîtriser les sorts présentés dans ce carnet, Vivi serait bientôt capable d'organiser le gala de A à Z en se servant d'un seul et unique enchantement et elle pourrait se débrouiller sans l'aide de personne. Cette fois-ci, si quelque chose allait de travers, elle ne pourrait s'en prendre qu'à elle-même. Et si leur clan abritait une sorcière animée de mauvaises intentions – cette perspective la faisait frémir – c'était uniquement la magie de Vivi qu'elle allait cibler.

Elle s'était enfoncée dans la forêt à la fin de l'après-midi et elle n'avait rien remarqué de particulier. De là où elle s'était installée, elle distinguait la rumeur rassurante de la circulation, même si les fourrés impénétrables camouflaient la route.

À l'approche du crépuscule, elle ne put s'empêcher de jeter des regards nerveux alentour, alors que les ombres s'allongeaient et se tordaient, similaires aux corbeaux que Tiffany avait façonnés avec de la fumée. Le cœur battant la chamade, Vivi porta d'instinct la main à sa poitrine ;

elle gardait gravée dans sa chair la douleur, insoutenable, qu'elle avait éprouvée pendant que Tiffany la torturait.

Elle se força à inspirer profondément. Elle ne courait plus aucun risque. Elles avaient vaincu Tiffany et détruit le talisman d'Hénôsis.

Et jamais, au grand jamais, elle ne s'autoriserait à être aussi vulnérable, aussi faible, que ce jour-là. Pour sa propre sécurité, et celle de ses sœurs. Elle comptait bien lire le carnet de la première à la dernière ligne, s'imprégner de ses secrets et devenir le genre de sorcière qui s'attire l'admiration de ses pairs – pas celle qui inspirait de l'inquiétude ou de la pitié.

Elle mit son téléphone en mode lampe de poche et se replongea dans sa lecture.

Elle aurait pu jurer qu'au cœur de la forêt elle maîtrisait mieux certains sorts. Logique : Vivi était une Denier. Ici, elle était plus proche de son élément, des arbres qui déployaient leurs branches au-dessus d'elle, des racines qui se devinaient sous la couche d'humus, et cela faisait une différence notable.

Elle changea de position, leva les bras bien haut et respira lentement, savourant le parfum de la forêt en hiver : la terre humide tapissée de feuilles en décomposition, la résine épicée des conifères qui la dominaient de toute leur hauteur. Alors elle sortit une épingle de sa poche et enfonça la pointe dans la zone ô combien délicate de son poignet, entre les deux os qui saillaient. Lorsqu'elle perça la peau, la douleur lui arracha un petit cri.

— Montre-moi ce que je veux voir, implora-t-elle d'une voix rauque qu'elle reconnut à peine.

L'air lui râpa la gorge, irrita ses poumons. Elle releva la tête et vit, à travers l'écran de ses cheveux emmêlés, la forêt réagir à cette injonction. D'abord les arbres, qui rabattirent et écartèrent leurs branches comme des officiants en prière.

Vivi se mit lentement debout. Elle distinguait les étoiles à présent, des étoiles par millions, dans le ciel de Savannah.

Plus son regard se perdait dans le firmament et plus elle avait l'impression que la voûte céleste se rapprochait d'elle, à la façon d'un rideau qui s'abaissait, scintillant de mille feux. Elle tendit la main et, du bout des doigts, esquissa le geste de tirer sur le rideau.

Le ciel se déchira.

C'est du moins l'illusion qu'il créa en retombant comme un pan d'étoffe sur le sol de la forêt, masquant les feuilles et les brindilles qui le tapissaient. Du pied, Vivi foula des constellations entières. Au-dessus d'elle, le ciel était devenu néant, un gouffre béant qui menaçait d'avaler la cime des arbres. Autour les troncs se dressaient comme d'étranges sentinelles, jaillissant du sol piqueté d'étoiles. Alors quelque chose attira son attention. Un mouvement entre les arbres.

Elle n'était pas seule.

Une bouffée de rage s'empara d'elle ; elle était venue jusqu'ici dans l'espoir de trouver de la tranquillité, de l'espace, et il fallait encore qu'on vienne la déranger ? Mais la magie qui grésillait dans ses veines calcina sa fureur et, soudain, elle fut prise de l'envie irrésistible de mettre ses nouvelles compétences à l'épreuve. Quelqu'un l'espionnait ? La belle affaire. L'énergie qui s'accumulait dans sa poitrine la persuada qu'elle était capable de pratiquer le sort qui s'avérait le plus approprié à la situation. Elle était capable d'effacer la mémoire d'un être humain. Capable de faire apparaître une image si terrifiante que l'intrus deviendrait muet de terreur.

Vivi jeta ses deux bras vers le ciel. Le monde réel revint en un claquement de doigts : des étoiles normales dans un ciel normal. Des arbres normaux, qui ne se transformaient pas en flaques d'or fondu.

La silhouette n'était plus qu'une ombre. Ce qui n'empêcha pas Vivi de lui donner la chasse, cherchant dans son cerveau un sort susceptible de la ralentir.

— J'en appelle à la Reine de la Terre, récita-t-elle en haletant. Sois mon alliée dans cette course effrénée.

Elle sentit la terre vibrer sous la plante de ses pieds : les racines entrelacées se déroulaient pour obéir à son ordre. Elles jaillirent du sol et s'élancèrent vers la silhouette, qu'elles saisirent par les chevilles.

Ça marche, s'émerveilla Vivi lorsqu'elle vit l'intrus trébucher dans les feuilles. Sentant la victoire approcher, elle tenta d'accélérer mais, soudain, ses jambes lui parurent peser une tonne. Une seconde plus tard, son corps tout entier se glaça, comme si on l'avait plongée dans un océan gelé. L'air se fit vif et mordant, son haleine formait des bouffées opaques. La dernière fois qu'elle avait connu un froid pareil, c'était au cours de l'hiver qu'elle avait passé avec sa mère dans le Dakota du Nord. Les bras croisés sur sa poitrine, elle récita en claquant des dents :

— J'en appelle… à la… la Reine de Bâton. Réponds à ma prière… en me donnant… ta lumière.

Elle attendit que le crépitement familier de la magie lui réchauffe le bout des doigts, mais ses mains restèrent engourdies. La magie de Bâton n'avait jamais été son fort, il fallait bien le reconnaître, mais ce sort-là était à la portée des sorcières les moins habiles.

— Réponds à ma… ma prière…

Frigorifiée, elle avait du mal à articuler, et elle respirait par à-coups violents.

Alors, la vague de froid se retira aussi vite qu'elle s'était abattue sur Vivi, qui poussa un soupir de soulagement et se frotta vigoureusement les bras tandis que le sang irriguait de nouveau ses doigts et ses orteils, parcourus de fourmillements.

C'est à cet instant qu'elle découvrit que la silhouette s'était volatilisée.

— Fait chier, chuchota-t-elle.

Elle explorait les environs du regard, contrariée, quand un détail attira son attention – un long fil qui voletait, accroché à la branche cassée d'un arbuste, signe qu'une personne, ou un animal, avait foncé dedans tête baissée.

Un cheveu.

Vivi tendit le bras et cueillit sa preuve. Blond à la racine mais, quelques centimètres plus loin, ce blond devenait un rose fluorescent.

Rose.

Oh non. C'était catastrophique, tout bonnement catastrophique. Une non-Kappa l'avait vue pratiquer la magie – et pas un petit sort qui s'expliquait facilement, non, une magie puissante, impossible d'un point de vue rationnel. Elle allait devoir pratiquer un nouveau sort d'amnésie. Mais elles avaient déjà modifié la mémoire de Rose en effaçant tout souvenir de la soirée déguisée.

À cet instant, le portable de Vivi vibra et elle lâcha un glapissement de surprise. Elle fourra le cheveu dans sa poche, sortit son téléphone.

— Mason, ça va ? fit-elle d'une voix chevrotante.

Elle se sermonna intérieurement. *Ressaisis-toi, Vivi.*

Mason n'était pas d'humeur à rester poli.

— *Ça va* ? Tu plaisantes ou quoi ? T'es où, là ? Ça va faire bientôt une heure que je t'attends.

En fond sonore, de la musique, des conversations étouffées. Vivi cligna plusieurs fois des paupières, puis elle vérifia l'heure affichée sur l'écran du téléphone. 19:47. Quelle galère. Il était si tard que ça ? Elle avait prévu de refaire un crochet par Kappa avant de rejoindre Mason au café.

— J'avais la tête dans les bouquins, j'ai complètement perdu la notion du temps. Excuse-moi.

— Vivi. Ça fait des jours qu'on ne s'est pas vus. J'étais impatient de te retrouver, et là…

La voix de Mason trahissait un mélange d'agacement et de colère, ce qui ne lui ressemblait pas.

Vivi regarda son jean maculé de boue et fit la grimace.

— Je sais, j'arrive tout de suite. Laisse-moi quelques minutes pour me changer.

Au bout du fil, un long silence.

— Laisse tomber, Vivi.

— Mason, se défendit Vivi, le cœur lourd. Je vais me rattraper, promis. Entre la fac et Kappa, je ne sais plus où donner de la tête et…

— Je sais, Vivi. Essaie de te rappeler que le temps des autres est précieux aussi, d'accord ? Il n'y a pas que toi qui as du mal à concilier études et vie privée. Et tu me manques. Il faut qu'on se réserve un moment rien que pour nous deux.

— Tu as raison. Excuse-moi, répéta-t-elle.

Elle ne savait plus où se mettre. Et elle se rendit compte que Mason avait raccroché sans lui dire au revoir.

13

Scarlett

Scarlett avait laissé le bureau de Dahlia tel quel. C'était l'usage à Kappa : l'endroit portait la marque des présidentes qui s'y étaient succédé au cours des décennies. Entre les rayonnages ployant sous les grimoires, l'imposante table de travail et le globe terrestre qui s'ouvrait en deux pour révéler des coupes en cristal et une carafe… rien n'avait changé, et Scarlett n'avait pas l'intention d'y toucher.

Mais, à chaque fois qu'elle franchissait le seuil, elle se crispait une fraction de seconde, submergée par un raz-de-marée de souvenirs. Les longues heures qu'elle avait passées entre ces murs en compagnie de Dahlia, disciple prenant note de l'enseignement du maître. Désormais c'était Vivi l'élève.

De temps en temps, Scarlett envisageait ce bureau comme le sien, celui de la présidente de Kappa, et cela lui donnait le tournis. Pourtant, cet après-midi-là, elle mit sa nostalgie en sourdine. Kappa avait un gros problème et il fallait qu'elle se concentre dessus. Elle n'en avait pas parlé à Vivi à Chaudrons & Chandelles, mais elle commençait à craindre l'arrivée d'un nouvel ennemi, qu'elle n'avait pas encore identifié, à Westerly. Qui pouvait-il être, cet ennemi ?

Elle avait rendu visite à Bailey à l'hôpital, escortée de Vivi et de quelques novices. La pauvre Bailey avait beau se creuser la tête, elle était incapable de se rappeler ce qui avait provoqué sa crise – et elle avait même oublié ce qu'il s'était passé ensuite. Elle se souvenait sans problème avoir attendu le début de la projection, piqué du pop-corn dans le sachet d'Ariana, lancé un clin d'œil à un étudiant qui s'était assis avec les Theta... tout cela était très clair dans son esprit. Après... le blanc. Elle avait repris connaissance dans un lit d'hôpital, emmaillotée comme une momie, et elle était de retour parmi ses sœurs, ses plaies cicatrisées grâce à un soupçon de magie, ses cheveux revenus à leur état d'origine. Qu'un incident pareil se soit produit à Kappa, sous la responsabilité de Scarlett, c'était inacceptable. Un échec inadmissible, même.

On a l'impression que Scarlett ne sait même pas ce qu'elle fait, avait maugréé Reagan.

Cette critique lui était restée en travers de la gorge. Sans doute parce qu'elle mettait dans le mille.

Scarlett fit un peu de ménage sur sa table, qui disparaissait sous les blocs-notes, les manuels et son ordinateur portable. Elle s'était servie de ses pouvoirs pour transférer les notes qu'elle avait prises en cours sur un fichier Word. À présent, elle allait s'offrir une petite séance de divination.

Elle posa une boule de cristal au milieu du bureau, alla tirer les rideaux et revint s'asseoir. Elle se remplit lentement les poumons, retint son souffle quelques secondes et expira, tout aussi lentement. Le bruit de sa respiration gagna en volume et occupa l'espace, comme si la pièce tout entière respirait avec elle.

L'air se fit épais, brûlant. Scarlett s'attendait presque à voir de la vapeur s'élever à tout moment de la boule de cristal. Elle laissa sa vue se brouiller et sa concentration s'effilocher, jusqu'à ce que le bureau lui semble sorti d'un rêve. Elle avait la sensation d'avoir un pied dans la réalité, l'autre dans un royaume onirique. Un endroit lointain et paisible. Un endroit où elle ne risquait rien...

À cet instant, elle distingua des chuchotements. À peine audibles au début, si faibles qu'on aurait pu les confondre avec le bruit de l'eau circulant dans les canalisations, ou les voix de ses sœurs qui bavardaient au rez-de-chaussée.

Scarlett ne détacha pas les yeux de la boule de cristal, elle ne cilla pas non plus.

C'est alors qu'elle vit ce qu'elle était venue voir. Les contours d'abord indistincts gagnèrent en netteté. On aurait cru que des mains, des dizaines de mains plaquées à l'intérieur du globe, appuyaient dessus de toutes leurs forces dans une tentative désespérée de se libérer de leur prison de cristal.

Les chuchotements devinrent assourdissants. Un filet d'air chatouilla la nuque de Scarlett.

Boum boum boum.

Elle poussa un cri rageur et fut rappelée à la réalité. L'image à l'intérieur de la boule de cristal s'effaça. Les murmures se turent.

Boum boum boum.

Quelqu'un frappait à la porte du bureau. Scarlett réprima un sourire.

— Qui est là ?

Coiffée d'une choucroute auburn qui tranchait avec son style habituel, Mei se tenait dans le couloir, hors d'haleine.

— Réunion d'urgence, bafouilla-t-elle. Conseil… panhellénique. Dans… l'auditorium.

Scarlett se leva d'un bond. Le Conseil panhellénique chapeautait les associations d'étudiants sur le campus. Une réunion imprévue, cela voulait dire qu'un problème avait surgi, une situation compliquée que le doyen devait arbitrer. Lors des derniers débats auxquels avait participé Scarlett, les membres d'une fraternité avaient été accusés d'ajouter des substances illicites au punch qu'ils servaient durant leurs soirées. On leur avait retiré leurs armoiries et on les avait expulsés.

Lorsqu'elle passa devant le salon, elle avisa Vivi, affalée dans un fauteuil. En tant que chargée de l'événementiel, sa Cadette ne pouvait pas couper à cette réunion.

— Vivi, tu viens avec nous.

Les trois sorcières quittèrent Kappa, traversèrent la voie Grecque et prirent la direction de l'auditorium. Scarlett se laissa distancer de quelques pas, perdue dans ses pensées. Des mains. Un nombre incalculable de mains. Elle était incapable de dire ce que cette image symbolisait. Elle allait devoir se renseigner.

Elle pressa le pas pour rattraper Mei et Vivi. Elle avait hâte de découvrir l'ordre du jour. Un autre incident à déplorer sur le campus ? Encore une bagarre, comme à la Taverne ? Peut-être que les gens s'inquiétaient pour Bailey… ce qui n'expliquait pas pourquoi il fallait convoquer une assemblée en urgence.

Dans l'auditorium, les présidents et présidentes des associations d'étudiants formaient un demi-cercle autour d'une table ronde avec, au second plan, plusieurs rangées de chaises pliantes occupées par leurs différents adjoints. M. Sanderson, le doyen, se tenait derrière un pupitre placé au centre.

Mei, qui était chargée de faire la liaison avec les anciennes Kappa, prit place au premier rang à côté de Vivi. Les Kappa mettaient un point d'honneur à arriver en retard à chaque réunion. Aujourd'hui, pourtant, Scarlett se sentit gagnée par une angoisse diffuse. Tous les yeux s'étaient braqués sur elles lorsqu'elles étaient entrées dans l'auditorium. Scarlett était habituée à attirer tous les regards et elle ne s'en lassait pas, mais elle aurait préféré qu'on la laisse un peu tranquille, pour une fois. Elle s'installa sur la chaise qui lui était réservée, à la place d'honneur. Assise à sa gauche, Maria afficha une expression empreinte de gravité.

— On a failli attendre, lâcha-t-elle à voix basse.

Scarlett jeta un coup d'œil à l'horloge géante fixée au-dessus de la porte de l'auditorium. Elle remarqua que Mei, de sa propre initiative, traçait de la main des signes cabalistiques ; l'aiguille qui marquait les minutes recula de deux crans.

— Pardon, Maria, mais j'arrive pile à l'heure, rétorqua-t-elle.

Là-dessus, Maria fronça le nez.

Scarlett coula un regard vers Vivi, repensant à ce que sa Cadette lui avait confié au sujet de Tim. Elle lui chuchota, par transmission de pensée : *Je ne sais pas ce que ton frangin lui trouve, à cette sorcière.* Vivi fit la moue, étouffant un rire. Scarlett reporta son attention sur le doyen, lequel s'éclaircissait la voix. Les choses sérieuses allaient pouvoir commencer.

— Bon, très bien. Ne tournons pas plus longtemps autour du pot. Je pense que nous savons tous pour quelle raison je vous ai convoqués aujourd'hui.

Scarlett joignit les mains sur ses genoux, très comme il faut, et balaya l'assemblée des yeux. Tous les regards convergeaient vers elle. Toute l'attention. Son cœur s'emballa.

— Plus personne n'ignore que les forces de l'ordre ont dû intervenir sur le campus, la semaine dernière, en réponse à une plainte pour tapage nocturne et ivresse sur la voie publique dirigée contre l'une des associations étudiantes.

Une plainte pour ivresse ? Scarlett sentit les muscles de ses épaules se crisper. Le doyen n'accusait quand même pas...

— J'ai vu de mes propres yeux le rapport de police, poursuivit M. Sanderson, et c'est un comportement proprement inacceptable, d'autant plus que c'est l'une des sororités les plus respectées de Westerly qui s'en est rendue coupable.

Mais je rêve. Du coin de l'œil Scarlett étudia Maria qui se tenait très droite, l'ébauche d'un sourire narquois aux lèvres. *Notre sort d'amnésie n'a pas fonctionné ou quoi ?* Elle était pourtant là quand Jess avait jeté un sort aux deux policiers qui avaient frappé à la porte de Kappa. Jess leur avait soufflé, au mot près, ce qu'ils devaient coucher dans leur rapport. Jamais elle n'avait mentionné l'alcool, uniquement le bruit, et c'était tout compte fait une infraction mineure.

— Par ailleurs, poursuivit le doyen avec une grimace dédaigneuse, plusieurs membres de notre conseil qui ont assisté à cette soirée nous ont signalé que cet... événement a été organisé au mépris total de la sécurité des personnes.

— Mais..., laissa échapper Scarlett.

Elle s'imposa le silence, les lèvres serrées. *Mais tout le monde devrait l'avoir oubliée, cette soirée,* avait-elle failli dire.

Le doyen s'interrompit tout net et la scanna d'un regard autoritaire.

— Mademoiselle Winter, ayez la courtoisie d'attendre qu'on vous donne la parole au lieu de vous l'arroger.

Sa tension artérielle s'éleva d'un coup et elle vit des taches à la périphérie de son champ de vision. *J'y crois pas.* Jamais Kappa ne s'était attiré d'ennuis. Surtout pas de cette ampleur. *Qu'est-ce que ma mère va dire ?* Tandis que l'auditorium tournait autour d'elle, elle se représenta une Marjorie au comble de la fureur et une Eugenie qui jouissait de sa déconfiture.

Le doyen entreprit alors de faire l'inventaire de toutes les atteintes au règlement universitaire dont les Kappa étaient accusées mais Scarlett n'entendit rien, tant ses oreilles bourdonnaient. Il finit par lui donner la parole.

— Mademoiselle Winter, si vous avez quelque chose à dire pour défendre Kappa Rho Nu, je vous invite à vous exprimer.

— Je..., lâcha-t-elle, oppressée.

Soudain la voix de Vivi résonna sous son crâne. *Tu vas y arriver.* Scarlett vit sa Cadette l'encourager en levant le pouce. À côté, Mei hochait la tête, les yeux écarquillés. Elle prit une profonde inspiration, redressa les épaules.

— Il est vrai que nous avons organisé une soirée à Kappa Rho Nu vendredi dernier. La police nous a également fait part d'une plainte pour tapage nocturne et deux policiers se sont déplacés. Cela me peine profondément. Mais c'est la première infraction majeure à mettre au passif de Kappa et le seul souci, à ma connaissance, c'était le bruit. La consommation d'alcool et la sécurité n'ont pas été mentionnées une seule fois, c'est donc avec étonnement que j'apprends qu'elles font l'objet d'une plainte. Je vais tout mettre en œuvre pour que cela ne se reproduise pas à l'avenir…

— À condition que vous ayez un avenir, murmura Maria.

Scarlett resta de marbre. Elle arriva au terme de sa démonstration :

— … mais je ne vois pas comment je pourrais régler des problèmes dont j'ignorais tout il y a encore quelques minutes, cher doyen.

M. Sanderson fusilla Scarlett du regard. Elle leva le menton et planta ses yeux dans les siens. Elle avait passé sa vie à se laisser intimider par Marjorie Winter et elle en avait assez. Cet homme ne lui faisait pas peur. Elle s'était retrouvée démunie à l'ouverture de la réunion, désarçonnée par ces accusations, mais elle était une Aile d'Ombre. Elle était capable de faire tourner le vent en sa faveur.

Sans détacher son regard de celui du doyen, elle se concentra sur le sort qu'elle allait lui jeter. Un charme d'influence dont elle ne devait pas abuser, en toute franchise. Mais une légère poussée dans la bonne direction ne pouvait pas faire beaucoup de mal…

J'en appelle à la Justice et à la Tempérance, récita-t-elle en son for intérieur. *Que ce juge rende son verdict avec bienveillance.*

Le doyen se désintéressa d'elle et feuilleta une liasse de documents posée sur son pupitre. Il garda le silence longtemps, très longtemps, et Scarlett retint son souffle. Elle eut l'impression que la salle tout entière avait arrêté de respirer avec elle, tant le suspense était insoutenable.

La salle tout entière à l'exception de Maria, qui avait adopté une attitude nonchalante, parfaitement détendue, très sûre d'elle. Dans le public, les quelques Theta qui l'avaient accompagnée – Cait, une fille prénommée Deylin et la nouvelle aux cheveux fluo, Rose, c'était bien ça ? – avaient du mal à contenir leur fébrilité. On aurait dit des enfants le matin de Noël, impatients d'ouvrir leurs cadeaux.

Elles savent quelque chose, comprit Scarlett.

Au bout du compte, le doyen cracha dans son micro :

— Nous nous voyons malheureusement dans l'obligation d'adresser un blâme à Kappa.

Scarlett sentit une pierre se loger au creux de son estomac.

— Quoi ? s'exclama-t-elle.

— Pardon ? lâcha Maria au même moment.

Scarlett lui jeta un regard méfiant et Maria rougit jusqu'aux oreilles, puis elle serra les poings. Un blâme, cela signifiait que Kappa était en sursis : elles pouvaient vaquer à leurs occupations habituelles jusqu'à nouvel ordre.

— Un blâme, ça ne suffit pas. Elles devraient être sanctionnées plus lourdement. Elles mettent les gens en danger.

Scarlett se mit debout.

— C'est notre toute première infraction, s'indigna-t-elle. Et de quel danger tu parles ?

— Tu sais très bien de quoi je parle, répliqua Maria, la mâchoire crispée.

Alors, Scarlett sentit la panique monter en elle. *De quoi se souvient-elle précisément ?*

Le doyen se racla la gorge.

— Mesdemoiselles. Votre attitude est indigne des membres de notre conseil. Mademoiselle Winter, à vous en particulier, je vous conseille la plus grande prudence.

Scarlett se rassit et résista à une envie furieuse de croiser les bras, pour montrer à quel point elle était vexée. Mei et Vivi l'observaient, préoccupées.

Ça va aller, lui dit Mei.

Scarlett n'en était pas convaincue, pas convaincue du tout. Kappa se désagrégeait. Par sa faute. Des larmes perlèrent au coin de ses yeux.

— Kappa Rho Nu restera sous surveillance pendant une période d'un mois et le blâme sera levé si aucune autre plainte n'est déposée entre-temps.

— Mais..., commença Scarlett.

D'un geste de la main, M. Sanderson lui enjoignit de se taire.

— Si votre maison se plie à une discipline stricte durant cette période, le blâme sera retiré et vous serez libres de reprendre le fil de vos diverses occupations. Mais je vous préviens, ce genre de comportement ne sera pas toléré à Westerly. De la part de Kappa, ou de toute autre association, ajouta le doyen en incendiant l'assemblée d'un regard circulaire.

Andrew Haight, le président de PiKa, attira l'attention de Scarlett et lui adressa un *Désolé* muet. Elle se demanda s'il avait eu vent de cette sanction avant la réunion et s'il avait pris la décision de ne pas la prévenir. *Qu'ils aillent tous se faire foutre.*

Maria leva une main impérieuse. Scarlett serra les dents, de peur de lâcher un commentaire. Le doyen leva les yeux au plafond, exaspéré.

— Oui, mademoiselle Grimaldi ?

— Et la Fiesta du Printemps, alors ? C'est l'événement le plus important des prochains mois et, de ce que j'ai cru comprendre, la tradition veut qu'elle soit organisée par la sororité qui a gagné l'estime du Conseil panhellénique. Si Kappa Rho Nu démarre le semestre avec un blâme...

— Mademoiselle Grimaldi, la Fiesta du Printemps, c'est en avril. Vous ne trouvez pas qu'il est un peu tôt...

— Avec tout le respect que je vous dois, monsieur Sanderson, pour orchestrer un événement de cette envergure, il faut s'y prendre plusieurs mois à l'avance. Si l'on veut que soient réunies toutes les conditions de... *sécurité*, déclara Maria avec un regard en biais vers Scarlett, qui serra si fort la mâchoire qu'elle entendit ses dents grincer.

— Très bien, soupira le doyen. À titre provisoire, Theta Omega Xi peut commencer à planifier la Fiesta…

— C'est une blague ou quoi ? s'exclama Scarlett.

— … et en temps voulu nous verrons qui, des Theta ou des Kappa, mérite d'accueillir la Fiesta de Printemps.

— Donc on doit planifier une fête et d'autres vont ramasser les lauriers à notre place ?

— Cela dépend entièrement de vous, mademoiselle Grimaldi, rétorqua le doyen en toisant Maria par-dessus les verres de ses lunettes. Est-ce que Theta a l'intention de s'attirer un blâme au cours du semestre ?

Déjà écarlate, Maria vira au cramoisi.

— Bien sûr que non, mais…

— Excellent, conclut M. Sanderson en frappant le pupitre de la main. La question est réglée. À moins que l'un de vous veuille ajouter quelque chose…

Scarlett n'entendit pas la fin de sa phrase : elle était encore sonnée par la gifle qu'elle venait de recevoir. Peut-être qu'elle s'était raccrochée à des espoirs illusoires pendant sa conversation avec Vivi. Peut-être qu'elle accusait en vain la magie, qu'elle cherchait un responsable qui n'existait pas.

Peut-être que le problème venait d'elle, et uniquement d'elle.

C'est officiel, je suis la présidente la plus calamiteuse de toute l'histoire de Kappa.

14

Vivi

Assise sur les marches en pierre du Centre des Anciens Élèves, Vivi resserra autour d'elle les pans du pardessus en poil de chameau que Scarlett lui avait offert à Noël. Lorsqu'elle avait protesté, suffoquée par un cadeau aussi extravagant – même si elle n'avait aucune expérience en matière d'articles de luxe, elle avait tout de suite deviné que ce manteau couleur camel, doublé de soie, coûtait les yeux de la tête – Scarlett avait prétendu que c'était un cadeau qu'elle se faisait d'abord à elle-même, car la parka de Vivi lui « filait le cafard ». Quelques semaines plus tôt, ce genre de remarque aurait piqué Vivi au vif, mais elle avait appris à décrypter le langage de son Aînée et elle comprit ce qu'elle insinuait : *Je veux te faire plaisir sans passer pour une tordue.*

Il faisait un froid polaire ce jour-là à Savannah, des températures véritablement hivernales, et cet air vivifiant offrait un répit bienvenu par rapport à l'ambiance lugubre qui régnait entre les murs de Kappa après la déflagration produite par la réunion du Conseil panhellénique.

Pour rien au monde Vivi n'aurait lâché son verre de cidre aux épices, qui réchauffait ses mains frigorifiées. Cette douce chaleur lui rappelait la sensation associée à la magie. À la dernière minute, elle avait ajouté un *latte* vanille à sa commande. Elle ne savait pas si Tim était plutôt expresso mais, vu comment ses yeux s'étaient mis à briller devant le buffet des desserts, elle faisait le pari que c'était un bec sucré.

Ils s'étaient donné rendez-vous au Centre des Anciens Élèves pour explorer ensemble le Temple de la Renommée et glaner des renseignements au sujet de Vince. Vivi s'était convaincue que c'était une façon pas trop désagréable de faire plus ample connaissance avec son demi-frère. En même temps, elle éprouvait un certain malaise.

Vivi avala une gorgée de cidre et tenta de se ressaisir. Cela faisait une semaine à peine que son chemin avait croisé celui de Tim et l'existence d'un demi-frère avait mis son univers sens dessus dessous. Toute sa vie, sa famille s'était limitée à Daphné – il n'y avait personne en dehors de sa mère. Mais le destin lui avait fait cadeau d'un demi-frère et elle ne voulait pas gâcher l'occasion qui se présentait à elle. Elle voulait mettre toutes les chances de leur côté et faire prospérer cette relation.

Dans sa poche, son téléphone vibra. Mason lui envoyait un texto :

Tu fais quoi ? Toujours partante pour un café tout à l'heure ?

Elle étudia l'écran quelques instants puis elle rangea le téléphone dans sa poche avec une pointe de mauvaise conscience. Elle n'avait pas encore parlé à Mason de cette histoire de demi-frère et elle s'en voulait de lui dissimuler un secret aussi important. Chaque fois qu'elle comptait aborder le sujet, les mots lui manquaient. Cette situation lui paraissait complètement loufoque, mais elle avait passé un coup de fil à Daphné quelques jours plus tôt et sa mère avait confirmé qu'elle avait eu une amourette avec Vince dans l'une des nombreuses villes où elle avait séjourné après la fac.

Tim la rejoignit en petite foulée.

— Salut, lança-t-il. Purée, on se les pèle aujourd'hui.

Il sautillait sur place et se frottait les mains. Vivi lui sourit.

— Peut-être que tu aurais dû mettre autre chose qu'un short, répondit-elle, et elle lui tendit le latte. Tiens, pour toi.

— Merci, c'est super sympa, fit-il, visiblement surpris.

Surpris mais dans le bon sens, songea Vivi. Il but une gorgée, puis il examina le gobelet.

— Mais c'est quoi, ce truc ?

— Un latte vanille. Désolée si je...

— Mais c'est dément !

— C'est bon, tu n'es pas obligé d'en rajouter.

Vivi était persuadée qu'il se payait sa tête. Elle était à peu près certaine qu'à l'université les athlètes de premier plan, cette élite sportive dont faisait partie Tim, recevaient régulièrement des cadeaux faramineux. Un latte, pour eux, c'était de la petite bière – sans mauvais jeu de mots.

— Non, je suis sérieux, protesta-t-il. C'est la première fois que je bois un truc pareil.

— La première fois que tu bois un latte, vraiment ?

Tim afficha un sourire penaud.

— Je pensais que c'était une boisson de fille.

— Quoi ? Une boisson de fille ?

— C'est n'importe quoi, je sais. Mais tu appartiens à une assoc', alors tu sais que donner une certaine image, ça compte.

— Ça ne se passe pas vraiment comme ça chez Kappa. Personne ne va m'incendier parce que je porte du blanc, et pas de l'écru, après la Fête du Travail.

Vivi piqua un fard, se rappelant trop tard que Tim sortait avec la présidente de la sororité dont elle se moquait ouvertement.

— Excuse-moi, fit-elle, je sais que Maria essaie de mettre un terme à tout ça.

— T'en fais pas. Je sais quelle réputation se traîne Theta, mais c'est vrai que Maria fait des efforts pour rendre les choses beaucoup plus cool.

Il posa les yeux sur l'élégant bâtiment aux volets blancs, dont la façade en brique était couverte de lierre.

— Tu crois qu'on va trouver des infos sur Vince là-dedans ?

— Je pense, oui. La seule piste que Google m'a donnée, c'était celle du foot américain. Tu sais beaucoup de choses à son sujet ?

Tim lâcha un ricanement.

— Quasi rien. Il a quitté ma mère avant que je naisse. Je ne l'ai jamais rencontré, ce type. Aux dernières nouvelles, il vit quelque part au Canada. Honnêtement, quand j'ai débarqué à Westerly, ça m'a fait bizarre d'entendre les gens parler de lui comme si c'était un demi-dieu. Je sais bien que c'est une légende du football universitaire mais, pour moi, c'est juste l'enfoiré qui nous a abandonnés, ma mère et moi.

— Oui, ça se comprend, répondit Vivi, de plus en plus gênée. Pourquoi tu as accepté de me rejoindre ici ?

— Je sais pas trop… ça avait l'air de te tenir à cœur.

— C'est très gentil de ta part. Tu veux toujours entrer ?

— Allez, c'est parti.

Ils gravirent les marches du perron et, à cet instant, la porte s'ouvrit et une jeune femme, sans doute une étudiante, sortit précipitamment du bâtiment. Vivi devina, à sa veste et à son badge doré, qu'elle y travaillait. Lorsque ses yeux se posèrent sur Tim elle s'arrêta net et elle lâcha un petit cri de stupeur, ouvrant des yeux grands comme des soucoupes.

— Mais j'y crois pas, c'est toi ! lâcha-t-elle. Pardon, tu dois me prendre pour une cinglée. J'oublie toujours que tu étudies à la même fac que moi, que je peux te croiser sur le campus. Au fait, tu as joué comme un dieu ce week-end.

Tim adressa un sourire chaleureux à son admiratrice et fit l'effort de lire le prénom inscrit sur le badge.

— Merci… Amanda. Ça fait plaisir d'entendre ça. On ne serait pas là où on est sans nos supporters.

Amanda s'éloigna en souriant d'une oreille à l'autre. Vivi se tourna vers Tim.

— C'est bien toi qui disais, il y a à peine deux minutes, que ton père est considéré comme un demi-dieu à Westerly ? demanda-t-elle sur un ton narquois.

De l'intérieur, le Centre des Anciens Élèves évoquait le lobby d'un hôtel cinq étoiles – rien à voir avec un bâtiment administratif ordinaire. D'élégants fauteuils rembourrés et des canapés revêtus de cuir entouraient des tables basses en verre sur lesquelles trônaient des vases débordant de fleurs et des piles de magazines haut de gamme. Des coupelles stratégiquement réparties proposaient des fruits et des sucreries aux visiteurs. Tim s'empressa d'y piocher une poignée de bonbons à la menthe.

Une voix joviale se fit entendre derrière un grand bureau en acajou.

— Bonjour à vous, lança une femme blonde. En quoi puis-je vous aider ?

Rouge comme une tomate, Tim fourra précipitamment les bonbons dans sa poche.

— Eh bien, on cherche le Temple de la Renommée, répondit Vivi. C'est bien ici ?

— Oui, tout au bout du couloir. Venez, je vais vous montrer.

— Merci.

Vivi fit signe à Tim de les suivre. Il attendit que la réceptionniste ait le dos tourné pour se servir à nouveau dans la coupelle, puis il les rejoignit en pressant le pas.

— Vous êtes en première année ? leur demanda la femme, ravie de faire la conversation.

Lorsque l'un et l'autre répondirent par l'affirmative, elle poursuivit :

— Merveilleux. Ça nous ferait très plaisir que vous soyez plus nombreux à venir nous rendre une petite visite.

Ils remontèrent un long couloir aux murs habillés d'un papier peint imprimé de boutons de rose et débouchèrent dans une salle qui rappelait une galerie d'art. Des portraits de célébrités qui avaient étudié à Westerly étaient pendus aux cimaises, les plus anciens portant haut-de-forme et redingote.

— Vous cherchez des informations sur une personne en particulier ?

— Euh, oui, sur Vince Lee.

Le visage de la réceptionniste s'éclaira et son regard se posa brièvement sur Tim.

— Aucun souci. Je vais vous montrer la vitrine qui rend hommage à nos sportifs célèbres.

Elle conduisit Vivi et Tim tout au fond de la salle, un espace occupé par une gigantesque armoire vitrée qui exposait un capharnaüm de trophées, des photographies en noir et blanc montrant des footballeurs coiffés de casques en cuir et des *cheerleaders* vêtues de longues jupes plissées, des fanions en piteux état et une quantité incroyable de battes et de balles de baseball dédicacées.

— C'est lui, là, sur la photo, fit la femme.

Un jeune bellâtre à la mâchoire carrée prenait la pose. Les cheveux plaqués par la sueur, il tenait une coupe à bout de bras, une expression de triomphe peinte sur le visage.

— Elle a été prise à la fin de sa première année, lorsque l'équipe de Westerly a remporté le championnat. Grâce à lui, ils ont connu deux saisons sans la moindre défaite.

Vivi remercia la réceptionniste et attendit qu'elle les laisse seuls avant de chuchoter à Tim :

— Tu lui ressembles vraiment beaucoup.

Il haussa les épaules, détourna le regard. Quelque chose attira son attention derrière Vivi et ses yeux s'écarquillèrent.

— Eh ben, mate-moi ça.

Il se dirigea vers une vitrine qui exposait des mannequins dans différentes tenues : smokings, fourreaux haute couture, robes de magistrat, uniformes militaires…

— Ça ne te fait pas dresser les cheveux sur la tête, toi ? commenta Vivi en se penchant pour examiner de plus près ce qui ressemblait à un justaucorps de patinage. Et, en même temps, ça a de la gueule.

Tim lut une plaque fixée au mur.

— C'est des vrais vêtements. « Cette vitrine présente les tenues que certains de nos anciens élèves ont portées au faîte de leur gloire, alors qu'ils recevaient un Oscar, un prix Nobel ou une médaille saluant leurs faits d'armes. »

— Trop cool ! Alors, laquelle te fait le plus envie ? voulut savoir Vivi.

Elle n'aurait pas été étonnée que les vêtements que portaient Mei finissent un jour dans cette vitrine. Ses tutos de maquillage récoltaient régulièrement près d'un demi-million de vues et il ne faisait aucun doute qu'elle laisserait un jour son empreinte sur l'univers de la mode ou de la beauté. Et pourquoi pas les deux ?

— Tu crois pas qu'ils devraient faire de la place pour un mannequin qui brandit la coupe Stanley ? insista-t-elle.

— La coupe Stanley, répliqua Tim, c'est pour le hockey sur glace, pas le foot américain.

Vivi cacha son embarras derrière sa main.

— Bien sûr. Je le savais. Alors, qu'est-ce que tu aimerais mettre dans cette vitrine ?

— Aucune idée… peut-être mon maillot, répondit Tim sur un ton indifférent.

— Tu n'as pas l'air très enthousiaste, dis donc.

— Non, ce serait un honneur, c'est sûr. Mais tout le monde me bassine avec mes matchs et je commence à en avoir ma claque. Si ça leur fait plaisir, tant mieux. J'en ai quand même ras-le-bol d'être tout le temps scruté à la loupe, ou qu'on me colle une étiquette. Il faut croire que c'est ça, le monde moderne.

— Je te comprends, répondit Vivi, hochant machinalement la tête. Mais, en même temps, je ne te comprends pas. J'ai beaucoup bougé quand j'étais gamine et à chaque rentrée je changeais d'établissement scolaire. Ça m'est même arrivé d'en changer en cours d'année. Du coup, j'ai plutôt l'habitude d'être invisible.

— Ma pauvre. On dirait que t'en as bavé. Est-ce que… est-ce que tu en veux à Vince pour tout ça ? Tu penses que ta vie aurait été différente s'il était resté avec ta mère ? demanda Tim en se dandinant.

Son intonation fit vibrer la corde sensible de Vivi et, une fraction de seconde, la star du foot céda la place à un petit garçon qui cherchait l'amour d'un père éternellement absent. Vivi choisit prudemment ses mots.

— Pas tout à fait. Pour moi, c'était différent. Mon père était un sujet tabou à la maison. J'ai appris son nom il y a seulement quelques semaines.

— Je t'envie presque, lâcha Tim, de l'amertume dans la voix. Excuse-moi, c'est nul, ce que je dis.

— Quoi ? Pas du tout.

Vivi hésita, puis elle lui mit une petite tape maladroite sur l'épaule.

— Toi aussi, tu en as bavé. C'est normal d'être en colère.

— Merci. Ça fait du bien d'en parler. Quand j'aborde le sujet avec Maria, elle me sort ses cristaux thérapeutiques, un truc dans le genre, pour « chasser les mauvaises ondes ».

— J'imagine qu'elle essaie simplement de t'aider… à sa façon.

Tim eut un sourire goguenard.

— Écoute, dit-il, ne laisse pas Scarlett te monter la tête contre Maria. Elle est très sympa une fois qu'on la connaît.

Vivi sentit le feu lui monter aux joues. Il lui faudrait être en bons termes avec Maria si elle espérait que Tim fasse partie de sa vie.

— Pardon, tu as raison. Elle a l'air de faire du bon boulot à Theta.

— Oui, je suis super content qu'elle soit devenue présidente. Elle a toujours eu l'impression de jouer les seconds couteaux, tu vois ? Elle n'a pas beaucoup eu d'occasions de montrer de quoi elle est capable. Je crois que ça va lui faire du bien.

— Je vois parfaitement, crois-moi. Sauf que moi j'ai l'impression d'être reléguée à... je ne sais pas, moi... la septième place. Peut-être qu'on pourrait se faire une sortie à trois un de ces jours ?

Tim dégaina son téléphone et répondit, les sourcils froncés :

— Mais carrément. Bon, faut que j'aille en cours. Tu repars vers où ?

— Au bâtiment Barbiea. J'ai des documents à récupérer au service repro.

— J'ai cours juste à côté. Tu veux qu'on fasse le chemin ensemble ?

— Bien sûr.

Ils regagnèrent le hall d'accueil et Tim se servit encore une fois dans la coupelle. Dehors, il partit comme s'il avait le diable aux trousses, impatient de se mettre au chaud, mais dès qu'il se rendit compte qu'il avait distancé Vivi, il se retourna et l'attendit.

— Désolé. Je marche toujours trop vite.

— Pas de souci.

À cet instant, le téléphone de Vivi vibra. Je fais la queue au café. Qu'est-ce que je te prends ? L'accablement la gagna. Mason et elle s'étaient donné rendez-vous dans un café situé à un jet de pierre de Barbiea. Mason risquait de la voir en compagnie de Tim, puis de la bombarder de questions auxquelles elle ne se sentait pas prête à répondre.

Elle se tourna vers son demi-frère.

— Excuse-moi, j'ai oublié un bouquin dans ma chambre, il faut que je reparte dans l'autre sens.

— Ça roule. À un de ces quatre, alors ?

— À un de ces quatre, sourit Vivi.

Tim s'éloigna d'un bon pas, puis il pivota sur ses talons et il lui lança :

— Merci pour le café !

— De rien !

Elle sursauta en découvrant un appel en absence de Mason. Elle envoya immédiatement un texto :

Désolée, Scarlett a besoin d'aide avec un truc chez Kappa. On se retrouve plus tard ?

Il s'écoula cinq bonnes minutes avant que la réponse ne lui parvienne :

Il y a un souci, Vivi ? Pourquoi tu m'évites ?

Son estomac se noua. Elle savait qu'il serait plus simple de dire la vérité à Mason mais, contrairement à Scarlett, elle n'était pas la belle-fille idéale et elle appréhendait l'accueil que lui réserverait sa famille. Mason avait beau être ouvert d'esprit, est-ce qu'il avait vraiment envie de présenter à ses parents une petite amie qui ne savait même pas combien de frères et de sœurs elle avait à travers le pays ? Vivi n'avait pas oublié le regard que Scarlett lui avait lancé à Chaudrons & Chandelles – un regard de pitié – et elle craignait que Mason ne réagisse de la même façon.

Elle lui envoya un second texto :

Je ne t'évite pas ! En ce moment je suis débordée. Je t'appelle plus tard.

Elle retourna à Kappa en tenant le téléphone contre son cœur, appelant de tous ses vœux une réponse de Mason, mais son portable resta obstinément muet.

15

Scarlett

L'ambiance était animée à la Taverne. Pourtant, lorsque Scarlett ouvrit la porte d'une poussée de l'épaule, elle fut accueillie par un grand silence. Les clients l'observèrent bouche bée quelques secondes, puis ils reprirent le fil de leurs conversations à voix basse. Pas besoin d'être grand devin pour deviner ce qu'ils se racontaient. Ils échangeaient les ragots les plus croustillants sur la crise que traversait Kappa.

La tête haute, elle traversa le pub. Ainsi, la nouvelle du blâme qu'elles s'étaient attiré s'était répandue comme une traînée de poudre à travers le campus. Cela leur épargnait la honte d'avoir à informer les gens par leurs propres moyens.

Scarlett prit place sur un tabouret tout au bout du bar, les épaules crispées, une barre de fer à la place de la colonne vertébrale. Il ne fallait pas compter sur elle pour alimenter la machine à ragots. Elle était venue boire un verre et elle ne partirait pas tant qu'elle ne l'aurait pas bu, même si elle ne savait plus où se mettre.

Elle avait besoin de respirer, de mettre de la distance entre elle et Kappa. La curiosité malsaine d'étudiants dont elle ignorait jusqu'au nom la dérangeait moins que les regards en biais et les messes basses de ses sœurs. À cause du gala anniversaire des anciennes membres, qui arrivait à grands pas, elles étaient toutes sur les nerfs. L'épée de

Damoclès qui pesait sur les Kappa compliquait les choses et risquait même d'avoir un impact négatif sur leur avenir. Comment espéraient-elles impressionner des femmes qui comptaient parmi les plus puissantes et les plus influentes du pays si leur exploit le plus récent mettait la sororité sur la sellette ?

C'était un coup dur, surtout pour les dernière année. Mei avait passé des semaines à peaufiner son book, qu'elle avait l'intention de montrer à une créatrice de mode ultra-connue, et elle s'était murée dans le silence. Jess ne cachait plus sa frustration depuis qu'elle avait reçu un e-mail plutôt froid de la part de la journaliste lauréate du prix Pulitzer qu'elle comptait solliciter pour décrocher un stage cet été. Scarlett avait l'impression qu'elle était responsable de ce fiasco. Autour d'elle, Kappa s'effondrait.

Vivi s'obstinait à dire qu'elle s'en sortait très bien avec les préparatifs, qu'elle n'avait pas besoin de l'aide de son Aînée. Mais Scarlett était hantée par ce qu'il s'était passé au cours de la soirée costumée. Si elles perdaient à nouveau le contrôle…

Elle fit un geste pour attirer l'attention du barman tout en ayant recours à sortilège discret emprunté aux Épées. Le barman jeta un coup d'œil dans sa direction, hocha la tête puis se remit à discuter avec une autre jeune femme installée au bar. Scarlett n'aurait pu en jurer, mais elle eut l'impression de reconnaître l'une des protégées de Maria.

Génial. Même en dehors du campus, les Theta avaient raflé la couronne aux Kappa.

Scarlett s'affala sur son tabouret, oubliant toute dignité. Ce fut bien évidemment cet instant que Xavier choisit pour se matérialiser à ses côtés.

— Semaine compliquée ?

— Si tu savais, marmonna-t-elle.

Il leva la main. Le barman s'arracha à sa conversation et vint prendre sa commande. Scarlett était trop fatiguée pour se vexer. Xavier demanda au barman la spécialité de la maison, un cocktail à base de whisky qu'en temps normal elle n'aurait goûté sous aucun prétexte. Ce soir, ce cocktail semblait être une réponse appropriée.

— Ton amie, comment elle va ? demanda Xavier. Bailey, c'est bien ça ?

— Beaucoup mieux, Dieu merci.

Il fit glisser un verre sur le comptoir et sa main effleura celle de Scarlett. Elle fit mine de rester indifférente au frisson qui courut le long de son bras.

— Les médecins savent ce qui lui est arrivé ?

— Ils disent que c'est provoqué par le stress. Avec tout ce qu'il s'est passé à Kappa ces derniers mois, ça peut se comprendre.

Mais le stress pouvait-il vraiment pousser une jeune femme à s'automutiler, en public de surcroît ?

Scarlett avala un trait de whisky qu'elle fit suivre d'une gorgée plus longue, parce que la brûlure de l'alcool lui faisait du bien.

— Je n'arrive pas à m'enlever de la tête que Kappa n'a jamais connu une présidente aussi incompétente que moi, avoua-t-elle.

— Il y a plus tragique que de reprendre un flambeau aussi prestigieux, fit Xavier.

Il leva son verre, trinqua avec elle et avala une lampée.

— Vraiment ? Et qu'est-ce qu'il y a de plus tragique ? ricana-t-elle.

— Ne pas être présidente du tout.

— Il y a encore six mois, j'aurais été d'accord avec toi. Aujourd'hui… je ne sais plus trop. Tout me paraissait si simple avant. Je savais ce que je voulais, et par quels moyens l'obtenir.

Elle regarda les glaçons fondre dans son whisky.

— Tu es trop jeune pour traverser une crise existentielle, protesta Xavier. Par ailleurs, mon petit doigt me dit que tu sais toujours ce que tu veux.

Jackson. Scarlett chassa cette pensée de son esprit. Il avait fait son choix. Par ailleurs, ce n'était pas son genre de perdre la tête à cause d'un garçon. Elle avait d'autres priorités. En tout cas, elle essayait de s'en convaincre.

Elle esquissa un sourire empreint de regret.

— Je voulais être présidente pour perpétuer la tradition familiale. Ou, pour parler plus franchement, je voulais être la meilleure présidente de l'histoire, inscrire mon nom dans la légende de Kappa, au lieu de vivre dans l'ombre de mes illustres aînées. Alors pourquoi c'est moi la ratée, la meuf qui enchaîne les échecs ?

Xavier agita quelques instants le contenu de son verre.

— Eh bien… c'est compliqué de sortir du lot si on ne fait rien pour se démarquer.

Elle lui jeta un regard noir. Il haussa les épaules.

— Quoi ? Je te l'ai déjà dit, tu n'es pas la seule à avoir des soucis avec ta famille.

Sa remarque lui rappela que la dernière fois qu'ils s'étaient croisés, elle s'était servie de lui pour éveiller la jalousie d'un autre, et elle l'avait planté au beau milieu de leur conversation.

— Au fait, excuse-moi de… euh, de t'avoir fait faux bond l'autre soir.

— C'est déjà oublié. Je suis content que ta copine aille mieux.

— Moi aussi. C'est moi, ou tout est complètement chamboulé ce semestre ? demanda Scarlett en lâchant un rire amer.

— Tu veux dire que votre campus n'est pas toujours un *soap opera* à ciel ouvert ?

Xavier lança un regard éloquent par-dessus son épaule et le couple assis au bar à côté d'eux, qui croyait les espionner discrètement, détourna les yeux.

— Tu veux dire que tes parents n'ont pas étudié en profondeur la composition socio-économique de Westerly avant de t'y transférer pour satisfaire leurs petites ambitions personnelles ? riposta Scarlett.

— Bizarrement, ils se contrefoutent de ce que je fais en dehors des cours, fit Xavier en ponctuant sa réponse d'un clin d'œil avant de s'accouder au comptoir. Je peux te poser une question ?

— Je t'en prie.

— Tu aurais voulu prendre la tête de Kappa si ta mère et ta sœur n'avaient pas été présidentes ?

Scarlett fronça les sourcils. Elle ne se rappelait pas avoir précisé quels membres de sa famille l'avaient précédée à la tête de la sororité. *Arrête d'être aussi parano*, se sermonna-t-elle. Après tout, ce n'était pas un secret. Cette info, il avait pu l'obtenir du premier PiKa venu.

— Je… je ne sais pas comment répondre à ta question.

Plus Xavier soutenait son regard et plus l'émoi faisait palpiter son cœur. Il n'était pas Jackson mais il était irrésistible, à sa façon. Et, de toute évidence, il comprenait à quel dilemme elle était en proie, à cause de sa famille. À cause de la pression qu'elle faisait peser sur ses épaules.

— Ça t'arrive d'imaginer à quoi ressemblerait ta vie si tu n'étais pas l'héritière d'une tradition ? Si tu étais une fille normale, sans flambeau à reprendre, sans contrainte particulière… toi, tout simplement ? demanda-t-il.

La réponse de Scarlett fusa :

— Jamais. Ça ne m'intéresse pas d'être quelqu'un d'ordinaire.

Un sourire étonné s'afficha sur le visage du jeune homme.

— Tu ne seras jamais « ordinaire », Scarlett Winter, déclara-t-il.

— Et toi ? Tu n'as pas une tête à intégrer une fraternité. Pourquoi tu es devenu membre de PiKa ?

Xavier coula un regard vers elle, les sourcils froncés.

— Crois-le ou non, on ne change pas de fac en claquant des doigts. PiKa m'a ouvert certaines portes. Mais il faudrait me payer cher pour que j'en devienne président. Les responsabilités sont trop lourdes.

— Aaah, je vois. Tu es l'un de ces types qui font le minimum syndical, c'est ça ?

— Absolument pas. Simplement, j'ai d'autres priorités.

Scarlett sentit une douce chaleur envahir son visage. La sensation se diffusa dans sa nuque, puis le long de son échine. Xavier gardait les yeux braqués sur elle. Elle savait qu'elle devait détourner les siens, qu'elle devait se détacher de lui... Mais c'était agréable de lui parler. Et elle le trouvait séduisant, avec son accent à couper au couteau. Le whisky aidant, elle le trouvait encore plus appétissant, Scarlett devait le reconnaître. Elle lui plaisait, et l'attirance était mutuelle.

Xavier tendit le bras et, du bout des doigts, il lui caressa le poignet. Le cœur de Scarlett battait si fort qu'elle sentait vibrer le triangle de peau au creux de sa gorge.

Sans lui laisser le temps de parler, ni de lui retourner sa caresse, il reprit sa position au bar et attrapa son verre avant d'asséner :

— Mes études, par exemple, sont ma priorité absolue.

Scarlett explosa de rire. Xavier esquissa un sourire, ravi de son effet, puis il se cacha derrière son verre.

— Et qu'est-ce que tu étudies ?

— Les sciences économiques, répondit-il. Quoi ? C'est un secteur qui rapporte.

Spontanément, Scarlett avait lâché un grognement.

— Alors la voilà, ta motivation. L'argent.

Xavier la réprimanda en agitant l'index.

— Pas de conclusions hâtives, mademoiselle Winter. Vous n'avez fait que gratter la surface.

Qu'est-ce qui m'empêche de creuser plus profond ? L'idée vint spontanément à Scarlett, stimulée par le whisky qui coulait goutte à goutte dans ses veines. Un seul contact, une formule rapide, et elle serait en mesure de connaître les plus secrètes de ses motivations, sans erreur possible. Ce qui servait de carburant à Xavier.

La nature exacte de ses intentions vis-à-vis d'elle.

Il semblait avoir instauré un jeu de séduction mais elle devait en être sûre à cent pour cent. Elle ne pouvait pas se permettre de connaître un autre fiasco amoureux. Son cœur n'y survivrait pas. Pas après ce qu'il s'était passé au semestre précédent.

Juste un coup d'œil, se dit-elle. Un aperçu de ce que Xavier avait en tête. En temps normal, Scarlett refusait d'utiliser la magie dans ce genre de situation, encore plus si le garçon lui plaisait. Pas besoin d'artifices pour que les hommes tombent à ses pieds.

Là, c'est différent. Presque… de la légitime défense.

Avalant une nouvelle gorgée de whisky pour se donner du courage, Scarlett tendit le bras et fit courir son index le long de la tempe de Xavier, très délicatement, une seule fois. Ce contact suffisait à ouvrir une brèche dans ses pensées…

Reine d'Épée et de l'inexprimé, montre-moi ses ambitions et ses secrets, récita-t-elle en son for intérieur. Et elle se concentra, de toutes ses forces. Pourtant, elle ne rencontra qu'un mur blanc. Rien. Pas la moindre émotion, pas même un mince filet – un soupçon d'amusement, une pointe d'irritation, rien, absolument rien. Elle cligna des paupières et laissa retomber sa main, perplexe. La magie d'Épée n'avait jamais été son fort mais, d'ordinaire, elle savait très bien décrypter l'état émotionnel des gens.

Elle surprit le regard de Xavier et afficha un sourire contraint.

— Tu avais un cheveu.

Il laissa échapper un rire moqueur, comme s'il n'était pas dupe.

— Merci, alors.

— Pas de souci.

Elle avait la tête qui tournait. Elle avait trop bu.

Mais qu'est-ce que je fabrique ? Fouiller l'intimité de quelqu'un, perdre pied aussi facilement. Sous prétexte qu'un pauvre mec lui avait mis un vent ? *Pour sortir avec une Theta, par-dessus le marché,* s'empressa-t-elle d'ajouter, comme si elle voulait mettre du sel sur la plaie. Scarlett ne se reconnaissait plus.

Elle repoussa son verre sur le comptoir. Xavier était peut-être craquant, mais il fallait qu'elle mette le holà à tout ça. Elle avait déjà du mal à garder l'équilibre perchée sur son tabouret ; elle ne voulait pas donner aux clients du pub le plaisir de la voir se casser la figure.

— Il faut que j'y aille, déclara-t-elle.

— Laisse-moi deviner : le devoir t'appelle ?

— Pas de repos pour ceux qui ont les dents qui rayent le parquet, rétorqua-t-elle en récupérant son sac à main.

— Je pensais que c'était pour les braves.

— Pour eux non plus.

Elle adressa un clin d'œil à Xavier, puis elle se dirigea d'une démarche assurée vers la porte. Pas besoin de se retourner pour savoir qu'il la suivait du regard. D'ailleurs, tout le monde faisait de même. Scarlett releva le menton ; une reine ne déçoit jamais ses sujets.

Ne leur montre jamais que tu transpires. C'est le conseil que lui aurait donné Minnie. Et sa mère, aussi. Sur ce point, elles tombaient toutes les deux d'accord.

Elle s'autorisa un dernier petit plaisir avant de tirer définitivement sa révérence.

— J'en appelle à la Reine de Bâton et à l'As de Coupes, murmura-t-elle à l'instant où elle ouvrait la porte. Montrez-moi de quoi vous êtes capables en rendant ces breuvages imbuvables.

Avant même que la porte se referme derrière elle, elle entendit des étudiants lâcher des cris de dégoût et recracher leur bière.

— C'est dégueulasse, s'exclama l'un d'eux, ça a un goût de pisse.

Elle s'engagea sur la pelouse principale et se soûla d'air frais. Une fraction de seconde, elle se sentit un peu mieux.

Le sentier que Scarlett avait l'habitude d'emprunter, celui qui reliait le campus à la voie Grecque, était plongé dans une obscurité inhabituelle. Sans doute parce que c'était la nouvelle lune, et que le ciel était masqué par une épaisse couche de nuages qui occultait la lumière des étoiles. Les rares lampadaires ne suffisaient pas à éclairer le sentier.

Scarlett appréciait les soirées de ce genre, ces nuits où l'orage couvait. Quand le ciel était lourd de pluie, c'est là qu'elle se sentait au diapason de ses émotions.

Ce soir, pourtant, elle s'arrêta plus d'une fois. Elle avait l'impression de distinguer un bruit derrière elle. Un sifflement à peine audible, presque un chuchotis, comme une créature qui rampait sur le trottoir. Chaque fois qu'elle s'immobilisait, le bruit cessait. Tous les quelques mètres, elle jetait un regard par-dessus son épaule, guère rassurée. Pourtant, elle était bel et bien seule. Il n'y avait personne sur le sentier, pas un chat, ce qui était surprenant à cette heure, en pleine semaine, alors que des cohortes d'étudiants auraient dû être en train de regagner leur chambre.

Scarlett se remit en marche, et le bruit reprit au même moment.

Cette fois, elle ne se retourna pas. Elle fouilla à l'intérieur de son sac à main et en sortit un miroir de poche dont elle se servit pour faire mine d'inspecter son maquillage. Au lieu de cela, elle regarda ce qu'il se tramait derrière son épaule.

Rien.

Prenant une profonde inspiration elle accéléra le pas, ses talons claquant sur le bitume.

Un autre bruit. Pas ce sifflement discret, non – quelque chose de plus brutal, de plus concret. Des pas, juste derrière.

Un étudiant qui rentre chez lui, songea-t-elle. Après tout, il y a à peine dix secondes, elle se demandait où étaient passés les autres. Ignorant la décharge d'adrénaline, elle pressa le pas et murmura :

— J'en appelle à la Reine de Coupes.

À cet instant, le tonnerre gronda. La pluie menaçait. Elle n'allait pas tarder à tomber. Mais Scarlett sentait l'orage approcher, il se déchaînerait à son signal. Si quelque chose – ou *quelqu'un* – la traquait vraiment, tapi dans l'obscurité, Scarlett se tenait prête à répliquer.

Elle n'était qu'à quelques mètres d'un réverbère lorsque le tonnerre se fit à nouveau entendre. Pas assez fort, cependant, pour étouffer le bruit qui avait éveillé la méfiance de Scarlett.

Les pas se rapprochaient.

Scarlett balaya du regard les bois qui l'entouraient, le sentier qui se déroulait sous ses pieds. Personne devant. Elle se trouvait à présent dans le halo diffusé par le lampadaire et elle reprit courage. Inspirant un grand coup, elle fit volte-face, les poings serrés.

À une trentaine de mètres d'elle, Xavier leva précipitamment les mains, comme s'il rendait les armes.

— Houlà, ne tire pas.

Scarlett croisa les bras, furieuse.

— Je rêve ou tu m'as suivie ?

Il affichait toujours ce petit sourire narquois qui agaçait Scarlett au plus haut point.

— Le monde ne tourne pas autour de toi, Scarlett. PiKa et Kappa sont pratiquement voisins, tu as oublié ? déclara-t-il en montrant du bras la direction de la voie Grecque.

Scarlett se renfrogna.

— Tu aurais pu te manifester au lieu de me suivre en douce !

— C'est ce que j'allais faire. Pas ma faute si tu as l'ouïe aussi fine qu'un lynx. Et, ajouta Xavier sur un ton contrit, je voulais m'assurer que tu rentrais bien chez toi. Tu avais l'air un peu contrariée au pub.

Ils se mirent à marcher côte à côte.

— Un bon conseil, Xavier. La meilleure façon de mettre une fille à l'aise, ce n'est pas de la prendre en filature en pleine nuit. Et, avant que tu ne te mettes en tête de jouer les chevaliers servants, sache que je peux me défendre.

Xavier fixa ses poings, toujours fermés. Elle dut faire un effort pour les desserrer et, du plat de la main, elle lissa sa jupe.

— Je vois ça. Toutes mes excuses.

Même si elle aurait préféré se faire arracher la langue que de l'avouer, elle se sentait en sécurité auprès de lui. Déjà, sa présence la distrayait de la bande-son de la forêt. Elle n'était plus sur le qui-vive, sursautant au craquement d'une brindille, au moindre bruit suspect.

Le sentier déboucha sur la voie Grecque et Xavier fit la révérence.

— Gente dame. Votre preux chevalier vous a reconduite à votre porte sans croiser d'ennemis sur la route.

Les yeux levés au ciel, Scarlett émit un petit rire moqueur.

— Bonne nuit, Xavier.

— Bonne nuit à toi aussi, Scar.

Il explora son visage quelques instants, comme s'il s'apprêtait à ajouter quelque chose. Il finit par la saluer de la main et il s'éloigna de sa démarche élastique, nimbé d'une pluie fine qui commençait à tomber. Scarlett le suivit du regard, elle-même protégée du crachin grâce à sa magie. Pourquoi s'en priver quand on était une Coupe, après tout.

Il fallait voir la vérité en face… elle trouvait de plus en plus difficile de tenir Xavier à distance.

16

Vivi

Le vendredi soir arriva ; la vague de froid avait survolé Savannah et la douceur était revenue. Vivi et Mason s'étaient donné rendez-vous au bord de la rivière, sur un banc qui offrait une vue imprenable sur les quais. Vivi longea des bars et des restaurants aux façades égayées dans des guirlandes électriques dont la lumière se reflétait dans l'eau sombre, ce qui créait une ambiance qu'on aurait pu qualifier de féerique, ou de romantique – mais Vivi était trop à cran pour tirer plaisir du paysage. Leur dernière conversation par textos remontait à deux jours et, depuis, ils avaient à peine échangé un mot. Il fallait qu'elle rectifie le cap avant que la situation ne lui échappe pour de bon.

Lorsqu'elle avisa Mason, assis sur le banc, elle afficha un sourire contraint.

— Salut, toi ! s'écria-t-elle.

Elle voulut piquer un sprint et se jeter dans ses bras mais elle réprima aussitôt cette envie, car elle voulait renvoyer l'image d'une jeune femme sophistiquée. Elle avait consacré des heures à sa tenue, empruntant une minijupe à Sonali et une paire d'escarpins à Reagan. Elle avait aussi mis en pratique ses nouvelles compétences en métamorphose, en se faisant elle-même son smoky et en modelant ses pommettes.

À en juger par la réaction de Mason, ses efforts avaient porté leurs fruits. Mais, au lieu de quitter le banc et de l'embrasser, ou la complimenter sur sa tenue, il se borna à hocher la tête.

— Merci de ne pas m'avoir fait faux bond ce coup-ci.

Vivi se crispa. Elle avait bien conscience qu'elle n'était pas la petite amie idéale depuis plusieurs jours. Plusieurs semaines, même, en étant lucide. Il y avait tant de secrets, tant de facettes de sa vie que Mason ne pouvait comprendre. Elle avait échangé quelques SMS avec Tim depuis leur passage au Centre des Anciens Élèves – ils s'étaient même envoyé des photos d'eux bébés, où ils présentaient une ressemblance frappante, et Tim avait déjà lancé l'idée d'inviter Vivi et Daphné à l'occasion de Thanksgiving. Vivi voyait mal sa mère accepter, vu qu'elle avait tenté d'effacer Vince de son passé. Cela ne l'empêchait pas de laisser son imagination vagabonder – de visualiser un bon dîner, une dinde farcie, une ambiance joyeuse et des éclats de rire, au lieu du ragoût végétarien que Daphné avait coutume de préparer.

Elle devait trouver un moyen d'en parler avec Mason, mais elle ne savait pas comment aborder le sujet. Si seulement elle avait une baguette magique, elle pourrait l'agiter et, d'un coup, lui faire accepter qui elle était, sans poser de questions.

Nul besoin de baguette magique, à vrai dire. Il lui suffisait de chuchoter la bonne formule, et plus jamais Mason ne lui ferait de reproche. Il lui pardonnerait à chaque incartade, il goberait sans réserve ses prétextes et ses cachotteries…

Non. Hors de question. Lui jeter un sort, ce serait franchir une ligne que Vivi refusait même d'envisager.

Après une courte hésitation, elle prit place au bord du banc. Assez près pour respirer une bouffée de son parfum aux notes boisées, ce qui déclencha en elle l'envie de se blottir contre lui, d'enfouir sa tête au creux de son épaule et de s'enivrer de son odeur. Mais elle comprit, à son attitude, qu'il n'était pas d'humeur à faire des câlins.

— Excuse-moi pour l'autre jour, déclara-t-elle, impatiente de crever l'abcès. J'ai été horrible avec toi.

— Oui, je sais, répondit Mason, les yeux fixés sur l'eau.

Ce fut prononcé d'une voix froide, presque moqueuse. C'était la première fois que Vivi voyait cette facette de lui. Elle changea de position et tira sur l'ourlet de sa jupe, soudain trop courte.

— Comment je peux me faire pardonner, dis-moi ?

Il poussa un soupir et tourna vers elle un regard qui exprimait un chagrin insondable.

— Il n'y a pas que l'autre jour, Vivi. C'est... je veux qu'on soit parfaitement honnêtes l'un envers l'autre. J'ai déjà connu des relations où je me sentais mis à l'écart et c'est quelque chose que je ne veux pas revivre.

Il faisait allusion à Scarlett, bien entendu. Ils avaient rompu parce que Mason avait l'impression qu'un gouffre s'était creusé entre eux, qu'ils n'avaient plus rien en commun. Avec Vivi, c'était différent : eux, ils avaient tissé un lien spécial. Il fallait simplement qu'elle lui ouvre les yeux.

— C'est ce que je veux aussi. Qu'on soit alliés, qu'on bosse dans la même équipe.

— Dans ce cas, dis-moi pourquoi tu es si distante depuis quelque temps ? Pourquoi tu m'évites comme ça ? demanda Mason.

Sa voix se fêla et Vivi sentit une aiguille lui transpercer le cœur.

— Je ne sais pas, répondit-elle.

Elle voulut prendre la main de Mason. Il se déroba à son contact et ses traits se durcirent.

— Alors tu vas vraiment rester assise là et me mentir, les yeux dans les yeux. Tu me prends pour un idiot ou quoi ?

— Quoi... de quoi tu parles ?

— C'est bon, Vivi, arrête, s'il te plaît. Je t'ai vue.

— Tu m'as vue faire quoi ?

Son cœur s'emballa. Avait-elle été assez imprudente, ou assez stupide, pour pratiquer sa magie devant lui ?

— Avec Tim Lee, lâcha Mason. Juste après ton SMS où tu me disais que tu avais des trucs hyper importants à régler à Kappa.

— Quoi ? Oh, Mason, non. Ce n'est pas ça du tout, je t'assure. On s'est croisés par hasard et on a discuté quelques minutes. Rien de plus.

— Dans ce cas, pourquoi tu m'as menti ? Pourquoi tu ne m'as pas dit où tu étais vraiment ?

— Ce… c'est compliqué…

À la seconde où le mot franchit ses lèvres, Vivi prit conscience de son erreur.

— *Compliqué*, répéta Mason. Alors essaie de m'expliquer, je vais faire de mon mieux pour suivre.

Comme elle restait muette, il lâcha un rire narquois.

— C'est si compliqué d'avouer que tu as remplacé un pauvre type qui étudie l'histoire par un footballeur que tout le campus adore ?

— Mason, tu racontes n'importe quoi ! Je ne t'ai remplacé par personne.

Le silence s'éternisa. Mason hocha lentement la tête, une fois.

— Non, je suis sûr que tu ne m'as pas remplacé. Pas encore.

— Alors quoi ? Je n'ai pas le droit d'avoir des amis du sexe opposé ?

— Bien sûr que si ! Mais je ne te reconnais plus depuis la fête, tu me fuis, ensuite tu m'as posé un lapin et tu t'es bien gardée de me dire la vérité. Qu'est-ce que je suis censé en conclure ?

Allez, dis-lui, s'encouragea Vivi. Tandis que son cerveau passait au crible toutes les réponses possibles, une peur panique l'envahit. À bien des égards elle était plus compatible avec Mason que Mason ne l'avait été avec Scarlett. Mais, vu de l'extérieur, Mason avait largement perdu au change. Scarlett était belle, intelligente, sûre d'elle, élégante, et elle appartenait à l'une des familles les plus riches et les plus respectées de l'État de Géorgie. Et même si les Gregory habitaient Savannah, jamais il ne lui avait proposé d'aller dîner chez eux. Peut-être parce qu'il savait d'avance qu'ils la trouveraient vulgaire, mal dégrossie. Est-ce qu'il avait honte d'elle ?

— Tim, c'est mon...

Elle fut incapable de finir sa phrase. Les traits de Mason se décomposèrent et son regard trahit une tristesse absolue. Non, elle ne pouvait pas le laisser souffrir de cette façon, alors qu'il était si simple de lui apporter la tranquillité d'esprit.

J'en appelle à la Lune, récita-t-elle, *qui apporte sagesse et clarté. Que par mes paroles cet homme soit amadoué.*

Les nuages se dissipèrent et laissèrent filtrer une lueur argentée. Mason s'adossa au banc en poussant un soupir, se frotta l'arête du nez.

— Je ne sais pas ce qui m'a pris, Vivi. C'est que je tiens vraiment à toi, et je veux que ça marche entre nous. Tu sais quoi ? Tu as raison. Je te fais confiance. Si tu me dis qu'il n'y a rien entre vous, alors je te crois.

Il sourit et serra sa main dans la sienne.

— Excuse-moi de t'avoir fait une scène. Tu veux bien me pardonner ?

Mason lui adressa un sourire rayonnant d'espoir et une vague de soulagement la submergea, mais elle ne put mettre en sourdine la petite voix de sa conscience et elle lui répondit par un rictus embarrassé. Elle avait eu un comportement déplorable et pourtant, c'était Mason qui se confondait en excuses. Et elle avait eu recours à la magie dans le but de le manipuler. Le sort dont elle s'était servie était sans conséquence mais il était formellement interdit aux sorcières d'agir sur le libre arbitre – c'était une pente glissante et dangereuse qui pouvait avoir des conséquences aussi imprévisibles que désastreuses.

Je ne le referai plus, juré. C'est la première et la dernière fois.

— Moi aussi je te dois des excuses, lâcha Vivi, consciente que Mason n'aurait droit qu'à une série de dérobades. Ces derniers temps j'ai subi une pression de dingue. Chargée de l'événementiel, ça demande un boulot monstrueux et ma première fête a été un naufrage, et maintenant il y a les retrouvailles des anciennes qui approchent et on s'est pris un blâme du Conseil, et tout me retombe dessus. Pour couronner le tout, j'ai pris du retard par rapport aux cours...

Tandis que ce monologue jaillissait de ses lèvres, elle sentit qu'elle allait fondre en larmes. Vivi ne mentait pas : elle qui avait toujours été une excellente élève était à présent incapable de tenir le rythme de la fac. Elle n'avait pas trouvé non plus le temps de réviser, en prévision des partiels. Même Bailey n'avait pu l'aider lors de la « pré-épreuve écrite de mi-trimestre » en histoire de l'art l'autre jour. Elle avait essayé de lui souffler les réponses par transmission de pensée mais le professeur avait donné à chacun une version légèrement différente du questionnaire.

— Oh non, mon cœur, fit Mason en la prenant dans ses bras. Tout va s'arranger, je t'assure. Tu vas y arriver. Tu as oublié ce que tu as réussi à faire avec la soirée costumée. C'était la fête de l'année !

— Mouais...

Sauf que ça a failli virer au carnage, songea-t-elle, inconsolable. Elle s'essuya le nez du revers de la main et éclata de rire lorsque Mason lui tendit un mouchoir.

— Désolée, ce n'était pas très ragoûtant.

— Ne te soucie pas de ça, la rassura Mason.

Il l'attira contre lui. Vivi poussa un long soupir et posa la tête sur son épaule.

— Je suis désolée, Mason. Je sais que j'ai été nulle ces derniers temps mais je vais me racheter, promis.

— Nulle, tu y vas un peu fort, plaisanta Mason.

— Alors, disons absente. Et chez toi, quoi de neuf ? Tu as parlé à tes parents de tes projets pour l'année prochaine ?

— Pas encore. Je comptais faire ça ce week-end mais ma mère n'a pas arrêté de parler boutique, elle m'a bassiné avec leurs nouveaux clients ultra-importants et les stagiaires qui allaient crouler sous les dossiers cet été, si tu saisis l'allusion. Alors je me suis dégonflé.

Vivi se rapprocha de lui en glissant sur le banc et elle colla sa cuisse contre la sienne.

— Tu vas trouver un moyen de leur annoncer la nouvelle. Tu as besoin d'un peu plus de temps.

— Le temps, c'est un luxe que je n'ai pas, répondit Mason. Je dois donner ma réponse à ma conseillère d'ici quinze jours.

— Ça t'aiderait si je venais avec toi ? Pour te soutenir moralement ?

Il éclata de rire, puis il tourna la tête et il la jaugea, comme s'il demandait à être convaincu.

— Tu veux vraiment que je te présente mes parents le soir où ils risquent de me trucider ?

— Eh bien, peut-être qu'ils se retiendront s'il y a un témoin, tu ne crois pas ?

— Tu ferais vraiment ça pour moi ?

— Bien sûr. C'est à ça que servent les petites copines, non ? En plus, je peux toujours leur dire qu'il y a une pénurie d'historiens sur le marché du travail. Ou que je suis diplômée en tressage de paniers, que j'ai décidé de lâcher les études et de fonder une communauté vegan. Comme ça, de nous deux, c'est toi qui paraîtras le plus raisonnable.

— Tu plaisantes, mais ça pourrait marcher.

— Génial, je n'ai plus qu'à préparer mes preuves. Rien à voir, mais tu connais un endroit où je pourrais acheter des paniers en osier pour les prendre en photo ?

— Tu sais que tu es géniale ?

Mason se pencha vers elle et tenta de l'embrasser, mais elle s'écarta.

— Non non. D'abord, on fixe la date. Tu as dit que tu n'avais que deux semaines devant toi alors… quel jour tu veux l'annoncer à tes parents ?

— Comme tu es autoritaire ! Eh bien, le gala, c'est demain ?

— Demain, oui. Et j'aurai à mon bras le cavalier le plus choupi de la terre.

— Alors, pourquoi pas dimanche matin ?

— Tout dépend de ce que tu veux dire par « matin »…

Vivi se doutait que le gala des anciennes finirait tard dans la nuit – à condition que tout se passe comme elle le souhaitait.

— À l'heure du brunch ? précisa-t-il. Je vois ça avec mes parents.

— Parfait.

— C'est toi qui es parfaite.

— Comme tu es romantique, fit-elle en levant les yeux au ciel.

— Je croyais que ça te plaisait, le romantisme.

Il se pencha à nouveau vers elle et, cette fois-ci, elle se laissa faire.

17

Scarlett

Le restaurant universitaire avait subi une métamorphose radicale. Lorsque Vivi lui avait soumis son projet, Scarlett avait émis certaines réserves. Le bâtiment en lui-même était un bijou d'architecture : façade en pierre de taille, hauts plafonds, poutres apparentes, fenêtres immenses ouvertes sur le campus. Mais, au bout du compte, ça restait un réfectoire, une simple cantine. Scarlett avait du mal à imaginer que c'était un endroit indiqué pour accueillir un aréopage d'invités prestigieux.

Pourtant, Vivi s'était surpassée.

Dès qu'on franchissait le seuil, on se retrouvait transporté dans une réplique de la galerie des Glaces, joyau du château de Versailles. De gigantesques miroirs habillaient, du sol au plafond, le mur qui faisait face aux fenêtres. Le mobilier utilitaire avait été remplacé par des tables hautes en filigrane doré, des ottomanes et des causeuses disposées aux quatre coins de la salle. Au linoléum s'était substitué un marbre veiné de rose aux reflets cuivrés.

Scarlett jeta un coup d'œil dans le miroir et poussa un petit cri de surprise. Ce soir, elle avait choisi une robe de style Empire, vert émeraude, stratégiquement fendue pour mettre ses jambes en valeur, et des escarpins assortis. Mais ce n'était pas cela que montrait son reflet, non ; il arborait une tenue tout droit sortie du dix-huitième siècle, digne de Marie-Antoinette. Manches bouffantes, crinoline extravagante… le miroir avait poussé le détail jusqu'à lui ajouter une mouche au-dessus de la lèvre supérieure et une perruque tout en frisettes et accroche-cœurs.

À son bras, Xavier était lui aussi une vraie gravure de mode. Il portait un smoking de facture classique, extrêmement élégant, mais le miroir avait fait de lui un courtisan versaillais. Le sourcil haussé, il étudia son profil droit, puis le gauche.

— Je savais que Westerly était connue pour l'excellence de sa formation de programmation informatique, mais là, on se croirait dans un film à gros budget.

— Bienvenue à une soirée organisée par Kappa, répliqua Scarlett, aux anges.

Elle avait longtemps hésité avant d'inviter Xavier, mais elle devait reconnaître qu'il était parfait dans le rôle du cavalier tiré à quatre épingles. Il exécuta une révérence, puis il lui offrit sa main :

— Je comprends maintenant pourquoi le campus ne parle que de ça. Me ferez-vous l'honneur de cette danse, mademoiselle ?

Scarlett s'apprêtait à accepter lorsqu'une silhouette se joignit à eux dans le miroir, coiffée d'une perruque encore plus extravagante que celle de Scarlett.

— Force est de constater, déclara Marjorie Winter à mi-voix, que tu as rendu une copie passable.

— C'est à ma Cadette qu'on doit tout cela, répondit Scarlett.

Elle disait vrai. Vivi avait refusé la moindre aide au cours des préparatifs. Scarlett devait prendre sur elle pour ne pas crier victoire trop vite. La dernière soirée des Kappa avait elle aussi commencé sous les meilleurs auspices. Elle croisait les doigts pour que tout se déroule sans accroc – à la fois pour Vivi, et pour Kappa.

— Votre fille pèche par excès de modestie, intervint Xavier.

Son audace étonna Scarlett. Elle pensait qu'il ferait ce que tous ses ex avaient fait avant lui en présence de Marjorie – qu'il se tiendrait en retrait, muet comme une carpe, en attendant qu'elle le présente à sa mère. Mais Xavier ne comptait pas faire tapisserie : il tendit la main, en pleine opération séduction.

— Xavier Hunt. Ravi de vous rencontrer, madame Winter.

Bien malgré elle, Scarlett se demanda comment Jackson se serait comporté dans la même situation. Sans doute qu'il ne se serait pas non plus embarrassé de politesses et qu'il y serait allé franco. En ajoutant une pincée d'humour, peut-être. Mais il fallait qu'elle garde les pieds sur terre : il était virtuellement impossible qu'elle présente Jackson à sa mère un jour. Et tant mieux, tout bien réfléchi.

Marjorie braqua les yeux sur la main que lui présentait Xavier, pétrifiée. Sa bête noire, c'étaient les gens qui s'incrustaient dans la conversation. Xavier saisit aussitôt le message et se servit de cette main pour se recoiffer.

— Si vous voulez mon avis, enchaîna-t-il, on reconnaît la qualité d'un leader aux personnes dont il s'entoure.

— Je ne vous ai pas demandé votre avis, répliqua Marjorie, les lèvres pincées. Mais vous n'avez pas tout à fait tort. Fort bien délégué, ma foi, ajouta-t-elle en se tournant vers Scarlett. J'ai eu vent de ton récent fiasco et j'avais de très fortes inquiétudes pour ce soir.

Scarlett regarda fixement sa mère. Marjorie l'avait harcelée de textos et de coups de fil depuis la décision du Conseil. Cela ne faisait pas dix minutes que la réunion s'était terminée qu'Eugenie savait déjà que les Kappa avaient écopé d'un blâme, et elle s'était empressée de téléphoner à Marjorie. Scarlett la voyait d'ici, en train de se frotter les mains et de savourer la nouvelle.

— Je vais rectifier le tir, affirma-t-elle, brisant un long silence. Il me faut un peu de temps, c'est tout.

Xavier posa une main, délicatement, au creux de son dos – un discret témoignage de soutien.

— Sauf que le temps presse, ma chère, répliqua Marjorie.

— Ce n'est qu'un avertissement, Maman, tempéra Scarlett.

Elle parlait tout bas. Elle voulait éviter que certaines informations ne s'ébruitent et elle n'avait pas non plus envie de crier sur tous les toits que sa présidence connaissait des débuts calamiteux.

— Depuis sa fondation, en l'espace d'un siècle et demi, Kappa Rho Nu n'a pas été avertie une seule fois. *Pas une seule.* Je sais que tu veux te rendre immortelle, Scarlett, mais je dois avouer que tu as une drôle de façon de t'y prendre, asséna Marjorie.

Elle se désintéressa soudain de Scarlett, qui rougit jusqu'aux oreilles. Xavier choisit ce moment pour ramener sa fraise.

— Excusez-moi, mais ce n'est pas tout à fait vrai.

La mère et la fille braquèrent en même temps leur regard sur lui. Les sourcils froncés, il jeta un regard furtif en direction de Scarlett.

— J'ai pris la liberté de rafraîchir mes connaissances en prévision de cette soirée, puisqu'il s'agit d'un anniversaire… En 1974, Kappa a dû payer une lourde amende pour trouble à l'ordre public. Même chose en 1987.

Scarlett se tourna vers sa mère, étonnée.

— En 1987, tu étais à Westerly, non ?

Marjorie fit semblant de n'avoir rien entendu.

— Merci pour cette petite leçon, jeune homme, mais je suis parfaitement au fait de ces incidents, et ils étaient sans importance. Rien à voir avec ce qu'il s'est passé il y a quelques jours.

À la lueur énervée au fond de ses yeux, Scarlett devina que sa mère était à la fois impressionnée et agacée par Xavier. Pourtant, elle attendit que Marjorie rejoigne un groupe d'anciennes camarades de promotion – parmi lesquelles une écrivaine lauréate d'une pléiade de prix et une réalisatrice dont le film le plus récent avait engrangé des dizaines de millions de dollars au box-office – pour éclater de rire. Elle lança un regard de biais à Xavier et se laissa entraîner sur la piste de danse.

— J'ai trouvé ça très poétique. Tu es vraiment allé te renseigner sur l'histoire de Kappa.

— Tu me parais être le genre de fille qui attache de l'importance aux détails, lui répondit Xavier. Tu as enfin accepté que je te serve de chevalier servant, alors je ne voulais pas te décevoir.

— Parce que tu me sers de chevalier servant, maintenant ? s'amusa Scarlett, arquant un sourcil parfaitement dessiné.

— Appelle-moi comme tu en as envie, mais je trouve que le costume me va bien…, fit Xavier, affichant un large sourire.

Il la fit tournoyer de plus belle tandis que le tempo de la musique accélérait. Scarlett devait reconnaître que la pique qu'il avait envoyée à sa mère le rendait encore plus attrayant à ses yeux. Elle avait hâte de passer à la suite des festivités. Si Marjorie était déjà sur les nerfs, elle n'allait pas survivre à cette soirée. La perspective de ce qui l'attendait donnait le tournis à Scarlett. Ou peut-être était-ce ce charmant jeune homme qui lui faisait tourner la tête.

La mère de Scarlett n'avait toujours pas donné son feu vert au projet de sa fille, celui d'inventorier les sortilèges et enchantements pratiqués par les générations précédentes. Elle prétendait qu'elle n'avait pas eu le temps d'aborder le sujet lors de la dernière réunion du Cénacle des Ailes de Feu. Scarlett avait l'intention de la mettre au pied du mur, et au diable l'accord des anciennes Kappa.

Elle vérifia l'heure à l'horloge du resto U, rehaussée d'or et d'argent grâce à un sort spécifique. Vivi n'avait négligé aucun détail.

— Je vais chercher Vivi, dit-elle à Xavier en arrêtant de danser.

C'est alors qu'il lui fit un baisemain. Le souffle coupé, elle se détacha de lui.

Elle ne comprenait toujours pas pourquoi elle n'avait pas réussi à lire dans ses pensées l'autre soir, à la Taverne. Et même si elle était très flattée qu'il ait accepté son invitation ce soir, elle ne pouvait s'empêcher de penser qu'il ne venait pas uniquement pour ses beaux yeux.

Lançant un dernier regard à Xavier, Scarlett partit à la recherche de sa Cadette, qui devait lui installer une estrade.

Elle n'avait progressé que de quelques pas dans la salle bondée quand elle repéra un visage familier. *Jackson.* Il portait sa tenue de serveur – et son reflet était habillé d'une veste en brocart et d'une culotte qui ne laissait pas grand-chose à l'imagination. Scarlett détourna les yeux. Elle ne pouvait se permettre aucune distraction. Pas avant qu'elle ait prononcé ce discours qui réclamait qu'elle jette un sort à l'assemblée, pour détourner l'attention des personnes extérieures à Kappa.

Elle jeta néanmoins un autre regard dans le miroir et elle se figea.

C'était à n'y rien comprendre. Jackson passait d'un groupe à l'autre avec un large sourire, proposant des amuse-bouches sur un plateau. Mais son reflet affichait une expression terrorisée. Stupéfaite, Scarlett étudia dans le miroir les personnes qui l'entouraient. En dehors de leur costume d'époque, elles ne présentaient rien d'inhabituel. En réalité, Vivi avait fourni un travail si colossal que Scarlett avait entendu le PiKa qui servait de cavalier à Hazel la supplier de lui donner les coordonnées de la boîte d'effets spéciaux que les Kappa avaient contactée pour fabriquer ce miroir. Seul le reflet de Jackson détonnait.

Scarlett contourna un couple qui dansait et se fraya un chemin à travers la cohue, mettant ses pas dans ceux de Jackson qui se dirigeait vers les cuisines pour recharger son plateau. Lorsqu'elle l'observa une nouvelle fois dans le miroir, leurs regards se croisèrent. Et, traversée d'un frisson d'horreur, elle vit son écho l'implorer, la main tendue et la bouche tordue par un cri silencieux.

Elle attrapa Jackson, le vrai, par le bras. Il trébucha et son plateau tomba par terre dans un fracas métallique.

— Hé, ça va pas ? s'exclama-t-il.

Il se retourna brusquement. Au même instant, un objet se libéra de son gilet. La chaîne en argent qu'il arborait déjà les dernières fois où elle l'avait croisé. Il ne portait pas de bijoux le reste du temps mais cette chaîne-là, jamais il ne s'en séparait. Scarlett l'étudia, intriguée. Et elle découvrit, en pendentif, un quartz rose à double pointe.

Le cristal le plus couramment utilisé pour attirer l'amour.

— Encore toi, grommela Jackson. Arrête de me suivre. Combien de fois je vais devoir te dire que tu ne m'intéresses pas ?

— Une fois de plus, ça devrait suffire, répondit Scarlett. Désolée, je ne peux pas faire autrement.

Alors elle saisit la chaîne et tira dessus de toutes ses forces. Jackson poussa un cri de douleur. Scarlett eut l'impression de plonger sa main dans une eau glacée. Ses doigts s'engourdirent et une douleur cuisante fusa jusqu'à son épaule. Elle gémit et lâcha le cristal qui laissa une marque rouge, semblable à une brûlure, au centre de sa paume.

La chaîne restait obstinément attachée au cou de Jackson. Il la fourra sous son gilet avec un geste plein de colère.

— Tu n'as aucun droit d'y toucher. Ça m'appartient.

Scarlett comprenait tout à présent. Ce ton monocorde, ce regard vitreux. Ses paroles et ses actes étaient dictés par la sorcière qui avait jeté son dévolu sur lui. Et Scarlett avait sa petite idée sur l'identité de la responsable. Après tout, Cait n'était apparue dans sa vie que tout récemment.

Mais alors, ça veut dire… Scarlett aurait donné cher pour découvrir comment Cait avait pu pratiquer un sort aussi puissant. Elle gardait des souvenirs précis de Cait, de l'époque où elle avait postulé à Kappa. Elle avait déjà eu un mal fou à allumer un cierge magique. Lors du rituel des tarots, les cartes étaient restées muettes et sa candidature avait été refusée.

La magie n'était pas une ressource inépuisable. C'était une compétence qui s'affûtait. Cait avait pu approfondir ses connaissances, en autodidacte, comme Minnie et Gwen, et la pratiquer en solo. Mais ses pouvoirs n'auraient pas dû aller au-delà des sorts les plus élémentaires – stimuler la croissance d'une plante, par exemple, ou enflammer une bougie. Il n'était pas possible qu'elle soit assez calée pour jeter un sort d'amour, ni pour briser la volonté d'une autre personne. Un charme que même une Kappa ne pouvait annuler.

Ça n'avait ni queue ni tête.

— Je vais trouver une solution, déclara Scarlett d'une voix ferme.

Même si Jackson persistait à la fusiller du regard, elle espérait que le vrai Jackson, celui qui était pris au piège de ce sortilège, arrivait à l'entendre.

— Je vais te sauver, Jackson.

— La seule personne qu'il faudrait sauver, c'est toi, de tes propres délires, marmonna Jackson, puis il se ramassa son plateau.

Scarlett se rendit compte que leur altercation avait attiré un cercle de curieux. Elle prit une profonde inspiration et plaqua un faux sourire sur son visage. Elle allait devoir faire preuve de patience pour régler cette affaire. En attendant, il fallait qu'elle concentre toute son attention, toute son énergie, sur Kappa. Sur leur avenir et sur ce passé dont elle voulait tant s'affranchir.

Sa Cadette l'attendait, inquiète, au pied de l'estrade.

— Un problème avec Jackson ?

Scarlett la serra contre elle.

— Plus tard. Au fait, bravo. Tout le monde est en admiration devant ton travail. Même ma mère, même si elle est trop furieuse pour l'admettre.

— On va récupérer l'organisation de la Fiesta de Printemps. Ne t'en fais pas.

À la façon dont Vivi mordillait sa lèvre inférieure, Scarlett comprit qu'elle cherchait simplement à la rassurer. Au fond, elle n'en savait rien. Scarlett non plus, d'ailleurs.

Ce qui ne l'empêcha pas d'accepter la flûte de champagne que lui tendait sa Cadette.

— Si on gère la Fiesta avec la même maestria que toi, tu as géré cette soirée, c'est sûr qu'on la récupère. À cent pour cent. Aucun doute là-dessus.

Scarlett réconforta sa Cadette d'un petit geste affectueux et elle monta sur l'estrade drapée dans une assurance en trompe-l'œil.

Les conversations cessèrent, laissant place à des chuchotements. Scarlett promena son regard sur l'assemblée et fut frappée par la puissance qui émanait de ces visages – une puissance que la magie seule n'expliquait pas. Ensemble, les Ailes d'Ombre et les Ailes de Feu étaient invincibles, parce qu'elles étaient unies par un lien indéfectible. Une sorcière qui n'était rattachée à aucun clan, comme Cait, savait peut-être envoûter sa proie grâce à quelques ruses médiocres, mais au bout du compte le *coven* des Kappa était capable de l'écraser comme une mouche.

Scarlett attaqua son discours, la voix amplifiée par une formule magique.

— Chères Kappa. Mes sœurs, actuelles et passées, mes estimés hôtes, mes amis, je vous souhaite à toutes et à tous la bienvenue à cette modeste réunion.

Des éclats de rire assourdis traversèrent la salle. *Modeste* ? Elle esquissa un petit sourire.

— Je l'avoue volontiers, enchaîna-t-elle, notre sororité n'est pas connue pour son sens de la mesure.

Sa plaisanterie déclencha l'hilarité générale.

— Applaudissons, je vous prie, notre chargée de l'événementiel, Vivi Devereaux, qui s'est mise en quatre pour organiser cette soirée enchanteresse !

Scarlett salua d'un sourire sa Cadette, laquelle était rouge comme une tomate, et se mit à battre furieusement des mains. Lorsque l'ovation que lui réserva le public cessa, elle poursuivit :

— J'aimerais vous remercier du fond du cœur d'avoir répondu présent ce soir, et de nous apporter votre soutien après les événements tragiques de ces derniers mois.

Des chuchotements s'élevèrent et plusieurs anciennes saisirent leur fille par les épaules ; ces gestes protecteurs n'échappèrent pas à son œil d'aigle.

— Cela signifie beaucoup pour nous de constater que tant de noms prestigieux ont répondu à l'appel de la nouvelle génération. J'espère que vous passez un excellent moment.

Sur ces mots, Scarlett leva sa flûte de champagne et des clameurs enjouées lui répondirent.

— Pendant que vous vous amusez, nous avons une petite requête à vous soumettre. Nous souhaitons vous demander de partager avec nous vos connaissances et de nous parler de l'histoire de notre sororité.

Là-dessus, Scarlett adressa un hochement de tête à Vivi, qui avait rejoint Etta, Mei, Jess et Juliet. À ce signal, les jeunes sorcières récitèrent une formule à voix basse. Les paroles d'un sort qu'elles avaient préparé.

Lorsque Scarlett reposa son regard sur l'assistance, elle remarqua que tous ceux qui n'étaient pas membres de Kappa – les invités, ainsi que les serveurs – avaient le regard distant, inexpressif. Une fraction de seconde, elle repensa à Jackson et ce souvenir la mit mal à l'aise. Mais elle se ressaisit bien vite. *Là, ça n'a rien à voir.* Les Kappa ne manipulaient personne. Simplement, elles s'assuraient que les gens extérieurs à leur clan arrêtent d'écouter son discours quelques minutes, le temps qu'elle expose son idée – elles les incitaient à reporter leur attention ailleurs.

— Avec mes sœurs, j'ai monté un nouveau projet, expliqua Scarlett. Je vous invite à observer ce grimoire.

Vivi montra le livre en question à l'assistance. Scarlett réprima un sourire narquois lorsque certaines Kappa eurent un petit moment de panique avant de découvrir que leur cavalier avait été envoûté.

— Ce grimoire, nous aimerions qu'il contienne une histoire de notre *coven*, aussi exhaustive que possible. Il a été enchanté, bien entendu, de manière à protéger l'anonymat des contributrices. Nous vous demandons quelque chose de très simple : y coucher par écrit vos souvenirs, portant sur les années que vous avez passées à Kappa. Les bons comme les mauvais. En inventoriant les sorts pratiqués avec vos sœurs durant vos études. S'il y a eu des accrocs, s'ils ont produit les effets escomptés, ou s'il y a eu… des conséquences que personne n'avait vues venir, conclut Scarlett après une courte hésitation.

Pour ce passage, elle avait choisi ses mots avec soin. Elle ne voulait surtout pas donner à sa mère des raisons supplémentaires de s'arracher les cheveux, alors qu'elle-même ne comprenait pas ce qu'il se passait sur le campus.

La magie a un comportement bizarre en ce moment, cela ne suffisait pas pour effrayer les anciennes. Ce n'était pas parce qu'une sorcière de seconde zone avait jeté un puissant sort amoureux, qu'une de leurs fêtes s'était soldée par un fiasco et qu'une autre Kappa avait été prise de convulsions en public que ces événements étaient liés… Rien ne l'indiquait, en tout cas.

Scarlett observa les visages qui l'entouraient. Elle vit le regard furieux que lui lançait sa mère, sa sœur qui l'étudiait bouche bée. Eugenie s'était sans doute convaincue que Scarlett n'irait jamais au bout de son projet. Que jamais elle ne s'affranchirait de la bénédiction maternelle.

Tu n'as encore rien vu, ma cocotte.

Après la mort de Dahlia, Scarlett s'était engagée à changer les choses à Kappa. Et cette promesse, elle comptait la tenir. Une nouvelle ère s'ouvrait aujourd'hui.

— Je n'ai pas oublié le triste sort qu'a connu notre ancienne présidente, continua Scarlett, ni la façon dont elle a été assassinée par l'une des nôtres… je veux que notre *coven* tire des leçons de son histoire. Pour m'assurer de ne pas répéter les mêmes erreurs. Et rendre sa puissance à notre clan.

Lorsque Scarlett se tut, le silence lui répondit. Assourdissant. Interminable. Alors une femme d'âge mûr, que Scarlett avait croisée lors d'un cocktail organisé par Marjorie, se mit à applaudir. Lentement, au début. Une autre l'imita, puis une troisième.

En quelques secondes, ce fut un tonnerre d'acclamations.

Scarlett observa sa mère, puis Eugenie. Sa sœur fronçait le nez, mécontente. Quant à Marjorie, elle avait commencé à battre des mains, les traits figés. Oh, Scarlett allait passer un sale quart d'heure après cette soirée. Elle n'allait pas y échapper. Mais ça en valait la peine.

Elle leva la main, pour remercier son public. À l'instant où elle allait donner à Vivi l'ordre de tirer les non-Kappa de leur léthargie, son attention s'attarda sur une personne précise. Xavier.

Il aurait dû avoir la tête ailleurs, comme une bonne moitié de l'assemblée. Pourtant lorsque les yeux de Scarlett croisèrent les siens, elle aurait pu jurer qu'il lui retournait son regard. Parfaitement conscient de ce qu'il se passait autour de lui, parfaitement lucide.

18

Vivi

— Mais c'est du délire, fit Mason, les yeux brillants, en faisant tournoyer Vivi sur la piste de danse. Il y a à peine une semaine tu étais en stress total à cause des préparatifs, et tu nous sors ça ?

Il souriait, incrédule, tout en faisant de son mieux pour aider Vivi à suivre le rythme. Vivi avait embauché un quatuor à cordes et, à l'instant où les musiciens en perruque poudrée, vêtus d'un costume emprunté au département d'art dramatique, avaient démarré une valse, Mason l'avait attrapée par la main et déclaré qu'il était temps de mettre à profit ses cours de cotillon.

— Franchement j'en ai assisté, à des soirées, mais celle-là, j'ai du mal à m'en remettre, poursuivit-il. Je ne comprends pas. Ça a dû te coûter les yeux de la tête ! Où tu as trouvé l'argent ? À qui tu as vendu ton âme ?

— Une chargée de l'événementiel ne révèle jamais ses secrets, rétorqua Vivi avec un sourire espiègle. Sérieusement, tu crois que les gens passent un bon moment ?

Mason resserra le bras autour de sa taille et décala légèrement Vivi sur la droite, pour éviter de rentrer dans un autre couple de danseurs.

— Tu plaisantes ? Ils vont en reparler pendant des siècles.

À ce moment, Ariana se détacha de son cavalier et s'approcha d'eux, son téléphone brandi à bout de bras.

— Tu as vu ça ? lança-t-elle. Il y a déjà des photos de la soirée qui circulent sur Insta, et on est dans le top des tendances sur Twitter. Même des gens qui n'étudient pas à Westerly sont verts de jalousie. J'imagine la tête que doivent faire les Theta !

— La preuve ultime d'une soirée réussie, s'esclaffa Mason. Ariana, tu as discuté avec les anciennes ?

— Je viens de passer vingt minutes à papoter avec une graphiste qui conçoit des sites internet pour les femmes entrepreneurs en Inde, confirma leur amie. Elle m'a proposé de faire un stage en distanciel au prochain semestre.

— Mais c'est génial ! s'exclama Vivi.

Elle entraîna Mason et Ariana un peu plus loin, pour éviter de créer un embouteillage au milieu de la piste de danse. La fierté la submergea. Tout se passait comme sur des roulettes. Jess était en pleine conversation avec une journaliste qu'elle admirait ; Mei, Etta et Reagan se déhanchaient avec un groupe d'anciennes, au nombre desquelles une biologiste en lice pour le prix Nobel et une réalisatrice célèbre ; et Scarlett avait l'air d'être sur un petit nuage, à en croire sa mine réjouie.

Un peu à l'écart, la mère de Vivi avait une discussion animée avec quelques camarades de promotion. C'était le premier gala auquel Daphné Devereaux participait depuis qu'elle avait quitté Westerly presque trente ans plus tôt, sans un regard en arrière. Mason suivit son regard.

— Ta mère a l'air de s'amuser comme une petite folle. Tu aurais dû voir comme elle était émue quand Scarlett t'a remerciée dans son discours. Elle est très fière de toi, ça crève les yeux, et je partage ce sentiment.

— « Je partage ce sentiment » aussi, répéta Ariana sur un ton solennel, puis elle se tourna vers Mason et lui dit, avec un sourire désarmant : Désolée, tu sais que je t'aime tout plein, même si ça t'arrive de parler comme un fantôme du siècle dernier.

Mason éclata de rire.

— Bien vu. J'imagine que c'est ce qu'il se passe quand on passe trop de temps aux archives. Peut-être que tu devrais m'envoyer un mot par jour, un peu comme à l'école, pour que je sois moins largué au niveau du vocabulaire. Ce serait vraiment… ultra cool, la taquina-t-il.

Ariana lui répondit par un grognement, puis elle leva la tête et elle articula quelques mots à destination de son cavalier qui n'avait pas quitté la piste de danse et qui l'attendait en se dandinant, un rictus crispé aux lèvres.

— Oh là là, il me fait craquer avec sa danse de chaton timide. Il faut que j'aille le sauver.

Vivi la regarda s'éloigner, gênée. Elle était ravie que son copain et sa meilleure amie s'entendent si bien mais elle éprouvait une jalousie étrange vis-à-vis d'Ariana et de la facilité avec laquelle elle avait dit un « je t'aime » à Mason alors qu'elle-même devait se faire violence pour ne pas se lancer dans des déclarations enfiévrées lorsqu'elle était avec lui. Elle savait qu'elle l'aimait mais elle était terrorisée à l'idée de faire le premier pas et d'avouer ses sentiments.

— Tu as envie d'y retourner ? lâcha Mason, et il lui offrit son bras.

Vivi jeta un coup d'œil rapide à ses bras. Elle avait dû se servir d'un sort pour camoufler les marques infligées par la magie. Au départ, elle avait ressenti des brûlures le long de ses doigts, puis sur le dos des mains. Mais les sorts les plus compliqués avaient dessiné de profondes zébrures, des plaies qui la faisaient souffrir chaque fois qu'elle remuait les doigts.

Ça va aller. Elle irait à la cuisine un peu plus tard emprunter à Etta un onguent pour calmer la douleur, ce qu'elle faisait depuis le début de la semaine. Au cours des jours précédents, elle avait consacré tout son temps libre, jusqu'à la dernière minute, aux préparatifs. Les sorts qu'elle avait pratiqués, elle les avait dénichés dans son carnet miraculeux, et cela n'avait pas été une partie de plaisir. Le matin, au réveil, elle avait trouvé ses draps tachés de sang et ses mains couvertes d'entailles. Ses cernes étaient si noirs qu'elle avait dû s'y reprendre à trois fois pour les camoufler.

La magie du carnet était différente de celle des Kappa. Plus malléable, une fois qu'on avait pris le pli. Sauf que Vivi avait dû se donner des coups d'épingle par dizaines. Mais cette soirée était un succès éclatant, et c'était tout ce qui comptait.

Réprimant une grimace furtive, Vivi s'accrocha à deux mains aux épaules de Mason qui l'entraîna dans un cotillon endiablé. Sous cet angle, elle arrivait à voir le miroir enchanté, l'élément du décor qu'elle préférait entre tous, qui les avait transformés en couple princier, entouré de courtisans. D'une pression de la paume, elle invita Mason à la faire virevolter une fois encore, ce qui lui permit d'admirer sa crinoline aux jupons froufroutants. Sa propre robe mettait en valeur son décolleté et ses hanches, avec des fanfreluches en dentelle au niveau des genoux.

Mason appuya son front au sien à l'instant où le quatuor entamait un air plus lent. Il la serra plus fort contre lui et Vivi s'abandonna à ce contact. Dans ses bras, elle se sentait protégée, en sécurité.

Quel choc ce fut lorsqu'il chuchota :

— Je t'aime, Vivi.

Son aveu déclencha dans son corps un feu d'artifice si furieux qu'elle craignit, une fraction de seconde, que tous ses sorts volent en éclats autour d'elle. Du coin de l'œil, elle remarqua que la surface du miroir s'était voilée une fraction de seconde mais elle y remit aussitôt bon ordre.

Du pouce, Mason lui caressa la joue et effleura ses lèvres.

— Tu n'es pas obligée de répondre si tu ne te sens pas prête. Il fallait que ça sorte.

Elle déposa un petit baiser sur son doigt.

— Moi aussi je t'aime, Mason.

Alors le visage de Mason s'illumina. Il donnait l'impression qu'elle venait de faire de lui le plus heureux des hommes. Elle savait exactement ce qu'il ressentait, parce qu'elle ressentait la même chose. Cela montait, comme une vague. Une euphorie fébrile mêlée à une profonde sérénité. La sensation que rien ne pouvait l'arrêter – que rien ne pouvait *les* arrêter.

— J'espère que je ne vous dérange pas, les tourtereaux, retentit une voix. Je voulais simplement féliciter ma fille, si vous n'y voyez pas d'inconvénient, mon beau jeune homme ?

Daphné s'était approchée d'eux, un verre à la main, les joues écarlates. Jamais Vivi ne l'avait vue dans cet état. Elle fut soudain prise de l'envie de disparaître six pieds sous terre.

— Maman, s'il te plaît.

Elle était passée de l'euphorie à l'humiliation en deux secondes chrono. Mason, pour sa part, trouvait cette intervention très drôle.

— Aucun souci pour ma part, madame Devereaux.

— Oh, voyons, appelle-moi Daphné, mon chou. Je te la rends dans une minute.

Elle noua son bras à celui de sa fille et l'entraîna un peu plus loin.

— Tu as vraiment très mal choisi ton moment, tu t'en rends compte ? protesta Vivi.

— Tu as toute la nuit pour bécoter ton copain. Je veux vous dire, à toi et aussi à Scarlett, que vous avez fait un boulot formidable.

Vivi lança à Mason un sourire contrit par-dessus son épaule, puis elle laissa sa mère ouvrir un passage à travers la cohue en direction du buffet. En chemin, elle aperçut Sonali et Bailey en grande discussion avec d'anciennes Kappa, ainsi que Hazel, dans son fourreau bleu saphir, en train de lancer des œillades enflammées à un étudiant plus âgé. Tout le monde s'amusait. Certains un peu trop, songea-t-elle, en jetant un regard appuyé à sa mère. Tandis qu'elles arrivaient vers Scarlett, qui se disputait avec Xavier près du buffet, l'alarme interne de Vivi se déclencha. À en juger par le visage fermé de son Aînée, ce n'était pas le genre de conversation qu'il fallait interrompre.

— Maman, attends.

Elle voulut attraper Daphné par la main mais sa mère avait vidé Dieu sait combien de flûtes de champagne tout en papotant avec Marjorie et elle avait une seule idée en tête, parler à Scarlett.

— … cru qu'il se passait quelque chose entre nous. Pourquoi tu m'as invité, si je ne t'intéresse pas ? disait Xavier d'une voix assourdie, la mâchoire crispée par la colère.

— Je pensais avoir mis les choses au clair, on est amis, c'est tout, répondit Scarlett, avec une pointe d'angoisse que Vivi détecta aussitôt. Je suis navrée, Xavier, mais à mon avis ça ne mène nulle part.

— Incroyable, cracha-t-il à l'instant où Daphné, qui n'avait rien capté, fonçait droit sur eux.

Vivi se hâta de rattraper sa mère, qui s'exclamait :

— Scarlett, ma belle ! Cette fête est tout bonnement incroy-able. Oh, et qui est ce charmant jeune homme ?

— C'est sans intérêt, rétorqua Xavier avant de pivoter sur ses talons, les poings serrés, renfrogné.

Vivi le regarda partir. *Ça va ?* demanda-t-elle à son Aînée par transmission de pensée, de peur que Daphné n'intercepte leur échange.

Oui, ça va. Manifestement, je n'ai pas eu l'idée du siècle en l'invitant, la rassura Scarlett sur un ton somme toute normal, et même teinté d'amusement. Mais son regard resta braqué sur Xavier qui s'éloignait, et un mélange d'agacement et de désarroi s'afficha sur ses traits.

Daphné attrapa Scarlett et lui serra affectueusement le poignet.

— Je suis si fière de vous, les filles.

— Désolée, murmura Vivi, qui ne savait plus où se mettre.

Pourtant, Scarlett ne semblait pas se formaliser de l'attitude de Daphné.

— C'est gentil, fit-elle en entourant du bras les épaules de sa Cadette. Je suis contente qu'une de nos mères apprécie nos efforts.

— Parce que la tienne passe un mauvais moment ? s'inquiéta sa Cadette en cherchant Marjorie des yeux.

— Au contraire. Mais elle n'a toujours pas digéré le blâme du Conseil.

Daphné se pencha en chancelant vers les deux sorcières et déclara avec une mine de conspiratrice :

— Ne te fais pas de bile pour Marjorie. Elle est *très* impressionnée par ce qu'elle voit ce soir. Elle a trop d'orgueil pour le reconnaître, c'est tout. Elle ne restera pas fâchée longtemps, ma puce.

Puis elle adressa un clin d'œil à Scarlett. Vivi remarqua alors que l'ombre qui s'était installée sur le front de son amie s'estompait. Peut-être qu'une Daphné qui avait un peu trop forcé sur le champagne, ce n'était pas si désastreux que cela. Daphné resta tout de même assez longtemps pour faire honte à sa fille une petite dizaine de fois avant que Mason, toujours galant, ne lui propose d'appeler un taxi. Tandis qu'il tenait compagnie à Daphné dehors en attendant que le véhicule arrive, Vivi se réfugia dans un coin tranquille, près de la salle de réception, pour souffler un peu avant de refaire le tour des invités et de leur dire au revoir. Depuis le début de la soirée, elle était au septième ciel, mais elle sentait qu'elle aurait bientôt les batteries à plat.

À cet instant, son téléphone vibra. Tim lui avait envoyé un texto. Les photos de la soirée font le tour des réseaux sociaux – félicitations ! Scarlett est ravie, j'imagine ?

Vivi sourit, touchée par cette marque d'attention. Tim était aux antipodes de la caricature de l'athlète arrogant et nombriliste. *Je crois, oui. Elle est plutôt radine en compliments.*

— *Comme Carver, mon entraîneur. Tu crois qu'elle a été coach de foot dans une vie antérieure ?*

— *Ça m'étonnerait. Elle maîtrise trop bien les talons aiguilles.*

— *Parce que tu crois que mon coach n'est pas fichu de marcher avec des talons ? Ces préjugés...*

— *Tu peux parler, toi, avec ta phobie des lattes vanille.*

— *Paf dans le mille.*

Vivi éclata de rire. Ils s'étaient vus la veille et, pendant près de trois heures, ils avaient échangé des anecdotes gênantes tirées de leur enfance. Tim lui avait avoué qu'au collège, il disait « paf dans le mille » au lieu de « en plein dans le mille ».

Elle rangea son portable dans sa pochette. Depuis son refuge elle arrivait à se voir, mais pas entièrement, dans l'un de miroirs qu'elle avait enchantés ; elle en avait placé un à l'entrée du réfectoire, afin de mettre les invités dans l'ambiance dès leur arrivée. Son reflet paraissait exténué – le genre d'épuisement qui faisait prendre dix ans d'un coup, qui assombrissait les cernes et creusait les joues.

Sa vue se brouilla et elle cligna des paupières, convaincue que la fatigue finissait par avoir raison d'elle. Alors elle se rendit compte que c'était le miroir qui était devenu flou et l'affolement la gagna lorsqu'elle vit un nuage de fumée grise engloutir son reflet.

— C'est quoi, ce délire ? murmura-t-elle.

Elle se mit debout et se dirigea prudemment vers le miroir. Dans la pénombre du couloir désert, la musique et les rires lui parvenaient étouffés, comme si la fête battait son plein non pas juste à côté, entre les murs du réfectoire, mais beaucoup plus loin. Vivi secoua la tête pour dissiper ce silence étrange et pesant qui l'enveloppait, aussi suffocant qu'un épais brouillard.

Elle progressa à petits pas vers le miroir, sa peau parcourue d'un frisson en réaction à une magie qui ne provenait ni d'elle, ni de ses sœurs. Elle avait la sensation d'être un animal sauvage qui avait flairé l'odeur d'un prédateur, une présence dangereuse et affamée tapie dans les ténèbres.

— Qui est là ?

Elle avait voulu crier, mais seul un filet de voix franchit ses lèvres.

La fumée se mit à tourbillonner, puis elle se dispersa pour révéler à nouveau le reflet de Vivi. À ceci près que ce n'était pas son reflet exact – pas vraiment. Elle porta la main à son cou et se vit, dans le miroir, faire le même geste. Et effleurer du bout des doigts un pendentif bleu, fixé à une chaîne en or massif, qu'elle ne connaissait que trop bien.

Le talisman d'Hénôsis.

Vivi sentit sa respiration se bloquer dans sa gorge et elle essaya de se débarrasser du pendentif en tirant dessus – il lui écrasait le sternum – mais ses doigts se refermèrent sur du vide. Cela lui rappelait trop la forêt, les chaînes qui lui entravaient les poignets, la pression qui augmentait à l'intérieur de sa cage thoracique tandis que son propre cœur cherchait à s'en libérer. Tout cela sous les yeux de Tiffany, l'amulette maléfique autour du cou, qui riait de voir Vivi tomber dans son traquenard.

À l'instant où Vivi commençait à avoir le tournis, l'image fut engloutie par la fumée et le poids qui lestait son cou disparut. Le souffle court, elle posa les mains sur ses genoux et avala de grandes goulées d'air. Elle ignorait qui était à l'origine de ces images, et ce qu'il ou elle lui voulait, mais la dernière fois qu'elle s'était engagée dans un duel magique, son adversaire avait failli la tuer. Il fallait que Vivi soit plus forte cette fois-ci.

Les contours d'une nouvelle image prirent forme dans le miroir et Vivi se prépara à la suite. Elle était moins faible qu'au semestre précédent, elle était capable de riposter. Ce coup-ci, la surface vitrée montra un bâtiment de l'époque victorienne, une ferme juchée sur une colline, à côté d'un saule solitaire. Cet endroit ne lui était pas inconnu, elle avait déjà vu quelque part ce portail en fer forgé qui ouvrait sur l'allée, ces oiseaux noirs perchés sur le belvédère qui coiffait le toit pentu. Des corbeaux, tiens ?

Faisant fi du bon sens, elle se pencha pour examiner la scène de plus près, puis elle lâcha un cri d'horreur lorsqu'une force invisible l'aimanta lentement vers le miroir. Sa surface était parcourue d'ondulations, comme un lac. Vivi tenta de garder les pieds campés au sol, mais cela lui demanda un effort considérable. Son visage n'était plus qu'à quelques centimètres du miroir ; le parfum de l'herbe humide monta à ses narines et elle distingua le bruissement du vent dans les feuilles. Un écriteau grinçait sur le portail qui tournait sur ses gonds : FERME DU SAULE SOLITAIRE.

L'air était doux et accueillant et, une fraction de seconde, Vivi ferma les paupières et envisagea de s'abandonner à cette sensation. Un corbeau croassa, un cri plus humain qu'animal. Que disait-il ? Il fallait simplement qu'elle se rapproche un tout petit peu…

Non.

Elle rouvrit brusquement les yeux.

Non, tu ne me contrôleras pas. Pas question.

Vivi serra les poings et enfonça les ongles dans ses paumes. Elle sentit quelques entailles se rouvrir. La douleur lui mit un bon coup de fouet.

— J'en appelle à la Lune, qui détruit les chimères. Donne-moi la force de rester dans ta lumière.

La force qui cherchait à s'emparer d'elle faiblit un instant avant de redoubler d'intensité, sans lui laisser le temps de reprendre haleine.

— Non, gémit Vivi, en résistant de toute sa volonté.

Un élancement fusa dans son bras alors qu'elle répétait :

— J'en appelle à la Lune, qui détruit les chimères. Donne-moi la force de rester dans ta lumière.

La puissance extérieure disparut si soudainement que Vivi perdit l'équilibre et, dans son élan, elle faillit percuter le mur derrière elle. Elle prit quelques profondes inspirations, pour faire retomber la panique. Elle tremblait de tous ses membres et elle n'avait plus aucune énergie mais, en même temps, elle se sentait forte. Même si elle ne connaissait pas le visage de son ennemi, elle lui avait échappé.

Pourtant, elle avait l'intuition qu'on avait essayé de lui montrer quelque chose. Et que ce quelque chose était relié au talisman d'Hénôsis.

Vivi frémit des pieds à la tête lorsque lui revint en mémoire la cruauté maniaque qui s'était imprimée sur les traits de Tiffany tandis qu'elle s'agrippait à sa précieuse amulette. Elles avaient détruit le talisman, afin qu'il ne fasse plus de mal à personne. Ce talisman n'existait plus.

Vraiment ? En était-elle sûre ?

Repartant en direction du réfectoire, Vivi plaqua un sourire de circonstance sur son visage et tâcha de se ressaisir. Il fallait qu'elle consulte Scarlett sur l'expérience qu'elle venait de vivre mais, en attendant, elle avait pour mission de s'assurer que rien ne vienne gâcher la fête.

Alors elle se rappela le croassement du corbeau dans le miroir et elle comprit, à cet instant, ce que son cri lui évoquait.

C'était son nom que l'oiseau avait lancé dans le ciel.

19

Scarlett

— Ça mérite de sabler le champagne, annonça Scarlett lorsqu'elles eurent enfin regagné Kappa, bien après minuit.

Il n'y avait pas que le gala qui était une réussite indéniable. Jess avait décroché le stage de ses rêves ; Mei allait travailler sous la houlette d'une costumière ultra-réputée à Broadway durant les congés de printemps ; Juliet était assurée d'intégrer l'année suivante l'un des programmes d'études en microbiologie les plus prestigieux du pays. Ce soir, chacune avait décroché la lune. En particulier Vivi, qui avait organisé la fête de la décennie, et Scarlett, la présidente qui avait chapeauté tout cela.

Mais la soirée était loin d'être finie pour elles. Scarlett avait prévu quelque chose d'assez spécial.

— Du champagne, c'est tout ? relança Etta, avec dans la voix une légèreté taquine que Scarlett n'avait pas entendue depuis plusieurs semaines. Ou un breuvage un peu plus… magique ?

Sur ces mots, elle agita les doigts et les plantes vertes qui égayaient le vestibule se redressèrent, comme au garde-à-vous, avant de se pencher docilement vers elle.

— Ooh, allez Scar, renchérit Mei, ça fait des lustres qu'on n'a pas pratiqué de rituel collectif.

Même Reagan parut intéressée, sans l'admettre tout haut.

Scarlett jeta un coup d'œil à Vivi qui se tenait à l'autre bout du vestibule. Est-ce que c'était une illusion d'optique, ou sa Cadette était plus fatiguée que les autres ? Elle avait appris que Vivi avait jeté tous les sorts de métamorphose à l'œuvre ce soir sans demander l'aide de personne. Normal qu'elle soit exténuée.

— S'il vous reste assez d'énergie…, commença-t-elle.

Vivi avait le regard perdu dans le vague. À la seconde où elle sentit les yeux de Scarlett posés sur elle, elle se tint plus droite et un large sourire fendit son visage.

— Bien sûr, compte sur moi.

Scarlett balaya le vestibule du regard. Elles n'avaient pas encore allumé les lampes et, dans la pénombre, les meubles anciens et les portraits solennels accrochés aux murs lui inspirèrent une idée.

— Eh bien. Puisque ce soir, l'idée était de nouer des liens avec celles qui nous ont précédées et de garantir le succès de Kappa…

Juliet donna un coup de coude à sa petite amie. Cette fois-ci, elle écoutait attentivement Scarlett.

— On dirait que Scar nous concocte quelque chose, murmura-t-elle, ravie.

— On va se régaler, ajouta Hazel.

Ces réactions positives encouragèrent Scarlett.

— Je me suis dit, pourquoi ne pas s'adresser à la fondatrice de Kappa et lui demander comment remettre les Theta à leur place, une fois pour toutes. Je voudrais communiquer avec son esprit.

Le silence se fit autour de Scarlett. Un instant, elle craignit de ne pas avoir compris ce que les Kappa attendaient d'elle. Alors Etta poussa un petit cri de joie tout en sautant sur place, Ariana attrapa Vivi par la main et d'autres Kappa lâchèrent des gloussements surexcités.

— Oui ! Une séance de spiritisme, exactement ce qu'il nous faut ! déclara Mei.

— Aaaaah, enfin ! s'exclama Reagan.

Vivi se détacha du groupe, une lueur mutine au fond des yeux.

— J'ai quelque chose qui pourrait être utile. Ne bougez surtout pas.

Elle se précipita à l'étage, comme si elle avait oublié qu'elle était fatiguée. Profitant de son absence, Scarlett et Etta s'empressèrent d'aller chercher du matériel dans la réserve : une multitude de bougies noires, des carrés de tissu pour occulter les fenêtres, du sel et du thym pour ajouter un niveau de protection.

Elles rejoignirent leurs sœurs au salon et découvrirent que Mei avait enrôlé des Kappa pour servir du vin rouge dans des verres – le vin était plus indiqué pour la divination que le champagne, nota Scarlett avec satisfaction – et présenter sur des assiettes quelques parts de gâteau au chocolat – Sonali avait fait de la pâtisserie la veille – et les amuse-bouches qui restaient du buffet. Elles se mirent en cercle et disposèrent ces offrandes au centre, puis Scarlett mélangea le sel et le thym et traça une frontière avec, en prenant soin de laisser le cercle ouvert pour laisser passer Vivi, qui revint deux ou trois minutes plus tard en dévalant les marches, un mince volume relié de cuir serré contre sa poitrine. Elle prit place sur le coussin qui lui était réservé.

— C'est là-dedans que j'ai trouvé les sorts que j'ai utilisés pour préparer le gala, déclara-t-elle.

— Oh ! Tu nous révèles tes fabuleux secrets, alors ? demanda Ariana.

Scarlett jeta un coup d'œil au livre. Rien de spécial, en dehors d'un pentagramme embossé sur le cuir de la reliure.

— Où tu as trouvé ça ?

— Dans la bibliothèque, pendant des recherches. Je l'ai étudié sur mon temps libre ; certains sorts sont vraiment uniques et… tenez, là !

Elle posa le livre à plat par terre, pour que toutes puissent lire la page qu'elle leur montrait. L'auteur décrivait le déroulement d'une séance de spiritisme et Scarlett ne connaissait pas du tout ce rituel-là. Ici, pas besoin de sel ni de cercle de protection, ni même de libations pour remercier l'esprit avec lequel on entrait en contact. En réalité, cela semblait d'une facilité déconcertante. Les lèvres pincées, Scarlett relut la description, faisant courir son index sur la page.

— Tu es sûre que ça va marcher ? demanda-t-elle, guère convaincue.

— Jusqu'ici, tout a fonctionné avec moi, répondit Vivi avec ce zèle qui la caractérisait.

Scarlett se radoucit – un peu. Il était évident que Vivi voulait l'impressionner, et qu'elle était impatiente de partager avec ses sœurs des sortilèges inédits. Plongée dans ses réflexions, elle surprit le regard agacé que Reagan échangeait avec Sonali et le soupir exaspéré de Hazel. Pas question de reproduire les erreurs du passé. Scarlett voulait qu'elles se serrent les coudes, qu'elles tentent de nouvelles choses ce semestre, elle l'avait dit. Si Vivi proposait un rituel inédit, eh bien, dans ce cas…

— Très bien, trancha-t-elle. C'est parti.

D'un signe, Scarlett exhorta Vivi à faire circuler son livre. Elle se mit debout et se dirigea vers le miroir au cadre doré fixé au-dessus de la cheminée. Il aurait sans doute fallu deux solides gaillards pour le soulever, au moins. Par chance, les Ailes d'Ombre pouvaient se passer de déménageurs. Scarlett récita une formule à mi-voix et le miroir se décrocha du mur. Du bout des doigts, elle le guida jusqu'au centre du cercle et le laissa atterrir sur le tapis. Elle retourna à sa place et s'agenouilla devant le miroir.

— Tout le monde a retenu la formule ?

Elle attendit que toutes les sorcières présentes fassent oui de la tête puis elle joignit les mains.

— Bien. Mes sœurs Bâtons, un peu de lumière ?

Aussitôt Reagan, Hazel et Bailey présentèrent leurs paumes au ciel et les bougies noires qu'Etta avait disposées dans la pièce prirent vie. En parallèle, les plafonniers s'éteignirent. Avec les bougies pour seule source de lumière, le salon fut plongé dans la pénombre. Scarlett attendit que ses yeux s'y habituent.

— Est-ce qu'on appelle les points cardinaux ? voulut savoir Mei.

Scarlett hésita. L'appel aux points cardinaux, cela faisait partie depuis toujours de leur cérémonial. En particulier quand elles s'apprêtaient à communiquer avec des esprits mécontents d'être dérangés. Pourtant le grimoire de Vivi restait muet sur ce sujet et, si Scarlett avait retenu une chose de ses longues années de pratique, c'était de ne jamais dévier des instructions quand on jette un sort qu'on ne connaît pas.

— Non, pas aujourd'hui. Donnons-nous la main, mes sœurs.

Les sorcières lui obéirent, refermant le cercle.

Face à Scarlett, Vivi avait du mal à contenir sa fébrilité ; dans ses prunelles se reflétait la flamme des bougies. Lorsqu'elle remarqua que son Aînée l'observait, elle lui adressa un sourire.

— À présent, invitons l'esprit à se joindre à nous, souffla Scarlett.

La nervosité gagna ses sœurs l'une après l'autre ; on aurait dit des dominos qui tombaient pièce à pièce. Elle sentit un frisson la parcourir, elle aussi. Elle avait même la sensation que la température avait baissé de plusieurs degrés. Mais ce n'était pas causé par le rituel : elles n'avaient pas encore prononcé un seul mot de la formule.

Elle prit une profonde inspiration.

— Nous, Ailes d'Ombre de Kappa Rho Nu, en appelons à notre aïeule. À la fondatrice de cette maison, l'Aile d'Ombre des origines, Pearl Johnson. Honore-nous de ta présence, dans ce *coven* que tu as fondé, et livre-nous ta sagesse. Nous t'implorons.

— Pearl, nous t'implorons, répétèrent les sorcières en écho.

La flamme des bougies vacilla, à peine, comme caressée par un courant d'air.

L'heure était venue de prononcer la formule, prélevée mot pour mot dans le grimoire. Elle la récita sans se presser, de peur que sa langue ne fourche.

— Nous sommes pouvoir, nous sommes clairvoyance, nous sommes intuition. Que le voile de la nuit se déchire, nous l'exigeons.

Ses sœurs joignirent leurs voix à la sienne.

— Nous sommes pouvoir, nous sommes clairvoyance, nous sommes intuition. Que le voile de la nuit se déchire, nous l'exigeons.

Une troisième fois, en allant crescendo :

— Nous sommes pouvoir, nous sommes clairvoyance, nous sommes intuition. Que le voile de la nuit se déchire, nous l'exigeons.

Des ombres dansaient sur les murs. Au début, Scarlett les attribua aux filles agenouillées autour du miroir. Mais, à partir d'un moment… il lui sembla compter plus d'ombres que de participantes…

— Nous sommes pouvoir, nous sommes clairvoyance, nous sommes intuition. Que le voile de la nuit se déchire, nous l'exigeons.

Non, ce n'était pas son imagination qui lui jouait des tours. D'étranges silhouettes firent leur apparition sur les murs. Des doigts et des membres qui s'étiraient et se tordaient à des angles incompréhensibles.

Scarlett frémit et détourna le regard, étudiant le miroir au centre du cercle.

Elle distingua les contours d'une silhouette. D'abord flous, indistincts, puis mieux définis à chaque inspiration. Une chevelure noire se dessina, l'ovale d'un visage au teint pâle.

Pearl.

— Nous sommes pouvoir, nous sommes clairvoyance, nous sommes intuition. Que le voile de la nuit se déchire, nous l'exigeons.

Un froid de banquise s'abattit sur la pièce. L'haleine de Scarlett sortait de sa bouche par bouffées opaques. Au même moment, le vent se leva et envoya les longs cheveux de Mei frôler la flamme des bougies. Immédiatement, Mei les raccourcit au moyen d'un sort.

Scarlett se cramponna de toutes ses forces aux sorcières qui l'encadraient. Il ne fallait surtout pas briser le cercle, pour éviter d'y faire entrer les entités indésirables embusquées à la périphérie.

— Nous sommes pouvoir, nous sommes clairvoyance, nous sommes intuition. Que le voile de la nuit se déchire, nous l'exigeons.

Son regard croisa celui de Reagan, qui affichait une expression déterminée. Bailey semblait au comble de la terreur mais elle poursuivit vaillamment le rituel.

— Nous sommes pouvoir, nous sommes clairvoyance, nous sommes intuition. Que le voile de la nuit se déchire, nous l'exigeons.

Vivi attira son regard et, d'un mouvement du menton, lui montra le miroir.

Les traits du visage s'étaient précisés. Les lèvres roses, les yeux expressifs. Peut-être était-ce le visage de Pearl Johnson, dont le portrait était accroché à l'étage, dans l'interminable couloir qui servait de galerie. D'un autre côté, il n'était pas impossible que ce soit une autre personne avec la même couleur de peau, les mêmes cheveux.

— Pearl ? murmura Scarlett.

Bailey lâcha un petit cri. Ses sœurs se crispèrent.

— Nous sommes pouvoir, nous sommes clairvoyance, nous sommes intuition. Que le voile de la nuit se déchire, nous l'exigeons.

Oui, c'était manifestement une jeune femme. Peut-être était-ce à cet âge que Pearl était venue étudier à Westerly. Scarlett n'en savait rien, à vrai dire.

À cet instant, Pearl se mit à parler. Elle répéta une seule syllabe, en boucle.

Sur les murs, les ombres gagnaient en densité. D'autres silhouettes s'élevèrent autour des sorcières et, tout d'un coup, on aurait pu croire que des personnes s'étaient massées dans la salle, des dizaines de personnes qui psalmodiaient d'une seule et unique voix. Une voix qui venait de loin, inintelligible. Un flot de mots qui évoquait un torrent.

Dans le miroir, l'esprit qu'elles avaient convoqué tendit la main. Une femme, aucun doute là-dessus, dont la chevelure noir de jais lui arrivait à la taille. Elle colla sa paume à la glace et, soudain, Scarlett distingua les moindres détails de sa peau – les volutes de ses empreintes digitales – comme si le miroir avait été remplacé par une vitre, comme si l'apparition était une personne concrète qui se tenait derrière une fenêtre. Elle s'exprima d'une voix au timbre clair.

— Mes sœurs.

Scarlett sentit ses poils se hérisser, d'abord le long de ses bras, puis sur sa nuque, et déclara avec force :

— Ma sœur, nous quémandons tes conseils et ta sagesse. Comment terrasser notre ennemi ? Montre-nous la voie à suivre, ma sœur, nous t'implorons.

— L'ennemi est proche, chuchota Pearl.

— Oui, ma sœur. Guide-nous, par pitié.

— L'ennemi est proche, hurla Pearl. Rappelez-vous qui vous êtes. Vous êtes les Ailes d'Ombre.

Un fracas assourdissant, qui rappelait le tonnerre, fit vibrer les murs. D'un coup, toutes les bougies furent soufflées. Bailey poussa un cri de terreur et lâcha la main de Vivi. Reagan laissa échapper une bordée de jurons. Une autre sorcière se mit à geindre.

Le cœur de Scarlett se mit à galoper dans sa poitrine et elle fut prise d'un mauvais pressentiment, parce qu'elle aurait pu jurer… *qu'il y avait une présence dans le salon.* Elle la perçut, camouflée par les réactions et la détresse de ses sœurs. Des ongles qui labouraient le plafond. Une respiration bruyante, semblable à un râle d'agonisant, au-dessus des têtes. Elle se leva, mettant sa frayeur en sourdine.

— Arrière, esprit, proclama-t-elle.

Une lumière aveuglante se déversa dans la pièce. Mei se tenait près de l'interrupteur, les yeux écarquillés et les mains tremblantes. Scarlett examina le plafond mais elle ne remarqua rien d'inhabituel. Plus d'ombres qui rôdaient le long des murs, non plus.

— Eh bien, c'était vraiment l'idée du siècle, grommela Reagan.

Elle attrapa une bougie qui était à sa portée, mais la mèche refusa de s'allumer à son contact. Reagan fronça les sourcils et récita, en y mettant tout son cœur :

— J'en appelle à la Reine de Bâton. Exauce ma prière en me donnant la lumière.

La mèche resta obstinément éteinte. Un concert de protestations s'éleva.

— C'est quoi, ce bordel, lâcha la rouquine dans un murmure.

— J'en appelle à la Terre-Reine, bredouillait Mei.

Scarlett regarda, horrifiée, son maquillage magique se dissoudre peu à peu : ses cheveux redevinrent naturels – un carré long et ondulé –, des cernes apparurent sous ses yeux et un bouton surgit sur sa narine. Mei plaqua les mains sur son visage désormais sans artifices.

Envolée, la magie, songea Scarlett.

Etta semblait être à deux doigts de la crise de nerfs. Elle tenait un verre de vin à la main et, manifestement, il ne réagissait pas comme elle le souhaitait. Que se passait-il ? Assise par terre, Vivi feuilletait le grimoire, cherchant dans ses pages une réponse à la question que personne n'osait poser tout haut. Scarlett n'arrivait pas à détacher ses yeux de la pauvre Mei. *Envolée, la magie,* répéta-t-elle en son for intérieur. Alors elle alla puiser au plus profond d'elle-même, à la source de son pouvoir. La magie de Coupes.

— J'en appelle à la Reine de l'Eau. Réponds à ma requête sans défaut.

En temps normal, à peine ces mots auraient-ils franchi ses lèvres que Scarlett aurait senti l'énergie affluer en elle. La magie se serait aussitôt mise à ses ordres.

Pourtant, elle ne sentit rien. Aucun sursaut. Aucune tempête intérieure.

Son cœur s'emballa. *Non. Ce n'est pas possible.*

Scarlett s'était déjà trompée en jetant ses sorts par le passé – il arrivait à toutes les sorcières de commettre des erreurs, surtout à leurs débuts. Mais la magie, elle la percevait par tous ses sens. Quelle que soit la direction que le sort prenait, il se passait quelque chose à chaque fois qu'elle récitait une formule.

Mais là…

Scarlett sauta sur ses pieds et se précipita vers la cuisine, ignorant les cris exaspérés que provoqua son départ. Il fallait qu'elle trouve un moyen de diagnostiquer ce qui leur arrivait. Une méthode neutre, qui n'exigeait qu'une étincelle de magie. Elle devait évaluer l'ampleur des dégâts et identifier précisément le problème.

Dans la cuisine, le robinet s'était ouvert tout seul et l'évier se remplissait d'un liquide brun qui empestait le soufre.

— Non, murmura-t-elle, comprenant que sa magie était en train de l'abandonner, elle aussi.

Elle ferma précipitamment le robinet, puis elle disparut dans la réserve. Elle voulut jeter un sort, afin de trouver plus facilement la boîte qui l'intéressait, mais elle se ravisa. Elle poussa un lourd carton rempli de détergent, puis un autre, et elle finit par mettre la main sur ce qu'elle était venue chercher.

— Ah, te voilà, toi.

Lorsqu'elle regagna le salon, toutes les Kappa affichaient un visage blême. Certaines sanglotaient. D'autres s'étaient réfugiées dans les bras de leurs sœurs, les yeux rougis.

— Pleurer ne résoudra rien, déclara Scarlett. Il va falloir qu'on se prenne en main.

Sans perdre de temps, elle fit le tour du groupe, chargée du carton.

— Allez, les exhorta-t-elle. Prenez-en chacune un. Personne ne va y couper.

Échangeant des regards tantôt angoissés, tantôt agacés, les sorcières plongèrent leur main dans le carton, l'une après l'autre, et en sortirent un cierge magique. Ces mêmes cierges magiques que les Kappa distribuaient à leur soirée de recrutement à chaque rentrée pour déterminer qui, parmi les postulantes, avait assez de potentiel pour intégrer leur clan.

Scarlett attendit que chacune se serve dans le carton et elle prit un à son tour. Puis, d'un regard grave, elle encouragea ses sœurs et elle pria de toutes ses forces pour que son expérience prouve qu'elle avait tort.

— Allumez-les, ordonna-t-elle.

Ce qu'elle vit alors la remplit d'horreur.

Aucun cierge ne cracha de gerbe d'étincelles.

La magie des Ailes d'Ombre était réduite à néant.

20

Vivi

Aucune Kappa ne réussit à fermer l'œil cette nuit-là. La plupart restèrent au salon, où elles passèrent des heures à étudier le grimoire, à la recherche d'une explication, d'un indice permettant de comprendre pourquoi leur magie s'était comme volatilisée. Reagan accusait Scarlett d'avoir imposé au groupe un sortilège qu'elle n'avait jamais pratiqué. Etta défendait leur présidente, sans conviction. Bailey se vexa lorsque personne ne voulut essayer un contre-charme qu'elle avait trouvé au hasard de ses lectures – sans doute parce qu'il avait été découvert dans la poche d'un cadavre – et les appels au calme de Mei eurent pour seul résultat d'enfiévrer les esprits. Et Scarlett finit par se murer dans le silence, rendue livide par la fatigue.

Autour de deux heures du matin, Vivi gagna sa chambre d'un pas trébuchant et sombra dans un sommeil agité. Dans cet état indéfinissable, à mi-chemin entre la lucidité et la torpeur, elle s'autorisa à penser qu'elle venait de vivre un mauvais rêve, tout simplement, et qu'au réveil tout serait comme avant. Malheureusement, lorsqu'elle regagna le rez-de-chaussée peu après le lever du jour, les paupières encore lourdes, elle trouva Mei et Jess là où elle les avait laissées quelques heures plus tôt, assises à la table de la cuisine.

— Du nouveau ? demanda-t-elle d'une voix rauque.

Au cours des derniers mois, la magie était devenue une partie intégrante de sa personne, aussi naturelle, aussi essentielle que l'air qu'elle respirait. Sans ses pouvoirs, Vivi se sentait vide et sans force, comme saignée à blanc. Vivante, mais à peine. La pauvre Reagan avait passé toute la nuit bloquée aux toilettes ; elle avait la nausée, et mal au ventre.

— Pas vraiment, répondit Mei sur un ton accablé.

Sans magie pour retoucher ses traits et sans énergie pour se mettre en valeur grâce à un maquillage plus traditionnel, Mei était pâle, fatiguée et vulnérable, ce qui ne cadrait pas avec son personnage.

— Et de ton côté, du changement ? ajouta-t-elle.

— Non.

Vivi secoua la tête et ce simple effort lui arracha une grimace. À peine réveillée, elle avait voulu essayer un sort de lévitation tout simple – l'un des premiers sorts qu'elle avait appris – mais elle n'avait même pas réussi à faire flotter le téléphone qui se trouvait sur sa table de chevet.

Les minutes s'égrenaient et l'angoisse montait tout doucement. Qu'allait-il se passer si elles avaient définitivement perdu leurs pouvoirs ? Vivi commençait tout juste à explorer le contenu du carnet, elle avait encore tant de domaines à approfondir. Elle ne se sentait pas capable de retrouver la banalité d'un quotidien privé de magie. Quant à ses sœurs…

Elle versa du café dans deux mugs et se rendit en traînant les pieds au salon, où quelques filles s'étaient assoupies, trop angoissées, inquiètes ou fatiguées pour regagner leur chambre. Les plantes elles-mêmes semblaient chétives, comme si elles aussi s'étaient vidées de leur substance vitale. Les carreaux des fenêtres étaient gris de poussière et, lorsque Vivi se laissa tomber dans le canapé, elle remarqua qu'elle avait les pieds sales. Les enchantements qui permettaient de maintenir l'ordre et la propreté dans leur maison étaient en train de lâcher, l'un après l'autre.

Hazel se dressa sur ses coudes.

— Il est quelle heure ?

— Presque huit heures. Du café ? répondit Vivi en lui offrant un mug.

Hazel l'accepta et but à longs traits.

— Merci, Vivi. Où est Scarlett ?

— Aucune idée. Je ne l'ai pas vue, mais je suis certaine qu'elle… qu'elle est en train de chercher une solution, suggéra Vivi, en espérant que ce soit vrai.

Étendue sur le canapé, Etta se frotta les yeux.

— Jamais Dahlia n'aurait laissé un truc pareil se produire, murmura-t-elle.

Vivi sentit l'indignation prendre son cœur en étau mais elle n'eut pas le temps de balancer une réponse bien sentie : Scarlett en personne apparut dans l'encadrement de la porte. Elle semblait épuisée, mais elle donnait surtout l'impression d'avoir baissé les bras.

— Non, confirma-t-elle à Etta d'une voix lasse. C'est vrai, jamais ça ne se serait passé du temps de Dahlia. Mais j'ai bien peur qu'elle ne revienne pas. Vous êtes coincées avec moi. À moins que l'une de vous ne se porte volontaire pour prendre ma place, là tout de suite.

À cet instant, Reagan débarqua. Elle passa à côté de Scarlett et prit place près d'Etta sur le canapé. Ariana et Bailey arrivèrent à sa suite et s'affalèrent par terre.

— Et ta mère ? lança Reagan. Elle pourrait nous aider, non ?

Vivi réprima un rire amer. La sorcière rousse devait s'estimer chanceuse car, si Scarlett avait pu se servir de ses pouvoirs, elle aurait passé le reste de sa journée à retirer des asticots de ses cheveux.

— J'imagine que c'est une question rhétorique, fit Scarlett sur un ton glacial.

— Pas vraiment, répliqua Reagan en croisant les bras. C'est la patronne des Ailes de Feu. Peut-être que ce n'est pas la première fois que ça se produit. Ou peut-être qu'elles peuvent nous aider à réparer les dégâts, au minimum.

— Oh, il y en a qui ont laissé une contribution dans le registre ! s'exclama Ariana. On peut aller voir si l'une d'elles mentionne un épisode où elles auraient paumé leur magie.

Sans desserrer les dents, Scarlett désigna Ariana et Sonali.

— Vous deux, une fois la réunion bouclée, vous vous attelez à la lecture du registre.

Puis elle foudroya Reagan du regard avant de lui répondre :

— Quant aux anciennes, on les appellera uniquement en tout dernier recours. Tu as une idée ce qui pourrait nous arriver si on leur disait qu'on a perdu nos pouvoirs ?

— Ce qui pourrait arriver à nous ou à *toi* ? souffla Hazel.

— On jouit d'une grande liberté à Kappa, rétorqua Scarlett. On a notre propre toit, on établit nos propres règles, on mène notre petite barque. On jette tous les sorts qu'on veut. On met nos pouvoirs au service du collectif. Tu sais ce que le Cénacle nous réserve si les anciennes décident qu'on est incapables d'assumer ces responsabilités ? Vous voulez jouer aux devinettes ?

Scarlett se tut. On aurait entendu une mouche voler. Au bout d'un moment, elle reprit la parole :

— C'est bien ce que je me disais. Bon, je vais confier une mission à chacune. On va tirer cette histoire au clair, et très vite. Il est possible que notre magie soit entrée en collision avec un enchantement qu'on a pratiqué récemment. Essayez de repenser aux sorts que vous avez jetés ces derniers jours, à tout ce qui sortirait de l'ordinaire depuis notre retour de vacances. On ne sait toujours pas si quelqu'un nous a dans le viseur – ou si on est responsables de ce qui nous arrive.

À cet instant, Vivi sentit son sang se glacer dans ses veines. Elle n'avait pas encore raconté à Scarlett ce que le miroir lui avait montré la veille, au cours du gala. Quelqu'un était au courant pour le talisman d'Hénôsis, quelqu'un avait essayé de lui envoyer un message.

Ou de se venger d'elle.

Vivi sentit sa gorge se nouer.

Il faut que j'aille chercher mon carnet.

Elle sauta sur ses pieds et se dirigea vers l'escalier à la façon d'un automate, avec une seule idée en tête : monter et récupérer le grimoire. *Il y aura une réponse dedans. Forcément.* Elle avait traversé la moitié du salon quand Scarlett l'interpella.

— Je ne t'ai pas donné la permission de quitter le salon.

— J'en ai pour une minute, lança Vivi par-dessus son épaule. Je, euh… j'ai juste besoin de prendre un truc dans ma chambre. Je pense que ça peut nous être utile.

— Reste. Assise, siffla Scarlett.

Estomaquée, Vivi retourna à son fauteuil en se demandant si Scarlett avait remis la main sur ses pouvoirs, ce qui expliquerait pourquoi elle avait été absolument incapable de résister à son ordre.

— Interdiction formelle de rouvrir ce bouquin, gronda Scarlett. Compris ?

Vivi rougit jusqu'à la racine des cheveux.

— Quoi ? s'insurgea-t-elle. Mais pourquoi ? Si ça se trouve, il contient quelque chose qui pourrait nous aider.

— C'est peut-être à cause de ton grimoire qu'on a perdu nos pouvoirs. On ne peut pas courir le risque d'aggraver la situation.

Certaines Kappa échangèrent des regards que Vivi fut incapable de décrypter. Est-ce qu'elles lui mettaient cette histoire sur le dos ?

— Très bien, répondit-elle d'une voix monocorde.

— Va le chercher. Je sais que tu l'as caché dans ta chambre.

Scarlett se permettait de lui passer un savon devant tout le monde. Elle se prenait pour qui ? Le grimoire avait aidé Vivi à organiser le gala le plus flamboyant de l'histoire de Kappa. Scarlett avait perdu le contrôle de la situation hier soir, cela ne signifiait pas pour autant que le grimoire était dangereux.

— Je ne te mens pas, Scarlett. Tu n'as pas besoin de surveiller mes moindres faits et gestes.

Les traits de Scarlett se durcirent et Vivi se prépara aux mots cruels qu'elle s'apprêtait à lui jeter à la figure. Son Aînée prit une profonde inspiration et se contenta d'un :

— Bon, très bien. Apporte-le-moi plus tard, d'accord ? Je le mettrai sous clef dans mon bureau. Ça vaudra mieux pour tout le monde.

La réunion s'éternisa et les filles s'écharpèrent encore pendant une bonne heure. Lorsqu'il fallut admettre qu'elles n'avançaient pas d'un iota, Scarlett leur donna l'ordre de monter se reposer dans leurs chambres.

— On aura les idées plus claires quand on aura un peu dormi. Rendez-vous cet après-midi.

Tandis que les Kappa quittaient le salon en file indienne, Ariana s'approcha de Vivi et lui chuchota à l'oreille :

— Personne ne te considère comme responsable de ce qui nous arrive.

— Merci, je sais, lui lança Vivi, un peu sèchement, avant de pousser un soupir. Pardon, je suis un peu…

— Ne t'en fais pas, répondit Ariana avec un sourire triste. On l'est toutes.

Vivi se laissa tomber sur son lit, prit le grimoire qui l'attendait sur sa table de chevet et fit courir son index sur la reliure. Elle le soupesa et ce simple geste la réconforta. Au cours des semaines qui venaient de s'écouler, il l'avait aidée à débloquer des pouvoirs dont elle ne soupçonnait pas l'existence. Comment pouvait-elle effacer cela de sa mémoire ? En plus, leur situation était désespérée. Elle savait que le grimoire contenait des informations capitales ; elle en avait l'intuition.

Il fallait qu'elle récupère sa magie. C'était un besoin vital. Comme l'air qu'elle respirait, l'oxygène qu'elle absorbait.

La colère de Scarlett pesait bien peu à côté. Elle était prête à tout pour la retrouver.

Sans magie, je suis impuissante.

Son pouls s'accéléra et elle posa la main sur sa poitrine, se rappelant la sensation qui l'avait envahie quand Tiffany avait lancé sa malédiction. Ce déchirement, cette douleur atroce, comme des côtes cassées. Son cœur qui galopait, éperonné par la panique.

C'était ainsi qu'il battait à présent. Il lui martelait les tympans, tambourinait à ses tempes.

Sa magie volatilisée, elle était incapable de se défendre. Contre des sorcières aussi malveillantes que Tiffany, contre le pouvoir du talisman d'Hénôsis, elle était désarmée. Elle allait se retrouver prise au piège une nouvelle fois, elle allait tout perdre, elle allait mourir.

Vivi ouvrit d'une main prudente le carnet et parcourut les pages parcheminées par le temps mais le sommeil eut bientôt le dessus et, lorsqu'elle sentit ses paupières céder à la fatigue, elle le glissa sous son oreiller, s'étendit sur le flanc et s'endormit.

Elle fut réveillée en sursaut par quelqu'un qui toquait à la porte. Elle pensait n'avoir dormi que quelques secondes et pourtant il devait être midi passé, car le soleil se déversait par la fenêtre.

— Vivi ? Tu es là ?

C'était Ariana, qui l'appelait depuis le couloir. Vivi s'assit au bord du lit et se frotta les yeux.

— Oui. Je descends dans une minute.

— Euh, je crois que tu devrais descendre tout de suite. C'est Mason. Il est sur le perron.

Vivi posa les yeux sur son téléphone. Elle l'avait branché pour recharger la batterie avant de rejoindre ses sœurs ce matin au salon et elle l'avait laissé dans la prise. Il aurait fallu être aveugle pour ne pas voir, affiché à l'écran, le nombre d'appels qu'elle avait ratés.

— D'accord. J'arrive.

Elle se posta devant le miroir, la main levée. Une habitude qu'elle avait prise : chaque matin elle modifiait son apparence avant de franchir la porte. À la dernière seconde, tout lui revint. *Aujourd'hui, ça ne va pas le faire.* Elle se contenta d'un passage express par la salle de bains, où elle s'aspergea le visage. Paupières bouffies, yeux injectés de sang… impossible de s'en débarrasser. L'eau fraîche apaisa ses joues écarlates.

Une fois au rez-de-chaussée, elle découvrit que les sorcières s'étaient dispersées aux quatre vents. Sonali feuilletait le registre des anciennes ouvert sur ses genoux, Ariana à ses côtés. D'autres étudiaient d'épais volumes, qui appuyée à une chaise, qui à un guéridon. D'autres encore s'affairaient à la cuisine ; une concoction glougloutait furieusement dans un chaudron.

Vivi se dirigea vers la porte d'entrée. Elle trouva Mason assis dehors sur la balancelle, les jambes écartées, les épaules affaissées. Il émanait de lui une telle tristesse qu'elle oublia tout du chaos qui régnait chez les Kappa, oublia ses propres peurs et sa magie perdue.

Elle esquissa un pas vers lui.

— Mason ? Qu'est-ce qu'il s'est passé ?

Lorsqu'il leva la tête, il lui montra des yeux sans larmes, quoique cerclés de rouge. Il paraissait aussi éperdu qu'elle. Comme si lui non plus n'avait pas fermé l'œil de la nuit. Pourtant, elle n'avait rien remarqué d'anormal lorsqu'ils s'étaient quittés la veille, après la fête… Vivi fronça les sourcils.

— Il y a un problème ?

— À ton avis ? Je viens de passer deux heures à expliquer mon plan de carrière à mes parents. Seul. Tu étais fourrée où, Vivi ?

Sa question, formulée d'une voix dure, presque tranchante, remit de l'ordre dans ses souvenirs. Le brunch. Chez ses parents. Ce matin. Elle lui avait promis de l'accompagner, pour détendre l'atmosphère et lui apporter son soutien.

— Je..., commença-t-elle.

— Non, l'interrompit-il. Tu sais quoi, j'en ai ma claque. Je n'ai pas envie d'entendre une autre de tes excuses bidon. Hier soir tu m'as dit que tu m'aimais. Et ce matin, tu n'as même pas pris la peine de décrocher quand je t'ai appelée.

Vivi sentit un barrage céder en elle.

— On a dû gérer une grosse galère, d'accord ? Désolée, mais il n'y a pas que toi qui as des soucis.

Mason sauta sur ses pieds, les bras en croix.

— Ah oui ? Alors explique-moi quels soucis tu as ? Hein, Vivi ? Tu peux m'expliquer pourquoi tu m'envoies bouler et tu me traites comme de la merde ? C'est ton précieux statut à Kappa, c'est ça ?

— Ça n'a rien à voir avec le statut. J'ai des responsabilités...

— Vis-à-vis de Kappa. Tu croules littéralement sous les responsabilités, je sais.

— Tu veux dire quoi par là exactement ? demanda-t-elle en se dressant sur ses ergots.

Mason se mit à faire les cent pas.

— Ça fait des semaines que tu te sers de Kappa comme prétexte. Et je sais comment ça se passe, je comprends. Même quand tu m'as posé un lapin, j'ai vu que tu étais hyper stressée, alors j'ai passé l'éponge. Je t'ai crue quand tu m'as promis que ce serait la dernière fois.

— Je ne l'ai pas fait exprès.

— Tu ne fais jamais rien exprès, pas vrai ?

Il se voûta, donnant l'impression d'abandonner la lutte. Il n'était plus en proie à la colère, il était triste, tout simplement.

« Je t'aime, Vivi. » Était-ce la veille qu'il lui avait susurré ces mots ? Vivi aurait pu jurer qu'une vie entière s'était écoulée depuis qu'ils s'étaient déclaré leur flamme. Comme si c'était arrivé à une autre, pas à elle.

— Le gala des anciennes est passé, poursuivit Mason. J'étais sûr qu'après, les choses changeraient. Qu'après ce qu'on s'est dit hier soir, tu serais là pour moi, à cent pour cent. Et un jour plus tard, même pas, tu n'es pas foutue de répondre à un coup de fil ?

— Mason…

Que répliquer ? Elle avait un serment à respecter, un secret à protéger. Cette histoire la dépassait. La sécurité de ses sœurs était en jeu.

— Excuse-moi, murmura-t-elle.

Les yeux fermés, Mason ébaucha une grimace de douleur. On aurait cru qu'elle venait de lui mettre un coup de poing en plein dans l'estomac. Et peut-être était-ce la sensation qu'il avait. Déjà elle regrettait de ne pas avoir tourné la langue sept fois dans sa bouche avant de parler. Elle regrettait de ne pas pouvoir lui expliquer, de devoir lui cacher tout un pan de sa vie.

Mais ces regrets ne servaient à rien.

Lorsque leurs regards se croisèrent à nouveau, Mason semblait avoir vieilli de dix ans. Il portait tout le poids du monde sur ses épaules.

— Je ne peux pas continuer comme ça, lâcha-t-il. C'est terminé entre nous. J'espère que tu finiras par t'en sortir.

Là-dessus, il dévala les marches du perron. Elle le regarda s'éloigner en retenant sa respiration. Et elle dut se faire violence pour ne pas le supplier de revenir.

21

Scarlett

Laissant vagabonder ses pensées, Scarlett regardait Jess et Hazel tourner les pages de l'*Encyclopédie des contre-sorts et désenvoûtements* et écoutait d'une oreille distraite leur conversation. Elle se repassait mentalement des scènes de son film préféré quand elle était petite. Les personnages étaient des sorcières dont les pouvoirs avaient été dérobés par une mauvaise fée. Elles avaient trouvé un moyen de se libérer du sort que leur ennemie leur avait jeté et de la châtier avant la dernière coupure publicitaire. Minnie la taquinait ; d'après elle, ce film était une représentation totalement fantaisiste de la magie. Les sorts n'avaient rien à voir avec la réalité et les effets spéciaux, par exemple ces panaches de fumée violette qui jaillissaient à l'instant où une actrice faisait des moulinets avec les bras, elle les trouvait grotesques. « Tu sais que la magie authentique n'est jamais aussi facile », lui avait dit sa nourrice. Scarlett le savait bien mais, enfant, elle avait puisé du réconfort dans cette histoire et cette sensation lui manquait – elle lui rappelait une époque où chaque problème, n'importe lequel, pouvait être résolu en moins d'une heure.

— Et celui-là ? fit Hazel, s'adressant à Jess.

Jess fit non de la tête.

— Ce sort-là, il sert à virer une araignée de ta chambre.

Scarlett se désintéressa d'elles et regarda par la fenêtre. Elles n'étaient pas dans un téléfilm, non. Là, c'était la vraie vie, et elles allaient devoir régler leur problème sans aide extérieure.

Elle prit une profonde inspiration. D'abord la soirée de rentrée, puis la crise de Bailey sous les yeux du campus tout entier. Sans oublier le sortilège dont Jackson était prisonnier. Et maintenant, ça. Ces événements étaient-ils liés ? Est-ce que quelqu'un avait décidé de les harceler ? Depuis qu'elle avait pris la tête de Kappa, c'était catastrophe sur catastrophe. Et voilà qu'elles étaient incapables de se défendre.

Une douleur sourde enfla dans sa poitrine. Scarlett ignorait qui était derrière ces attaques mais elle devait lui tirer son chapeau. C'était un adversaire terrifiant, à leur mesure.

Elle sentit une main se poser sur son épaule et elle fit un bond de deux mètres. Ce n'était qu'Etta, qui lui proposait un mug de thé fumant. Scarlett faillit lui demander quelle potion elle avait préparée avant que la réalité ne lui revienne de plein fouet.

— C'est un thé tout bête, soupira Etta. Et… excuse-moi. Pour ce que j'ai dit tout à l'heure, sur Dahlia.

Scarlett accepta volontiers le mug et elle souffla dessus, pour que ça refroidisse plus vite.

— Pas grave. Je t'assure. Je comprends, fit-elle simplement.

Elle embrassa du regard le salon et elle surprit les regards mauvais lancés en douce par quelques Kappa qui s'empressèrent de reporter leur attention sur leur lecture. Reagan ne décolérait pas.

— Tu trouves que j'ai un côté dictateur ? chuchota-t-elle à l'adresse d'Etta.

Au lieu de répondre sans tourner autour du pot, cette dernière gagna un peu de temps en fredonnant.

— Eh bien, je vois pourquoi tu es obligée de nous imposer des trucs, finit-elle par dire.

— Je n'ai pas le choix. Si on raconte au Cénacle ce qui est arrivé, les anciennes vont nous tomber sur le râble. Ça va venir s'ajouter au fiasco de la fête costumée et à la Fiesta du Printemps, qu'on n'est d'ailleurs pas certaines d'organiser. Et si par hasard on récupère nos pouvoirs, elles vont quand même nous infliger tout un tas de sanctions et limiter l'usage de la magie – et elles iront peut-être jusqu'à nous l'interdire, carrément.

— J'ai dit que je comprenais. Mais tu ne vas pas me faire croire que tu agis de manière complètement altruiste, répliqua Etta avec un haussement d'épaules. Toi comme moi, on sait que c'est ta tête qui va tomber en premier si la nouvelle s'évente.

Et, sans laisser à sa présidente le temps de répondre, Etta s'esquiva pour proposer du thé aux autres. Le cœur de Scarlett se serra. Elle ne put s'empêcher de repenser à ce que Xavier lui avait dit au buffet la veille. Est-ce qu'elle faisait vraiment tout cela dans le but d'en remontrer à sa mère, de rabattre le caquet à sa sœur ? Est-ce qu'elle aurait relevé ce défi si elles n'avaient pas occupé avant elle la fonction de présidente ?

Les murmures et les regards la mettaient mal à l'aise, comme des araignées qui auraient cavalé sur sa peau. Elle avait besoin d'être seule. Brusquement elle se mit debout et se réfugia dans le jardin.

Privée de sa magie, elle se sentait... vide. Épuisée. C'était grâce à la magie qu'elle avait construit son identité. D'aussi loin que remontaient ses souvenirs, elle avait toujours su qu'elle était une sorcière. Elle avait étudié de façon acharnée, elle avait progressé, elle avait affûté ses dons pour libérer son plein potentiel. Jamais elle n'avait envisagé une existence privée de magie.

Scarlett présenta son visage au ciel. Que penserait Minnie, si elle la voyait maintenant ? Une pointe de nostalgie mêlée d'amertume s'enfonça dans son cœur tandis qu'elle pensait aux bras de Minnie, entre lesquels elle avait si souvent trouvé refuge. *Elle me dirait sans doute d'arrêter de m'apitoyer sur mon sort et de retrousser mes manches.* Cela l'arracha à cet état de mal-être qui menaçait de l'engloutir. Elle devait à ses sœurs – et à Minnie – de se secouer et de réparer les dégâts.

Scarlett déroula ses hypothèses. Le grimoire de Vivi avait dû jouer un rôle dans ce marasme. Le sort qu'elles avaient emprunté à ses pages lui avait semblé d'une énergie peu commune, difficile à maîtriser. De la magie malveillante ? chuchota la petite voix de sa conscience. Scarlett fut parcourue d'un frisson d'effroi. À bien y réfléchir, ce grimoire n'expliquait pas les sorts de métamorphose qui s'étaient retournés contre les Kappa pendant la fête costumée, ni les convulsions de Bailey pendant la projection de *Psychose*, pas plus que les bagarres qui avaient éclaté aux quatre coins du campus.

Si quelqu'un les avait prises pour cible…

Les soupçons de Scarlett se portèrent aussitôt sur Cait, qui s'était servie tout récemment d'une magie puissante. Un envoûtement amoureux, c'était une chose. Mais une malédiction pour s'emparer des pouvoirs du *coven* le plus influent du pays ? Là, on entrait dans une autre dimension.

Et pourtant, qui était responsable de ce qui leur arrivait ? Une autre sorcière, forcément. Une Kappa, pas impossible… Scarlett chassa aussitôt cette idée de son esprit. Elles avaient eu leur dose de trahisons pour l'année. C'était un scénario qu'elle n'envisagerait que si tous les autres tombaient à l'eau.

Ou peut-être que c'était une personne qui venait d'arriver à Westerly, qui s'était rapprochée de Kappa… Scarlett se figea. L'image de Xavier, qui l'avait regardée réciter son discours la veille, lui revint subitement. Il lui avait paru attentif, presque comme s'il n'en perdait pas une miette, alors qu'il aurait dû bayer aux corneilles, comme les autres.

Et la fois où elle avait tenté de lire dans ses pensées… elle s'était cassé les dents. Elle avait cru que le sort emprunté à la magie d'Épée l'avait lâchée mais elle n'en était pas vraiment certaine. Peut-être que Xavier possédait quelques notions de sorcellerie et qu'il savait se défendre contre les attaques magiques…

Tellement de « peut-être »…

— Dis, je peux te parler ?

Scarlett sursauta. Vivi l'avait rejointe dans le jardin. Il lui suffit de voir sa mine défaite pour comprendre qu'elle avait besoin d'aide.

— Bien sûr.

C'était la première fois qu'elle voyait Vivi dans cet état. Les poings serrés, le visage congestionné, les paupières rougies. Elle donnait l'impression d'avoir pleuré. Ou de s'être disputée avec quelqu'un. Ou les deux.

— Est-ce que tu vas…, risqua Scarlett.

Elle préféra laisser sa phrase en suspens. Non, Vivi n'allait pas bien, ça sautait aux yeux. Aucune des Kappa n'allait bien. Mais, de toutes, Vivi semblait être la plus accablée.

— Mason vient de me larguer, fit-elle, réprimant ses larmes.

Scarlett ouvrit des yeux ronds comme des soucoupes. Aux dernières nouvelles, Vivi et Mason filaient le parfait amour. La veille, au gala, Scarlett les avait vus ensemble, plus heureux que jamais. Au début, le fait que son ex se mette en couple avec sa Cadette lui était resté en travers de la gorge, mais le temps avait pansé ses plaies. À tel point qu'elle avait du mal à envisager qu'ils aient pu rompre.

— Qu'est-ce qu'il s'est passé ? demanda-t-elle.

Au lieu de répondre, Vivi détacha son regard de Scarlett et s'intéressa quelques instants à la forêt. C'était une journée radieuse. Le soleil brillait, il faisait particulièrement doux et une légère brise apportait le parfum des toutes premières fleurs. Scarlett avait la sensation que l'univers entier leur adressait un pied de nez, qu'il se réjouissait de leur débâcle, et cela ne fit que la rendre plus amère. Au bout d'un moment, elle s'éclaircit la voix.

— Si tu ne veux pas en parler…

— Non, au contraire, répondit Vivi en secouant la tête. Je viens de comprendre que ça n'avait aucune importance. Ça ne pèse pas lourd par rapport à ce qui nous arrive.

— Tu as le droit d'être bouleversée par deux choses en même temps, tu sais. Et tu as aussi le droit de me dire ce qui s'est passé avec Mason.

— Je ne suis pas venue ici pour te bassiner avec mes histoires de mec. Il faut… il faut que je raconte quelque chose, avoua Vivi.

— Oui ?

Le silence s'éternisa. Scarlett commençait à perdre patience. Elle eut l'impression très nette que sa Cadette était en proie à un dilemme – lequel, elle l'ignorait.

Vivi finit par prendre une grande inspiration.

— J'ai eu une autre… une autre vision. Hier soir, en plein gala. J'étais toute seule devant un des miroirs que j'avais enchantés et, quand je me suis regardée dedans, mon reflet a changé. Au début, j'avais le talisman d'Hénôsis autour du cou.

Le cœur de Scarlett faillit lâcher.

— Ensuite, enchaîna Vivi, j'ai vu une vieille ferme sur une colline, et des corbeaux partout. Cet endroit, j'avais l'impression de le connaître…

— Tu crois que quelqu'un essayait de t'embrouiller ?

Aucune Kappa ne plaisanterait avec ça. Elles savaient toutes que le talisman d'Hénôsis était une affaire très sérieuse. Sauf que personne en dehors des Ailes d'Ombre n'était au courant de son existence.

— J'ai plutôt eu l'impression qu'on essayait de me transmettre un message, clarifia Vivi. Comme si on me conseillait de me rendre à cet endroit. Ça m'a fichu les jetons mais je n'ai senti rien de… malveillant.

— C'est toujours compliqué de dire si une chose, ou une personne, a de mauvaises intentions, contra Scarlett, pessimiste – elle l'avait appris à ses dépens.

Embrassant la forêt du regard, elle réprima un frisson.

— Le mal peut prendre un visage séduisant, ajouta-t-elle. Alors, qu'est-ce que tu suggères ? Qu'on essaie de trouver la maison que tu as vue dans le miroir ? Tu sais combien il y a de fermes rien qu'en Géorgie ?

— Il y avait une pancarte sur le portail. *La Ferme du Saule solitaire.* Je l'ai cherchée sur Internet et… il y a une ferme qui s'appelle comme ça pas très loin d'ici. À vingt minutes en voiture. Les photos publiées sur Internet correspondent à ce qui s'est manifesté dans le miroir.

— Si c'est un message envoyé par la personne qui nous a volé nos pouvoirs, elle aurait tout intérêt à nous donner rendez-vous dans une ferme abandonnée, non ? Le piège idéal, tu ne crois pas ?

— J'ai envisagé cette possibilité, répondit franchement Vivi. Mais est-ce qu'on peut se permettre d'ignorer cette piste alors qu'on est dans le brouillard complet ?

— On en a une autre, de piste, fit Scarlett. Et même deux.

— Lesquelles ?

— Xavier. Je suis quasi persuadée qu'il était lucide pendant mon discours au gala. Et la seconde, c'est Cait, qui a ensorcelé Jackson.

Vivi vrilla ses yeux sur Scarlett, bouche bée.

— Alors c'est pour ça que Jackson… oh, ma pauvre Scarlett. Et c'est aussi pour ça que tu as dû rompre avec Xavier, hein ? Je suis si triste pour toi.

Vivi posa la main sur le bras de son Aînée, pour la consoler. La gorge serrée, Scarlett lâcha un petit rire sans joie.

— Oui, eh bien, au final, c'était la meilleure décision à prendre…

— Les mecs, quelle plaie, soupira Vivi. Bon, j'exagère.

Scarlett rectifia sa queue-de-cheval.

— C'est juste que… j'ai l'impression que tout est de ma faute. Si je n'avais pas effacé les souvenirs de Jackson… s'il avait su que les sorcières n'existent pas que dans les contes pour enfants, peut-être que Cait ne l'aurait pas embobiné aussi facilement.

— Non. Enlève-toi ça tout de suite de la tête, protesta Vivi. Tu protégeais Kappa. Tu n'avais pas le choix. Par ailleurs, c'est Cait la responsable. C'est elle qui se sert de ses pouvoirs pour manipuler quelqu'un, pour le contrôler.

Une fraction de seconde, une ombre traversa le visage de Vivi. Le doute, peut-être, ou la peur. Puis la colère reprit sa juste place.

— Il faut qu'on l'arrête, asséna-t-elle.

— Comment ? demanda Scarlett avec un geste d'impuissance. On n'a pas de magie, plus aucun pouvoir. Et si Cait est derrière tout cela… imagine, si elle a dans son arsenal toutes les aptitudes des Ailes d'Ombre ?

— Qu'est-ce qu'on peut faire pour aider Jackson ?

— En tout premier lieu, récupérer notre magie.

Prononcer ces mots lui faisait horreur. La perspective de laisser Jackson sous l'emprise de Cait ne serait-ce qu'une minute de plus lui faisait horreur. Mais elle n'avait pas le choix. Une fois encore.

Vivi se tint plus droite et serra les poings.

— D'abord, allons jeter un coup d'œil à cette ferme. Si c'est un piège, alors on saura à qui on a affaire. Au moins, on en aura le cœur net.

— Très bien. Je vais chercher ma voiture. Et il faut qu'on mette l'une de nos sœurs au courant. On se retrouve devant Kappa d'ici…

Scarlett s'interrompit, renifla. Ça sentait le brûlé. Presque comme si…

— Au feu ! hurla Reagan à l'intérieur.

Scarlett et Vivi échangèrent un regard, puis se précipitèrent vers la maison dans un même mouvement.

Le temps qu'elles arrivent à la porte d'entrée, Etta et Hazel avaient déjà dégainé le tuyau d'arrosage. Les plants de berce qui formaient une haie magique à la lisière du jardin étaient dévorés par les flammes. Ces plants auxquels Etta apportait tant de soin, pour qu'ils protègent le clan des attaques surnaturelles.

Le feu fut vite maîtrisé. Tandis que Scarlett observait, l'angoisse au ventre, le squelette noirci des arbustes désormais réduits en cendres, elle ne put s'empêcher de conclure qu'un autre élément de leur système défensif venait d'être abattu.

22

Vivi

Une grande partie du trajet se fit dans un silence absolu, Vivi et Scarlett étant l'une et l'autre plongées dans leurs pensées. À en croire son expression et ses gestes pleins d'assurance, la présidente de Kappa avait basculé en mode gestion de crise.

Vivi aurait voulu pouvoir dire la même chose d'elle. Au fil des heures elle avait senti la nervosité et l'angoisse la gagner, et la nausée monter, comme si elle souffrait du sevrage de sa magie. Cela la démangeait de jeter un sort, ses doigts étaient parcourus de fourmillements, mais elle eut beau réciter à mi-voix des formules éprouvées, la magie restait désespérément muette.

En répondant à l'invitation de la Ferme du Saule solitaire, le risque était élevé qu'elles se jettent tête baissée dans un traquenard mais, à ce stade, Vivi ne pouvait plus supporter l'incertitude.

— Tu tiens le coup ? lui demanda Scarlett.

Du coin de l'œil, elle étudia sa Cadette, puis elle reporta son attention sur la route. Elles venaient de quitter la voie rapide et s'étaient engagées sur une route secondaire, ombragée et bordée d'arbres. Ici, les maisons étaient beaucoup plus grandes qu'en ville et elles étaient agrémentées de balcons courant sur le pourtour de la façade et de pelouses immenses, aussi rases que du velours.

— Ça va, répondit machinalement Vivi. Si on peut dire, vu la situation.

— On va trouver une solution. Je t'en donne ma parole.

Vivi ne puisa aucun réconfort dans la promesse de son Aînée. Il fallait regarder la réalité en face : elles étaient complètement, totalement, irrémédiablement paumées.

— Je te crois, répondit-elle pourtant, avec une conviction surjouée.

Les propriétés pleines de cachet cédèrent la place à un paysage plus rural, moins densément peuplé, et la route s'élargit à mesure qu'elles s'enfonçaient dans la campagne. Au bout de quelques kilomètres, Scarlett ralentit pour scruter les numéros affichés sur les boîtes aux lettres. Elle décolla un instant son regard de l'écran de son GPS pour étudier la maison qu'elles étaient en train de longer.

— On ne devrait plus être très loin, dit-elle.

Vivi montra du doigt une grille de fer forgé entre deux poteaux habillés de briquettes.

— Le numéro quarante-neuf, c'est ça ?

On ne voyait pas grand-chose, en dehors d'une allée arborée et d'une haie qui donnait l'impression de n'avoir jamais été taillée et qui empiétait sur le trottoir.

Et le portail était grand ouvert.

Les filles échangèrent un regard inquiet.

— C'est comme ça que démarrent tous les films d'horreur, fit remarquer Scarlett.

— On veut récupérer notre magie, oui ou non ? rétorqua Vivi, de la lassitude dans la voix.

Scarlett s'engagea dans la propriété, les mains crispées sur le volant.

— Je n'ai pas dit que j'avais changé d'avis. Si on sort de là les pieds devant, rappelle-toi que je t'avais prévenue.

— T'inquiète, si on se fait tuer par un psychopathe, je dirai à tout le monde de t'appeler Madame Irma.

L'allée traçait une courbe qui coupait en deux un terrain mal entretenu, aussi négligé que la haie. Le gazon leur arrivait aux genoux et les mauvaises herbes avaient pris possession de l'allée, dont le revêtement était craquelé et parcouru de lézardes.

Alors la maison surgit devant leurs yeux. Semblable en tout point au bâtiment que Vivi avait vu dans le miroir : une ferme de style victorien, imposante, qui évoquait un haut-de-forme – ou une couronne, peut-être – perché sur une colline escarpée. Vivi sentit un frisson courir le long de son échine. Chaque nouveau pas était un pas vers la vérité.

— On se croirait de plus en plus dans un film d'horreur, commenta Scarlett d'une voix neutre, comme si cela faisait partie de son quotidien. Comme si elle avait l'habitude de faire du tourisme dans des endroits isolés qui donnaient la chair de poule, sur l'insistance d'une personne qui avait des visions. C'était peut-être le cas, d'ailleurs. Scarlett avait grandi parmi des sorcières, elle avait baigné dans la magie toute son enfance. Ce qui lui paraissait banal n'avait rien à voir avec ce que Vivi considérait comme « normal ».

Scarlett se gara. Les deux amies s'encouragèrent d'un regard et sortirent du véhicule. Tandis qu'elles se dirigeaient vers la maison, Vivi attrapa Scarlett par le bras.

— Je me demande si c'est une bonne idée, lâcha-t-elle.

— C'est maintenant que tu t'en rends compte ? répliqua Scarlett, agacée.

— Par pitié, dis-moi que tu es ceinture noire de karaté.

La plaisanterie de Vivi n'arrivait pas à masquer la triste réalité : privées de leurs pouvoirs, elles étaient incroyablement vulnérables.

— De karaté, non, mais j'ai suivi des cours de krav-maga pendant quelques années quand j'étais gamine. Mes parents sont d'avis qu'une femme doit savoir se défendre, avec ou sans magie, expliqua Scarlett.

Son anecdote arracha un sourire à Vivi. Scarlett, une pro en krav-maga ? Rien ne l'étonnait plus.

Elles gravirent les marches en bois inégales et se postèrent sur le perron, qui grinça sous leur poids. Vivi se décala un peu, de peur qu'une planche ne cède et ne les envoie dans le décor. Scarlett chassa les toiles d'araignée accrochées à la sonnette puis elle appuya dessus sans la moindre hésitation. Dans les profondeurs de la maison une cloche retentit, aussi grave que le bourdon d'une église.

— Pas du tout flippant, marmonna Vivi.

— Tu veux bien te détendre ? Il n'y a pas de raison de stresser tant que…

Scarlett se tut en voyant la porte s'ouvrir. Comme douée d'une vie propre. Les filles échangèrent un autre regard, plus long que les précédents.

— On dirait que nous sommes attendues, déclara Scarlett en feignant la nonchalance. On entre ?

Elle se risqua à l'intérieur et Vivi lui emboîta le pas, rendue sourde par les battements affolés de son cœur.

Le vestibule était très sombre alors que, dehors, le soleil était à son zénith. Vivi attendit que ses yeux s'habituent au demi-jour. Le papier peint défraîchi, qui se décollait des murs, avait dû être charmant à une époque, avec ses roses thé imprimées sur un fond gris tourterelle. Le portemanteau et le porte-parapluies massifs en étain témoignaient d'un passé glorieux. L'endroit répondait à tous les critères de la maison hantée, mais dans l'air flottait ce parfum entêtant de fumée, signe d'une pratique prolongée et intensive de la sorcellerie. Vivi avait appris, avec l'expérience, à associer les odeurs âcres et métalliques à la magie malveillante.

— Viens voir, chuchota Scarlett.

Elle contemplait une petite peinture à l'huile qui représentait un corbeau juché au sommet d'un clocher. Vivi la rejoignit et découvrit que le plumage lustré du volatile semblait se plisser, comme caressé par une légère brise. Effet d'optique, ou effet de la magie ?

Sans rompre le silence, Vivi et Scarlett quittèrent le vestibule et s'enfoncèrent dans un couloir lambrissé de bois sombre. Aux murs étaient fixés des tableaux qui immortalisaient des femmes à l'allure formidable, vêtues à la mode de leur époque. Parmi elles, Vivi crut reconnaître des sorcières dont les portraits étaient exposés sur les murs de Kappa. Elle admira une femme au teint d'ébène, parée de bijoux en or et coiffée d'un turban émeraude, ainsi qu'une autre qui semblait être sortie des pinceaux de Vermeer. Comme la peinture avec le corbeau, ces portraits avaient été enchantés de manière à faire ressortir un détail particulier : ici un joyau brillait de mille feux, là des arbres tanguaient à l'arrière-plan. Plus elles avançaient et plus les œuvres gagnaient en modernité. Scarlett s'arrêta net, le regard attiré par un tableau représentant, à taille réelle, une jeune beauté vêtue d'une robe de cocktail rose.

— Mais j'y crois pas, s'exclama-t-elle à mi-voix. C'est ma mère. Et je crois que c'est la robe qu'elle portait pendant la fête donnée en l'honneur de l'équipe de foot l'année où elle a présidé Kappa.

— Tu crois que cette maison appartenait à une Kappa ?

— Ou à un malade qui fait une fixette sur nous.

— Tout le monde n'est pas obsédé par ta personne, Scarlett.

— Ah oui ? Dans ce cas, comment tu expliques ça ? rétorqua Scarlett en montrant un tableau au fond du couloir.

Vivi lui lança un regard interrogateur et s'approcha du tableau que désignait son Aînée, puis elle eut un mouvement de recul. Cette peinture-là montrait deux jeunes filles qui se tenaient devant une ferme de style victorien à la façade grise, l'une en robe-pull écrue, l'autre en jean et gilet gris.

Scarlett et Vivi.

Vivi vérifia sa tenue, puis elle frémit des pieds à la tête.

— Qui peut peindre un truc pareil en moins de cinq minutes ? Et ça a l'air complètement sec, en plus.

— Bonjour ! lança Scarlett à pleine voix, ce qui fit sursauter sa Cadette. Bonjour ! Il y a quelqu'un ?

Seul l'écho lui répondit, suivi du silence.

Un silence tout relatif. Un léger grincement en deux temps émanait des murs, donnant l'impression qu'ils se dilataient puis se contractaient, sans relâche. On aurait dit que la maison respirait.

Peut-être que son imagination lui jouait des tours, mais Vivi crut sentir un battement sourd sous les lames du parquet. Aussitôt, elle pensa à la nouvelle préférée de Daphné, *Le Cœur révélateur,* d'Edgar Allan Poe.

— Bonjoooour, répéta Scarlett. On est vraiment toutes seules ?

— Cherchons ailleurs, l'encouragea Vivi.

Le tandem franchit une porte qui donnait sur une pièce semblable à une salle de réception, en grande partie occupée par un immense escalier en colimaçon. Elles remarquèrent, accroché tout au fond, un autre portrait dont les dimensions étaient plus imposantes que celles des tableaux exposés dans le couloir. Il s'agissait d'une peinture à l'huile immortalisant une femme âgée à l'allure stricte, vêtue d'une robe noire dont le col montant était bordé de dentelle. Elle n'avait pas l'air commode.

La plupart des meubles étaient recouverts de draps blancs et ceux qui n'étaient pas protégés disparaissaient sous une épaisse couche de poussière.

— On dirait bien que ça fait des *années* que personne n'a mis les pieds dans cette baraque, déclara Scarlett en fronçant le nez.

— Je crois que tu vas un peu vite en besogne, répondit Vivi, l'index pointé sur un plateau en argent posé sur un guéridon.

Des volutes de vapeur s'échappaient d'une théière et des viennoiseries tout juste sorties du four leur faisaient de l'œil. Le thé était servi.

Scarlett croisa les bras, balaya la pièce du regard et se racla la gorge.

— Bon, ça commence à bien faire. On n'est pas dans *La Belle et la Bête*, j'en ai ma claque de ce petit jeu. Est-ce que la personne qui a apporté ce plateau il y a cinq minutes aurait l'obligeance de revenir ? s'époumona-t-elle.

Un long silence, interrompu par un rire lointain, désincarné, qui fit tressaillir les deux filles.

— Donc nous ne sommes pas seules, dit Scarlett en cherchant la source de ce bruit.

Le rire se fit entendre de nouveau et, cette fois, il provenait d'un autre endroit de la maison. Les poils sur la nuque de Vivi se hérissèrent et ses yeux se posèrent sur le portrait de la vieille femme. Cette dernière avait remplacé son expression contrariée par un sourire narquois.

— Qu'est-ce que c'est, à ton avis ? demanda Scarlett.

Elle s'approcha du portrait pour lire les mots gravés sur la plaque en laiton vissée au bas du cadre.

— *Agata Templeton.* Ce nom me dit vaguement quelque chose mais quoi, impossible de me rappeler.

— Je crois que c'est elle qui s'est mise à rire, souffla Vivi.

Les vibrations qu'elle avait perçues sous le parquet s'intensifièrent et se propagèrent aux murs.

— Tu sens ça, Scarlett ?

— Quoi ?

— Je... je ne sais pas trop, précisément. On dirait presque...

Vivi laissa sa phrase en suspens, parce qu'elle n'avait pas envie de le dire tout haut. *Presque un cœur qui bat.* Elle fit quelques pas en direction d'un secrétaire en bois sculpté, placé contre le mur. Plus elle s'en approchait et plus les vibrations devenaient fortes, à tel point que Vivi se mit à croire qu'il s'agissait des battements de son propre cœur.

Un épais volume relié en cuir était posé sur le plateau du secrétaire. Un vieil almanach, ouvert sur un plan de Savannah qui datait de l'époque où la ville était une petite cité portuaire endormie. Vivi se pencha dessus et remarqua immédiatement le cadre, inséré dans le coin en bas à droite, qui proposait une vue détaillée du campus de Westerly. Elle repéra l'allée centrale, la bibliothèque Hewitt, l'amphi Taylor, mais les autres bâtiments ne correspondaient pas à ce qu'elle connaissait. Le plan ne montrait pas non plus les résidences étudiantes et le bâtiment de sciences, qui étaient sortis de terre plus tard.

— C'est à ça que ressemblait Westerly en 1858, un an après sa fondation, expliqua Scarlett en montrant la date imprimée dans un coin. Regarde la forêt, la surface qu'elle couvrait.

Les bois du campus s'étaient réduits comme peau de chagrin depuis cette époque ; actuellement ils se résumaient à une bande d'arbres, à peine plus vaste qu'un bosquet, derrière Kappa. En ce temps-là c'était encore une forêt impénétrable. Et, pile en son centre, entre les chênes au tronc épais et les saules ébouriffés, une main inconnue avait dessiné une étoile rouge à sept branches dans un cercle bleu foncé. Le symbole présent sur le talisman d'Hénôsis.

Un frisson parcourut l'échine de Vivi. Elle remarqua des petits caractères inscrits sous le symbole et elle saisit la vieille loupe posée à côté de l'almanach pour les examiner.

— La Porte d'Hadès, c'est écrit. Qu'est-ce que ça veut dire, à ton avis ?

— La Porte d'Hadès ? Tu en es sûre ? s'étonna Scarlett.

Vivi lui tendit la loupe.

— Regarde par toi-même, si tu ne me crois pas.

Scarlett hésita, la peur gravée sur ses traits.

— C'est comme ça que les Anciens appelaient l'endroit où se déchire le voile entre notre royaume et l'autre monde, expliqua-t-elle.

— De quoi tu parles ? Quel autre monde ?

Scarlett foudroya Vivi du regard.

— Tu crois qu'elle vient d'où, la magie ? Nos sortilèges et nos enchantements ne sont que de misérables gouttes par rapport à l'océan de magie qui s'étend par-delà le voile.

Cette formule, « par-delà le voile », suscita l'effroi de Vivi. L'ancienne version d'elle-même, celle qui avait collé à Daphné l'étiquette de charlatan et traité ses clients de pigeons désespérés, aurait laissé échapper un ricanement moqueur. Cette Vivi-là avait passé le relais à une jeune sorcière qui avait vu, de ses propres yeux, les dégâts que pouvait causer la magie malveillante. À ce stade, tout lui paraissait possible.

— Très bien, mais quel rapport avec nous ?

— C'est la question que je me pose. Depuis toujours, des rumeurs circulent sur l'existence d'une Porte d'Hadès à Westerly, au niveau du campus. C'est pour cela qu'il y a tellement de magie à Savannah. Mais c'est la première fois que j'en ai la preuve formelle.

— Ce n'est pas forcément une mauvaise chose, si ? Ce n'est rien d'autre qu'une source de magie ?

— Il n'y a pas que la magie qui puisse franchir la Porte d'Hadès, articula Scarlett.

Du doigt, Vivi montra l'étoile à sept branches.

— D'après la carte, on dirait qu'en 1858, cette Porte était située au cœur d'une forêt hyper dense mais une grande partie de la forêt a disparu depuis ce temps-là.

Elle inspecta le plan de plus près, les yeux mi-clos, puis elle se tourna vers Scarlett.

— Dis, tu ne crois pas que…

— Que ce sont les bois situés derrière la voie Grecque ? Si, j'en ai bien l'impression.

— Alors ça veut dire que cette Porte est tout près de Kappa.

Un cliquetis métallique retentit dans leur dos et les deux filles pivotèrent sur leurs talons. Les objets qui attendaient sur le plateau en argent s'entrechoquèrent, comme manipulés par un marionnettiste invisible. Quelques secondes plus tard la théière s'éleva dans les airs, resta quelques secondes en lévitation puis s'inclina ; de son bec verseur jaillit un liquide fumant qui remplit progressivement l'une des tasses en porcelaine.

— Pourquoi ça ne m'étonne pas ? marmonna Scarlett.

Avec un naturel désarmant, elle se dirigea vers le guéridon et elle saisit la tasse à l'instant où le thé atteignait le bord. Abasourdie, Vivi l'imita d'une main tremblante – si bien qu'elle en renversa un peu.

— Et maintenant, quoi ? fit-elle à l'adresse de Scarlett. Tu ne comptes pas en boire, quand même ?

— Je ne pars pas d'ici tant que je n'ai pas découvert ce qu'il est arrivé à notre magie et si je dois me plier aux règles, tant pis. Si cette personne voulait nous nuire, elle s'en serait déjà prise à nous depuis bien longtemps.

Elle avala une gorgée de thé, s'immobilisa puis poussa un soupir.

— Rien d'anormal a priori. Allez, bois.

Vivi regarda Scarlett vider sa tasse d'un trait, une inconvenance qui aurait horrifié Marjorie Winter, et elle fit de même. Le thé lui brûla la langue. Une fois sa tasse vide, Scarlett plongea son regard dedans.

— Je le savais. Il faut qu'on lise dans les feuilles.

Vivi lui jeta un coup d'œil sceptique, puis elle examina le fond de sa propre tasse et réprima un geste de surprise. Les feuilles de thé avaient dessiné un objet qu'il était impossible de ne pas reconnaître.

— Tu vois ce que je vois ? chuchota-t-elle.

— Je ne sais pas trop. Est-ce…

— Le talisman d'Hénôsis !

Vivi sentit un frisson d'horreur la traverser. Elle s'apprêtait à reposer la tasse lorsque l'amulette en feuilles de thé sembla se fragmenter. Les feuilles brunes tournoyèrent et formèrent une nouvelle image. Au début, elle crut qu'il s'agissait d'un visage d'homme mais, tandis que l'image se précisait, d'autres détails se dévoilèrent. Des cornes jaillirent de la tête et la bouche se tordit en un cri à glacer les sangs, dénudant des crochets de serpent.

Vivi eut un mouvement de recul.

— C'est quoi, ce truc ?

— Un démon, répondit Scarlett d'une voix quasi inaudible.

Elle vissa son regard dans celui de Vivi.

— Je crois que quand on a détruit le talisman, on a…

— On a quoi ?

Les battements qui provenaient des murs, d'abord discrets, étaient devenus des chocs sourds. Si sonores que Vivi avait du mal à entendre ses propres pensées.

— Scarlett, quand on a détruit le talisman, qu'est-ce qu'on a fait ? insista-t-elle.

Ignorant Vivi, Scarlett se retourna vivement vers le portrait.

— Tu avais enfermé un démon dans le talisman d'Hénôsis ? aboya-t-elle.

À l'intérieur du cadre, la vieille femme opina du chef. Son sourire narquois s'était effacé et son visage affichait une expression d'impuissance résignée. La peur lui écarquillait les yeux.

— Et…, poursuivit Scarlett d'une voix chevrotante, est-ce qu'on l'a libéré ?

— Non, souffla Vivi. Non, c'est impossible.

Sous leurs yeux, le portrait se modifia une nouvelle fois. La femme ferma les paupières et sa bouche s'ouvrit en grand, comme déchirée par un cri silencieux. Un hurlement de détresse. De terreur.

Scarlett recula de quelques pas, se laissa tomber sur un sofa et enfouit la tête entre ses mains. Quant à Vivi, elle resta clouée sur place, tétanisée par une vérité terrible qui résonnait sous son crâne. Les deux amies avaient libéré un démon, un monstre qui avait fait d'elles ses proies.

Autant dire que, privées de leur magie, les Kappa étaient fichues.

23

Scarlett

— Tiens, lis ça, fit Scarlett.

Elle retourna le livre qu'elle avait sur les genoux pour que Vivi puisse consulter le passage en question. Elles avaient quitté la ferme dans la précipitation et filé tout droit à la bibliothèque de Kappa. Si leur ennemi était réellement un démon, alors Scarlett allait devoir actualiser ses connaissances. Après tout, ces entités appartenaient à un temps révolu ; elles avaient été terrassées des siècles plus tôt par des sorcières bien plus puissantes qu'elle. Quand elle était petite, Eugenie lui lisait à voix haute, pour l'effrayer, des histoires tirées de guides rédigés au dix-huitième siècle par des chasseurs de démons. Scarlett courait se réfugier dans la chambre de Minnie en sanglotant et Minnie la laissait dormir dans son lit, blottie contre elle. Elle se serait coupé un bras pour retourner à cette période bénie.

De l'index, Scarlett montra le premier paragraphe qui contenait le mot « démon ».

— « Depuis des temps immémoriaux les démons ont jeté leur dévolu sur les sorcières, sans que personne ait découvert ce qui les y poussait. »

Comme toujours, Scarlett admira le recul avec lequel ses ancêtres avaient décrit ce qui les menaçait. Les autrices de ces lignes avaient passé sous silence un point essentiel : ce qui se passait dans leur tête alors qu'elles étaient traquées par un être maléfique. Peut-être étaient-elles plus courageuses que Scarlett et ses sœurs. Ou peut-être qu'à l'époque, vivre dans la terreur, c'était le lot de tout un chacun.

Vivi lut la suite à voix haute :

— « Les démons ont besoin d'un hôte pour franchir le voile et s'établir dans le royaume humain. Ils peuvent s'approprier n'importe quelle apparence mais un corps qui s'offre à eux de son plein gré est pour eux le parti le plus favorable... » Une seconde. Ça veut dire ce que j'ai compris ?

— Ça veut dire que le démon est une personne qui fréquente le campus. Il a pris forme humaine.

— Ça peut donc être n'importe qui ? demanda Vivi en se mordillant la lèvre. Comment l'identifier, alors ?

Scarlett survola le chapitre d'où était tiré l'extrait que Vivi venait de lire, puis elle consulta l'index. L'auteur ne faisait pas allusion aux démons ailleurs.

— Je n'en sais rien, grommela-t-elle, puis elle s'adossa au canapé, les yeux fixés au plafond. Même ma mère n'en a jamais vu, ou alors elle me l'a caché. Aucune des anciennes n'a croisé de démon sur sa route.

Assise à côté d'elle, Vivi parut frappée par la foudre. Scarlett lui jeta un coup d'œil.

— Quoi ?

— Eh bien... ça ne va pas te plaire.

— Au point où on en est, ce n'est pas une mauvaise nouvelle en plus qui va me flinguer ma journée.

— On pourrait appeler ta mère...

Scarlett se redressa subitement.

— Vivi, je t'ai dit...

— Je sais, je sais. Si on s'adresse au Cénacle, on va se retrouver avec tout un tas de sanctions et d'interdictions sur le dos... mais après ce qui s'est passé avec Tiffany, tu te souviens comment était Marjorie ? Ma mère, aussi. Elles voulaient nous aider.

— Dans ce cas, c'est ta mère qu'on appelle, grommela Scarlett.

Vivi réfléchit quelques secondes.

— On pourrait faire appel à Daphné, en effet, mais je ne suis pas certaine qu'elle soit très versée en démonologie. Elle a claqué la porte de Kappa sans même attendre de passer son diplôme, tu as oublié ? Elle a consacré les vingt dernières années à mettre le maximum de distance entre elle et les Ailes d'Ombre. Pas sûre qu'elle nous soit très utile dans ce domaine.

Scarlett poussa un soupir exaspéré. Vivi avait raison, il fallait se rendre à l'évidence. Et elles n'avaient pas besoin d'impliquer tous les membres du Cénacle. Seulement Marjorie.

À la simple perspective d'avouer à sa mère que la situation avait empiré, et de beaucoup, Scarlett sentit la nausée la gagner. Elle allait devoir mettre son orgueil en sourdine si elle voulait protéger Kappa et ses sœurs. C'était l'unique possibilité qui s'offrait à elle.

— D'accord, concéda-t-elle. Mais je vais avoir besoin qu'on me soutienne moralement.

— Compte sur moi, Grande Sœur.

Marjorie décrocha dès la première sonnerie, presque comme si elle avait prévu que sa fille lui téléphone.

— Scarlett. J'espère que tu as une bonne nouvelle à m'annoncer, pour une fois.

Les deux Kappa échangèrent une grimace.

— Pas vraiment, répondit Scarlett. Je me demandais si tu pouvais me donner plus d'informations sur… sur le talisman d'Hénôsis.

Si Scarlett avait correctement interprété les feuilles de thé, le démon s'était échappé de l'amulette à l'instant où elles l'avaient détruite. Peut-être qu'en découvrant qui l'avait fabriquée, et comment, elles arriveraient à le piéger de nouveau.

— Je t'ai dit ce qu'il y avait à savoir sur ce maudit talisman au dernier semestre, répliqua Marjorie. Ne me dis pas que tu as déjà tout oublié ?

— Non, non, j'ai tout retenu. Le talisman a possédé ton amie et l'a poussée à t'attaquer. Mais tu sais d'où il vient, à l'origine ? Qui l'a fabriqué ?

— Je croyais que nous avions laissé derrière nous ce chapitre désagréable. Il y a des choses plus importantes qui réclament ton attention, Scarlett. La présidente de Kappa ne doit pas ressasser en permanence ses erreurs passées ; elle doit se projeter vers l'avant, vers l'avenir.

Exaspérée, Vivi leva les yeux au ciel et Scarlett la remercia d'un petit sourire. Gérer sa famille, c'était beaucoup plus facile en compagnie d'une amie.

— Maman, si tu sais quelque chose au sujet du talisman, ou de la Porte d'Hadès…

— Qu'est-ce que tu viens de dire ? lâcha Marjorie d'une voix qui était descendue d'une octave.

— La Porte d'Hadès. Celle qui se trouve sur le campus de Westerly, d'après la rumeur…

— Je veux que tu restes loin de tout ça, compris ? Il y a des forces à l'œuvre qui dépassent de loin les aptitudes d'une bande d'étudiantes.

— Tu sais où elle se situe.

Scarlett ferma les yeux et se rappela l'ancienne carte. La Porte était perdue au cœur de la forêt, à un jet de pierre de l'actuelle voie Grecque. Petit à petit, un soupçon horrible germa dans son esprit.

— Maman, est-ce qu'elle est chez nous, à Kappa ? C'est pour ça qu'il y a autant de magie dans cette maison ?

— Qu'est-ce que je viens de dire ? Tout cela est grotesque. Je t'ai donné un ordre. Ne t'approche pas de cette Porte.

Scarlett faillit perdre son calme. Mais alors… *Ravale ta fierté,* se sermonna-t-elle. Si elle avait téléphoné à sa mère, c'était dans un but précis.

— Maman, je ne plaisante pas. Il se passe des choses pas nettes sur le campus. Les Ailes d'Ombre sont dans le pétrin.

Un long silence. Marjorie finit par renifler.

— Scarlett, je t'ai déjà dit tout ce que je savais sur cette Porte. Mais si tu en as envie, je peux suggérer aux Ailes de Feu de s'intéresser à votre cas. Cela déclenchera une enquête approfondie, y compris sur votre récente… mise à l'épreuve. Le Cénacle jugera peut-être nécessaire de placer une autre personne, plus compétente, à la tête de Kappa. C'est ce que tu veux ?

— Non maman, répondit Scarlett d'une toute petite voix.

— Très bien.

Là-dessus, Marjorie raccrocha. Scarlett fixa l'écran de son téléphone, estomaquée.

— Incroyable.

Vivi lui massa l'épaule, afin de la réconforter.

— Désolée. C'était… la vache, c'était dur à entendre.

Scarlett espérait repartir sur des bases plus saines avec sa mère après les événements du dernier semestre. Et elle avait cru que Marjorie viendrait à son secours si elle lui demandait de l'aide. Mais le message était on ne peut plus clair : les Ailes d'Ombre étaient livrées à leur sort.

Scarlett serra son portable dans son poing.

— Bon. Au moins on n'a pas perdu notre temps. Je connais ma mère par cœur et je peux t'assurer que la Porte d'Hadès se trouve ici, au sein même de cette maison.

Scarlett aurait dû s'en douter depuis le premier jour.

Elle se tenait au sommet de l'escalier qui s'enfonçait dans les ténèbres du sous-sol, Vivi à ses côtés.

Toutes les pièces du puzzle s'assemblaient. Les murs de Kappa contenaient une magie d'une puissance peu commune. Les pièces dont la décoration changeait pour s'adapter à l'humeur de leurs occupantes. Les sorts ultra-efficaces qui protégeaient la propriété. Scarlett n'avait pas non plus oublié l'épisode avec la chaudière, ni les ondes brûlantes qui s'étaient propagées la dernière fois qu'elle était descendue réparer une fuite au sous-sol. Ces murmures qu'elle avait perçus et qui ne pouvaient pas s'expliquer par l'eau coulant dans les canalisations…

La Porte d'Hadès. Elle était là, sous leur nez.

Les anciennes étaient au courant, forcément. Pourtant, aucune n'avait jugé bon d'en informer les Kappa. *Encore des secrets. Qui reviennent nous hanter, comme les autres*, se désola Scarlett.

La voix de Vivi la fit sursauter.

— On y va ?

— On y va, répondit-elle avec un calme de façade.

Elle appuya sur l'interrupteur. Les éclairages prirent vie en clignotant et projetèrent une lueur jaunâtre dans l'escalier.

Elles avancèrent de front. Un pas, puis un autre. Plus Scarlett s'enfonçait dans les entrailles de Kappa et plus sa respiration s'accélérait. Elle jetait des regards paniqués autour d'elle, anticipant la vague de chaleur, les chuchotis entendus la fois d'avant.

Pour l'instant, rien d'anormal. Tout était d'une banalité désespérante. La chaudière dans un coin, dans un autre les machines à laver et les sèche-linge que les sorcières utilisaient rarement. Si elles ne récupéraient pas très vite leurs pouvoirs, elles allaient devoir apprendre à se servir de ces appareils barbares. *Mais quelle galère.* À quand remontait la dernière fois où Scarlett avait fait sa lessive ? À… jamais.

— Alors… on en reparle, de ce démon qui rôde sur le campus ? voulut savoir Vivi.

Parvenue à la dernière marche, Scarlett eut un moment d'hésitation.

— Voyons voir. De ce que je sais à leur sujet – et je tiens ça de contes pour enfants, alors il faut le prendre avec de très grosses pincettes –, les démons adorent semer la discorde et le chaos partout où ils passent. Ils se nourrissent des énergies négatives. Par ailleurs ils ont eux aussi des pouvoirs magiques. Alors je soupçonne toujours Xavier et Cait. Tu as quelqu'un d'autre en tête ?

— Cait ? Tu crois vraiment qu'un démon se donnerait la peine de rendre un type fou d'amour ?

— Peut-être pas, concéda Scarlett. Mais elle est plus puissante qu'à une époque. On ne peut pas fermer les yeux dessus. Et ce semestre, les autres Theta ont une attitude qui ne cadre pas avec leur fonctionnement habituel. Il y a Maria, bien sûr. Ça ne m'étonnerait pas d'elle.

— Pas sûr. Tim n'arrête pas de me répéter qu'elle a un cœur d'or. Je me demande si un démon pousserait le vice à se faire passer pour la petite amie idéale.

— Attends un peu. Tu ne m'as pas dit qu'une Theta t'a vue pratiquer la magie dans la forêt ?

À ce rappel, Vivi ne put retenir une grimace.

— Oui, Rose. Une première année.

— Donc elle vient de débarquer sur le campus. Méfiance.

— Elle est plutôt sympa, je trouve, répondit Vivi, tiraillée. Un démon serait… je ne sais pas, moi. Plus méchant ?

— Pas s'il a l'intention d'embobiner les gens pour une raison qu'il est le seul à connaître.

Ceci dit, Scarlett se dirigea droit vers la chaudière.

Il fallait qu'elles découvrent ce que voulait ce démon. Ce qui l'avait poussé à s'établir sur le campus. Il n'allait pas se contenter de dérober les pouvoirs d'un *coven* et de provoquer quelques bagarres. Il avait un objectif à long terme, fatalement…

À mesure qu'elle s'approchait de la chaudière, l'air se fit suffocant.

— Tu entends ? lança Vivi.

Au début Scarlett ne perçut qu'un goutte-à-goutte régulier, étouffé par l'épaisseur des murs. Sans doute une canalisation percée, ce qui provoquait une fuite. *Ploc, ploc, ploc.* Elle tressaillit et leva les yeux, par réflexe, de peur de se retrouver à nouveau noyée sous une cataracte d'eau boueuse. Cette fois, aucun grincement inquiétant, aucun gargouillis suspect. Et les plafonniers continuaient à déverser leur horrible lumière jaune.

— Tu crois que je devrais appeler un plombier ?

— Pas ça, Scarlett. L'autre bruit.

Scarlett dut retenir sa respiration – elle se figea des pieds à la tête, en fait. C'est alors qu'elle entendit ce dont parlait Vivi. Le tonnerre qui grondait, loin, très loin. Une vibration assourdie, si constante qu'elle se mêlait aux autres bruits, et parfaitement intégrée à l'arrière-plan. Maintenant qu'elle tendait l'oreille… c'était plus fort, non ?

À côté d'elle, Vivi poussa un petit cri et, d'un bond, s'écarta de la chaudière.

— Quoi ?

— Ça brûle.

L'air autour de l'appareil était parcouru d'ondulations. Comme quand l'asphalte réfléchit le soleil un jour de canicule. Scarlett tendit une main hésitante. La chaleur se propagea instantanément à ses doigts et elle eut la sensation de toucher la porte d'un four. Elle retira vivement la main, les traits tordus par un rictus de douleur.

— On ferait mieux d'y aller.

À peine ces mots avaient-ils franchi ses lèvres que le sol se souleva. Vivi poussa un hurlement et attrapa son Aînée par le bras. Spontanément, Scarlett voulut faire appel à sa magie mais ce fut en pure perte. Le grondement devint assourdissant et lui vrilla les tympans, provoquant une douleur fulgurante qui prit d'assaut la poitrine de Scarlett, ses doigts, son cuir chevelu.

Dans un fracas indescriptible, le sol s'ouvrit sous leurs pieds et une crevasse profonde apparut devant elles. Vivi recula, paniquée, mais Scarlett se trouvait trop près. Elle sentit des mains se refermer autour de ses chevilles, l'immobiliser. Elle poussa un cri strident et voulut se rattraper à quelque chose. Vivi la saisit par les poignets, tira aussi fort qu'elle le put.

Scarlett baissa les yeux et, aussitôt, elle le regretta. Un épais panache de fumée s'était enroulé autour de ses jambes, semblable à une racine carbonisée. Il remonta le long de son mollet et atteignit ses cuisses, resserrant sa prise à mesure qu'il gagnait du terrain.

Scarlett se cramponna à Vivi qui, sous l'effort, lâcha un grognement. Elles tirèrent l'une et l'autre de toutes leurs forces et Scarlett sentit qu'elles étaient proches du but. Le tortillon de fumée finit par céder avec un craquement et elles s'étalèrent violemment par terre.

Alors, le sous-sol se métamorphosa.

Elles se mirent à patauger dans une fange noire et visqueuse. Du plafond se décrochèrent des lianes semblables à celle qui avait tenté d'étrangler Scarlett. Des racines et des branches tordues se matérialisèrent devant elles, une forêt spectrale qui s'étirait aux quatre points cardinaux. Au-dessus de leurs têtes, se déployait un ciel d'un noir si profond qu'il donna à Scarlett l'impression qu'elle allait trébucher et se noyer dedans...

Elle ferma les paupières. Un grondement résonna autour d'elles, une fois, deux.

Lorsque Scarlett rouvrit les yeux, la situation était revenue à la normale. Le sous-sol n'était qu'un sous-sol ordinaire et elle était couchée sur Vivi, l'écrasant de tout son poids. Scarlett se leva péniblement et elle aida Vivi à se remettre sur ses pieds. Une fois debout, elles se retournèrent.

Pile à côté de la chaudière, une énorme fissure traversait le ciment du sol. Sous leurs yeux effarés, une volute de fumée s'en échappa, flotta en direction du plafond et se dissipa. Vivi et Scarlett échangèrent un regard et remontèrent l'escalier au triple galop. Elles ne retrouvèrent l'usage de la parole qu'après avoir gagné le rez-de-chaussée, claqué derrière elles la porte du sous-sol et tourné la clef dans la serrure.

Adossée à la porte, Vivi demanda d'une voix chevrotante :

— Tu as vu ce que j'ai vu ? Les… les racines, et ce ciel tout noir ?

Scarlett ne put qu'opiner, une boule dans la gorge.

— Ça m'est déjà arrivé, poursuivit Vivi. À la Taverne, après la bagarre. Une fraction de seconde, j'ai eu l'impression que le pub avait été projeté dans un autre monde, une autre dimension. Un monde de mort.

Scarlett repensa aux chuchotements, à ces voix qui semblaient provenir de l'au-delà.

— Peut-être que c'était un monde de mort, en effet. Le monde qui se situe de l'autre côté du voile. Le monde que ce démon veut créer.

— On fait quoi, maintenant ?

Carrant les épaules, Scarlett tâcha de se remettre dans la peau de la présidente de Kappa.

— On fait quoi ? On trouve le démon. On a trois suspects à Theta et un étudiant mystérieux…

Soudain, une idée prit forme dans son esprit.

— Vivi, qu'est-ce que tu dirais de faire amie-amie avec les Theta ?

24

Vivi

Vivi se força à avaler une gorgée de café sans que ses mains trahissent son anxiété, écoutant Tim lui décrire par le menu les étapes de son entraînement matinal, qui ressemblait plus à une séance de torture. Elle tremblait comme une feuille depuis l'épisode du sous-sol et elle aurait payé cher pour que Mei lui concocte l'une de ses potions apaisantes. Le problème, c'est qu'en l'espace de vingt-quatre heures, les herbes médicinales cultivées par les Ailes d'Ombre s'étaient toutes fanées. Vivi était incapable de dire si les Theta trempaient dans cette sombre affaire, mais elle avait l'intention d'aller au fond du problème. Elle avait invité Rose dans un salon de thé au centre de Savannah, mais leur rendez-vous était fixé à dix-sept heures. Dans l'intervalle, trop fébrile et trop éparpillée pour se consacrer à une activité productive, encore moins pour étudier, elle avait envoyé un texto à Tim et elle lui avait proposé de la rejoindre au Grain à Moudre autour d'un café. Il avait débarqué directement de sa séance d'exercices, transpirant par tous les pores, et il avait copieusement remercié Vivi parce qu'elle lui avait commandé un latte glacé à la vanille.

Derrière le comptoir, une serveuse lâcha un plateau et Vivi fit un bond de deux mètres sur sa chaise, renversant son café.

— Est-ce que ça va ? lui fit Tim. Tu m'as l'air nerveuse.

— Très bien, le rassura Vivi en réprimant un rire amer. En réalité elle était à ramasser à la petite cuillère, mais elle ne voyait pas comment elle pouvait se confier à Tim. Pour la première fois, Vivi se demanda quelle tournure aurait pris sa vie si elle n'avait pas intégré Kappa, une communauté secrète de sorcières. Elle essaya d'imaginer un monde où ses soucis se résumeraient à une colocataire allergique au rangement et à l'obstacle quasi infranchissable des partiels. Dans cette réalité-là, pas de démons assoiffés de vengeance, pas de portes s'ouvrant sur des royaumes parallèles.

— Tu n'as pas beaucoup dormi parce que tu as révisé tard, c'est ça ?

— Oui, on va dire ça.

Il fallait qu'elle trouve un moyen de changer le cours de la conversation. À cet instant, un homme aux tempes grisonnantes et à la peau noire, vêtu d'une veste en tweed, se matérialisa près de leur table, comme s'il n'attendait que ce signal. Aussitôt Tim se mit debout et ils échangèrent une poignée de main.

— Bonjour, monsieur Moore. La forme ?

— Les garçons, je compte sur vous pour écraser Athens Tech ce week-end, répondit le professeur avec un large sourire. Elle va tenir, la ligne de défense ?

— Ça fait des années qu'on n'a pas eu des mecs qui mouillent autant le maillot, m'sieur.

— Voilà qui fait plaisir à entendre. Je vous soutiendrai depuis les tribunes.

— Merci, m'sieur.

Le professeur s'éloigna et Vivi eut un mouvement incrédule de la tête.

— C'est le troisième qui t'aborde depuis qu'on est ici. Tu ne trouves pas ça usant, d'être disponible pour les autres du matin au soir ? On dirait que tu es quelqu'un de célèbre.

— Ça m'arrive, oui. Et ensuite je me rappelle que je redeviendrai anonyme dès que j'aurai mon diplôme en poche, alors j'arrête de me plaindre.

— Tu n'as pas l'intention de passer professionnel ?

Tim haussa les épaules.

— Ça fait un sacré bout de temps qu'un joueur de Westerly n'a pas intégré la NFL. Je suis bon, mais pas au point d'être le meilleur de ma génération. Et, franchement, le cœur n'y est pas. À un moment, il faut passer à autre chose, tu vois ? En fait…

Tim avala une lampée de son latte avant de reprendre :

— Tu es en première année, toi. Qu'est-ce que je t'envie. Tu as tout le temps devant toi pour multiplier les expériences, pour trouver ta voie.

En théorie, Tim avait raison. Jusqu'ici, entre les sorcières passées du côté obscur et les démons débarqués de nulle part, elle n'avait pas réellement eu le temps d'étendre son horizon : son objectif s'était limité à rester en vie. Mais elle trouvait réconfortant de s'imaginer un quotidien d'étudiante normale, impliquée dans des activités normales.

— Oui, on peut le voir sous cet angle, répondit-elle.

— Je suis très sérieux, insista Tim. Inscris-toi aux cours les plus loufoques que tu trouves à Westerly.

— Je suis déjà inscrite à un séminaire en histoire, « Dieu et le Diable dans l'Amérique coloniale ». En ce moment, on étudie des bouquins qui racontent comment on exorcisait les gens au dix-septième siècle. Assez intéressant, à vrai dire…

À cet instant, Tim consulta son téléphone.

— Excuse-moi. Il commence à se faire tard. Rappelle-moi à quelle heure tu dois retrouver Rose.

— À dix-sept heures. Il va falloir que j'y aille, d'ailleurs. Au fait, tu trouves ça bizarre ? Que je passe du temps avec une Theta ?

— Pas du tout ! Je suis content que tu fasses la démarche. Et j'ai vraiment hâte que tu apprennes à connaître Maria.

Tu vas voir, vous allez super bien vous entendre, conclut Tim avec un sourire.

Vivi arriva au salon de thé à la tombée du jour. C'était un petit cocon où régnait une atmosphère chaleureuse. Rose l'attendait, assise à une table, et elle rédigeait un texto en battant la mesure d'un pied nerveux.

Étonnamment, elle avait accepté l'invitation de Vivi sans se faire prier. Vivi et Scarlett avaient fait semblant de se disputer au milieu du resto U et Vivi était sortie comme une tornade en prenant soin de passer à côté d'une table occupée par des Theta qui n'avaient pas raté une miette de la scène. Maria avait mis un coup de coude furtif à Rose ; Rose avait quitté sa chaise d'un bond, suivi Vivi dehors et proposé son aide. La Kappa avait secoué la tête d'un air las, puis elle avait proposé à Rose de la retrouver un peu plus tard, au salon de thé. « J'aimerais avoir ton avis sur un sujet particulier », avait-elle dit.

Elles commandèrent des cupcakes et entamèrent la conversation en attendant qu'on vienne les servir. À sa grande surprise, Vivi apprécia la compagnie de Rose ; elles se mirent à parler de la direction qu'elles voulaient donner à leurs études, des cours qui les intéressaient le plus (l'histoire de l'art) et de ceux qui leur sortaient par les yeux (les statistiques et le traitement des données). Elle ne perdait pas sa mission de vue pour autant et, même si elle était très mauvaise comédienne, elle se prépara à livrer la performance de sa vie.

— C'est tellement injuste, soupira-t-elle après avoir amené la discussion sur Scarlett. Elle me met une pression de fou. Je suis seulement en première année et ma vie ne se résume pas à Kappa. Elle n'arrive pas à le comprendre, ça ?

Rose compatissait de tout cœur. Elle hocha la tête et elle se mit à siroter un *chai latte* au parfum entêtant.

— Il se passe quoi d'autre dans ta vie ? voulut-elle savoir.

Au fond d'elle, Vivi se sentait un peu coupable d'abuser de la naïveté de Rose. D'un autre côté, si c'était bien elle qui avait dérobé les pouvoirs des Kappa, Vivi n'avait pas à avoir mauvaise conscience, au contraire. C'était de bonne guerre.

Vivi hésita quelques instants. Elle ne savait pas encore quelle part de vérité elle était prête à dévoiler.

— Eh bien, je viens de rompre avec mon mec…

— Oh non, ma pauvre !

Rose lui attrapa la main, la serra de toutes ses forces. La gentillesse contenue dans sa voix suffit à briser les défenses de Vivi. Elle avait fait allusion à sa rupture pour établir un lien avec Rose, invoquer la solidarité féminine. Mais c'était encore trop frais, la plaie n'avait pas cicatrisé, et Vivi sentit une aiguille s'enfoncer dans son cœur. Elle cligna plusieurs fois des yeux, pour chasser la douleur.

— Enfin, bref. J'aimerais juste que Scarlett comprenne ce que je ressens, dit-elle d'une voix étranglée, ajoutant l'humiliation à la souffrance.

— Il n'y a personne à qui tu peux te confier à Kappa ? s'étonna Rose.

— Personne avec qui je peux être franche, répondit Vivi.

Ce mensonge lui donna l'impression de trahir ses sœurs, ces modèles de loyauté, qui auraient tout lâché à la seconde si Vivi avait réclamé leur aide. Mais elle ne devait pas oublier que les Kappa avaient des problèmes autrement plus sérieux à régler. Scarlett avait programmé une réunion ce soir pour informer le clan tout entier qu'un démon avait réussi à franchir la Porte d'Hadès.

Vivi était tiraillée au sujet du grimoire, ce qui ajoutait à son stress. Elle venait à peine de comprendre comment peaufiner ses sorts. C'était une magie éblouissante, puissante, innovante, une magie qui lui appartenait tout entière, une magie qu'elle pouvait exploiter sans l'aide de ses sœurs. Grâce à elle, elle avait enfin commencé à se sentir en sécurité. Scarlett lui avait interdit de se servir de ce grimoire, mais Vivi se demandait s'il ne contenait pas la clef ultime.

— Ça me rend triste que tout ça te tombe dessus, fit Rose, les sourcils froncés.

Au bout d'un moment son visage s'éclaira et Vivi eut l'image des rayons du soleil qui perçaient les nuages.

— Hé, j'ai une idée qui pourrait te remonter le moral, si ça t'intéresse.

— Laquelle ?

Rose s'accouda à la table. Son enthousiasme était communicatif.

— Eh bien, ça fait des *semaines* que Theta prépare une grande soirée en commun avec les Delta. Ça s'annonce comme la fête de l'année. Ça te tenterait de venir ? Seulement si les Kappa ont le droit de faire la fête avec d'autres sororités, bien sûr.

Vivi hésita. Scarlett voulait qu'elle se rapproche des Theta et qu'elle découvre leurs secrets. Mais elle avait aussi mis sa Cadette en garde, de façon répétée, pour qu'elle ne commette aucune imprudence. Vivi se sentait vide sans sa magie, impuissante et vulnérable. Et, en admettant qu'elle arrive à identifier le démon, ni elle ni Scarlett n'avaient de plan pour le terrasser. Cette soirée serait l'occasion idéale pour découvrir ce que les Theta tramaient dans leur coin. Mais peut-être qu'elles en profiteraient pour lui tendre un piège…

Percevant son hésitation, Rose agita la main.

— Si tu ne peux pas, pas de souci. Je n'aurais pas dû te le proposer. Vous avez tellement de règles chez Kappa, je ne sais pas comment vous arrivez à jongler avec. Et dire que les gens ont cru que c'était nous, les obsédées du règlement !

Elle éclata d'un rire forcé.

— Tu plaisantes ? Ça me ferait hyper plaisir de venir. C'est peut-être de ça dont j'ai besoin : une petite pause dans ma vie pourrie, répondit Vivi en souriant de toutes ses dents.

En essayant de convaincre Rose, elle commençait à se convaincre elle-même. *Et ça me donnera l'occasion de vérifier si on a raison de vous soupçonner, toi et tes sœurs.*

Le visage de Rose se fendit d'un large sourire qui, contrairement à celui de Vivi, était sincère.

— Génial ! On va passer un super moment.

Vivi se surprit à souhaiter que Rose n'ait rien à voir dans cette affaire. Si le contexte était différent, sans doute qu'elle en aurait fait son amie ; elle la voyait mal s'acoquiner avec un démon sorti du fond des âges pour semer le chaos sur le campus. D'un autre côté, si Rose s'était emparée des pouvoirs de Kappa, elle pouvait se servir de sa magie en ce moment même pour gagner la confiance de Vivi.

À cet instant, une silhouette familière se découpa dans la vitrine et attira l'attention de Vivi. Son cœur fit une embardée si violente qu'il faillit jaillir de sa cage thoracique. Balayant d'un regard circulaire le salon de thé, Mason cherchait une place vide. Il portait à l'épaule son éternelle besace en cuir, bourrée à craquer de documents en tous genres. Mais, en dehors de ce détail, il était méconnaissable. Lui qui était toujours rasé de près arborait une barbe de trois jours et son visage portait les marques laissées par plusieurs nuits d'insomnie. Même la façon dont il se tenait avait changé. En temps normal, Mason avait une démarche énergique et assurée, même s'il était chargé d'une tonne de bouquins. Désormais il se déplaçait le dos voûté et, lorsqu'il avança de quelques pas, lentement, péniblement, il donna l'impression de porter le poids du monde sur ses épaules.

Vivi s'immobilisa, écartelée entre l'envie de disparaître sous la table et le besoin incontrôlable de se jeter dans ses bras. Alors le regard de Mason se posa sur elle et il se figea, défiguré par la douleur. Vivi sentit un maelström de honte et de remords se déchaîner au creux de son estomac. Elle ne pouvait tolérer de voir Mason dans cet état – et, pourtant, elle ne pouvait pas non plus mettre du baume sur ses plaies. Car c'était elle qui l'avait blessé.

— Ça va, Vivi ? s'inquiéta Rose. Tu étais complètement ailleurs une fraction de seconde.

— Mais oui, ça va ! s'exclama Vivi, cachant son désarroi sous une jovialité forcée. Alors, elle est prévue quand, cette soirée ?

— Demain, à vingt et une heures, mais tout le monde aura au moins une demi-heure de retard, alors ne te prends pas la tête là-dessus.

Vivi aurait beaucoup donné pour pouvoir pratiquer un sort et passer au crible les pensées de Rose, découvrir ce qu'il se passait vraiment sous son crâne. *Ce que la magie me manque*, songea-t-elle.

— Trop cool, répondit-elle. Il y a un *dress code* ?

Elle vit Rose se trémousser sur sa chaise, excitée comme une puce, et elle regretta à nouveau de devoir passer par ce subterfuge.

— Eh non, on s'habille comme on veut. On n'essaie plus de copier Kappa. C'est ce que tu souhaites, pas vrai ? Quelque chose de différent.

Un court instant, Vivi aurait pu jurer qu'une bouffée de parfum, le parfum de la magie, était montée à ses narines. Elle en oublia de respirer, le corps tout entier soudain en effervescence. Elle était sur la bonne piste. Rose trempait dans toute cette affaire, elle en avait maintenant la certitude. Et elle comptait tout mettre en œuvre pour obtenir le fin mot de l'histoire.

— Parfait. Oui, quelque chose de différent, c'est exactement ce qu'il me faut, répondit-elle en affectant un sourire enjoué.

Rose baissa les yeux, son attention attirée par le téléphone posé sur ses genoux, et Vivi en profita pour couler un regard vers Mason. Il avait quitté le salon de thé.

25

Scarlett

Lorsque Scarlett franchit le seuil du salon, elle s'attendait à trouver une assemblée de sorcières qui pleuraient la perte de leurs pouvoirs. Elle était loin de se douter que c'était Jackson qui allait l'accueillir.

Elle se passa la main dans les cheveux. Elle n'avait pas eu le temps de se coiffer, mais ça n'avait aucune importance. Elle se moquait royalement de la tête qu'elle avait : Jackson était là, c'était le principal.

— Qu'est-ce que tu viens faire ici ? lui demanda-t-elle.

Sans un mot, il attira Scarlett contre lui et l'embrassa à pleine bouche.

Elle se liquéfia entre ses bras. Elle avait retrouvé Jackson. Il s'était libéré de l'emprise de Cait.

Mais quelque chose clochait. Ce baiser manquait de chaleur, de douceur. Les lèvres de Jackson étaient froides. Elle se détacha de lui et il lâcha un ricanement cruel. Ses traits se décomposèrent, sa peau d'un brun velouté laissa place à une masse sanguinolente de muscles et d'os qui se recouvrit d'une nouvelle peau, plus pâle. Le visage qu'elle avait à présent devant elle était celui de Xavier.

— Il fallait que je le voie de mes propres yeux… rien qu'une gamine complètement paumée. Sans ta magie, tu es comme les autres.

La bouche de Xavier s'affaissa, son visage se décomposa. De nouveau les tendons et le crâne furent mis à nu...

Scarlett se réveilla en hurlant. Elle se redressa d'un bond dans son lit, haletant sous l'effet de la panique, trempée de sueur. Les repères familiers de sa chambre revinrent dans son champ de vision. *Ce n'est qu'un cauchemar.* Les voilages ondulèrent, caressés par une légère brise qui s'infiltrait par la porte-fenêtre qu'elle avait laissée entrebâillée, pour chasser l'humidité du crépuscule. Elle avait cru qu'une sieste lui ferait du bien. Elle s'était lourdement trompée.

Elle repensa, sans le vouloir, à la chose qui l'avait attrapée au sous-sol, au gouffre qui avait fendu la terre et déclenché un séisme dévastateur.

Depuis toute petite, Scarlett était certaine d'avoir compris le fonctionnement de l'univers, certaine de savoir quelle place elle y occupait. Elle était une sorcière. Elle faisait partie d'une élite qui possédait le pouvoir de soumettre la magie à sa volonté. Mais là, elle jouait dans la cour des grands. Des démons, des portes qui ouvraient sur d'autres royaumes... Elle avait l'impression que cela dépassait le champ de ses compétences, et largement. D'ailleurs elle était devenue inutile, maintenant qu'elle avait rejoint la foule des gens ordinaires, ceux qui n'avaient rien.

Elle non plus, elle n'avait rien. Aucune magie. Aucun moyen de se défendre. Aucun pouvoir.

Scarlett étudia ses mains, ses paumes vides. Son vernis était écaillé, elle s'était cassé l'ongle du pouce et elle avait passé son stress sur ses cuticules, qui étaient en lambeaux. Une mauvaise habitude dont elle s'était pourtant débarrassée. Elle avait dû s'acharner dessus en dormant. À présent, elle ne pouvait même plus camoufler les dégâts grâce à un sort adapté.

Au rez-de-chaussée l'attendaient des filles d'une banalité à pleurer, aussi normales qu'elle. Et un accès direct à l'enfer s'ouvrait sous leurs pieds. Tu parles d'une présidente. Comment allait-elle les sortir de ce pétrin ?

L'anxiété qui s'accumulait au creux de son estomac depuis le début de la semaine fit remonter un jet de bile dans sa gorge. *C'est au-dessus de mes forces.* Elle ne savait pas comment remédier à cette catastrophe. Elle ne savait pas non plus comment remonter la trace d'un démon, et encore moins le terrasser. Mais ce qu'elle savait, sans l'ombre d'un doute, c'était qu'elle devait la vérité à ses sœurs.

Elle rédigea un SMS collectif qu'elle envoya dans la foulée. Rappel, réunion dans 15 min RDV au salon.

Puis elle quitta son lit et commença à se préparer, ce qui lui réclamait des efforts considérables depuis quelque temps. Elle aurait tant souhaité récupérer ses anciennes facultés, ne serait-ce qu'en partie. Un enchantement pour effacer les cernes, au minimum. Au lieu de cela, il fallait qu'elle dégaine son correcteur et qu'elle s'en tartine généreusement.

Lorsqu'elle gagna le rez-de-chaussée, la maisonnée tout entière l'attendait déjà au salon. Les conversations cessèrent dès qu'elle apparut sur le seuil. Elle alla prendre place à côté de Mei sur le canapé. Reagan et Sonali se serraient sur une banquette, Ariana assise à leurs pieds. Adossée au cadre de la porte, Etta tenait un mug fumant dans chaque main. Jess et Juliet s'étaient affalées sur le tapis et Hazel tressait les cheveux de Bailey. Scarlett remarqua que Vivi brillait par son absence – sans doute était-elle en train de sortir le grand jeu à Rose. Certaines paraissaient au bout du rouleau, d'autres – Reagan, par exemple – fulminaient. Hazel avait au fond des yeux une colère féroce qui surprit Scarlett. Elle détourna le regard. *Elles ont tout à fait le droit de ressentir de la colère. Je n'ai pas été à la hauteur de leurs attentes.* Mais elle allait trouver un moyen de se racheter.

— Merci à toutes d'être venues, lança-t-elle à la cantonade. Je vous ai convoquées ce soir parce que, avec Vivi, j'ai appris une chose assez… perturbante. Et mon devoir, en tant que présidente, est de vous en informer.

Mei lui prit la main. Scarlett la serra, sa façon de la remercier pour son soutien.

— Tout d'abord… je vais partir du principe que vous avez entendu parler de la Porte d'Hadès…

Il y eut autour d'elle des regards gênés.

— Je croyais que ce n'était qu'une rumeur, objecta Reagan.

— Moi aussi, reconnut Scarlett. Jusqu'à ce que Vivi et moi, on découvre qu'elle existe… et qu'elle se trouve dans le sous-sol de la maison.

— Pas si vite, lança Jess en se tenant plus droite. Ma mère m'en aurait parlé si cette Porte existait vraiment, et encore plus chez nous.

— Pareil, murmura Sonali, les yeux fixés au sol, comme si son regard était arrivé à traverser le plancher.

— C'est ce que je pensais aussi, soupira Scarlett. Je ne sais pas si toutes les anciennes sont au courant de l'existence de la Porte d'Hadès – sans doute que les sorcières qui ont fondé ce *coven* avaient parfaitement conscience de ce qu'elles faisaient, vu qu'elles ont construit Kappa pile à cet endroit. Mais, pour une raison qui m'échappe, elles ont préféré n'en parler à personne.

— Donc vous êtes tombées comme ça, par le plus pur des hasards, sur un machin hyper important qui est resté planqué depuis la fondation de Kappa ? lança Reagan, incrédule.

— Ce n'est pas ce que j'ai dit, répliqua Scarlett. Et il y a autre chose. La Porte ne va pas tenir très longtemps. Une personne présente sur le campus essaie de l'ouvrir.

— Qui serait assez stupide pour faire un truc pareil ? s'indigna Jess. Toute sorcière digne de son tarot sait qu'en ouvrant cette Porte, on raserait Westerly de la carte.

— Peut-être même la ville tout entière, renchérit Juliet.

— Ce qui m'amène à notre seconde découverte, déclara Scarlett en triturant sans s'en rendre compte la peau autour de son ongle. Au dernier semestre, quand on a détruit le talisman d'Hénôsis, on a… libéré une force. Un démon.

Cela arracha des cris de frayeur aux filles les plus âgées. Juliet enroula un bras protecteur autour de Jess. D'autres hochèrent la tête comme si, soudain, tout s'expliquait.

— C'est vrai que j'ai remarqué pas mal de choses bizarres ces derniers temps, murmura Mei. Des gens doux comme des agneaux qui se mettent soudain à boxer leur meilleur pote…

— Le feu, ajouta Etta, la mine sombre. Celui qui a détruit mes plants de berce. Si ce démon veut atteindre la Porte, il faut d'abord qu'il affaiblisse Kappa.

— Et s'assurer d'abord que les Kappa perdent leurs pouvoirs, c'est plutôt ingénieux, il faut le reconnaître, compléta Scarlett.

Reagan redressa les épaules.

— Alors, c'est quoi ton plan ? Comment on l'arrête ?

Scarlett eut un moment de flottement. Reagan savait comme personne la mettre sur le gril. Mais un leader digne de ce nom savait tenir son ego en bride, pas vrai ?

— Je… je n'ai pas encore de plan.

— Le contraire m'aurait étonnée, asséna Reagan.

— On a une petite idée sur l'identité qu'a prise le démon ? voulut savoir Bailey.

— On a quelques suspects. Mais on ne sait toujours pas comment recouvrer notre magie ni comment le vaincre, en admettant qu'on le débusque, avoua Scarlett. Quand vous avez fait des recherches à la bibliothèque de Kappa…

— Se taper des bouquins d'histoire, ça n'avance à rien, la coupa Reagan. Il faut qu'on passe à l'action.

— Si tu as des suggestions, je suis tout ouïe.

— Tu n'as vraiment aucune idée du tout ? insista Sonali, dont les anglaises parfaitement sculptées avaient été remplacées par des mèches informes qui pendouillaient de part et d'autre de son visage.

— Pourquoi pas un autre rituel collectif ? proposa Juliet.

— Avec quelle magie ? bougonna Hazel.

Bailey leva la main, comme une élève dans une salle de classe. Scarlett l'invita d'un signe de tête à prendre la parole.

— Est-ce que maintenant, on peut demander de l'aide aux anciennes ?

— J'ai eu ma mère au téléphone, déclara Scarlett. C'était un peu tendu. Elle m'a dit qu'il fallait qu'on se débrouille toutes seules.

— Attends un peu, lâcha Reagan. Tu nous donnes l'ordre de tenir notre langue, tu nous interdis de chercher conseil auprès de notre mère et de ton côté, tu passes un coup de fil à môman ? T'es sérieuse, là ?

— Je n'ai jamais donné l'ordre à personne…

Reagan était déjà en train de se mettre debout, en s'appuyant à l'épaule de Sonali.

— C'est bon. J'en ai ma claque. J'ai intégré Kappa pour apprendre à votre contact, les filles, pour devenir une sorcière plus affûtée, plus forte. Mais si votre objectif, c'est de vous coucher par terre et de vous laisser mourir, merci, je me barre.

Scarlett braqua ses yeux sur elle.

— Tu veux rire ?

— Si cette sororité ne nous donne pas ce dont on a besoin, rétorqua Reagan, il y a plein d'autres possibilités à Westerly.

Scarlett laissa échapper un rire.

— Tu crois qu'une autre sororité, n'importe laquelle, peut t'apporter de l'aide dans cette situation ? On est le seul *coven* sur le campus…

— On *était* un *coven*, nuance. À cause de toi, je ne sais même plus ce qu'on est, cracha Reagan.

Ses paroles firent à Scarlett l'effet d'une gifle. Peut-être parce que la novice exprimait à voix haute ce qu'elle se répétait en boucle dans le secret de son âme depuis des jours. Elle se leva à son tour, les poings serrés.

— Si tu trouves quelque chose à redire à ma façon de faire, très bien. Je ne te retiens pas. À part me chercher des poux dans la tête et saper mon travail…

— Ce serait différent si tu avais un plan, intervint Etta.

Scarlett perdit toute envie de se battre. Ses épaules s'affaissèrent. Pas Etta, non, pas elle. Elle faisait partie des Kappa les plus expérimentées, celles que Scarlett mettait sur un piédestal depuis son arrivée à Westerly. Scarlett la considérait presque comme son Aînée d'adoption. Etta ne s'était jamais sentie considérée à sa juste valeur au sein de la hiérarchie Kappa. Même si Dahlia comptait sur ses potions et sur ses compétences d'herboriste, elle voulait occuper le sommet seule, sans rivale. Scarlett avait essayé de faire comprendre à Etta qu'elle leur était extrêmement précieuse, mais son intuition lui disait qu'elle avait échoué, et dans les grandes largeurs.

— Je suis désolée, poursuivit Etta en la défiant du menton, mais Reagan a raison. Les choses ont changé. Même si on avait nos pouvoirs, la situation serait intenable. Il faut absolument qu'on récupère notre magie – et je ne suis pas certaine qu'on puisse compter sur toi pour y arriver.

Ne pars pas. Ces mots restèrent bloqués dans sa gorge. Elle se sentait désemparée, comme si l'air que contenaient ses poumons avait été aspiré d'un coup.

Reagan adressa un hochement de tête à Etta, puis elle regarda Sonali.

— Qui m'aime me suive, lâcha-t-elle.

Sonali la dévisagea longuement avant de faire non de la tête, au grand soulagement de Scarlett. Un soulagement de courte durée. Sous ses yeux effarés, Bailey et Hazel se mirent debout. Et elles s'engagèrent dans le couloir à la suite de Reagan.

C'était un coup de tonnerre. La première fois que des Kappa faisaient sécession. Les Ailes d'Ombre ne quittaient pas le clan. Les étudiantes se bousculaient à la porte pour intégrer Kappa, pas pour en sortir.

— Bonne chance, lança Etta par-dessus son épaule. Mon petit doigt me dit que tu vas en avoir besoin.

Et elle disparut avec les autres.

Scarlett attendit que la porte d'entrée se referme dans un claquement, puis elle se retourna pour regarder celles qui étaient restées. Aucune de ses sœurs n'avait pris sa défense. Elle se laissa tomber sur sa chaise et enfouit la tête entre ses mains.

— Si l'une de vous veut partir, je ne vais pas lui jeter la pierre, dit-elle d'une voix étouffée.

— Pas question. Je reste, fit Mei en lui posant la main sur l'épaule.

Jess et Juliet échangèrent un regard en coin. Jess chercha le soutien muet de sa petite amie.

— Nous aussi, dit-elle. Mais elles n'ont pas tout à fait tort. Seulement… tu es certaine qu'on peut vraiment trouver une solution ?

Scarlett balaya le salon du regard. Elle avait l'impression que la moitié du clan avait tiré sa révérence en l'espace de quelques minutes. Elle vivait un autre cauchemar – et, celui-là, elle ne pouvait pas en sortir si facilement. La bouche sèche, elle joignit les mains, pour les empêcher de trembler. *Tu es Scarlett Winter. Montre-toi digne du nom que tu portes.* Elle leva la tête et, droite comme un i, elle projeta sa voix le plus loin possible :

— On est obligées d'en trouver une. Westerly est en grand danger, même si la plupart des gens n'en ont pas conscience. Si on n'arrête pas ce démon, personne ne l'arrêtera.

26

Vivi

Tandis qu'elle gravissait d'un pas lourd les marches du perron de Kappa, Vivi se rendit compte qu'elle n'avait qu'une envie, se pelotonner sous sa couette et faire une sieste, une très longue sieste. Après l'expédition effrayante à la Ferme du Saule solitaire, l'exploration du sous-sol et la comédie qu'elle avait dû jouer au salon de thé, Vivi était sur les rotules. Elle se planta devant la porte et attendit que la maison la reconnaisse et lui ouvre, comme d'habitude. Mais la porte ne bougea pas d'un centimètre. Pas étonnant : Kappa était en train de se désagréger. Avec un soupir, Vivi chercha la clef dans son sac et, d'une main qui manquait d'expérience, l'enfonça dans la serrure.

À la seconde où elle mit le pied à l'intérieur, Vivi comprit qu'il y avait un sérieux problème. Elle eut l'impression de pousser la porte d'un caveau. Entre les plantes flétries et la poussière qui s'était inexplicablement accumulée un peu partout, l'ambiance était parfaitement lugubre. Elle passa la tête au salon où, quelle que soit l'heure de la journée, il y avait au moins deux Kappa qui se prélassaient sur un canapé, révisaient, papotaient ou pratiquaient la magie. Ce soir, il n'y avait pas un chat.

Elle se rendit à la cuisine et y trouva Mei assise à la place où elle l'avait quittée le matin même. Entre-temps, Mei s'était tout de même changée.

— Qu'est-ce qu'il se passe ? Où sont les autres ? s'étonna-t-elle.

— Je ne sais même pas par où commencer, répondit son amie sur un ton monocorde.

À cet instant, Sonali débarqua dans la cuisine en se frottant les yeux.

— Laisse-moi t'expliquer. Il est clair que Scarlett ne sait absolument pas quoi faire pour se débarrasser de ce démon et quand on l'a poussée dans ses retranchements, elle s'est braquée. Alors certaines sont parties.

— Comment ça, elles sont parties ?

— Reagan a dit qu'elle en avait marre de recevoir des ordres d'une sorcière ratée. Elle s'est barrée et elle a emmené Bailey, Hazel et Etta avec elle.

— Je ne comprends pas, elles sont sorties faire un tour ?

— Non, répondit Mei, elles ne veulent plus faire partie de Kappa.

Décidément, Vivi allait de surprise en surprise. Elle posa un regard incrédule sur ses deux amies.

— Quoi ? Mais ça ne rime à rien. Si ça les ennuie tant que ça d'avoir perdu leur magie, pourquoi quitter le *coven* ? C'est la garantie de ne *jamais* récupérer leurs pouvoirs.

Mei haussa les épaules, touillant son thé d'un air absent.

— Je sais que c'est plutôt radical de leur part, mais elles ont peur et elles sont en colère. Comme nous toutes.

Vivi rougit d'indignation. Les Kappa ne soupçonnaient pas ce que Scarlett faisait pour elles – elle remuait ciel et terre, au sens littéral, pour qu'elles reprennent possession de leur magie. Comment Reagan et toute sa clique avaient-elles pu tourner le dos aussi vite à leur présidente ? Un tel manque de loyauté était proprement stupéfiant.

— Ça ne fait que, quoi, vingt-quatre heures, et elles ont déjà abandonné le navire ? Mais je rêve ! En quoi ça va nous aider à récupérer nos pouvoirs ? Est-ce qu'elles ont dit adieu à la sorcellerie ?

— Peut-être qu'elles vont fonder leur propre clan, suggéra Sonali. Écoute, je ne dis pas que je suis d'accord avec elles, mais tu dois reconnaître que Scarlett ne transpire pas vraiment l'assurance en ce moment. Elle prétend qu'elle travaille sur le problème, mais elle refuse de nous en parler. Donc, soit elle ment, soit elle ne nous fait pas confiance. Ce n'est pas une présidente, c'est un tyran.

— Je sais que ça n'a pas l'air terrible, dit comme ça, répliqua Vivi en se massant les tempes. Mais il faut simplement qu'on continue à faire ce qu'on a fait jusqu'ici, qu'on glane des informations qui pourront être utiles. Cette maison renferme tellement de savoir. On va bien finir par trouver une réponse quelque part.

Sonali posa sur elle un regard critique.

— Dans ce cas, rejoins-nous à la bibliothèque. On y cherche des témoignages de sorcières qui auraient vécu la même expérience que nous.

— J'arrive dans deux minutes. Il faut d'abord que je prenne une douche.

Vivi quitta la cuisine et fila à l'étage, éperonnée par une force qui transcendait son épuisement. Toute la journée, elle avait dû se faire violence pour ne pas consulter le grimoire, mais son envie s'était transformée en besoin irrépressible. Elle sentait qu'il contenait les réponses qu'elles cherchaient toutes ; jusqu'ici il ne lui avait jamais fait faux bond.

Vivi ouvrit la porte de sa chambre, appuya sur l'interrupteur et sursauta. Cela ne faisait que quelques heures qu'elle était partie et pourtant, la pièce donnait l'impression d'avoir été laissée à l'abandon pendant des années. Des toiles d'araignée voilaient la fenêtre et plongeaient l'endroit dans la pénombre. Son bureau et sa commode étaient couverts d'une épaisse couche de poussière. Le cœur battant la chamade, elle se dirigea vers le vase qui contenait les fleurs qu'elle avait cueillies au jardin la veille et passa délicatement le doigt sur les pétales desséchés qui se désagrégèrent à ce contact.

La façade magique de Kappa, qui avait permis à la demeure de traverser les siècles, ne s'était pas évaporée en même temps que leurs pouvoirs. Elle pourrissait lentement.

Vivi erra sans but, étourdie, le cœur brisé, accablée par la perte de ce qu'elle considérait comme son sanctuaire. C'était la première fois qu'elle avait une chambre où elle se sentait vraiment chez elle. Elle prit sa brosse à cheveux et la lâcha avec un petit cri lorsqu'elle crut voir une bestiole se balader entre les picots. Elle avait l'impression d'avoir violé sa propre tombe. Elle n'aurait pas été étonnée de tomber sur son cadavre momifié assis dans le fauteuil.

Elle épousseta le tarot qu'elle avait laissé sur la commode et qui ne lui était plus d'aucune utilité. Lorsqu'elle avait intégré Kappa, il lui avait paru si énigmatique, si mystérieux. Tout un univers, à portée de main. Elle savait à présent qu'il existait une magie encore plus puissante. Des sorts qui n'exigeaient ni rituels, ni cartes, ni herbes officinales. Uniquement de la volonté. Et quelques gouttes de sang.

Elle sentit un fourmillement au bout de ses doigts. Elle aurait pu jurer que ses narines étaient de nouveau chatouillées par cette odeur qu'elle avait sentie au salon de thé, avec Rose.

Elle souleva son matelas et un nuage de poussière enveloppa son visage. Elle toussota, attrapa le grimoire et l'ouvrit d'une main avide, laissant le hasard choisir la page. Peu importe le sort qu'elle allait pratiquer ; il fallait simplement qu'elle s'assure que sa magie fonctionnait toujours.

C'est alors que lui revint en mémoire un passage qu'elle avait lu quelques jours plus tôt et le brouhaha qui se déchaînait dans sa pauvre cervelle épuisée se tut soudain. Une seule pensée retentit, aussi claire que le carillon d'une cloche par une soirée enneigée. Un sentiment de paix l'envahit et elle tourna lentement les pages, jusqu'à ce que son regard tombe sur un dessin représentant un miroir.

Souvent nous gaspillons une énergie et un temps précieux à chercher des réponses qui se trouvent au-dedans de nous. Il n'est pas de vérité plus grande que la magie en quête d'une puissante sorcière. Pour que cette quête soit fructueuse, nous devons abattre les obstacles qui nous empêchent d'atteindre la lumière de la connaissance. Nous devons passer au travers de la peur, museler le doute et nous purger de cette arrogance qui obscurcit la sagesse authentique. Il y a de la magie dans l'air, mais il faut être disposé à la laisser entrer en soi.

La magie. Dans l'air. Elle crépitait, si facile d'accès, si proche que Vivi avait l'impression d'en avoir le goût sur sa langue. Elle se saisit du poignard en argent exposé sur son bureau. Ce n'était qu'un objet décoratif, un symbole de la magie d'Épée. La lame affûtée lança un éclair, l'appelant par son nom.

Le grimoire allait toutes les sauver. Il allait être la clef qui leur permettrait de récupérer leur magie, leurs pouvoirs.

Vivi serra l'arme dans son poing. Sa paume épousa parfaitement la poignée. Elle savait qu'elle faisait ce qu'il fallait. Sa faiblesse, son impuissance, tout cela disparut tandis qu'elle s'y agrippait de toutes ses forces. Le parfum devint plus présent. Une odeur végétale, vive, pile sous son nez. L'air semblait grésiller, parcouru de vibrations.

Sans se laisser le temps de changer d'avis, Vivi passa la lame sur son bras. Elle eut le souffle coupé par la douleur, par la chaude pulsation du sang. Elle lâcha le poignard et leva des mains tremblantes, sans se préoccuper du sang qui dégoulinait le long de son bras, s'accumulait à l'angle du coude et gouttait sur le tapis.

Montre-moi ce que je veux voir, commanda-t-elle en son for intérieur, ou peut-être le prononça-t-elle à voix haute. Elle n'était certaine de rien. Sa chambre oscillait à présent entre réalité et mirage. Comme si elle pouvait tendre le bras, attraper à pleine main l'étoffe de l'univers et le déchirer. Comme si le monde était un voile aussi fin que du papier, qu'elle pouvait détruire si l'envie lui prenait.

Oui. Au début, les chuchotis furent à peine audibles. Un léger chuintement, pas plus. Les branches des arbres devant son balcon qui raclaient le carreau, peut-être. Ou un livre feuilleté par un courant d'air dans sa chambre. Puis les chuchotements devinrent des voix. Un chœur de voix, tout proche, qui semblait provenir du miroir posé sur la commode.

Lentement, Vivi se retourna et l'ovale poussiéreux lui renvoya un reflet trouble. Cette Vivi-là, la Vivi du miroir, portait une longue robe blanche qui lui arrivait aux chevilles. Sur sa tête, une lourde couronne en or. On aurait cru une déesse grecque, une statue antique.

— Le monde est à l'agonie, psalmodia-t-elle d'une voix qui lui appartenait sans lui appartenir, comme si une autre personne, une autre entité, s'exprimait par sa bouche. Mais toi, tu peux devenir immortelle.

Dans la glace, Vivi se vit joindre les mains et malaxer quelque chose, et elle sentit déferler en elle une vague de magie si violente qu'elle faillit se plier en deux. L'autre Vivi généra un paysage magnifique : une demeure cossue perchée au sommet d'une colline qui dominait l'océan. Mason apparut alors sur la galerie, la peau mouchetée par le soleil. La main en visière, il l'appela. L'autre Vivi s'approcha de lui et enroula ses bras autour de sa taille. Mason lui sourit, de ce sourire qui lui creusait les fossettes et que Vivi n'avait pas vu depuis des semaines. Il se pencha pour embrasser l'autre Vivi qui se détacha de lui, se retourna et capta le regard de la Vivi réelle. Les arbres qui encadraient le couple oscillèrent et se tordirent, formant des angles inquiétants. Les branches évoquaient des bras tendus, des doigts avides qui fouillaient l'air. Vivi sentit ses oreilles siffler, le sang mugir contre ses tympans. Elle retomba sur le tapis, hors d'haleine. L'image dans le miroir s'effaça. Ne restaient plus que les taches de sang poisseux qui maculaient le tapis.

— Merde.

Elle repoussa le poignard. Qu'est-ce qu'elle avait vu ?

La Porte d'Hadès. Les autres démons. *Tous* voulaient sortir.

Et pourtant, ses pouvoirs étaient toujours là. Elle les avait sentis. Elle les avait goûtés. Peut-être qu'en réessayant, qu'en ayant recours à la magie du grimoire ailleurs, loin de la Porte d'Hadès, alors…

Des coups frappés à la porte interrompirent sa réflexion.

— Vivi ?

Scarlett.

Vivi se releva d'un bond et, d'un coup de pied, envoya sous son lit le poignard à la lame ensanglantée. Puis elle attrapa son édredon, le jeta sur le tapis et fonça dans la salle de bains.

— J'arrive tout de suite ! s'écria-t-elle.

Elle ouvrit le robinet et se frotta vigoureusement l'avant-bras sous l'eau.

— Est-ce que tout va bien ? fit une voix.

Vivi se retourna, en proie à la panique, pour découvrir son Aînée plantée au milieu de la chambre.

— Parfaitement bien. Je me lave les mains. Toi aussi, ta chambre est envahie de poussière ?

— C'est moins catastrophique chez moi, répondit Scarlett. Je peux t'aider à faire le ménage, si tu veux.

— À t'entendre, on dirait que la journée a été longue. Je n'arrive pas à croire que Reagan et les autres soient parties.

— Jamais Dahlia n'aurait perdu la main comme ça.

Là-dessus, Scarlett laissa tomber sa tête entre ses mains, au bord des larmes.

— Qu'est-ce qu'il se passe si on ne récupère jamais nos pouvoirs ? Si je suis responsable de l'anéantissement de Kappa ?

— Ça ne fait que vingt-quatre heures, et on dispose déjà de plusieurs pistes. On va trouver une solution, je t'assure.

Vivi lui récapitula la conversation qu'elle avait eue avec Rose et elle lui apprit qu'elle avait réussi à se faire inviter à la soirée des Theta.

— Je vais rester aux aguets, au cas où il se passerait des choses étranges, mais je commence à croire que Rose n'a rien à voir là-dedans. On doit mener l'enquête sur quelqu'un d'autre ? Ton ami Xavier, par exemple ?

Scarlett releva la tête. Elle avait sur le visage une expression impénétrable.

— Je ne pense pas… je veux dire… oui, tu as raison. Je vais voir ce que je peux déterrer.

— On a affronté pire que ça, lui dit Vivi en lui mettant un petit coup de pied. On est des Kappa – on n'a peur de rien.

Elle-même ne croyait pas un mot de ce qu'elle venait de dire.

27

Scarlett

Xavier, donc.

Le lendemain matin, Scarlett cacha ses cernes sous une épaisse couche de correcteur et apporta un soin particulier à sa tenue. S'il fallait qu'elle espionne Xavier, elle devait utiliser toutes les armes qu'elle avait encore à sa disposition. Même si les démons n'étaient pas aussi émoustillés qu'un étudiant lambda par une jolie fille en robe moulante, eh bien... ça ne faisait pas de mal de mettre ses atouts en valeur.

Pendant qu'elle se préparait, elle partit à la pêche aux informations en tapant le nom de Xavier dans la barre de recherche. Il n'en sortit pas grand-chose, à part deux ou trois comptes sur les réseaux sociaux laissés en friche et une unique photo le montrant à New York, où il avait taggé ses amis. Des amis que Scarlett ne connaissait ni d'Ève ni d'Adam. Un type de son âge qui n'avait presque aucune présence virtuelle ? Bizarre autant qu'étrange.

Aucune mention de lui non plus sur le site de l'université Vanderbilt, ce qui déclencha une nouvelle vague de soupçons. Il fallait qu'elle trouve un moyen de consulter la liste des étudiants, passés et présents. Plus tôt elle mettrait Xavier face à ses contradictions, plus tôt elle pourrait découvrir si c'était lui qui harcelait les Kappa – et plus tôt elle saurait contre qui elle allait devoir prendre les armes. Seule, ou épaulée par son clan.

Encore fallait-il qu'elle le localise sur le campus. Elle passa un coup de fil à la scolarité et la réceptionniste, qui avait depuis longtemps un service à lui rendre, accepta de lui communiquer son emploi du temps. À cette heure-là, il n'avait pas cours. Scarlett parcourut une nouvelle fois ses réseaux sociaux mais cela faisait une semaine qu'il ne les avait pas alimentés. Alors, elle changea de stratégie. Elle fit défiler les sept commentaires qui apparaissaient sous son post le plus récent. Cinq avaient été laissés par la même fille – une membre de la sororité Gamma et qui avait donné son numéro à Scarlett deux ans plus tôt, à l'occasion d'une fête organisée en commun avec les Kappa. C'était quelqu'un d'adorable, mais un vrai cœur d'artichaut.

Scarlett lui envoya un texto. Salut. Tu saurais où je peux trouver Xavier ? J'ai un poly à lui filer.

Le prestige des Kappa avait beau avoir pris un sérieux coup dans l'aile, il ne s'était pas complètement volatilisé. Quelques minutes plus tard, une réponse apparut sur son écran. D'ordinaire à cette heure, il traîne sur la pelouse centrale avec des potes à lui avant son cours d'arithmétique. Un renseignement que Scarlett allait s'empresser d'exploiter.

Elle vérifia une dernière fois de quoi elle avait l'air dans le miroir, sur lequel étaient apparues de répugnantes dégoulinures qu'elle n'arrivait pas à faire partir. Même privée de sa magie, elle avait réussi à se rendre irrésistible. Avec un soupir, Scarlett quitta sa chambre, ses pieds mis à la torture par les escarpins qu'elle avait choisis pour compléter sa tenue. Avant de perdre ses pouvoirs, elle n'avait jamais réfléchi à la place qu'occupait la magie dans son quotidien, ni à quel point elle lui rendait la vie facile. Qui aurait pu se douter que des talons aiguilles faisaient aussi mal ?

Elle traversa le campus en serrant les dents. Aux regards admiratifs que lui envoya un petit groupe d'étudiants qui la croisèrent en chemin, elle comprit que ses efforts n'avaient pas été vains. Pourtant, lorsqu'elle atteignit la pelouse principale, elle se figea. Elle ne savait pas à quoi s'attendre, mais certainement pas à ça. Xavier était affalé dans l'herbe, ses cours éparpillés autour de lui, entouré de ses frères PiKa. Au beau milieu du cercle…

Jackson.

Elle ne l'avait pas vu depuis le gala, où il l'avait envoyée promener, furieux qu'elle ait osé toucher son pendentif. Mais c'était l'envoûtement de Cait qui le forçait à agir ainsi. Scarlett avait vu son vrai visage dans le miroir enchanté. Sa bouche tordue par un hurlement d'horreur. Elle sentit son cœur se serrer. Elle lui avait promis de l'aider. Elle s'y était solennellement engagée. Et sur quoi avait-elle concentré son attention ? Sur le numéro de charme qu'elle s'apprêtait à faire, sous son nez, à un autre type.

Elle ne savait pas où se trouvait Jackson, le *vrai* Jackson, mais elle espérait qu'il n'assisterait pas à toute la scène, prisonnier de son propre corps. *Par pitié, faites qu'il ne se rende compte de rien.* Cela ne ferait qu'empirer une situation déjà catastrophique.

Enfin, son pouls ralentit suffisamment pour lui permettre de reprendre sa route et de traverser la pelouse, le galbe de ses jambes souligné par le soleil. Elle avait peaufiné une stratégie pour aborder Xavier, elle avait même préparé un petit discours pour le faire craquer. Mais la vue de Jackson avait fait tomber ses plans à l'eau.

Alors qu'elle s'approchait du petit groupe, elle reconnut entre Xavier et Jackson un autre visage familier. *Tim.* Cela faisait des lustres que Scarlett ne l'avait pas vu au bras de Maria. Lors de leur première année d'études, Tim avait des activités de son côté mais, depuis quelque temps, il paraissait greffé à sa petite amie. Aujourd'hui il lui semblait plus détendu. Plus heureux, d'une certaine manière. Il riait aux éclats, la tête rejetée en arrière, avec spontanéité. Il portait un t-shirt au col en V et un éclair autour de son cou attira l'attention de Scarlett. Une chaîne en argent. Identique à celle que portait Jackson. Scarlett trébucha sur une bosse cachée par l'herbe. Donc toutes les Theta avaient envoûté leur mec ?

Ce fut Xavier qui la remarqua le premier. Il mit sa main en visière et il la toisa, presque agressif. Son regard parcourut ses courbes et elle devina que sa tenue avait l'effet attendu.

— Tiens, Scarlett. On peut t'aider ? demanda-t-il d'une voix glaciale.

Assis en face de Xavier, Jackson se mit précipitamment debout.

— Je vais être à la bourre à mon cours. On se voit plus tard, mon pote ? lâcha-t-il à l'adresse de Tim.

Scarlett eut l'impression d'être invisible.

— On se voit à la soirée, lui répondit Tim. À condition que Cait te lâche un peu la bride, ajouta-t-il sur un ton narquois, ce qui arracha un rire à Jackson.

Un rire contraint, qui sonnait faux. Le rire d'un homme ensorcelé. La vérité était sous son nez, depuis le début, et Scarlett avait choisi de ne rien voir. Jackson avait changé de comportement le jour où ils avaient prévu de dîner ensemble. La blessure infligée à son amour-propre l'avait empêchée de s'en rendre compte plus tôt.

Scarlett savait qu'elle devait rester focus, qu'elle ne devait pas quitter sa mission des yeux : récupérer ses pouvoirs, sauver ses sœurs. Mais Jackson était là, devant elle, et elle n'avait pas oublié la terreur peinte sur ses traits.

— Excuse-moi une seconde, dit-elle à Xavier.

Elle lui tourna le dos et se lança à la poursuite de Jackson alors que son instinct, furieux, lui ordonnait de repartir auprès de Xavier. *Il faut d'abord que je le rassure.* Si Jackson était là, quelque part à l'intérieur de son enveloppe corporelle, il fallait qu'elle lui laisse un espoir, même un microgramme.

Jackson marchait vite. Trop vite pour Scarlett, qui chancelait sur ses talons aiguilles. Après une courte hésitation, elle se déchaussa. Scarlett Winter, pieds nus ? C'était du jamais-vu. Et pourtant elle traversa la pelouse en petite foulée, ses escarpins à la main, pour le rattraper. Arrivée à son niveau, elle le retint par le coude et le força à s'arrêter.

— Jackson. Jackson. Attends.

Il obéit, à contrecœur, et il lui offrit un sourire moqueur.

— Tiens, voilà l'autre relou. T'as toujours pas capté le message, Winter ?

— Ce n'est pas toi qui parles, je le sais.

Scarlett risqua un regard autour d'elle. Sur la pelouse, les autres étudiants étaient en pleine conversation ou dormaient dans l'herbe, leurs cahiers ouverts sur les genoux, se prélassant dans le chaud soleil de l'après-midi. Elle se mit à parler à voix basse. Une vieille habitude.

— Je sais ce que Cait t'a fait et je cherche un moyen d'inverser le processus, tu comprends ?

— Tout ce que Cait m'a fait, c'est m'apprendre à quoi ressemble l'amour, pigé, Scarlett ? Rien à voir avec l'idée que tu t'en fais. Pas de faux-semblants avec Cait.

Scarlett se pétrifia. De quoi se souvenait-il précisément ? Elle pensait avoir tout effacé…

— Jackson, si je t'ai menti un jour, c'est uniquement parce que je n'avais pas le choix. Il y a des forces en jeu, des forces qui nous dépassent toi et moi…

— Tu te rends compte que tu es complètement cinglée ?

— J'essaie de t'expliquer ce qu'il se passe, d'accord ? Même si tu es sous son emprise, c'est une emprise artificielle. Il y a forcément un moyen de revenir dessus. Il faut juste que je découvre ce que trament les Theta, parce que ce n'est pas normal qu'elles soient devenues aussi puissantes en si peu de temps.

Jackson se dégagea violemment.

— C'est quoi ton problème avec les Theta, hein ? Tu passes ton temps à leur cracher dessus, et à cracher sur ma copine. Faut te faire soigner si tu es si jalouse d'elles.

Scarlett s'esclaffa. Jackson reprit sa tirade :

— Vous autres, les Kappa, vous vous croyez supérieures. Vous vous prenez pour les reines du campus. Eh bien, je vais t'apprendre un truc. C'est terminé, ce temps-là, conclut-il, un éclair de fureur au fond des yeux.

Scarlett sentit un frisson remonter le long de son échine. Jackson avait un regard qui savait voir au-delà des apparences. Là… c'était totalement différent. Est-ce qu'un simple sort amoureux pouvait expliquer ce déferlement de haine ? Ou est-ce que c'était le démon qui parlait par sa bouche ?

Jackson baissa le ton et Scarlett retint son souffle, comme statufiée.

— Pour ce qui est des Theta, murmura-t-il, elles vont vous remettre à votre place, les Ailes d'Ombre. Elles vont vous infliger une bonne leçon.

Alors il la bouscula, si violemment qu'elle faillit tomber en arrière. Elle resta clouée sur place, étourdie, à peine capable de faire le tri dans ses pensées.

Il fallait qu'elle trouve une solution, et vite. Si elle laissait traîner les choses, le Jackson qu'elle aimait serait perdu à tout jamais.

28

Vivi

La musique était si forte que Vivi l'entendit à plusieurs rues de distance. Elle était venue à pied et le chemin depuis Kappa lui avait paru interminable : décidément, elle détestait marcher en talons. Sa tenue – jean skinny noir et haut à motif léopard pêché au fond du bac à vieilleries dans le coin buanderie des Kappa – ne ressemblait à rien. Elle n'avait pas voulu piocher dans la garde-robe de ses sœurs, pour éviter d'éveiller leurs soupçons, et elle savait qu'il y aurait d'autres occasions pour parader avec l'une des pièces vintage de Mei ou une robe haute couture empruntée à Scarlett. Il fallait qu'elle ait l'allure d'une fille ordinaire qui s'habillait à la galerie marchande – pas d'une sorcière qui avait accès aux pièces les plus désirables.

Vivi essaya de rajuster son haut qui, sans les enchantements dont elle se servait en temps normal, partait dans tous les sens. Une horreur. Comment les gens parvenaient-ils à vivre sans magie ? Allait-elle s'accoutumer à la perte de ses pouvoirs ? Cela lui paraissait aussi compliqué que de passer d'un monde en Technicolor à un dégradé de gris cafardeux. De se contenter de l'*Hymne à la joie* massacré au synthétiseur par un collégien après avoir écouté Beethoven interprété par un orchestre symphonique. Sans magie, la vie était terne, sans couleur et sans saveur.

Arrivée devant le bâtiment occupé par les Theta, elle se planta au niveau du portail et elle étudia l'endroit. Sur la voie Grecque, c'était une anomalie. À la place du traditionnel balcon qui faisait le tour de la façade, une galerie aux colonnades en pierre agrémentait le rez-de-chaussée. Le majestueux escalier qui menait à la porte d'entrée aurait trouvé toute sa place dans un château médiéval et détonnait par rapport aux pseudo-temples grecs et à l'architecture géorgienne qu'on croisait généralement à Westerly.

La fête battait déjà son plein. Vivi repéra des étudiants penchés aux fenêtres et accoudés au rebord des tourelles, un gobelet rouge à la main, ainsi qu'un nombre étonnamment élevé de couples qui se bécotaient sur la pelouse, certains se permettant en public des gestes qui auraient pu paraître déplacés.

Elle progressa prudemment et gravit les marches en travertin mouchetées par endroits de mousse grise et verte. La porte était en bois massif et les huisseries en fer lui évoquèrent l'entrée d'un château fort. Lorsqu'elle poussa cette porte, elle se retrouva dans un endroit qui ressemblait en tout point aux maisons occupées par les autres sororités. La pièce principale était décorée dans un camaïeu de blanc et de crème, avec des canapés moelleux en quantité et des fauteuils disposés autour d'une immense cheminée. Des coussins rose et vert sur lesquels était imprimé « Ici, le bonheur est fait maison » déclenchèrent en elle une réaction épidermique de rejet.

Un bar avait été installé près de la cheminée et c'était une Theta qui se chargeait du service. Son visage lui était familier. Spencer, peut-être ? Vivi l'avait croisée pendant la fête costumée, celle qui avait fini en carnage. Elle avait l'impression qu'il s'était écoulé un million d'années depuis et qu'entre-temps, elle avait perdu une grande partie de son innocence et de sa naïveté.

Ses mains lui faisaient toujours un peu mal et la douleur lui rappelait qu'elle avait donné de sa personne ces derniers temps. Les entailles qui dataient du gala avaient toutes cicatrisé ; seule la plus récente lui barrait toujours l'avant-bras.

— Bienvenue, Vivi, lui dit Spencer, ce qui eut pour effet de la ramener à l'instant présent – et à sa mission. Rose nous a dit que tu passerais nous faire un petit coucou. Elle arrive tout de suite, si tu veux tu peux l'attendre ici.

— Bien sûr, répondit Vivi avec une joie affectée.

Elle espérait de tout cœur que son masque ne se fissure pas devant les autres filles. La musique faisait vibrer les murs et elle sentait ses tempes palpiter en rythme. Toutes les pièces étaient envahies par une foule compacte à divers stades d'ébriété. Spencer alla servir d'autres fêtards et Vivi en profita pour démarrer son inspection. Elle jeta un coup d'œil en direction de l'escalier et elle se figea.

Maria descendait les marches d'un pas sautillant, vêtue d'une minijupe noire en similicuir et de plates-formes rose fuchsia, les yeux collés à son portable et Tim sur les talons. Elle leva la tête, avisa Vivi et lança, ravie :

— Mais c'est toi !

D'un bond, elle quitta la dernière marche et serra Vivi sur son cœur avant de lui entourer la taille de son bras.

— Rose nous a dit que tu passerais nous voir. Je suis trop contente. Tim, chéri, tu te souviens de Vivi ? Tu sais, on l'a rencontrée à la soirée costumée !

Tim se désintéressa un instant de son téléphone, l'air perdu. Lorsqu'il découvrit Vivi devant lui, il sourit et la prit dans ses bras. Vivi se laissa faire, tout heureuse.

— Hé, hé ! Ça fait plaisir de te voir, Vivi !

— Merci de m'avoir invitée, fit Vivi à l'adresse de Maria. Cette fête… c'est hallucinant.

Elle ne reconnaissait pas le type de musique que le DJ passait – rien à voir avec le jazz ou la musique classique des soirées élégantes organisées par Kappa, ni la techno ou les airs disco qu'elle avait entendus dans les clubs de Savannah. C'était un morceau électro au tempo rapide dont les basses semblaient faire trembler les murs et palpiter l'air. *Le genre de musique qui peut rendre dingue,* songea Vivi. Pour la première fois, la perspective de perdre la tête lui parut presque séduisante. Elle aurait donné cher pour faire taire le brouhaha dans son cerveau, le temps d'une chanson.

Maria prit la main de Tim dans la sienne.

— C'est notre objectif. Proposer quelque chose de différent. C'est pour ça que tu as attiré notre attention, Vivi. On voit bien que toi aussi, tu es différente.

Menton levé, Vivi tenta d'invoquer la Kappa qui était en elle : calme, confiante, sûre d'elle.

— Ah bon ? Dans quel sens ?

— Tu sais ce que tu veux, et tu fais le nécessaire pour l'obtenir. Et tu ne recules pas devant quelques petites entorses au règlement…

Vivi sentit son cœur marteler sa cage thoracique. *Est-ce qu'elle fait allusion à la magie ?*

— Je ne vois pas trop de quoi tu parles, bafouilla-t-elle.

Maria éclata de rire et posa sur Tim un regard furtif que Vivi fut incapable de décoder.

— Arrête. J'ai compris à la seconde où j'ai posé les yeux sur toi que tu n'étais pas comme les autres Kappa, Vivi.

Vivi s'apprêta à protester. Maria leva la main pour la faire taire, puis elle passa cette main sur le bras de son petit ami et la posa sur sa nuque. Vivi aperçut, entre les plis du t-shirt que portait Tim, les mailles d'une chaîne en argent. Elle ravala un petit cri de surprise et une pulsion protectrice surgit en elle. C'était ça, l'envoûtement dont Scarlett lui avait parlé ? La preuve définitive que les Theta avaient mis le grappin sur une magie qui ne leur appartenait pas ? Pourtant, lorsqu'elle regardait autour d'elle, elle ne voyait que les emblématiques gobelets rouges qui refaisaient leur apparition à chaque fête étudiante. Difficile dès lors de croire que les Theta avaient à leur disposition d'autres outils qu'une carte de crédit.

— Ce n'est pas moi qui vais te juger, poursuivit Maria. Au contraire. Chez Theta, on est beaucoup plus coulantes. Si tu veux quelque chose, on ne va pas te le refuser.

Vivi braqua les yeux sur Maria. Est-ce que la présidente de Theta était au courant de tout depuis le début ? Pas besoin d'avoir une thèse en psychologie pour prédire que sous la présidence de Scarlett Winter, les Kappa allaient devoir garder le petit doigt sur la couture du pantalon. Maria faisait sans doute allusion au règlement vestimentaire ou au couvre-feu – pas au fait que Scarlett avait interdit à Vivi de consulter son grimoire. Malgré tout, il fallait être aveugle pour ne pas voir que Scarlett n'aimait pas qu'on lui désobéisse.

Maria entraîna Tim vers la salle commune, au milieu des fêtards, et Vivi respira plus facilement.

— Amuse-toi bien, Vivi, lui lança la présidente de Theta par-dessus son épaule.

D'un geste, elle invita Spencer à quitter le bar et à la suivre. Vivi les regarda s'enfoncer dans la foule, puis elle jeta des coups d'œil autour d'elle. Dès qu'on franchissait le seuil de Kappa, on était bombardé par des signes qui prouvaient que l'on se trouvait dans un temple de la magie, mais cela faisait plus d'un siècle que des sorcières y vivaient. Ici, Vivi ne savait pas où démarrer ses recherches. Par la bibliothèque ? La cuisine ? Et comment se justifier si on la surprenait en train de fureter ? *Où est le petit coin ?* C'était un grand classique ; elle pouvait toujours s'en servir…

— Vivi !

Elle sursauta. Une Rose manifestement pompette se pendit à son cou et la serra sur son cœur.

— Tu es venue !

Son plaisir était si sincère que Vivi sentit son estomac se nouer. Toujours cette fichue culpabilité.

— Je te l'avais promis ! répondit-elle dans un éclat de rire.

— Viens, je vais te faire visiter.

Étrangement, en dehors du salon à la déco moderne, le reste de la maison cadrait avec l'extérieur. L'ambiance était réchauffée par d'épais tapis persans sur les dalles en pierre et des tentures qui habillaient les murs. Il y avait foule et Vivi se sentait oppressée, alors que les salles étaient spacieuses. En même temps, il y régnait un froid humide contre lequel étaient impuissantes les flambées qui rugissaient dans les cheminées surdimensionnées.

Rose la conduisit de pièce en pièce et lui raconta, avec de grands moulinets des bras, comment les fondateurs de Theta avaient construit cette demeure au début des années 1880 en tâchant d'en faire l'exacte réplique d'une forteresse allemande. Vivi simula de son mieux l'intérêt, mais elle était distraite par un parfum familier qui flottait dans l'air. Qu'est-ce que c'était ? Elle n'arrivait pas à mettre le doigt dessus et ça la rendait folle. De la résine de sapin, avec un soupçon d'herbe. Cela rappelait les potions qu'Etta concoctait dans la cuisine, même si elle était incapable d'identifier de quelle plante il s'agissait et de dire ce que cette odeur représentait.

Vivi repéra Jackson, qui dansait avec Cait dans une salle vidée de ses meubles et éclairée uniquement par un ruban de led vert fluo posé par terre. On aurait cru le bal des morts-vivants. Elle regarda Cait se pendre au cou du jeune homme et attirer son visage vers le sien avec des gestes si brutaux que Vivi tressaillit à l'instant où ils s'embrassèrent.

Pauvre Jackson. Vivi savait ce que l'on ressent quand on se trouve sous l'emprise d'une sorcière. Un haut-le-cœur la secoua, ce qui se produisait à chaque fois qu'elle repensait à ce qu'il s'était passé dans la clairière, à Tiffany.

Rose dut s'apercevoir qu'une ombre passait sur son visage car elle la saisit par le bras.

— Viens, allons boire un coup.

Vivi la suivit docilement, mais elle s'arrêta net lorsque son regard fut capté par une chevelure flamboyante. Elle se retourna et découvrit Reagan qui se déhanchait, s'abandonnant au rythme de la musique, en compagnie d'autres Theta. Vivi ne l'avait pas vue aussi heureuse et aussi détendue depuis bien longtemps. Elle la fixa, cherchant une explication à sa présence chez les Theta. Il était possible que Reagan ait une excellente raison d'être là ce soir, comme Vivi. En même temps, elle ne donnait pas l'impression d'être venue enquêter, en grand secret, sur le mystère de la magie perdue.

— Ah, oui, fit Rose avec un sourire gêné. Je pensais que tu étais au courant. Reagan, Bailey, Hazel et Etta ont décidé de se porter candidates pour intégrer Theta.

— *Quoi* ? lâcha Vivi.

Sa réaction eut l'air d'effrayer Rose, et Vivi inspira profondément pour reprendre ses esprits.

— Désolée, ce n'est pas sorti comme je le voulais. Je suis surprise, c'est tout.

Ça ne tenait pas debout. Que ses sœurs en veuillent à Scarlett, passe encore, mais elles pensaient vraiment récupérer leurs pouvoirs en trahissant Kappa ? À moins qu'elles ne sachent une chose qu'ignorait Vivi, et qu'elle et Scarlett commençaient seulement à soupçonner…

— T'inquiète, répondit Rose, je comprends. Moi-même j'ai du mal à suivre, tout va parfois à cent à l'heure. Mais, comme dit Maria : « La fac, c'est une fois dans ta vie, alors profite. »

— Comme c'est profond, rétorqua Vivi d'une voix suintante de sarcasme.

Par chance, Rose semblait hermétique au second degré. De la main, elle invita Vivi à la suivre dans la cuisine.

C'était une pièce aux volumes impressionnants, dont les murs en pierre contrastaient avec la modernité des appareils électroménagers en acier brossé, aux lignes épurées. Vivi parcourut la salle d'un regard curieux, cherchant parmi les bouteilles d'alcool et les gobelets en plastique une preuve irréfutable qu'on y pratiquait la magie, mais rien ne lui fit hausser le sourcil.

Rose lui tendit un gobelet rempli d'un liquide violet.

— Et voilà !

Vivi surmonta sa répugnance, avala une petite gorgée et afficha un sourire soulagé. C'était délicieux - sucré, avec une pointe de fruits rouges et de menthe.

— C'est bon, hein ? demanda Rose, manifestement ravie.

— C'est à tomber par terre, tu veux dire. Qu'est-ce que vous mettez dedans ? demanda Vivi avant d'y retourner.

— Secret professionnel, fit Rose en lui adressant un clin d'œil. Je n'ai pas le droit de te le dire, sauf si tu intègres Theta. Enfin… je ne suis pas en train de te mettre la pression ni rien. C'est juste que…

Elle piqua un fard, laissa sa phrase en suspens.

— Mince. Je lui ai promis de ne pas insister lourdement, chuchota-t-elle.

— Promis à qui ?

— À Maria. Elle est en mode recrutement. Elle veut enrôler d'autres filles. Mais je lui ai dit : Vivi est mon amie, je ne veux pas lui forcer la main. Même si ça me ferait hyper plaisir que tu deviennes une Theta. Ce serait trop cool qu'on soit sœurs !

Vivi ébaucha un sourire complice tout en se cabrant intérieurement. *Des sœurs, j'en ai déjà.* C'était la raison de sa présence à la soirée, d'ailleurs. Elle comptait venir à bout du mauvais sort, ou de la malédiction, qui s'était abattu sur les Kappa, et leur restituer leurs pouvoirs.

— C'est vrai que vous avez l'air de bien vous éclater. On peut reprendre la visite ?

— Bien sûr ! piailla Rose, surexcitée.

Elle conduisit Vivi à l'étage et s'arrêta quelques secondes sur le palier.

— Les espaces communs sont ouverts à tous mais interdiction formelle de rentrer dans les chambres, d'accord ?

— Pas de souci.

Vivi attendit qu'elles se trouvent dans l'une des salles communes, en train d'explorer les rayonnages d'une bibliothèque qui contenait en majorité des manuels de développement personnel et des autobiographies pondues par des célébrités – aucun ouvrage de magie – pour afficher un sourire penaud.

— Il y a un endroit où je peux faire pipi ?

— Bien sûr. Par là-bas.

Du doigt, Rose désigna une porte au fond du couloir, près du corridor qui menait au premier étage – et aux chambres. Vivi alla se réfugier aux toilettes, laissa passer quelques instants puis risqua un coup d'œil dehors. Rose avait déjà sorti son téléphone, plus rien d'autre n'existait en dehors de son écran. Vivi regagna le couloir à pas de loup et tourna le coin, le cœur battant la chamade.

Si les Theta ont vraiment mis la main sur une source de magie, est-ce que c'est une bonne idée de traîner dans leurs chambres ? Si elles la surprenaient en train de « visiter » un lieu dont l'accès lui était barré, Vivi n'aurait aucun moyen de se défendre. Elles pourraient lui jeter un sort et la rendre aussi docile, aussi influençable que Tim et Jackson. Ou pire.

Mais c'était ça ou se condamner, et condamner les Kappa, à une vie sans magie. Alors, Vivi vérifia d'un dernier regard que personne ne l'avait suivie et elle s'engouffra dans un couloir obscur.

Par rapport à Kappa, la maison des Theta était un vrai labyrinthe ; les couloirs semblaient s'enrouler les uns autour des autres, à la façon d'une pelote inextricable. Elle se cassa le nez sur plusieurs portes fermées à clef puis, tout au bout d'un corridor sombre et silencieux, éclairé par la seule lumière de son portable, elle repéra une porte en bois sculpté, décorée de rubans rose vif. Sur un petit ballon scotché au mur était écrit ROSE en gel pailleté rouge.

Vivi risqua un regard derrière elle. Que ferait-elle si Rose trouvait qu'elle prenait trop de temps aux toilettes et venait la chercher ? Ou si une autre Theta débarquait pendant qu'elle avait le nez dans un tiroir ? Elle appuya l'oreille à la porte, bloqua sa respiration et guetta le moindre bruit, au cas où Rose aurait une colocataire, ou une Theta serait passée lui emprunter quelque chose. Une fois certaine que la chambre était vide, Vivi posa la main sur la poignée et appuya dessus.

La porte était verrouillée, ici aussi.

Jetant un coup d'œil furtif par-dessus son épaule, Vivi se mit à genoux, ôta une épingle de ses cheveux et se mit au travail. Elle avait l'intention de forcer la serrure, comme un cambrioleur, et ce n'était pas la première fois qu'elle entrait dans un endroit par effraction. C'était une compétence qu'elle avait dû acquérir très jeune car Daphné Devereaux avait la mauvaise habitude de fermer à clef la porte de ses appartements successifs et de laisser sa fille bloquée dehors.

La serrure ne résista pas longtemps au doigté de Vivi. Elle céda avec un léger cliquetis et la porte tourna sur ses gonds, émettant un grincement qui donnait la chair de poule. Vivi tendit le bras, rattrapa la porte de justesse, vérifia une nouvelle fois qu'il n'y avait personne dans le couloir puis appuya sur l'interrupteur, priant pour que les chambres voisines soient vides.

La lumière jaillit dans la chambre et Vivi, aveuglée, dut cligner plusieurs fois des yeux. Rose avait recouvert le plafonnier d'un pan de tulle bleu qui dessinait des ombres fabuleuses sur le lit à baldaquin. Sur le mur opposé, Vivi découvrit un immense miroir en pied tout droit sorti d'un conte de fées, orné de guirlandes de lierre. Elle se retourna pour étudier le contenu de la bibliothèque et ce qu'elle vit la foudroya.

Quelqu'un avait disposé tout un bric-à-brac sur le rebord de la fenêtre : un bol en bois gravé d'un pentacle, un couteau en argent, un petit tas d'herbes séchées et réduites en poudre. De toute évidence un autel, fabriqué avec les moyens du bord.

Il y a bien de la magie chez les Theta.

Vivi sentit monter une vague de désir qui électrisa tous les nerfs de son corps. Cette magie, elle la voulait ardemment.

Elle inspira profondément, pour absorber ce qu'il restait des sorts que Rose avait dû pratiquer dans sa chambre.

Sa preuve, elle l'avait enfin trouvée. Reagan, Etta et Bailey étaient sans doute parvenues à la même conclusion et même s'il était encore trop tôt pour effacer le souvenir de leur trahison, Vivi comprenait mieux ce qui les incitait à rallier Theta.

Elle mit son téléphone en mode appareil photo et prit l'autel aussi rapidement que possible, sursautant au moindre grincement. *C'est bon, tu as trouvé ce que tu es venue chercher, Vivi.* Pourtant, elle n'arrivait pas à en détacher son regard. La magie était là, sous son nez. Il suffisait de tendre la main.

Elle esquissa un pas en avant, presque dans un état second. *Sors d'ici,* lui enjoignit une petite voix, mais son corps était animé d'une volonté propre. Elle se laissa tomber à genoux devant l'autel, puis elle approcha la main du couteau et la laissa suspendue à quelques centimètres. Son sixième sens lui dit que si elle essayait de pratiquer un sort issu du grimoire ici, dans cette chambre, à cet instant, cela *fonctionnerait* à coup sûr.

Vivi s'empara du couteau. Elle distinguait, étouffé par les épais murs en pierre, le brouhaha qui montait de la fête – une fête qui semblait se dérouler à des années-lumière. Dans la chambre de cette fille qu'elle connaissait à peine, seule comptait la magie qui faisait palpiter l'air et l'enveloppait à la manière d'un brouillard. Elle approcha la lame de son avant-bras, plaqua le métal froid sur sa peau. Une simple entaille, et elle pouvait tout récupérer. Ses pouvoirs. Sa magie.

Rosie doit se demander ce que je fabrique. D'une seconde à l'autre, elle va arriver.

Mais Vivi pouvait réparer les dégâts. Elle pouvait tout réparer ; elle en était certaine. Elle n'avait besoin que de quelques gouttes de sang, d'une douleur fulgurante, et…

Un bruit dans son dos lui envoya une décharge électrique. *Le loquet. Merde.* Vivi lâcha le poignard et se retourna vivement, juste à temps pour voir la porte s'ouvrir. Dans le cadre se découpa une silhouette en ombre chinoise, bras croisés et tête inclinée. Vivi sauta sur ses pieds et se mit à bafouiller :

— Je suis désolée. Je… je me suis perdue, et la porte était ouverte, alors je me suis dit…

La fille plantée sur le seuil claqua la langue. Ce n'était pas Rose.

— Épargne-moi tes fausses excuses, Vivian, fit Maria sur un ton narquois. Ça fait un moment que je t'ai à l'œil.

— Je suis désolée, répéta Vivi, la gorge nouée. Ne me mets pas à la porte, s'il te plaît. Je suis entrée par simple curiosité.

— Ce n'est pas honteux, la curiosité. En fait, tu as tout mon respect. Comme tu le constates, Kappa n'est pas la seule sororité un peu… particulière sur le campus. Ici, à Theta, nous récompensons les filles qui te ressemblent. Celles qui ont de l'initiative. Qui se battent pour obtenir ce qu'elles méritent. Rejoins-nous, Vivian, on te donnera tout ce que tu veux.

Maria tendit le bras dans sa direction. La bonté incarnée.

Une énergie fit crépiter l'air dans la chambre de Rose. L'énergie de Maria. C'était la première fois que Vivi percevait de la magie depuis qu'elle avait perdu la sienne et cette sensation lui monta aussitôt à la tête. En cet instant, elle eut la certitude qu'elle était prête à tout pour en récupérer ne serait-ce qu'une infime partie.

Elle braqua son regard sur la main qu'on lui offrait. Elle voulait à tout prix l'attraper. S'y cramponner.

— Je… je ne sais pas, bredouilla-t-elle.

Dis oui, hurlait son esprit. *Dis oui.* Mais sa langue restait obstinément collée à son palais. À cause d'une loyauté mal placée, peut-être. Elle était venue ici dans l'objectif de secourir ses sœurs. *Si tu intègres Theta, tu pourras les aider.* Sauf qu'elle n'arrivait pas à plier son corps à sa volonté.

Elle n'avait pas en elle la fibre de la trahison, contrairement à Reagan.

— Encore une fois, excuse-moi. Je n'aurais pas dû venir, fit Vivi avant d'opérer une retraite stratégique vers la porte.

Maria lui barra la sortie du bras et Vivi crut qu'elle allait se jeter sur elle. Elle en était capable, Vivi le savait. Rien ne pouvait arrêter la présidente de Theta à cet instant. Mais sa crainte ne se réalisa pas : Maria se radoucit, baissa le bras et s'écarta pour laisser passer Vivi.

— La nuit porte conseil, déclara-t-elle d'une voix mielleuse.

Vivi frôla Maria lorsqu'elle passa à côté d'elle et fila vers l'escalier. Pas assez vite cependant pour échapper aux dernières paroles de Maria, qui la poursuivirent dans le couloir.

— Quand tu auras décidé de revenir, nous, on n'aura pas bougé.

29

Scarlett

Scarlett n'avait pas réussi à se rapprocher de Xavier et elle savait qu'elle devait passer à la vitesse supérieure. S'arranger pour se retrouver avec lui en tête à tête sans ses amis à proximité. Cette fois, elle avait élaboré un plan de bataille.

Minnie lui avait toujours répété que la magie laissait des traces. Même les sorcières dont les pouvoirs étaient limités étaient en mesure de la détecter si elles savaient où chercher, et comment. L'un de ces endroits se trouvait précisément sur le campus. Cet endroit, Scarlett comptait bien y attirer Xavier.

Mais d'abord, elle devait regagner sa confiance.

Grâce à l'emploi du temps obtenu auprès de la réceptionniste, elle savait théoriquement où elle pouvait le croiser. Le problème, c'était qu'il n'était pas très assidu. Elle dut s'armer de patience avant de tomber sur lui, « complètement par hasard », devant l'amphi Taylor, à la sortie d'un de ses cours.

À la seconde où leurs regards se croisèrent, il se figea et ses traits se durcirent. Mais, avec ou sans magie, Scarlett restait une Aile d'Ombre. Elle savait ce qu'elle voulait et ce qu'elle voulait, elle l'obtenait. Elle se dirigea vers lui, un sourire mutin flottant sur ses lèvres rouge carmin.

— Pas facile de te mettre la main dessus, Xavier.

— C'est toi qui m'évites, aux dernières nouvelles.

— Écoute, ça m'ennuie qu'on se soit quittés en mauvais termes au gala. Ça fait un bout de temps que je suis célibataire, j'ai rompu au dernier semestre et j'ai pas encore totalement digéré.

Elle jouait franc-jeu avec lui. Il n'y avait aucun mensonge là-dedans.

— Je t'ai vue lui courir après comme un chiot, rétorqua Xavier.

— Après qui ?

— Tu sais parfaitement qui.

Scarlett prit une profonde inspiration. La meilleure façon de vendre un bobard, c'était encore de le saupoudrer d'une dose de vérité.

— Bon, d'accord. Il fallait que je mette un point final à ce qu'on a vécu ensemble. Que je lui dise que j'ai tiré un trait sur lui, que je regarde vers l'avenir maintenant.

— Et j'en fais partie, de cet avenir ?

— Si je te répondais oui…

Xavier sembla se détendre. Il ouvrit de grands yeux, comme s'il voulait la croire à tout prix. Il avait mordu à l'hameçon.

— Tu as une façon étrange de montrer qu'un type te plaît, dit-il.

— Tu es très différent des autres. J'ai l'habitude qu'on soit intimidé par moi, mais toi… tu ne fonctionnes pas comme ça. J'imagine que… que tu m'as fait perdre mes moyens, minauda Scarlett en papillotant des paupières.

Ce qui me fait perdre mes moyens, c'est que tu es peut-être un démon qui terrorise le campus.

Xavier la dévisagea. Ce qu'il lut sur ses traits dut le convaincre, car ses épaules se relâchèrent.

— Je n'avais pas l'intention de péter un plomb. Quand tu m'as dit que tu voulais qu'on soit amis, ça m'a mis sur le cul. Je n'aime pas jouer à ces petits jeux, expliqua-t-il, les sourcils froncés. J'en ai plus que ma part en famille, c'est déjà assez.

— Excuse-moi si je t'ai vexé, fit Scarlett, les lèvres pincées. Je sais ce qu'on ressent. Quand on est forcé de se plier aux petits jeux des autres. Ça ne me plaît pas non plus.

Elle détourna le regard et son visage s'éclaira, comme si elle venait d'être frappée par une inspiration soudaine.

— Tiens, ça te dirait de voir un endroit qui symbolise mon histoire personnelle ? J'aimerais te montrer quelque chose.

Xavier hésita. Il était tiraillé, et il n'arrivait pas à le cacher. La curiosité et l'obstination se livraient en lui une féroce bataille.

Scarlett resta ainsi, la main tendue, à attendre que la curiosité l'emporte, ainsi qu'elle l'avait prévu. Il accepta la main qu'elle lui offrait et elle mêla ses doigts aux siens, ignorant l'étincelle que ce contact déclenchait en elle. Un plaisir teinté de peur.

C'est peut-être lui, celui qu'on cherche.

Mais d'un autre côté, c'était peut-être Xavier, tout simplement. Un mec mignon qui avait débarqué à Westerly au plus mauvais moment et qui n'allait pas tarder à être pris dans une tourmente qu'il ne soupçonnait pas.

Il n'y avait qu'un moyen de s'en assurer.

— Si c'est une sorte de bizutage, je te jure…, grommela-t-il.

— Fais-moi confiance, lui lança-t-elle.

Scarlett prit Xavier par la main et elle le conduisit en dehors du campus, vers l'ouest, en direction du vieux cimetière. Le sourire espiègle ne quitta pas ses lèvres. Pas une fois, Xavier ne lui lâcha la main.

Ce cimetière, elle le connaissait comme sa poche. Elle y avait participé à quantité de rituels collectifs. Et bien avant qu'elle étudie à Westerly, à l'âge de sept ans, elle s'y était rendue en compagnie de Minnie. C'était Minnie qui lui avait montré la tombe qu'elle voulait maintenant montrer à Xavier.

— C'est ici que tout a commencé, avait-elle dit.

Sur le granit de la pierre tombale était gravé un nom, PEARL JOHNSON. Scarlett n'avait eu aucun mal à déchiffrer les imposants caractères gothiques.

— Les Ailes d'Ombre, c'est ça ? avait demandé la fillette.

Pearl Johnson n'était pas une inconnue : la petite Scarlett savait que c'était la fondatrice de Kappa, le clan que sa mère avait intégré et qu'elle intégrerait à son tour, avec sa grande sœur Eugenie, quand viendrait leur heure. Marjorie Winter refusait que ses filles profitent longtemps de leur enfance.

Minnie avait ri de sa réponse.

— Non, ma puce. Pearl a demandé qu'on l'enterre ici, mais ce site est beaucoup plus ancien que les Ailes d'Ombre. Il était déjà là bien avant que ce pays soit créé, même, et il a vu défiler des civilisations entières.

Sa nourrice s'était alors agenouillée et elle avait posé la main sur la pierre tombale. D'un sourire, elle avait invité Scarlett à l'imiter.

— Tiens, mets ta mimine dessus. C'est ce qu'on appelle une ligne tellurique.

Scarlett avait obéi, très sage, en plaquant sa paume sur le granit froid. Dans son souvenir, c'était la première fois qu'elle associait la magie à une sensation physique. Elle l'avait sentie jaillir à travers ses membres. Des vagues d'énergie avaient déferlé, l'une après l'autre, et envahi son corps entier. Le souffle coupé, elle avait retiré sa main. Puis, enchantée, elle avait de nouveau touché la pierre tombale et savouré pleinement la sensation. Alors, l'évidence s'était imposée : en grandissant, elle voulait être comme sa mère, comme Eugenie. Comme Minnie. Elle voulait être forte.

Scarlett se rappela cette scène avec une telle netteté que les larmes lui montèrent aux yeux tandis qu'ils slalomaient entre les mausolées qui abritaient le repos éternel des notables de Savannah et les tombes plus modestes, rongées par l'humidité.

Elle sentait que l'enthousiasme de Xavier était retombé.

— C'est ça, l'idée que tu te fais d'une balade romantique ?

— Tu voulais que je me livre plus. C'est ici que j'ai vécu l'un de mes plus anciens souvenirs. Avec Minnie.

— Minnie ?

— Ma nounou. La femme qui m'a plus maternée que ma propre mère.

Les gravillons du sentier crissaient sous leurs semelles. La tombe de Pearl se trouvait tout au fond du cimetière, à la lisière de la forêt. Ils durent se pencher pour éviter les rideaux de mousse espagnole. On était encore en plein jour mais, sous les arbres, la lumière était comme tamisée.

— Minnie m'a appris énormément de choses sur ma propre histoire, déclara Scarlett. Sur les traditions, aussi. Comme celle-ci.

Elle jeta par-dessus son épaule un coup d'œil qu'elle compléta d'un sourire, puis elle repoussa un dernier pan de mousse pour dévoiler la tombe de Pearl. Xavier lui rendit son sourire.

— Tu m'as assuré que ce n'était pas un bizutage, dit-il.

— Si l'expérience est positive, ce n'est pas du bizutage, pas vrai ?

La pierre tombale était surmontée d'une statue qui, à l'origine, devait représenter un ange, mais il avait perdu ses ailes depuis longtemps et les outrages du temps avaient effacé ses traits. Il n'en restait qu'une silhouette stylisée, une simple ébauche : une femme voilée, presque une ombre, les mains en prière et le cou ployé.

Xavier étudia le nom et les dates gravés dans le granit.

— Et qui est cette personne ?

Le sourire de Scarlett s'élargit.

— Je croyais que tu avais étudié l'histoire de Kappa. Tu as oublié de te renseigner sur notre fondatrice ?

— Ah oui. Bien sûr. Il faut croire que j'ai oublié comment elle s'appelait.

Était-ce un effet de la lumière, ou le sourire de Xavier avait-il viré au rictus gêné ? Il avait blêmi, et il donnait l'impression d'avoir avalé ses lèvres.

Scarlett esquissa un pas et posa une main sur la pierre tombale. Cette fois-ci, ce fut une sensation différente. Pas une déferlante d'énergie, pas un torrent magique qui se déversait en elle. Mais oui, elle sentit quelque chose. Une micro-secousse, comme un coup de jus au moment où l'on touche la poignée d'une porte. Minnie avait raison. Même les personnes qui n'avaient aucun pouvoir sentaient qu'il se passait un phénomène étrange au niveau de la ligne tellurique.

— La légende raconte que Pearl est morte vieille fille, poursuivit-elle. Elle n'était pas faite pour le mariage. Ce qui ne l'a pas empêchée d'avoir une multitude d'amants.

Elle se retourna et surprit Xavier en train de la dévorer des yeux. Ce qui n'était pas pour lui déplaire.

— Tous ceux qui l'ont courtisée ont eu une chance insolente dans la vie, même quand ils n'étaient plus ses amants. Et il paraît qu'un jeune homme qui parvient à séduire une Kappa connaîtra les mêmes succès. Il lui suffit de toucher cette pierre.

— Ta nounou t'a amenée ici pour t'expliquer comment attirer des hommes dans tes filets ?

— Tu es complètement à côté de la plaque, rétorqua Scarlett, soudain écarlate.

— OK.

Xavier fourra les mains dans ses poches. À cet instant retentit la sonnerie d'un téléphone – une mélodie enjouée, complètement hors contexte dans le silence du cimetière. Xavier sortit son portable, vérifia l'identité de la personne qui l'appelait et le mit sur silencieux.

— Alors ? insista Scarlett. Tu ne veux pas voir si ça marche ?

S'il touchait la pierre tombale en même temps qu'elle, elle saurait s'il possédait des pouvoirs magiques. Cela déclencherait une éruption d'énergie. Enfin, elle en aurait le cœur net.

Xavier fit basculer son poids d'un pied sur l'autre, puis il consulta à nouveau son téléphone.

— Je ne suis pas trop du genre superstitieux.

Scarlett dut masquer son désespoir, qui allait croissant, sous des accents taquins.

— Oh, allez, lança-t-elle. Ça ne peut pas faire de mal de mettre la chance de son côté, tu ne penses pas ?

— Je ne crois pas en la chance, répliqua Xavier avant de la fusiller du regard. Et une fille aussi intelligente que toi ne devrait pas y croire non plus.

Comment expliquer son refus ? Avait-il quelque chose à cacher, au bout du compte ? Peut-être percevait-il la ligne tellurique. Peut-être sentait-il qu'elle manigançait quelque chose.

Elle décolla sa main de la pierre tombale.

— C'est une tradition amusante, rien de plus.

— Je n'aime pas les traditions non plus. Celles qu'on me force à respecter me suffisent largement.

Il repartait à reculons. Elle était en train de le perdre. Elle le rejoignit à grands pas, croisa les bras et afficha son sourire le plus goguenard.

— Qu'est-ce qu'il y a ? Monsieur a peur d'une petite pierre tombale ?

Xavier lâcha un rire amer.

— Allons. Il en faut plus, Scarlett, beaucoup plus pour m'effrayer.

Il lui lança alors un regard de défi, ni plus ni moins. *Je sais que tu prépares un sale coup, et ça ne prendra pas avec moi.*

Le sang battait à ses tempes. L'idée d'attraper la main de Xavier et de la poser, de force, sur la tombe de Pearl Johnson, lui traversa l'esprit. Avec un peu de chance, il se sentirait agressé et il aurait recours à la magie pour se défendre, révélant ainsi, une bonne fois pour toutes, sa véritable identité – sa véritable nature ?

Pourtant, elle retint son geste. Elle n'était sûre de rien. Il n'était pas impossible qu'il ne soit qu'un étudiant arrogant qui se fichait des traditions. Parfois, l'habit faisait le moine.

— Tu voulais que je te donne un aperçu de ma vie, Xavier, déclara-t-elle.

— Exactement. Et ce n'est pas ça, répondit-il en désignant la tombe d'un geste dédaigneux. C'est un jeu auquel tu es en train de jouer, *encore*. Et ça ne m'intéresse pas.

Sur ces mots, il tourna les talons et disparut entre les rideaux de mousse espagnole.

Elle retrouva sans peine Xavier. Elle aurait reconnu sa démarche entre mille, et même à cent mètres de distance.

Il en savait plus que ce qu'il voulait bien admettre ; la façon dont il s'était tenu à l'écart de la tombe était éloquente. Ses paroles, aussi. *C'est un jeu auquel tu es en train de jouer, encore.*

Qu'il soit le démon qu'elle traquait ou complice de l'entité qui avait dérobé les pouvoirs de Kappa, Scarlett était encore incapable de le dire. Ce dont elle était convaincue, en revanche, c'était qu'elle ne pouvait pas le compter parmi ses alliés.

Elle le prit en filature jusqu'au campus en évitant le chemin le plus direct, donc le plus court, et en restant à bonne distance. Par chance, il ne se retourna pas une seule fois. À chaque pas, son rythme cardiaque s'accélérait.

Était-ce une bonne stratégie d'attacher ainsi ses pas aux siens ? Les contes horrifiques avec lesquels Eugenie la tourmentait enfant lui revinrent en mémoire. Ces histoires où des créatures démoniaques se nourrissaient de souffrance et de détresse, où d'autres poussaient leur proie humaine à la folie. Un conte en particulier avait laissé en elle une empreinte indélébile : il racontait comment, dans la ville de Salem, un démon avait bombardé de visions apocalyptiques une jeune sorcière qui avait fini par perdre la raison et avouer qu'elle était adepte de la sorcellerie, dénonçant dans la foulée plusieurs membres de son *coven*.

La voie Grecque n'était plus très loin. *Tu te fais sans doute des films, ma vieille.* Il était plus que probable que Xavier rentrait à PiKa, où il allait s'empresser de raconter à ses frères que Scarlett l'avait attiré dans les allées d'un cimetière, parce qu'elle avait confondu Halloween et dîner aux chandelles.

Pourtant, son instinct lui conseilla de persévérer. Au niveau de l'embranchement qui menait à PiKa, Xavier marqua un temps d'arrêt, puis il lança un regard furtif derrière lui. Scarlett eut à peine le temps de se cacher derrière un arbre. Heureusement elle était loin, bien à l'abri, et il ne sembla pas l'apercevoir. Il reprit sa route et elle compta jusqu'à cinq avant de se mettre à découvert. Lorsqu'il atteignit la voie Grecque, il longea PiKa sans même s'arrêter un instant. Scarlett s'attarda quelques secondes devant la porte de Gamma, ce qui lui fournirait une excuse si jamais Xavier se retournait de nouveau.

Il fila ensuite tout droit jusqu'au bout de la rue et gravit les marches d'un escalier que Scarlett connaissait bien. Celui de la pseudo-forteresse médiévale où logeaient les Theta. De loin, elle le regarda toquer à la porte. Une fille svelte et pas très grande vint lui ouvrir. Elle le prit dans ses bras et ils disparurent ensemble à l'intérieur.

Scarlett garda les yeux braqués sur la porte, échafaudant toutes sortes d'hypothèses.

30

Vivi

Vivi s'effondra sur le canapé dans le salon des Kappa. Passer la nuit seule, entre les murs d'une chambre semblable à un caveau, était au-dessus de ses forces. Dans le marasme qu'était devenu Kappa, le salon était encore une zone préservée. Vivi essaya de s'endormir mais elle passa la nuit à tourner et se retourner, sans trouver le repos. Dès qu'elle fermait les yeux, elle entendait Maria chuchoter : *Rejoins-nous, Vivian, et on te donnera tout ce que tu veux.*

Quand tu auras décidé de revenir, nous, on n'aura pas bougé.

Maria avait été très claire sur ce point : les Kappa n'étaient pas les seules sorcières en activité à Westerly. Mais il était impossible que les Theta possèdent des pouvoirs de longue date. Non seulement les Ailes d'Ombre auraient perçu la présence d'un clan rival sur le campus – car la magie laisse toujours des traces – mais Scarlett lui avait également dit que Maria n'avait pas réussi à allumer un cierge magique lorsqu'elle avait voulu intégrer Kappa.

Ce qui ne pouvait signifier qu'une chose : Maria n'avait acquis sa magie que très récemment.

Vivi se rappela que Tiffany n'avait reculé devant rien pour s'emparer de la magie de ses sœurs – la violence, la souffrance, le sang versé, tout cela pesait peu dans la balance. Si un démon était prisonnier du talisman, était-ce son énergie à lui que Tiffany avait canalisée ? Maria se rendait-elle coupable d'actes aussi monstrueux ?

Vivi s'assit sur le canapé, frigorifiée, et se recroquevilla sur elle-même en se pelotonnant dans sa couverture. Même s'il faisait doux, elle sentait le froid s'infiltrer jusqu'à la moelle de ses os. Privée de son armure magique, la vieille demeure était livrée aux courants d'air et à l'humidité. Vivi se dit qu'elle était peut-être condamnée à grelotter pour le restant de ses jours.

Elle repensa avec nostalgie à la magie qui émanait de Maria. Ce serait une idée désastreuse de faire confiance à la présidente de Theta. Cela, Vivi le savait. Pourtant, la simple perspective de récupérer ses pouvoirs, de maîtriser à nouveau les éléments, suffisait à repousser le désespoir et l'épuisement qui menaçaient de l'engloutir. Quelle joie ce serait, aussi, de rendre leurs pouvoirs à ses sœurs. Les pauvres erraient dans les couloirs de Kappa, réduites à des ombres, et cela lui brisait le cœur. Rédactrice en chef à la gazette de Westerly, Jess envisageait de démissionner de son poste – elle n'avait ni le moral, ni l'énergie nécessaires pour assumer cette fonction qui exigeait beaucoup d'elle. Mei n'alimentait plus ses médias sociaux et commençait à perdre des followers, las de ne plus voir de nouveaux contenus. Et, dans le regard de Sonali, il y avait une lueur désespérée qui n'augurait rien de bon.

Si tu récupérais tes pouvoirs, tu pourrais les aider, insista la petite voix dans un recoin de son cerveau. Ces derniers temps, cette voix prenait de plus en plus ses aises. Elle pouvait sauver les Ailes d'Ombre. Démontrer sa valeur à son Aînée et à ses sœurs une bonne fois pour toutes en étant celle qui arracherait la magie des griffes de Theta.

Après tout, c'était Scarlett qui avait encouragé Vivi à se rapprocher des Theta. N'était-ce pas la suite logique ? Vivi pourrait jouer aux espionnes. Infiltrer les Theta et rapporter ce qu'elle observait. Elle était une Kappa jusqu'au bout des ongles, prête à tout pour tirer ses sœurs du pétrin. Et empêcher Reagan, Etta, Hazel et Bailey de se vendre au plus offrant.

Lorsque les premiers rayons du soleil filtrèrent à travers les carreaux gris de poussière, Vivi poussa un long soupir et attrapa son téléphone. Surprise : elle avait reçu un texto. De Mason, peut-être ; il lui envoyait parfois des mots doux quand il étudiait tard.

La cruelle réalité la transperça de part en part. Non, ce n'était certainement pas Mason. Le souvenir de l'expression qui s'était affichée sur son visage au moment où il lui avait tourné le dos lui rongeait le cœur comme une goutte d'acide. Du début à la fin de leur relation, il s'était montré gentil, patient, compréhensif. La seule fois où il avait réclamé le soutien de sa petite amie, la seule fois où il avait vraiment eu besoin d'elle, elle l'avait abandonné.

Le texto venait d'Ariana ; elle donnait rendez-vous à Vivi dès son réveil dans le jardin d'hiver, pour y prendre le petit déjeuner. Bien qu'épuisée, Vivi se réjouit. Son amie savait lui rendre le sourire, même en pleine tourmente. Toujours en pyjama, elle remonta le couloir sur la pointe des pieds en évitant les zones où le parquet grinçait.

À sa grande surprise, Ariana n'était pas seule. Autour de la petite table en verre étaient disposées quatre chaises, trois d'un côté, une en face. On aurait cru le décor d'un entretien d'embauche. Ariana, Sonali et Jess étaient assises ensemble, encadrées par des fougères luxuriantes. Et le petit déjeuner se résumait à un mug de thé fumant qui attendait Vivi devant la chaise solitaire.

— Il se passe quoi, là ? demanda-t-elle d'une voix rauque.

— C'est une intervention d'urgence, expliqua Jess, sans tourner autour du pot.

— *Pardon ?*

Vivi braqua son regard sur ses sœurs. Droite comme un i, Sonali semblait terriblement gênée. Quant à Ariana, la résignation était peinte sur son visage.

— Tu n'es plus toi-même ces derniers temps. On s'inquiète pour toi.

— Bien sûr que je ne suis plus moi-même, rétorqua Vivi. Montrez-moi quelqu'un qui n'a pas changé chez Kappa ? On nous a *volé* une partie de ce qu'on est !

— On est aussi chamboulées que toi, répondit Sonali. En attendant, ce n'est pas nous qui sommes allées faire la fête en douce avec nos rivales.

Vivi sentit son estomac faire un looping.

— Ce n'est pas ce qu'il s'est passé.

— Ah oui, vraiment ? cracha Jess. Comment tu expliques ça, alors ?

Elle dégaina son portable, dont l'écran affichait la page Instagram d'une Theta qui avait posté une photo de Vivi et Rose un gobelet rouge à la main, hilares, dans la cuisine de la sororité.

— Donc, pendant qu'on se défonçait jour et nuit à la bibli en se faisant enguirlander par Scarlett – avec qui on n'est d'accord sur rien, soit dit en passant – toi, tu buvais des coups chez les Theta ? résuma Sonali.

Vivi vit le regard implorant que lui lançait Ariana. De toute évidence, le trio avait déjà discuté de tout cela et décidé de faire son procès.

— Je suis sûre que Vivi avait une excellente raison, déclara Ariana d'une toute petite voix.

— Oui, justement, répondit Vivi sur un ton tranchant. Je suis allée chez les Theta pour *chercher des indices.* Je n'ai rien fait de mal !

Sa nature de journaliste d'investigation prenant le dessus, Jess la mitrailla de questions.

— Pourquoi tu n'as rien dit à personne ? Si tu avais des soupçons sur les filles de Theta, ça n'aurait pas été plus logique de nous en parler ?

— C'est vraiment si important que ça ? s'indigna Vivi, incrédule. J'essayais de vous aider et, à vous entendre, j'ai trahi le *coven.* Vous avez oublié Reagan, Etta et les autres ? Vous savez, celles qui ont trahi Kappa pour de vrai ?

Sa réponse fit – à peine – tressaillir Jess. Le départ d'Etta lui avait porté un coup terrible. Aussitôt elle se ressaisit et poursuivit son interrogatoire.

— Elles ne nous ont rien caché, elles. On sait qu'elles ont quitté Kappa. Mais je dois reconnaître que ton attitude me perturbe, Vivi.

Cette accusation était tellement injuste que cela fendit le cœur de Vivi. C'était elle qui s'était retroussé les manches. Qu'avaient-elles fait de si compliqué, à part rester posées sur leurs fesses dans la bibliothèque ? Ce n'étaient pas elles qui s'étaient jetées dans la gueule du loup et qui en étaient revenues sans une égratignure. Elle, elle avait vu l'autel de Rose, elle avait vu la magie. Elle l'avait *sentie.* Cela, elles ne pouvaient pas le comprendre.

— Laissez tomber, lâcha-t-elle.

— Explique-nous, Vivi, la supplia Ariana.

Sonali partit d'un rire moqueur.

— Elle ne va rien expliquer du tout. C'est le caniche de Scarlett ; elle croit qu'elle est au-dessus de nous et qu'elle ne nous doit rien.

— C'est bon, j'en ai ma claque, réagit Vivi, et elle quitta sa chaise.

Elle n'allait pas perdre son temps alors qu'un travail colossal l'attendait, qu'elle avait de vraies pistes à suivre et à éliminer.

C'est alors que Sonali se planta devant elle pour lui barrer la sortie. Jess vint lui prêter main-forte.

— Vous faites quoi, là ? s'exclama Vivi. Dégagez. Laissez-moi passer.

Elle voulut forcer le passage, mais Ariana l'attrapa par le bras.

— S'il te plaît, Vivi, on essaie de t'aider.

— M'aider ? Ça veut dire quoi ?

— Il y a quelques mois, je n'ai pas vu que mon Aînée était sur la mauvaise pente, murmura Ariana. Je ne veux pas refaire la même erreur.

Vivi se sentit oppressée. Elles ne lui laissaient même pas la place de respirer.

— Mais de quoi tu parles ? s'agaça-t-elle, et elle se libéra d'Ariana plus brutalement qu'elle ne l'aurait souhaité. Tiffany se servait de la magie maléfique pour tuer d'autres sorcières. Moi, j'essaie de récupérer nos pouvoirs.

Son amie resta sans réaction. Enfin, Vivi comprit. *Elle a peur*, songea-t-elle. Son amie cachait sa peur sous un courage de façade et de grands discours. *Elle a peur pour moi ? Ou de moi ?*

— Parle-nous, insista Ariana, d'une voix presque inaudible. Tu n'es pas comme ça d'habitude. Je sais qu'il se trame quelque chose.

Le regard de Vivi passa d'Ariana à Jess, puis de Jess à Sonali. Elles se tenaient les bras tendus, les paumes orientées vers le ciel. D'instinct elles se préparaient à jeter un sort de protection, invoquant une magie qu'elles ne possédaient plus.

Elles ont toutes peur de moi.

— Non, c'est à vous de me dire ce que vous traficotez, dit-elle d'une voix mal assurée. Vous m'avez tendu un piège, c'est ça ? Vous vous êtes mis en tête que je suis en train de suivre l'exemple de Tiffany, que je vais vous assassiner pour dérober vos pouvoirs ?

Sonali jeta à Jess un regard angoissé, puis elle se tourna vers Vivi.

— On ne dit pas que tu es responsable de ce qui est arrivé, absolument pas. Quand tu as détruit le talisman avec Scarlett, tu ne pouvais pas savoir ce que ça allait déclencher. Mais si c'est parti de travers, tu peux compter sur notre aide. On veut s'assurer que tu ne fais de mal à personne… ni à toi-même.

Vivi la fixa sans comprendre ce qu'impliquait ce monologue, puis le déclic se fit et elle lâcha un rire amer qui retentit sous la voûte vitrée.

— Vous pensez que le démon, c'est moi ? J'y crois pas…

Elle se mit à arpenter le jardin d'hiver en secouant la tête. Dire qu'elle s'était démenée pour ces filles, ses soi-disant sœurs. Elle avait voulu les protéger. Les sauver. Elle avait risqué sa vie en infiltrant une sororité rivale qui, elle, pouvait recourir à la magie – pour les Ailes d'Ombre, elle était allée jusqu'aux portes de l'enfer. Et c'était ainsi qu'elles la remerciaient ? En organisant un guet-apens ? En l'accusant d'offrir l'asile à une entité maléfique ?

— Vivi, écoute…, reprit Ariana.

Vivi la coupa net.

— Ne vous inquiétez pas. Vous n'avez rien à craindre de moi. Parce que je ne reste pas ici une minute de plus.

Elle ouvrit d'un geste rageur la porte de la serre et la claqua derrière elle, avec une violence telle que les carreaux vibrèrent.

Ce qu'elles pensaient d'elle, Vivi s'en moquait royalement. Elle comptait bien récupérer sa magie et alors, elles tomberaient à genoux et imploreraient son pardon.

Un pardon qu'elles ne méritaient pas.

La pluie se mit à tomber à la seconde où elle quitta Kappa. Spontanément elle leva la main pour repousser les gouttes, avant de se rappeler que ce geste ne servait à rien. Elle n'avait plus aucun moyen de contrôler les éléments. *Encore un peu de patience.* Il fallait qu'elle ronge son frein, ce n'était qu'une question de minutes.

Vivi s'emmitoufla dans sa veste, remonta la rue à pas pressés en longeant les autres maisons occupées par des associations étudiantes, avec leurs façades revêtues de bardeaux et leurs enseignes fatiguées, puis se présenta devant la forteresse des Theta, encore plus impressionnante que dans son souvenir. En pleine journée ses tourelles semblaient s'élever jusqu'au ciel et l'escalier en pierre, que la pluie faisait reluire, était proprement spectaculaire. Elle monta les marches quatre à quatre ; maintenant qu'elle avait pris sa décision, elle était pressée de mettre un point final à ce chapitre qui n'avait que trop duré.

Avant qu'elle atteigne le perron, la porte s'ouvrit, comme manœuvrée par une présence invisible. Ce spectacle, qu'une autre personne aurait jugé incongru, voire inquiétant, ne fit que conforter Vivi dans son choix. Elle traversa le vestibule et le bruit de ses pas résonna sur les dalles de marbre, répercuté par le haut plafond cintré. Elle resta immobile quelques instants, plongée dans ses réflexions, tandis que la pluie coulait goutte à goutte de son jean et formait de petites flaques au sol. Sous ses yeux étonnés, l'eau s'évapora et les flaques disparurent sans laisser de traces. Vingt-quatre heures à peine s'étaient écoulées depuis la fête et, durant ces vingt-quatre heures, les Theta avaient de toute évidence franchi un nouveau cap dans leur pratique de la magie.

À côté de la porte se dressait un portemanteau auquel était pendue une serviette éponge, blanche et moelleuse. Vivi explora du regard le vestibule désert puis elle haussa les épaules, décrocha la serviette et s'en tamponna les cheveux et les épaules avant d'enfouir son visage dedans, savourant un parfum de lavande et de miel. Personne n'était venu à sa rencontre mais elle découvrit qu'on avait allumé une bonne flambée dans la cheminée du salon. Les flammes crépitantes dégageaient une douce chaleur qui l'attira à l'intérieur de la pièce.

On avait du mal à croire que le salon avait accueilli une grande fête la veille – il n'y avait pas un seul gobelet qui traînait, pas une seule tache douteuse sur un coussin. S'il fallait une preuve que les Theta avaient recours à la magie, c'était bien celle-là. Pourtant, Vivi n'arrivait pas à associer la sorcellerie à ces plaids de style campagne chic, à ces coussins aux messages ringards.

Elle entendit quelqu'un s'éclaircir la voix et elle se retourna. Maria l'observait avec un sourire en coin. Elle avait prédit que Vivi choisirait cette voie-là. Elle avait eu raison.

Avec des gestes lents, Vivi alla raccrocher la serviette au portemanteau, sans quitter Maria des yeux, puis elle redressa les épaules et fit face à la présidente de Theta.

— Alors, tu t'y es pris comment ?

— Pour faire quoi ? demanda Maria sur un ton évasif.

Vivi croisa les bras. Elle avait trop d'amour-propre pour prononcer tout haut certains mots. Elle allait laisser Maria briser la glace.

— Tu me fais perdre mon temps, là, répondit Maria. Je n'ai pas besoin de te prouver quoi que ce soit. Ce que tu veux, je l'ai, point barre.

— Dans ce cas, tu le caches vraiment très, très bien, persifla Vivi, calquant sa voix sur celle de Scarlett. C'est toi qui insistes pour que je rallie Theta. Comment être sûre que tu vas me donner ce que je cherche ? Rien à voir, mais ils sont mignons, ces coussins.

Maria lâcha un rire dédaigneux.

— Très bien. Mais fais attention à ce que tu souhaites, tu pourrais bien le regretter.

Elle claqua des doigts et le canapé prit feu.

Vivi faillit s'écarter d'un bond, par réflexe, mais elle s'en empêcha juste à temps. Elle ne voulait montrer aucune faiblesse devant Maria, ni trahir sa surprise ou son admiration face à ses aptitudes. Ce qu'elle venait de faire, n'importe quelle Kappa appartenant à l'élément feu en était capable, ce n'était pas un exploit. Cette odeur, pourtant… ce n'était pas l'odeur habituelle de la magie. Sous la fumée noire crachée par le tissu qui se consumait, Vivi distingua des relents âcres et sucrés – on aurait dit qu'un fruit pourrissait dans un coin du salon. Était-ce l'odeur de… la magie volée ?

Les flammes enflèrent, furieuses, et une mimique de douleur s'imprima sur les traits de Maria. Manifestement, elle devait déployer un effort surhumain pour contenir l'incendie et l'empêcher de se propager. Des braises picotèrent le visage de Vivi, ses yeux se mirent à larmoyer. Les coussins décoratifs en proie aux flammes s'élevèrent lentement au-dessus du canapé, restèrent quelques instants en suspens puis explosèrent, engendrant un nuage de cendres noires. Au lieu de retomber par terre, les cendres s'agglomérèrent pour prendre la forme de nouveaux coussins. Ceux-là n'étaient pas vert et rose, ils ne proclamaient pas « Ici, le bonheur est fait maison ». Tout cela avait été remplacé par un noir intégral et un flamboyant « Ici, la MAGIE est faite maison ».

Vivi ne put contenir son amusement.

— Pas mal du tout.

— Alors, fit Maria, tu es des nôtres ?

Elle claqua à nouveau des doigts et les flammes retombèrent. Malheureusement, le canapé était bon pour la déchetterie. Vivi allait devoir apprendre aux Theta à jeter ce sort en minimisant les dégâts.

— Oui, je suis des vôtres.

31

Scarlett

Accroupie dans les fourrés, Scarlett se faisait l'impression d'être une détraquée qui resserrait l'étau autour de sa proie, mais c'était la seule méthode susceptible de donner quelque chose. Elle ne pouvait compter sur aucune des Theta pour lui fournir des renseignements au sujet de Xavier. Le matin même, au réfectoire, elle avait tenté de tirer les vers du nez à Spencer, qui l'avait envoyée balader avec une grossièreté à peine croyable.

Scarlett voulait voir Vivi pour mettre avec elle une stratégie au point et elle l'avait bombardée de textos toute la matinée. Malheureusement, sa Cadette était aux abonnés absents, sans doute accaparée par sa propre mission. Après la soirée des Theta, Scarlett avait reçu de sa part un message aussi bref qu'énigmatique. Sur la bonne piste. Plus d'infos demain. Elle lui souhaitait simplement de rencontrer moins d'obstacles qu'elle pendant son enquête.

Elle se tortilla, les jambes prises de crampes. Cette planque, elle la connaissait bien – elle était venue plusieurs fois s'y cacher avec Mason, à l'époque où ils sortaient ensemble, lorsqu'elle souhaitait un peu d'intimité pendant les soirées organisées par PiKa. De l'extérieur, ce renfoncement était quasi invisible mais il offrait une vue imprenable sur l'entrée de la fraternité.

Jusqu'ici une petite dizaine d'étudiants étaient passés devant elle, les uns regagnant leur chambre, les autres sortant faire la fête en ville. Ceux-là avaient les cheveux plaqués sur le crâne avec du gel coiffant et puaient le parfum à plein nez, preuve indéniable qu'ils allaient faire la tournée des bars ou s'incruster dans l'une des nombreuses soirées organisées aux quatre coins du campus – en priorité, celle des Theta. Scarlett l'avait en travers de la gorge et cela l'irritait presque autant que la boue dans laquelle elle s'enfonçait lentement.

Elle extirpa ses pieds de la gadoue et s'appuya à la façade de la maison avec un soupir las. Pour l'instant, aucun signe de Xavier. *Il est encore à l'intérieur, forcément.* Il n'avait pas cours aujourd'hui. Elle s'était renseignée auprès d'un PiKa qu'elle avait croisé un peu plus tôt et qui avait confirmé que Xavier s'y trouvait toujours. Elle ne l'avait pas vu depuis qu'elle avait commencé à faire le guet.

Elle entendit un couple se quereller un peu plus loin, un PiKa lâcher une bordée de jurons dans sa chambre. La nervosité avait gagné le campus tout entier. On aurait dit un baril de poudre prêt à exploser. Quelle était la cause de cette agitation, de cette colère ambiante ? Qui montait les gens les uns contre les autres ? Scarlett ne put s'empêcher d'en rendre responsable la Porte d'Hadès.

Ses pieds lui faisaient un mal de chien, alors même qu'elle portait des ballerines. Ce qu'elle ne donnerait pas pour un sort – un tout petit sort de rien du tout ! Une formule pour faire sortir Xavier de sa tanière. *Ou soigner mes ampoules.*

La porte d'entrée s'ouvrit encore une fois et Scarlett retint son souffle, anticipant une nouvelle déception. Alors, une seconde plus tard, elle aperçut les épaules éternellement affaissées de Xavier. *Pas trop tôt.*

Sans oser reprendre sa respiration, elle le regarda traverser la rue et jeter un dernier coup d'œil par-dessus son épaule. Prise de panique, elle baissa vivement la tête, convaincue qu'il l'avait repérée. Lorsqu'elle se remit à l'épier à travers les fourrés, il s'éloignait en direction du campus, un sac sur l'épaule.

Se rendait-il à la bibliothèque pour réviser ? *Ou attirer des étudiants naïfs dans son piège ?* Elle n'allait pas tarder à le découvrir.

Pas une minute à perdre : elle gravit le perron et poussa la porte de PiKa. Elle savait déjà quelle chambre occupait Xavier : celle que Mason avait vidée quelques semaines plus tôt. Celle où ils avaient passé des journées entières à roucouler, les yeux dans les yeux. Étonnamment, même si leur rupture ne datait que de quelques mois, Scarlett avait l'impression que cela s'était produit dans une autre vie. Que c'était arrivé à une autre. À une Scarlett encore dotée de sa magie, songea-t-elle, affligée. Mais elle avait beaucoup appris au cours de ce semestre. Elle avait développé sa force intérieure. Cela, il ne fallait pas qu'elle l'oublie.

Scarlett monta les marches quatre à quatre. Rien ne justifiait sa présence dans le bâtiment, mais elle était à peu près certaine que son statut de présidente de Kappa la sauverait si un PiKa la surprenait dans les couloirs. En revanche, si Xavier regagnait sa chambre plus tôt que prévu…

Elle allait agir vite.

Scarlett laissa ses pas l'entraîner jusqu'à la troisième porte au deuxième étage. Ce chemin, elle l'avait emprunté si souvent qu'elle aurait pu y arriver les yeux fermés. *Fermée à clef, bien sûr.* Par chance, elle avait fait faire un double de la clef pendant leur deuxième année d'études, car Mason avait la manie de « s'enfermer dehors ». Elle s'agenouilla et mit des petits coups à la plinthe près de la porte. Comme prévu, une partie se détacha du mur et Scarlett trouva la clef de secours, à l'abri dans sa petite niche.

Surtout, ne pas crier victoire trop vite. Peut-être que Xavier avait changé la serrure au moment d'emménager. Scarlett inséra la clef dedans, entendit un déclic et lâcha un soupir de soulagement. Vite, elle se réfugia à l'intérieur et referma la porte derrière elle.

À première vue, cette chambre ne se distinguait en rien des autres chambres étudiantes, en dehors de l'ordre maniaque qui y régnait. Le lit était fait au cordeau, le bureau était le modèle réduit d'un Apple Store et les seuls livres que Scarlett repéra sur une étagère étaient classés par ordre alphabétique. Difficile de nier que Xavier n'avait que peu de points communs avec ses frères PiKa. Même Mason, pourtant porté sur le rangement, laissait toujours une dizaine de livres d'histoire ouverts à droite et à gauche, au cas où lui prendrait l'envie de les consulter.

Pourtant, rien dans cette pièce n'éveillait immédiatement les soupçons. Scarlett démarra son inspection par la bibliothèque. Rien qui sorte de l'ordinaire. Économie, arithmétique... en fait, tout était si normal que cela en devenait suspect, justement. Elle remarqua que les manuels n'étaient pas cornés, qu'il n'y avait pas de romans ni d'ouvrages de vulgarisation scientifique, aucune lecture détente. Quel genre de personne vivait dans une chambre qui ressemblait plus à une librairie universitaire qu'à une piaule d'étudiant ?

Sur le bureau, l'ordinateur mis en mode veille fredonnait. Scarlett tapota l'écran et fit apparaître la page qui exigeait le mot de passe. Pour l'énième fois de la semaine, elle regretta amèrement d'avoir perdu ses pouvoirs. Grâce à un simple sort de métamorphose, elle aurait pu contrefaire les empreintes digitales de Xavier, débloquer son ordinateur et en inspecter le contenu.

Elle dut se contenter d'explorer les tiroirs. Elle avait le sentiment qu'un garçon organisé et méthodique comme Xavier ne laisserait pas traîner un objet aussi évident qu'un carnet contenant ses mots de passe. La vie réservait cependant des surprises. Elle trouva son agenda, mais l'écriture en pattes de mouche, et en abrégé, était illisible. Elle l'étudia une bonne minute, les yeux mi-clos, avant de comprendre. Elle avait déjà vu ce genre de caractères, dans les carnets professionnels de sa mère. *De la sténo.* Marjorie avait appris la sténographie à l'école de droit mais, depuis, l'omniprésence des outils informatiques avait rendu cet enseignement obsolète (ce dont Marjorie se plaignait *ad nauseam*).

Qu'est-ce qui aurait pu pousser un type de l'âge de Xavier à apprendre la sténo, et à s'en servir dans son agenda ? Elle poursuivit son décryptage. Quelques pages plus tôt, à la date du gala, il avait inscrit *Scrt.* Est-ce qu'il faisait allusion à elle ? Elle n'arrivait pas à lire le reste. Autant déchiffrer des hiéroglyphes.

Vite, elle prit la page en photo et feuilleta le reste de l'agenda, sans y trouver quoi que ce soit qui ressemble à un mot de passe. Elle était en train de le ranger dans le tiroir quand son attention fut attirée par un objet. Un appareil photo, à côté de l'agenda.

Vérifiant d'un coup d'œil que la porte était toujours fermée – un grand silence régnait dans les couloirs de PiKa –, Scarlett s'empara de l'appareil photo et l'alluma. Le premier cliché qui apparut à l'écran la montrait, elle, en gros plan. Estomaquée, elle faillit lâcher l'appareil photo. Le cliché datait du jour où elle avait voulu sortir le grand jeu à Xavier. Elle était en train de se disputer avec Jackson. Il fronçait les sourcils, elle le retenait par le bras.

Ainsi, Xavier l'avait observée de son côté. Depuis le début.

Son cœur s'emballa. Soudain, le silence lui glaça le sang. Si Xavier rentrait et la surprenait à fureter dans ses affaires, est-ce qu'elle pourrait sonner l'alarme ? Était-elle seule à PiKa ? Est-ce qu'un autre étudiant l'entendrait crier et viendrait à son secours ?

Une boule se forma dans sa gorge. *Pas de souci, tu l'as vu partir.* Il avait passé toute la journée dans sa chambre. Il n'était sans doute pas pressé de revenir.

Elle quitta lentement le bureau tout en faisant défiler les photos sur l'écran de l'appareil photo. Elle y trouva toutes les Ailes d'Ombre. Mei qui prenait un bain de soleil dans l'herbe derrière Kappa. Etta qui sortait d'une boutique du centre-ville, chargée de sacs. Juliet et Jess main dans la main au restaurant, pendant un dîner aux chandelles. Hazel en plein footing au bord de la rivière au petit matin.

Et Vivi, qui papotait avec Rose au salon de thé. Vivi encore, au gala. Sauf que sur ce cliché, elle n'était pas aussi heureuse et animée que dans le souvenir de Scarlett. Elle paraissait tendue, angoissée. Et son bras… elle avait le bras qui saignait.

À quel moment Vivi s'était-elle blessée ? Scarlett n'en avait pas le moindre souvenir. Mais cette photo lui fit comprendre qu'elle était passée à côté d'une quantité de choses ces dernières semaines. Un loupé, encore un, à ajouter à la longue liste de ses échecs.

Le parquet grinça au-dessus de sa tête. Scarlett lâcha un petit cri et fourra l'appareil photo dans le tiroir qu'elle referma d'un geste brusque. Puis elle resta sans bouger au milieu de la chambre et elle retint son souffle, sur le qui-vive. Un autre grincement, puis un rire un peu plus loin, dans le couloir. Une voix masculine. Un PiKa qui vivait sa vie, rien de plus. La tension dans ses épaules se relâcha.

Allez, grouille.

Ce n'était pas assez. Ces photos étaient flippantes mais elles ne confirmaient rien, en dehors du fait que Xavier était un pauvre mec un peu tordu comme il en existe des dizaines. Pas forcément un démon. Non, ces photos étaient loin de suffire. Il fallait à Scarlett la preuve irréfutable que Xavier avait recours à la magie maléfique, la preuve qu'il connaissait l'existence de la Porte d'Hadès, du talisman d'Hénôsis. Elle se redressa, promena son regard autour d'elle. Elle n'avait aucune notion en piratage informatique, donc elle n'allait rien tirer de l'ordinateur. Elle connaissait ses limites.

Tout d'abord, la penderie. Organisée avec la même méthode que le bureau et les rayonnages de la bibliothèque : chaque vêtement était impeccablement plié, ou avait son cintre attitré. Il possédait le même t-shirt en une dizaine d'exemplaires et deux jeans – l'un foncé, l'autre délavé. Un sac en cuir était accroché à la porte, ce qui provoqua une réaction fébrile chez Scarlett. Malheureusement, il ne contenait que des stylos et un paquet de chewing-gum. Est-ce que les démons mâchaient du chewing-gum ? Scarlett se ressaisit, remit le sac à sa place et ferma la penderie.

Ensuite, le lit. Elle repoussa la couette, l'inspecta attentivement, puis elle se mit à genoux sur la moquette – il l'avait fait nettoyer à la machine à vapeur, elle était prête à le parier, car c'était la moquette la plus propre qu'elle ait vue dans une chambre d'étudiant – et jeta un coup d'œil en dessous. Des boîtes de rangement en plastique attirèrent son attention. Elle en approcha une en la faisant glisser par terre, puis elle l'examina. À travers le couvercle plastifié elle distingua, empilés, ce qui ressemblait beaucoup à des livres. Ceux-là n'avaient rien à voir avec les manuels alignés dans la bibliothèque ; ils étaient vieux, et reliés en cuir.

Elle entrouvrit le couvercle, sortit le premier livre qui lui tomba sous la main, chercha la page de titre et, l'ayant trouvée, manqua de le lâcher. Les caractères biscornus ne laissaient aucune place au doute. *Étude sur les jeteuses de sorts et leur détection.*

Un jet de bile jaillit au fond de sa gorge. Il fallait qu'elle sorte d'ici au plus vite – mais il fallait aussi qu'elle collecte des preuves. Elle ressortit son téléphone et prit en photo la page de titre, puis elle chercha la table des matières. *Éléments de magie malveillante. Typologie des jeteuses de sorts et de leurs points vulnérables.*

Enfin, vers la fin : *Méthodologie de l'élimination des sorcières.*

Elle prit une autre photo, puis elle attrapa le livre suivant. Tous traitaient du même sujet. Ce n'étaient pas des grimoires à proprement parler, mais peut-être qu'un démon n'avait pas besoin de grimoires. Peut-être qu'il avait tout simplement besoin qu'on l'aide à débusquer des sorcières et à s'emparer de leurs pouvoirs ? Ou à les *éliminer* ?

Scarlett avait la gorge nouée, les paumes moites. Elle s'apprêtait à remettre les ouvrages dans la boîte quand elle aperçut un objet posé au fond. Un long stylet doté d'une lame effilée. Elle sentit l'adrénaline émousser son discernement. Le long de la lame et autour de la poignée étaient gravés des caractères runiques qu'elle avait appris à lire sous la direction de sa mère, avant même d'apprendre à lire l'anglais. Cela avait été l'objet de sa toute première leçon, coïncidant avec le jour où sa mère lui avait révélé qu'elle possédait des pouvoirs magiques. *Si tu vois ces runes inscrites quelque part, n'importe où...* La voix de Marjorie résonna distinctement dans sa mémoire, comme si son conseil remontait à la veille. *Va-t'en. Très vite.*

Scarlett ne prit même pas la peine de refermer la boîte, elle se remit difficilement debout. L'angoisse la saisit et la chambre se mit à tourner autour d'elle.

Xavier n'était pas un démon. Ces vieux livres lui avaient permis d'assembler les dernières pièces du puzzle, de lever le voile sur une terrible vérité. Les photos, aussi, et cette obsession qu'il semblait nourrir pour les Ailes d'Ombre, au point de les suivre partout.

C'est un chasseur de sorcières.

Scarlett ne perdit pas de temps à camoufler les traces de son passage. Son instinct prit le dessus. *Sors d'ici, allez, et ne traîne pas,* lui ordonna son cerveau. Elle se précipita sur la porte, qu'elle ouvrit à la volée. Le couloir était plongé dans la pénombre, les plafonniers clignotaient. Il faisait moins sombre tout à l'heure, non, quand elle était montée ? Qu'est-ce qui avait changé ?

Elle avança d'un pas et, sous ses pieds, le parquet grinça. Elle se figea, balaya le couloir des yeux. Les autres portes restèrent fermées. Pas un seul bruit aux étages. Plus de voix rassurante quelques portes plus loin.

Tout va bien, s'encouragea Scarlett. *Il n'y a qu'un escalier à descendre.* La liberté n'était qu'à quelques mètres. Kappa était là, sur le trottoir d'en face. Il suffisait de traverser la rue. Elle piquerait un sprint, elle raconterait tout à ses sœurs. Ensemble, elles trouveraient une solution.

Avant toute chose, il fallait qu'elle sorte d'ici.

Scarlett progressa dans le couloir en rasant le mur et traversa le palier d'un pas léger, aussi discrètement que possible. Elle avançait de quelques pas et se retournait, pour vérifier qu'elle était bien seule. La maison était sombre, vide. Elle avait pour seule compagnie la lumière crépusculaire dispensée par les plafonniers.

Son téléphone vibra.

Marjorie.

Elle éteignit son portable.

Enfin, elle atteignit le sommet de l'escalier et dévala les marches. Peu lui importait qu'un autre PiKa l'aperçoive et s'étonne de la voir dans cet état. Son objectif, c'était de s'échapper. De retourner à l'air libre et respirer, mettre de l'ordre dans ses idées.

Elle arriva au rez-de-chaussée, se rua sur la porte et l'ouvrit, prête à mettre derrière elle cette maison de malheur, à courir vers la liberté.

Hélas, c'est dans les bras du chasseur de sorcières qu'elle se jeta.

32

Vivi

Tout portait à croire qu'après avoir annoncé sa volonté de rallier leurs rangs, Vivi allait intégrer Theta dans la foulée. Maria la conduisit à l'étage, où ses nouvelles sœurs semblaient déjà l'attendre. Montant les marches d'un pas sautillant, Vivi prit une profonde inspiration. Le parfum familier de la magie lui arracha un sourire et déclencha un picotement dans tous ses membres. Elle eut la sensation de revenir brutalement à la vie, de retrouver la lucidité et l'énergie qui lui avaient tant fait défaut ces derniers jours.

Lorsqu'elle franchit le seuil de la salle commune, les Theta, menées par Reagan et Bailey, saluèrent son arrivée avec des clameurs et des hourras. Vivi sentit une chaleur irradier de son estomac. Quelle différence avec l'accueil qu'on lui avait réservé à Kappa, où elle avait dû gagner sa place et prouver son mérite, maintes et maintes fois, à Scarlett et aux sorcières plus expérimentées !

Pourtant, Vivi n'arrivait pas à effacer de son esprit cette impression que tout n'était qu'un leurre. Quand elle regardait les Theta, elle aurait pu croire qu'elle observait Kappa à travers un miroir déformant : il y avait de la magie, aucun doute là-dessus, mais c'était une magie de guingois. Lorsque Spencer vint la serrer dans ses bras, Vivi se rendit compte qu'elle s'était inspirée de Mei ; elle avait transformé sa longue chevelure blonde en carré beaucoup plus foncé. Mais là où son modèle avait des mèches lisses et lustrées, Spencer avait les cheveux qui frisottaient et, lorsqu'elle bougea la tête, Vivi aperçut des touffes blondes qui essayaient de reprendre leur place légitime. On aurait cru un vieux poste de télévision mal réglé, à cheval entre deux chaînes. C'était tout à fait logique : les Theta étaient encore des novices en la matière et Vivi avait hâte de leur apporter ses lumières. Pour une fois ce serait elle, la sorcière compétente, versée en toutes sortes de sortilèges.

— Cela va nous prendre un petit moment d'organiser ton rite d'initiation, déclara Maria. Va te mettre à l'aise, en attendant. Rose peut te montrer ta chambre.

Rose sauta sur ses pieds avec un enthousiasme tel qu'elle faillit se tordre la cheville. Elle saisit Vivi par la main et l'entraîna vers l'escalier. Vivi repensa à la façon dont elle lui avait faussé compagnie la veille, pendant la fête, et elle fut prise de remords.

— Hé, je m'excuse de t'avoir plantée là hier soir. Et je n'aurais pas dû entrer dans ta chambre sans ta permission…

— Ne t'excuse pas, l'interrompit une Rose tout sourire. Maria m'a tout expliqué. Si c'est ce qui t'a convaincue de nous rejoindre, ça ne me dérange pas, au contraire.

Elles s'engagèrent dans un couloir tapissé d'un papier peint à motif fleuri sur fond bleu foncé. Rose fit un geste de la main et une porte, la dernière, s'ouvrit à la volée.

— Ta chambre, déclara-t-elle, pas peu fière de ce qu'elle venait d'accomplir.

— Sympa, commenta Vivi avec un large sourire.

À la façon d'un serpent, l'envie vint se lover autour de son cœur. Elle avait l'impression d'être contrainte d'assister au concours du plus gros mangeur de gâteaux alors qu'elle était affamée – son envie de pratiquer la magie était tellement forte qu'elle déclenchait une souffrance d'ordre physique. Elle en avait besoin pour se retrouver, pour se protéger des ténèbres qui, elle le sentait, se refermaient inexorablement sur elle.

— Je t'en prie, installe-toi, lui dit Rose. On t'appellera quand ce sera l'heure.

Elle referma la porte, laissant Vivi seule.

Maria lui avait attribué une chambre située dans l'une des quatre tourelles qui encadraient le bâtiment principal. Immédiatement, Vivi remarqua la cheminée, le balcon en pierre encore plus grand que son ancien balcon et le plafond si élevé que le lustre avait du mal à éclairer les détails des solives. Il y faisait plus froid qu'à Kappa, aussi. On aurait dit que les pierres des murs absorbaient toute la chaleur, ce qui expliquait sans doute la présence de la cheminée. Un désagrément dont Vivi pourrait venir à bout d'un claquement de doigts, une fois qu'elle aurait récupéré sa magie. Pourtant, lorsqu'elle s'assit au bord du lit, elle se laissa envahir par une vague de nostalgie. Elle n'avait pas l'intention de se servir de ses pouvoirs pour réaménager cette chambre, ou rectifier ses défauts – elle voulait briser la malédiction qui s'était abattue sur Kappa et restaurer les pouvoirs de ses sœurs, pour que tout redevienne comme avant. Enfin, pas tout à fait. Si Vivi était la première à récupérer sa magie, et si elle s'en servait pour venir en aide aux Kappa, c'en serait fini de l'époque où ses sœurs la prenaient de haut, où elles doutaient de ses compétences.

Vivi savait qu'elle devait rester sur ses gardes tant que les Theta n'avaient pas prouvé qu'elles étaient capables d'honorer leur part du contrat. Pourtant, elle voulait leur accorder sa confiance. Scarlett l'avait envoyée derrière les lignes ennemies, livrée à elle-même – et Vivi avait trouvé des étudiantes sympathiques, qui l'avaient accueillie à bras ouverts. Des filles qui ne la traitaient pas comme une moins-que-rien sous prétexte qu'elle n'y connaissait rien en magie.

Dans la salle de bains attenante, Vivi trouva d'épaisses serviettes, ainsi qu'un assortiment de produits d'hygiène luxueux dont les parfums lui évoquèrent des plantes utilisées dans les potions : chardon, rose, armoise et lavande. Elle passa plus de temps que d'habitude sous la douche, savourant la chaleur vaporeuse. Depuis quelques jours la plomberie n'en faisait qu'à sa tête et l'eau chaude était devenue une denrée rare à Kappa. Au sortir de la douche, elle remarqua des vêtements de rechange posés en travers du fauteuil : un jean noir au fini vinyle et un t-shirt de même couleur. Pas du tout son style, mais Vivi était venue à Theta précisément parce qu'elle en avait assez d'être elle-même.

Elle voulait être quelqu'un d'autre. Quelqu'un de fort. Quelqu'un d'audacieux.

Elle enfila le jean qui épousa chacune de ses courbes, comme s'il avait été taillé sur mesure, puis le t-shirt, extrêmement moulant. Le reflet que lui renvoya le miroir lui évoqua une James Bond girl, dangereuse, énigmatique. Vivi eut du mal à se reconnaître. Et sa nouvelle version lui plut beaucoup.

Elle s'imagina la réaction de Mason s'il la voyait dans cette tenue. Se rendrait-il compte qu'il avait commis une erreur en laissant filer une fille aussi canon ? Que ferait-il s'il la croisait en soirée, en train de danser aux côtés des Theta, se livrant corps et âme à la musique ? Serait-il submergé de désir au point de lui donner une seconde chance ? En même temps, Mason évitait les soirées comme la peste. Si Vivi voulait lui en mettre plein les yeux, elle allait devoir se pointer à la bibliothèque… le vendredi soir, à neuf heures, vu que c'était à ce moment-là que Mason était « visité par la muse ».

Vivi sentit son cœur se serrer lorsqu'elle repensa à toutes les fois où elle avait introduit en contrebande du café et des barres chocolatées dans la salle des ouvrages rares, à la façon dont le visage de Mason s'éclairait dès qu'il posait les yeux sur elle, même s'ils s'étaient vus quelques heures plus tôt. Comment revivre ces instants ? Comment le reconquérir ?

Au bout d'un quart d'heure, Etta et Bailey vinrent la chercher. Elles étaient chargées de la conduire à la salle commune.

— Alors, nerveuse ? lui demanda Etta alors qu'elles remontaient le couloir. Tu as pris la bonne décision, je t'assure.

Elle marchait d'un pas élastique et elle ne cachait pas son excitation, ce qui ne lui ressemblait pas.

— J'en suis certaine, répondit Vivi. Il vous a fallu combien de temps avant de récupérer vos pouvoirs ?

Ses sœurs échangèrent un regard complice.

— On n'est pas censées t'en parler avant l'initiation, expliqua Bailey avec, dans la voix, une sérénité inhabituelle.

Naguère, même de bonne humeur, elle donnait toujours l'impression d'être une vraie cocotte-minute.

— Tu vas être heureuse ici, affirma Etta. Les filles sont très gentilles, très chaleureuses. J'ai déjà l'impression d'être une Theta depuis toujours.

— Et Maria est top, renchérit Bailey en hochant furieusement la tête. Tu vas l'adorer. Elle aime les gens qui donnent leur avis. Elle dit toujours que les meilleures idées viennent des endroits les plus inattendus.

— Ça m'a l'air génial, fit Vivi, qui passa en revue toutes les façons dont Kappa rabaissait les postulantes – entre l'invitation à laquelle il était impossible de répondre et les cierges magiques qui ne daignaient s'allumer que pour celles qui en étaient dignes. Tout ce qu'elle avait appris à Kappa partait du principe qu'on naissait sorcière ; la magie était innée, pas acquise. Peut-être existait-il une autre voie, moins sélective ? Et si la magie devenait accessible aux personnes prêtes à travailler dur et à se mettre au service des autres ? Les Theta débutaient, mais elles semblaient mettre tout en œuvre pour que Vivi se sente chez elle.

Suivant Etta et Baily dans l'escalier, Vivi se rendit compte qu'elle avait sans doute sous-estimé la puissance des Theta. Durant l'heure qui venait de s'écouler, le rez-de-chaussée avait subi une métamorphose drastique – ce n'était plus du tout le même endroit. On se serait cru au cœur d'une forêt. Des arbres se dressaient à perte de vue et, sous le pied, l'herbe formait un tapis de velours émeraude. Ici et là, au milieu de la mousse et des brindilles, Vivi aperçut des champignons et du lichen, des petites fleurs qui s'épanouissaient la nuit et qui semblaient phosphorescentes. Une légère brise lui chatouilla la nuque et elle se frotta les bras en frissonnant tandis que son haleine s'échappait par bouffées opaques.

Une silhouette encapuchonnée se matérialisa près d'elle. Elle sursauta. La capuche cachait les yeux, mais Vivi aperçut une bouche en cœur, rehaussée de gloss. Rose, conclut-elle. Peut-être. Ou une autre Theta.

— Es-tu prête, aspirante ?

La bouche esquissa un sourire. Une main sortit d'un pan du manteau et offrit à Vivi une rose au coloris éclatant. Vivi se redressa. Pas question de se laisser intimider par cette mise en scène.

— Oui, je suis prête, répondit-elle sans flancher.

— Suis-moi.

Le manteau, aussi noir que le ciel de minuit, se retourna et s'éloigna, froufroutant au contact de l'herbe. Vivi lui emboîta le pas, incapable de résister à l'envie de tendre la main et d'effleurer, du bout des doigts, les troncs sur son passage. Le décor était d'un réalisme confondant. L'herbe, l'écorce des arbres. L'odeur, même – cela sentait la terre mouillée, la pluie. Cette odeur de forêt donna à Vivi l'envie de récupérer sa magie, si fort que son estomac émit un borborygme. C'était une faim que rien n'arrivait à apaiser. Non, pas une faim. Un besoin irrépressible, plutôt.

Le pouvoir était à portée de sa main. Ce n'était plus qu'une question de minutes avant qu'elle retrouve la part qui lui manquait. Qu'elle retrouve la *sécurité.*

Le vestibule transformé en futaie s'élargit pour déboucher sur une clairière délimitée par d'énormes champignons d'un gris lumineux, comme autant de fragments de lune. Lorsque Vivi leva les yeux, ce n'était plus le plafond qui s'offrait à son regard, ni les murs en pierre typiques de la forteresse des Theta. Elle vit un ciel sans nuage et le disque de la pleine lune. Et des étoiles. Des étoiles par millions, par milliards, une superposition de galaxies formant une voûte au-dessus de la clairière. Elle dut se faire violence pour en détacher son regard.

D'autres silhouettes vêtues de tuniques l'attendaient. Toutes les Theta s'étaient donné rendez-vous pour assister à son initiation et elles formaient à présent un cercle, la tête inclinée. Rose rejoignit ses sœurs, qui s'écartèrent pour lui laisser une petite place. La maîtresse de cérémonie, qui se distinguait du reste par sa haute taille et sa couronne d'épines, fit signe à Vivi d'approcher.

Vivi n'aurait su dire qui était qui. Il y avait de fortes chances pour que la figure couronnée d'épines soit Maria mais c'était un détail qui n'avait, au fond, aucune importance. Elle arrivait presque à sentir la magie qui s'étirait vers elle, qui attendait de jaillir dans ses veines – car c'était là qu'était sa place. Privée de ses pouvoirs, Vivi était aussi privée de ses moyens de défense : elle n'était qu'une fille ordinaire, sans foyer, sans but, condamnée à une vie d'errance, cette vie qui était la sienne avant de venir étudier à Westerly. Seule la magie pouvait la protéger des gens malveillants, des personnes comme Tiffany. Ou pire, des démons qui rôdaient sur le campus.

Elle repensa à la Porte d'Hadès dont elle avait découvert l'existence au sous-sol de Kappa House, à la façon dont le gouffre avait tenté de happer Scarlett. Seules des sorcières au summum de leur puissance seraient capables de lutter contre une force pareille. Et les Ailes d'Ombre couraient un grave danger. Même si Vivi leur en voulait toujours, elle ne pouvait pas les livrer pieds et poings liés au démon – elle ne pouvait pas laisser le mal gagner.

Elle esquissa un pas, la tête haute, et se posta au milieu du cercle. Les silhouettes resserrèrent les rangs autour d'elle.

— Aspirante, lança une voix.

Vivi reconnut les accents de Maria. Lorsqu'elle se retourna pour faire face à la présidente de Theta, elle fut incapable de dire qui avait parlé, et qui avait gardé le silence. La voix semblait provenir de partout et de nulle part, tout à la fois.

— En passant du statut d'aspirante à celui d'initiée, tu te consacres entièrement – esprit, corps et âme – à ce cercle. À partir d'aujourd'hui, notre pouvoir est le tien. Ton pouvoir, le nôtre. Nous ne faisons qu'une.

— Nous ne faisons qu'une, répéta un chœur de voix qui semblait jaillir d'une seule gorge, et que Vivi sentit vibrer au creux de sa poitrine.

— Nous ne faisons qu'une. Nous ne faisons qu'une…

— Si tu acceptes de sceller ce pacte, alors prends ton manteau. Et prête serment, comme ont prêté serment avant toi celles qui sont présentes ici cette nuit.

La silhouette à la couronne eut un mouvement de tête, semblant désigner quelque chose par terre. Vivi découvrit un habit noir posé là. Elle eut une courte hésitation puis elle le ramassa, laissant la rose à sa place. Elle drapa le manteau sur ses épaules et, enfin protégée de la fraîcheur de l'air par l'épaisse étoffe, lâcha un petit soupir de soulagement.

— Répète le serment après moi, ordonna la Theta couronnée.

À cet instant, Vivi prit conscience que cette couronne n'était pas faite d'épines, mais de cornes – des bois empruntés à un animal de belle taille. La ramure d'un cerf, sans doute, d'un âge plus que respectable. Il fallait ouvrir l'œil pour voir les petites taches rouges qui ensanglantaient la base.

— Mon pouvoir est le vôtre, psalmodia la maîtresse de cérémonie.

— Mon pouvoir est le vôtre, répéta Vivi.

— Mon corps, votre corps. Ma volonté, votre volonté.

— Mon corps, votre corps. Ma volonté, votre volonté.

Les paroles franchirent ses lèvres sans se faire prier.

— Par le sang nous scellons ce pacte, car de toute éternité nos pactes ont été scellés par le sang, Vivian Devereaux.

Alors la figure couronnée produisit une coupe en argent terni et un poignard. Vivi regarda les membres du cercle s'approcher une à une, présenter leur index à la pointe de la lame et laisser tomber une unique goutte de sang au fond de la coupe. Enfin, la figure couronnée se piqua le doigt et ajouta son propre sang à ce mélange.

La coupe se mit à émettre une lumière rouge sombre, comme éclairée de l'intérieur par une étoile à l'agonie. Vivi tendit les bras et l'accepta, s'attendant à être écœurée par l'odeur caractéristique du sang. Pourtant, lorsqu'elle approcha la coupe de ses narines, aucune odeur métallique ne l'agressa, au contraire elle sentit un parfum sucré.

— Bois, ordonna la silhouette couronnée. Et redeviens celle que tu dois être, sorcière.

En réaction, Vivi sentit son cœur battre plus vite. *Sorcière.*

Elle porta la coupe à ses lèvres et, sans la moindre hésitation, avala ce qu'elle contenait. Elle attendit que les démangeaisons qu'elle connaissait si bien, et qui lui procuraient tant de plaisir, se propagent sur sa peau. Rien ne se produisit. Une angoisse mêlée de déception lui tordit l'estomac.

— Je… je n'ai pas l'impression que ça ait marché.

Là-dessus, celle que Vivi pensait être Maria lâcha un rire narquois et tendit le bras, la paume orientée vers le ciel. Une flamme jaillit et se mit à danser au creux de sa main.

— Essaie.

Vivi réfléchit quelques instants. Peut-être était-il plus judicieux de se faire d'abord la main sur un sort de Deniers. C'était ainsi que cela fonctionnait, à Kappa. On démarrait avec la magie que l'on maîtrisait le mieux et on avançait par étapes.

Sauf qu'elle n'était plus à Kappa. Et elle n'avait pas son tarot sous la main ; on ne lui avait pas donné de formules à apprendre par cœur, pas d'exercices à pratiquer.

Maria releva la tête et adressa un clin d'œil à Vivi. Entre ses doigts brillait une fine aiguille.

— Tu sais déjà comment cela fonctionne, je crois, fit-elle. Une toute petite piqûre. Un sacrifice insignifiant et, en échange, tous tes vœux sont exaucés. À ton avis, qui a laissé ce grimoire dans la bibliothèque ?

C'est Maria qui me l'a donné ? Mais c'est impossible ! La confusion de Vivi fut très vite muselée par ce besoin brutal, désespéré, de pratiquer la magie, une pulsion qui prenait le pas sur tout le reste, les doutes et les craintes. Vivi s'empara de l'aiguille et, les yeux fermés, elle visualisa dans son esprit les flammes qui dansaient au creux de la paume de Maria. C'était ce qu'elle voulait. Ce pouvoir, cette chaleur. Les sourcils froncés, elle serra les dents et enfonça la pointe de l'aiguille au centre de son pouce.

Des flammes jaillirent du bout de ses doigts et s'élevèrent toutes droites jusqu'au plafond, si haut que plusieurs Theta s'écartèrent. Certaines éclatèrent de rire. Vivi agita la main et les flammes se mirent à tanguer. Une langue de feu lui lécha le visage et lui chauffa les joues, qui rosirent instantanément. Souriant d'une oreille à l'autre, Vivi referma le poing et, aussitôt, les flammes s'évanouirent.

— Bienvenue à Theta, déclara Maria avec un grand sourire. Te voilà des nôtres.

33

Scarlett

Scarlett était clouée sur place. Xavier la tenait fermement par le poignet, mais il ne lui faisait pas mal. Il semblait presque l'aider à rester debout. Dans cette position, ce serait pour lui un jeu d'enfant de lui tordre le bras et de la plaquer contre le mur. Il était plus grand qu'elle, plus fort. Sans oublier qu'elle ne pouvait plus compter sur ses pouvoirs.

Il se campa dans le cadre de la porte, son regard passant du visage de Scarlett à l'escalier toujours plongé dans l'obscurité.

— Oh, Xavier ! lança-t-elle sur un ton faussement désinvolte. Justement, j'allais sortir.

Fait chier. Sa voix chevrotait. Elle voulut se dégager, Xavier refusa de la lâcher.

— Je viens de recevoir une alerte sur mon portable, l'informa-t-il, sur le ton de la conversation. Quelqu'un est entré dans ma chambre.

Et merde. Elle aurait dû s'en douter. Bien sûr qu'un chasseur de sorcières aurait une alarme installée chez lui. Il avait tant de choses à cacher.

— C'est… pas de chance, articula-t-elle.

Les yeux de Xavier étaient sombres. Impénétrables.

— Oui. Et voilà que je te croise. Alors que tu sors en courant de PiKa.

Scarlett prit une profonde inspiration, puis elle poussa un cri.

Elle essaya, du moins. Xavier fut plus rapide. Il la fit taire en collant une main sur sa bouche. Scarlett tenta de se débattre, Xavier la retourna sans la moindre difficulté et elle se retrouva le dos contre son torse.

— Alors, qu'est-ce que tu faisais chez moi ? demanda-t-il d'une voix assourdie.

Il ne plaisantait plus. Il la menaçait.

La sortie lui tendait les bras. Elle pouvait frapper du pied le cadre de la porte. Peut-être qu'un PiKa l'entendrait, que quelqu'un viendrait à son secours. Elle sentit qu'elle allait suffoquer. Elle se débattit comme une diablesse et, cette fois, il la lâcha, mais il resta posté sur le seuil, les bras en croix. Même s'il était svelte, il arrivait à lui bloquer le passage.

— Laisse-moi partir, siffla-t-elle.

Scarlett voulait sauver les apparences. Donner l'impression qu'elle était une dure à cuire. C'était compter sans sa voix, qui se brisa au plus mauvais moment.

— C'est toi qui es entrée par effraction dans ma chambre, répliqua Xavier. S'il y a quelqu'un ici qui a le droit de donner des ordres à l'autre, c'est moi.

— Si tu ne me lâches pas, je vais…

Elle hésita. Fit la grimace. Le sourcil haussé, Xavier afficha un sourire narquois.

— Tu vas faire quoi, me jeter un sort ? Ça m'amuserait beaucoup, mais je suis à peu près certain que tu n'arriverais même pas à allumer un feu de Bengale, même si c'était une question de vie ou de mort.

Scarlett rougit jusqu'à la racine des cheveux. Qui lui avait parlé des cierges magiques ? Et qui, bon sang, lui avait parlé des Ailes d'Ombre ? Elle avait découvert qu'il les avait traquées, elle et ses sœurs, et mitraillées comme un paparazzi – en ville, dans le jardin, mais… Elles étaient extrêmement discrètes, et prudentes. Il en était ainsi depuis des générations.

Jusqu'à ce que tu débarques et que tu fiches tout en l'air, murmura la petite voix de sa conscience. Une petite voix qui, bizarrement, ressemblait en tout point à celle de sa mère…

C'était la première fois que Scarlett était mise au pied du mur par une personne étrangère à Kappa. Un individu dangereux, par-dessus le marché. Son instinct lui dicta de faire ce qu'on lui avait inculqué depuis le plus jeune âge : nier, nier encore, nier toujours.

— Je ne comprends pas, répondit-elle, d'une voix trop lente. Forcée. Fausse.

Xavier s'esclaffa.

— Je crois qu'on a dépassé ce stade, Scarlett.

Il fit un pas vers elle.

Scarlett calqua ses gestes sur les siens. Elle recula jusqu'à ce qu'elle se cogne contre la balustrade. *Où est-ce qu'ils sont tous passés ?* C'est ce soir que la maison des PiKa, d'ordinaire noire de monde, avait choisi pour être vide ?

— Alors… il se passe quoi, maintenant ? demanda-t-elle d'une voix blanche.

— On monte discuter, fit-il en montrant l'escalier de la tête.

— Si tu crois que je vais te suivre comme ça, tueur de sorcières, rétorqua-t-elle avant de croiser les bras sur la poitrine.

Xavier grommela et vérifia, d'un coup d'œil circulaire, qu'ils étaient bien seuls. Comme s'il craignait que les murs aient des oreilles. Il se rapprocha encore d'un pas et elle serra les poings. Ses techniques d'autodéfense étaient peut-être rouillées mais elle n'allait pas s'avouer vaincue aussi facilement.

Sans lui laisser le temps d'esquisser un geste, Xavier tendit les bras, les paumes en avant, comme s'il essayait de calmer un cheval effarouché.

— Je ne suis pas un tueur de sorcières, Scarlett.

— À d'autres, cracha-t-elle. J'ai vu la dague. Je sais ce que signifient les symboles gravés dessus.

Sa mère l'avait mise en garde contre les hommes de sa trempe, ces minables qui méprisaient les sorcières, qui les jugeaient contraires à l'ordre naturel. Ils portaient ce genre d'armes, des poignards enchantés qui repoussaient la magie et abattaient les défenses de leurs victimes. Ils assassinaient des femmes comme Scarlett, comme les membres de sa famille.

C'est alors que Xavier chuchota :

— C'est le démon que je suis venu tuer.

Assise au bord du lit, Scarlett toisa Xavier. Elle se méfiait toujours de lui. Il l'avait peut-être attirée dans un guet-apens, pour lui faire baisser sa garde avant de porter le coup fatal.

Elle le regarda toucher la poignée de la porte et réciter une formule entre ses dents. La poignée émit une lueur bleutée. Alors, Xavier se tourna vers elle.

— Donc, qui manipulait l'autre ? Mais quelle idiote je fais…, lâcha Scarlett. Rien de tout cela n'était sincère. Tes manœuvres d'approche, tout ce que tu m'as raconté sur ta famille…

— Ce n'est pas contradictoire. Je t'ai manipulée, mais ça ne veut pas dire que ça ne me plaisait pas… que *tu* ne me plaisais pas, corrigea-t-il dans un murmure.

Leurs regards se croisèrent et Scarlett sentit monter en elle une émotion qu'elle mit aussitôt en sourdine.

— Scarlett, c'était le seul moyen, s'empressa-t-il d'ajouter.

Elle inspecta d'un coup d'œil la poignée de la porte. La lueur s'était éteinte.

— Je ne savais pas que les chasseurs de sorcières touchaient à la magie, fit-elle remarquer avec un sourire en coin.

Son regard s'attarda sur la dague qui était toujours par terre, à l'endroit où elle l'avait lâchée tout à l'heure sous le coup de la panique. Vite, profitant de ce que Xavier avait le dos tourné, elle tendit la jambe et, du pied, la rapprocha d'elle. L'arme était à présent à portée de sa main, au cas où.

Non, elle ne lui faisait toujours pas confiance.

— Je croyais que ton engeance considérait la magie comme une manifestation maléfique, ajouta-t-elle. Une souillure contre-nature.

Xavier se retourna. Avec ses yeux cernés et injectés de sang, il avait l'air exténué. Il lui laissa le lit et alla s'adosser au mur à côté du bureau, la jambe repliée.

— Je te l'ai dit, Scarlett. Je ne suis pas celui que tu crois.

Son regard tomba sur le poignard, qu'elle cachait maladroitement sous sa basket, et il hocha la tête.

— Garde-la. Si tu te sens plus en sécurité avec.

Les yeux braqués sur lui, elle se plia en deux et ramassa la dague d'un geste vif. Ainsi armée, elle inspecta la lame sous toutes les coutures. Les runes captèrent la lumière du plafonnier. Ce poignard donnait la chair de poule à Scarlett. L'instinct parlait, même si elle avait perdu ses pouvoirs. C'était plus fort qu'elle.

— Ces symboles servent à désamorcer la magie. Ils rendent la lame impénétrable à la sorcellerie.

— Pourquoi tu possèdes cette arme, si tu ne chasses pas ?

— Les runes neutralisent tous les types de magie, expliqua Xavier avec un regard hanté. Pas uniquement celle des sorcières. On est sur la piste de l'entité que vous avez libérée lorsque vous avez détruit le talisman d'Hénôsis. Un démon qui s'appelle Typhéus, même si actuellement il répond sans doute à un autre nom.

Scarlett sentit l'anxiété monter d'un coup. Qui désignait-il par « on » ? Il n'était pas le seul chasseur de sorcières en activité ? Elle se rassura en resserrant le poing autour la dague.

— *On* ? Qui t'a mis au courant pour le talisman ? Et pour tout le reste ? Et ces photos que tu as prises… Tu me suis depuis pas mal de temps, sans parler des autres Kappa…

Xavier ferma les paupières, massant du pouce l'arête de son nez.

— Récapitulé comme ça, je sais que ça paraît louche. Mais tu n'es pas la seule à être l'héritière d'une dynastie, Scarlett.

Lorsqu'il rouvrit les yeux, il lui parut… plus vieux, en un sens. Plus éprouvé.

— Je suis issu d'une famille de sentinelles, Scarlett. Notre mission, c'est d'empêcher coûte que coûte que la Porte d'Hadès s'ouvre pour déverser des légions de démons dans notre dimension. Et on ne recule devant rien pour y parvenir.

Le regard de Scarlett passa de Xavier à la dague. Elle repassa mentalement en revue ce que sa mère lui avait enseigné sur les chasseurs de sorcières. Ils se servaient d'armes de ce type, oui. Et ils amadouaient leurs proies afin qu'elles baissent la garde. Mais elle avait vu, de ses propres yeux, Xavier jeter un sort à la poignée de la porte pour la verrouiller, au lieu de se servir de sa clef. Un chasseur de sorcières préférerait mourir plutôt que d'avoir recours à la magie. Ce qui signifiait qu'il disait, peut-être – *peut-être* – la vérité.

— Mettons que je te croie, commença Scarlett. Pourquoi tu as suivi mes sœurs, si c'est ce… Typhéus que tu traques ?

— Tu sais forcément que, de ce côté-ci de la Porte, les démons peuvent emprunter forme humaine. Ils sont également capables de se servir de la magie. Donc, quand j'ai appris ce qu'était réellement Kappa…

— Tu crois qu'il se terre chez nous ? Impossible. Je connais ces filles depuis longtemps, bien avant la destruction du talisman.

— Typhéus n'est pas un démon ordinaire. Il s'est fait une spécialité de modifier les souvenirs des gens. Il peut remodeler ta mémoire, s'insinuer dans ton passé. Te faire croire qu'il a toujours été là.

— Aucune des sorcières d'Épée que je connais, même la plus puissante, n'arriverait à convaincre des centaines d'étudiants, un campus entier, qu'ils gardent dans un coin de leur tête l'image d'une personne qui n'a jamais existé.

— Justement, ça te donne une idée du danger que représente Typhéus. Il pourrait être n'importe qui, homme ou femme, précisa Xavier. Pire, il veut absolument ouvrir la Porte d'Hadès. C'est de là qu'il tire son pouvoir. Pour l'instant, ce pouvoir ne lui arrive qu'au compte-gouttes. Imagine ce dont il serait capable si une vague magique déferlait sur lui. Sans parler des cohortes infernales qui trépignent derrière.

— Eh bien, c'est toi, la sentinelle. J'imagine que tu sais comment l'arrêter...

— Tout le monde fait l'erreur de croire que le pouvoir provient de ce qu'on possède. De la magie. De la solidarité, de la force du collectif. Mais il existe un autre pouvoir, à l'opposé du spectre. Un pouvoir qui tire sa source de ce qu'on n'a pas...

— Qu'est-ce que tu veux dire par là ?

— L'envie, la faim, le manque, ce sont aussi des énergies puissantes. Et c'est de ça qu'un démon va se nourrir. C'est son carburant. Et une université, pour lui, il n'y a pas mieux. Cette multitude de jeunes qui galèrent, qui ont des chagrins d'amour, qui sont déçus par leur parcours ou leurs notes. Tout cela, il l'a absorbé et une fois repu, il est venu s'emparer de ce que vous possédez, toi et tes sœurs – le pouvoir, le vrai. Et il l'a pris, sans le moindre scrupule. S'il continue à se renforcer, à un moment, plus rien ne pourra l'arrêter.

— Alors, on fait quoi ?

Quel supplice pour Scarlett de poser cette question et de remettre sa vie entre les mains d'un chasseur de sorcières.

— J'ai… j'ai une idée. Quelques hypothèses. Mais ça fait plus d'un siècle que personne dans ma famille n'a affronté de démon et les notes de mon arrière-arrière-grand-père sont un peu obsolètes pour la guerre moderne.

Ils froncèrent les sourcils de concert.

— Le seul élément qui joue en notre faveur, reprit Xavier, c'est qu'il ne peut pas ouvrir la Porte tout seul. Il lui faut le sang de la sorcière qui l'a refermée la dernière fois.

— On a beaucoup de chance. Parce que, à l'heure actuelle, d'après les infos que j'ai, il n'y a plus de *coven* sur le campus.

Xavier leva les yeux au plafond, puis il les posa sur sa fenêtre. Il voulait à tout prix éviter de croiser son regard.

— Ce n'est pas… tout à fait exact.

— Mais tu sais ce qui est arrivé aux Ailes d'Ombre, pas vrai…

Ce n'était pas une question. Scarlett se mit debout, la dague toujours à la main. Xavier ne broncha pas.

— Ma théorie, dit-il, c'est que Typhéus a donné vos pouvoirs à Theta. En guise de récompense. Car elles ont accepté de lui obéir.

Scarlett eut l'impression de se prendre un coup de poing en plein dans l'estomac. Elle avait nourri certains soupçons, évidemment, mais entendre Xavier les confirmer… et apprendre que c'était sa propre magie qui avait été exploitée, et profanée, pour envoûter Jackson et Tim… et ce n'était pas fini.

— Il veut qu'elles lui ouvrent la Porte d'Hadès, conclut-elle.

De la tête, Xavier acquiesça.

— Si ma théorie est correcte, Typhéus se fait passer pour une personne haut placée dans la hiérarchie de Theta. Peut-être même qu'il est au sommet.

Maria. Scarlett sentit le rouge lui monter aux joues. Mais cela faisait des années qu'elle connaissait Maria… sauf que… *Typhéus n'est pas un démon ordinaire. Sa spécialité, c'est les souvenirs.* Elle serra les poings, repensant à Tiffany et à ses propres manigances.

— Je n'arrive pas à le croire. Le souci, c'est qu'une magie volée est moins efficace qu'une magie légitime. Typhéus n'a pas tué les Ailes d'Ombre ; il est impossible qu'il ait transféré pour de bon nos pouvoirs aux Theta. C'est temporaire, forcément…

— Bien vu. Mais entre-temps d'anciennes Kappa ont intégré Theta, et leurs pouvoirs feront largement l'affaire.

Scarlett tressaillit. Reagan, et les autres. Elle n'avait pas encore digéré leur trahison. Si elles étaient sous l'emprise du démon, elles aussi… Rembrunie, elle fusilla Xavier du regard.

— Alors, toutes ces fois où tu m'as fait les yeux doux, où tu as essayé de te rapprocher de moi – c'était une stratégie pour infiltrer Kappa, c'est ça ? Ça explique pourquoi, à la seconde où on a perdu notre magie, tu m'as jetée comme une vieille chaussette et tu es allé traîner avec les Theta.

Écarlate, Xavier garda les yeux vissés au sol.

— Je ne l'aurais pas formulé comme ça…

— Oh, alors qu'est-ce qu'il faut que j'ajoute ? Que tu savais pourquoi j'ai perdu mes pouvoirs et que tu n'as pas eu la décence de me prévenir ? Mes sœurs sont en danger !

— Je ne savais pas s'il t'avait envoûtée ! Je ne savais même pas si c'était toi, le démon !

Xavier fit un pas dans sa direction. Il la dépassait d'une bonne tête, mais elle, elle était armée. Pourtant, elle avait la sensation qu'il avait le dessus. Quelques centimètres seulement les séparaient et la tension était à son paroxysme.

— Ce n'était pas de la comédie, Scarlett. Ce que je t'ai confié, ce que je t'ai raconté sur ma famille, il n'y avait pas un seul mensonge là-dedans.

— À ce détail près que ta famille pourchasse la mienne depuis des générations.

— On ne pourchasse personne. On s'assure que l'équilibre entre le monde surnaturel et notre dimension est maintenu. Ce n'est qu'en cas d'instabilité qu'on intervient. Toi et tes sœurs, ce n'est pas vous le problème ici. Vous ne m'intéressez pas. Vous n'êtes que...

— Des victimes collatérales ?

— C'est la mission qu'a acceptée ma famille, soupira Xavier. Et j'ai toujours été heureux de me mettre à leur service. Quand je t'ai rencontrée, je me suis demandé comment serait ma vie si je n'étais pas tout le temps sur la corde raide.

— Xavier...

Le courage lui manqua et elle laissa sa phrase inachevée. Elle aussi se demandait ce que l'avenir lui réservait. La mort s'était invitée dans son quotidien récemment. Mais, pour mettre un point final à cet épisode – pour récupérer sa magie – elle était prête à tout.

— Il y a autre chose, fit Xavier en lançant un regard furtif dehors. Pendant que tu fouillais ma chambre, j'étais en train de surveiller les Theta. Elles ont pratiqué un rituel ce soir, un rituel important. Si puissant que même moi, je l'ai senti.

— Un rituel qui consistait en quoi ?

— Aucune idée. Mais la dernière personne que j'ai vue entrer chez elles avant que le rituel démarre, c'était... Vivi.

Scarlett sentit sa respiration se coincer dans sa gorge. *J'y crois pas.* C'était elle qui avait donné à sa Cadette l'ordre d'espionner les Theta. De rentrer dans leurs petits papiers. Elle qui avait envoyé Vivi là-bas, seule, sans renforts, sans magie. *Comme la dernière fois,* chuchota une voix perfide. *Tu sais, avec Tiffany. Tu avais été trop aveugle pour voir que ta Cadette était en danger de mort.*

À quand remontait le dernier texto de Vivi ? Scarlett avait tenté de la joindre, mais Vivi ne lui avait donné aucun signe de vie depuis la soirée organisée par les Theta. Elle chercha son téléphone, en proie à une panique soudaine. Xavier l'observait.

— Scarlett, je...

Il n'eut pas le temps d'achever sa phrase. Une secousse parcourut le plancher. Scarlett fut projetée contre le mur et Xavier trébucha contre le cadre du lit. Des cris s'élevèrent en contrebas, dans la rue. Ils coururent ensemble jusqu'à la fenêtre et découvrirent que toutes les lampes s'étaient allumées dans les résidences de la voie Grecque. Sous leurs pieds, le sol continuait à trembler. Et Scarlett distingua, atténué par la distance, un fracas sinistre. Un bruit qui ne provenait pas de Theta.

Elle posa les yeux sur Kappa à l'instant où les corbeaux qui gîtaient sur le toit prenaient leur envol en lâchant des croassements stridents. Elle sentit les poils de ses bras se hérisser.

Il se passait quelque chose d'anormal. *Il faut que j'aille aider mes sœurs.*

— On va à Kappa. Et sans traîner, ordonna Scarlett.

Là-dessus, elle fourra la dague entre les mains de Xavier. Après tout, c'était lui qui savait s'en servir.

34

Vivi

Maria désigna de l'index la volée de marches qui menait au sous-sol de Theta.

— Suivez-moi, mesdemoiselles.

Maria leur avait annoncé qu'elles se rendraient quelque part, et Vivi n'y avait plus pensé. Elle était trop occupée à savourer la magie qui tourbillonnait dans ses veines. Qui lui procurait plus de plaisir qu'une drogue, que des retrouvailles avec une amie perdue de vue depuis longtemps. Elle avait la sensation qu'un de ses membres, amputé, avait miraculeusement repoussé, plus vigoureux encore que celui l'original. Elle était ivre de joie – et de magie.

Vivement qu'elle puisse jeter un sort, peu importe lequel. Maintenant qu'elle avait récupéré ses pouvoirs, elle comptait s'y cramponner et ne plus les lâcher. Elle claqua des doigts et une lueur prit vie à leur extrémité. Elle l'admira quelques instants puis elle agita ses mains jusqu'à ce que des filaments lumineux s'enroulent autour de ses poignets, puis serpentent le long de ses bras. Un autre mouvement, et les filaments se métamorphosèrent en lianes qui déployèrent des feuilles frémissantes.

— Oh, lança Rose.

En admiration devant l'œuvre de Vivi, elle tendit la main pour la toucher, et les feuilles furent remplacées par des papillons de nuit qui s'envolèrent dans un bruissement d'ailes. Rose lâcha un petit rire ravi et elle tourna sur elle-même tandis que les papillons grossissaient. Soudain, les insectes se retrouvèrent avec des crocs et des oreilles velues en pointe.

— Viens, fit Rose, et elle attrapa Vivi par la main.

Vivi laissa sa nouvelle amie l'entraîner dans l'escalier qui menait aux entrailles de Theta. Au beau milieu, elle s'arrêta et lui lâcha la main. Il y avait une chose qu'elle était censée faire, non ? Elle était venue exprès pour ça. Mais quoi, pas moyen de se rappeler. Elle avait l'esprit embrumé, chaque neurone accaparé par la magie.

Rose la saisit par le bras.

— Un problème ?

— Je... j'ai un trou de mémoire. Je ne sais plus ce que je cherchais.

— Ne dis pas de bêtises, gloussa son amie. Tu as ici tout ce dont tu as besoin.

Elle avait raison. Bien sûr. Vivi se remit à dévaler les marches, puis elle demanda :

— On va où comme ça ?

— C'est une surprise, chuchota Rose. Fais-nous confiance.

— C'est le moment le plus cool de la soirée, déclara Spencer, qui dépassa le duo pour, allongeant le pas, rejoindre Maria en tête du cortège.

Le sous-sol des Theta ne ressemblait en rien à celui de Kappa. Pas d'énorme chaudière qui fichait la trouille, pas de plancher fissuré ni de gueule béante qui offrait un accès direct aux régions infernales. L'endroit était meublé, il y avait des tapisseries aux murs et un sol identique à celui qu'on trouvait aux étages. Les talons de Maria claquaient sur les dalles en pierre. Personne ne semblait savoir où elle les conduisait, personne ne semblait même s'en soucier. Il n'y avait pas de nervosité, pas la moindre hésitation. Les Theta étaient heureuses de passer ce moment ensemble. Vivi trouvait agréable de sentir qu'elle n'était qu'une pièce d'un ensemble qui la dépassait, qu'on l'avait acceptée au sein d'un groupe.

J'ai déjà ressenti ça un jour, songea-t-elle. *Mais quand ? Avec qui ?*

Le fil de ses pensées lui échappait sans cesse. Elle avait l'impression d'être ivre, sans que sa tête tourne. Elle profitait de la partie amusante, conviviale, de l'ivresse tout en échappant aux côtés désagréables de l'alcool.

Dans la foule elle aperçut la chevelure flamboyante de Reagan, vit Etta échanger quelques mots avec Maria. *Tu vois ?* se sermonna-t-elle intérieurement. *Tes sœurs sont là, elles aussi.* Elles avaient toutes été témoins de ce dont Vivi avait été témoin. Que les Theta savaient faire les choses dans les règles, après tout.

C'est bien, ça, chuchota une voix à la lisière de sa conscience. Qui parlait ? Cait, peut-être ? Ou Maria ? Vivi était incapable de le dire. En même temps, elle s'en moquait complètement. *C'est ça, la vraie sororité,* poursuivit la voix. *Pas de prises de bec, pas de chamailleries immatures...*

Vivi opina. Ça, ça lui plaisait. Avoir d'autres personnes dans la tête, qui lui tenaient compagnie. Elle se sentait moins seule, car elle avait souffert de la solitude à Kappa, avec tout ce qu'elle devait cacher à ses sœurs depuis quelque temps...

Mes sœurs...

Rose lui serra la main.

— Tes sœurs, maintenant, c'est nous, dit Rose en lui serrant la main avec affection.

Sa remarque prit Vivi de court, car elle ne pensait pas avoir réfléchi à voix haute. Peut-être qu'elle ne s'en était pas rendu compte. Elle chassa cette pensée de son esprit et s'abandonna à l'ambiance festive. Toujours aux commandes du groupe, Maria souleva une tapisserie, révélant l'accès à un tunnel étroit et sombre. Autour d'elle, les Theta se mirent à chuchoter, surexcitées. « Tu crois que ça mène où ? », Vivi entendit l'une d'elles demander. Elle, elle était certaine d'avoir vu un passage identique quelque part.

C'était pendant l'initiation de Kappa. Cette galerie creusée dans la terre faisait partie d'un réseau qui sillonnait le sous-sol de Savannah et, avec d'autres postulantes, Vivi en avait emprunté une qui reliait le cimetière Bonaventure à Kappa House.

— Tu sais où on va ? murmura-t-elle à l'oreille de Rose.

— On le découvrira bien quand Maria nous montrera, répondit son amie.

Elle haussa les épaules et, la main de Vivi dans la sienne, la tira à l'intérieur du tunnel. Les ténèbres se refermèrent sur elles et Vivi cligna des yeux, attendant qu'une Theta produise une flamme et éclaire la voie. Mais les Theta progressaient à tâtons, en trébuchant, dans de grands éclats de rire, les unes accrochées aux autres pour ne pas tomber. Le souterrain était un boyau sinueux et Vivi finit par perdre tout sens de l'orientation. Cela n'avait pas d'importance. Elle savait qu'elle n'avait qu'une chose à faire. Suivre Maria là où elle les guidait. Elle n'avait pas envie de poser de questions. Elle n'en avait pas besoin, d'ailleurs.

C'était donc *cela*, la solidarité féminine. Une camaraderie authentique, l'effort collectif tendu vers un seul et unique objectif. Elle n'avait jamais ressenti cela à Kappa. À Kappa, les discussions dégénéraient en disputes et chacune essayait de parler plus fort que sa voisine.

Ici, aucune Theta ne faisait entendre de voix discordante. Elles souriaient, se laissaient porter par le courant. La vie était tellement plus simple abordée sous cet angle. Quand une autre prenait les rênes. Vivi n'avait besoin que de la magie pour être heureuse, cela lui suffisait amplement.

Elle déplia la main et ferma les yeux pour mieux se concentrer. Le sol se mit à vibrer et, quelques secondes plus tard, répondant à son appel, des racines noueuses jaillirent des parois. Elle étira les doigts et les racines se déployèrent dans sa direction comme des mains osseuses, tendues, avides. Presque comme si la terre elle-même essayait de communiquer avec elle, de lui rappeler qui elle était. Une sorcière de Deniers.

Non, ça, c'était l'ancienne Vivi. Ses anciens pouvoirs. Ces limites-là n'avaient plus cours à présent.

Elle allongea le pas pour rattraper Rose, puis elle lâcha un petit cri lorsqu'elle perdit l'équilibre, évitant de peu la chute. Une racine enroulée autour de sa cheville s'agrippait à la façon d'une serre et l'empêchait d'avancer. Rose l'attrapa par le coude, pour l'empêcher de tomber, puis elle examina sa jambe. Lâchant un petit gloussement moqueur, elle brandit l'index. La racine se desserra et Vivi put s'en débarrasser d'un coup de pied.

C'était bizarre, ça, remarqua-t-elle en son for intérieur, mais son esprit était loin, très loin. À des millions de kilomètres de ce qui comptait vraiment. *Nous sommes les seules qui comptent à présent,* souffla une petite voix sous son crâne. Une voix qui était à la fois la sienne et celle d'une parfaite inconnue.

— On approche, lança Maria, presque en chantonnant.

Les Theta qui l'entouraient échangèrent des sourires ravis. Cait, Spencer, Deylin, Rose, les anciennes Ailes d'Ombre, et d'autres encore que Vivi ne connaissait pas, dont elle n'avait pas retenu le nom, et qu'elle avait pourtant l'impression de connaître. Elle avait bu leur sang, après tout. Absorbé leur magie.

Elles étaient arrivées au fond d'un cul-de-sac. Elles avaient dû tourner au mauvais endroit, s'engager dans la mauvaise galerie. Alors Maria leva la main, aussitôt imitée par ses sœurs. La paroi du tunnel commença à s'effriter, projetant de la terre dans toutes les directions. Du bras, Vivi se protégea le visage. Le sol se mettait à trembler et, une fraction de seconde, elle se dit que le tunnel allait s'effondrer et qu'elles allaient finir ensevelies. À cet instant, elle se rendit compte que la terre au fond du cul-de-sac se déplaçait et prenait la forme de colonnades. La galerie se transforma petit à petit en caverne spacieuse, au plafond soutenu par des piliers disposés à intervalles réguliers.

Vivi s'abîma dans la contemplation de ce décor qui évoquait des ruines antiques, semblables aux sites archéologiques visités par les touristes à Rome ou en Grèce. C'est sans doute pour cette raison qu'il lui fallut un bon moment avant de remarquer la chaudière. Et la crevasse qui s'ouvrait sous leurs pieds, d'où émanait une lumière aux reflets d'ambre et de cuivre. Cette crevasse, Vivi l'avait déjà vue, mais quand ?

Lorsque les pièces du puzzle s'assemblèrent, une vague glacée s'abattit sur elle et balaya le brouillard qui embrumait ses idées. Soudain, elle sut où elle se trouvait. Et pourquoi elles étaient venues ici. À Kappa. Dans ce même sous-sol où elle s'était rendue avec Scarlett, il y avait une éternité de cela, alors qu'elles cherchaient la Porte d'Hadès, sans savoir encore s'il s'agissait d'un mythe ou de la réalité. Le cœur de Vivi s'emballa et tout lui revint en mémoire : le sol boueux, les branches réduites à des moignons carbonisés et le gouffre noir au-dessus de leurs têtes. L'image s'effaça et, avec elle, la parenthèse de lucidité se referma.

Vivi cligna des paupières, tâchant de dissiper la léthargie qui menaçait de l'engloutir, et reporta son attention sur ce qu'il se passait autour d'elle. La crevasse lui parut plus large, la lumière qui s'en dégageait plus intense. Quelqu'un l'avait mise en garde, mais qui, pourquoi, c'étaient là des détails dont elle n'avait pas le moindre souvenir.

Et cette chaleur qui s'en dégageait, telle une invitation…

— Bienvenue, mesdemoiselles, lança une voix grave.

Une nouvelle silhouette surgit de l'ombre. Vivi l'étudia, étonnée. Cette personne, ce visage… elle les connaissait. Du moins, elle avait l'impression de les connaître. Ces traits lui étaient familiers – les cheveux noirs, la mâchoire bien dessinée, les yeux expressifs – mais agencés de façon différente. Un rictus moqueur déformait la bouche, remplaçant le sourire amical qu'elle avait vu si souvent. Le regard amical était devenu froid, comme des braises mourantes étouffées par la cendre.

Tim.

Que fabriquait-il ici ? Et pourquoi cette mine bizarre ? Vivi voulut l'interroger mais, pour une raison qu'elle ne sut expliquer, l'idée qu'il pose son regard sur elle lui glaça le sang. Enfin, elle remarqua le pendentif qui était sorti de son t-shirt et elle réprima un cri de terreur.

Le talisman d'Hénôsis.

Impossible – le talisman, elle et Scarlett l'avaient détruit. Et, en admettant qu'il soit resté d'une pièce, par quel prodige aurait-il pu se matérialiser autour du cou de son demi-frère ? Cette anomalie la poussa à prendre la parole.

— Tim ? Qu'est-ce que tu fais là ?

— Vivi, lança Tim, le visage fendu d'un grand sourire. Je suis ravi que tu aies pu te joindre à nous ce soir. Je n'attendais plus que toi, mon invitée d'honneur. Quelle chance j'ai, hein ?

— Trop de chance, répondirent les Theta d'une seule voix.

Vivi sursauta et essaya de capter le regard de ses sœurs, mais toutes avaient les yeux braqués vers l'avant, vers Tim. Leurs visages n'exprimaient rien. Il y avait un problème, un gros problème, mais Vivi avait la tête qui tournait et elle n'arrivait pas à comprendre pourquoi, exactement, elle avait la chair de poule. Elles n'auraient pas dû venir ici. La crevasse s'en était prise à Scarlett la dernière fois qu'elles étaient descendues au sous-sol. Et Tim se tenait très – trop – près du bord.

— Tim, écarte-toi, l'implora-t-elle. Ça va mal se finir sinon.

Comme en réponse, un grondement s'éleva du gouffre et fit vibrer les murs du sous-sol. Mais, cette fois-ci, ce n'était pas le fracas d'un séisme. On aurait dit un rire, plutôt.

Enfuis-toi, Vivi. Une réaction viscérale, qui venait des profondeurs de son être. Plus forte que la magie, celle des Theta ou celle des Kappa. Mais Vivi était paralysée. Elle arrivait à peine à respirer. Tim s'approcha d'elle.

— Oh, ne t'inquiète pas pour moi. J'ai beaucoup entendu parler de ton pouvoir. Mais personne ne semble voir à quel point tu souffres. Pauvre Vivi, si seule. Elle qui a toujours rêvé d'avoir une grande famille. D'être normale. Je n'ai eu aucun mal à te faire croire que j'étais le frère que tu n'as jamais connu et à gagner ta confiance.

Te faire croire que j'étais le frère que tu n'as jamais connu. Ces mots la frappèrent avec une violence telle qu'ils faillirent lui couper la respiration.

— Je... je ne comprends pas. Qui es-tu ?

Vivi tourna péniblement la tête d'un côté, puis de l'autre, dans le noir complet. Les Theta semblaient statufiées, comme hypnotisées par la voix de Tim.

— Qui je suis ? répéta-t-il, amusé. Il n'y a pas assez de mots dans ta jolie petite caboche pour le concevoir. Je suis plus ancien que le temps, mais je me réinvente constamment. Je suis l'appel au secours désespéré auquel seul répond le silence. Je suis la tristesse d'une mort solitaire. Je suis le remords, je suis l'envie, je suis la peur. Je suis l'angoisse sans nom qui te ronge les os.

Vivi plongea son regard dans le sien et elle vit ses yeux se transformer. Les pupilles se dilatèrent, l'iris et le blanc prirent une teinte plus foncée. Il y avait dans ces yeux quelque chose d'envoûtant, dont il était impossible de se détacher. Et qui lui voulait du mal.

— Je ne te laisserai pas me tuer, affirma Vivi.

Cette fois-ci, elle comptait bien se défendre. Elle alla puiser sa magie dans ses réserves les plus profondes, ouvrant grand les vannes. Des étincelles jaillirent de ses doigts et des flammes dont Reagan aurait été fière fusèrent jusqu'au plafond.

Tim s'esclaffa. Il s'approcha jusqu'à ce qu'elle sente son haleine sur sa peau.

— Te tuer ? Non. Je veux qu'on fasse équipe. Si tu crois que ce petit filet de magie que tu as exploité toute ta vie est puissant, Vivian, imagine ce qui se trouve derrière cette porte.

Un autre panache de fumée s'échappa de la crevasse et, lorsqu'il parvint aux narines de Vivi, elle perçut une odeur âcre. Une odeur qui était synonyme de puissance. Jamais elle n'avait rien senti d'aussi fort. Il y avait là-dessous une magie qui se déchaînait sans retenue, qui traversait les siècles, qui défiait la mort, le temps et l'espace.

L'air palpitait, parcouru de vibrations. Vivi sentit ses poils se hérisser. Une saveur métallique s'attarda sur sa langue, le goût du sang des Theta, ou peut-être du sien. Elle savait qu'il lui suffirait de tendre le bras pour obtenir tout ce qu'elle voulait. Absolument tout.

— Tu le sens, pas vrai ? murmura Tim.

Sauf que ce n'était plus Tim. Des bois lui avaient poussé, jaillissant de son crâne comme des racines, dessinant des arabesques maculées de sang. Des épines lui percèrent le front, son visage s'allongea. C'était un spectacle d'une beauté monstrueuse. Vivi était partagée entre horreur et fascination.

— *Tu entrevois ce qu'on pourrait faire. Ensemble.*

La voix de Tim avait envahi son crâne, sa poitrine. Elle résonna à travers tous ses membres et les Theta qui se tenaient à côté de Vivi frémirent, comme si elles aussi l'entendaient.

— Oui, chuchota Vivi.

Elle essaya, en tout cas. Elle ne remua pas les lèvres, mais elle s'entendit le dire. Le sourire de Tim dénuda des crocs acérés.

— Dans ce cas, aide-moi à les faire sortir.

Faire sortir qui ?

À cet instant, une cacophonie filtra de la Porte d'Hadès. Étouffée au début, en sourdine, comme un enchevêtrement de murmures. Puis elle gagna en intensité et Vivi finit par distinguer des voix au cœur du tumulte, des cris et des hurlements, certains plus perçants que d'autres, qui tous l'imploraient. *Libère-nous. Libère-nous.*

— Trop longtemps, mes frères sont restés captifs de leur prison. Vous savez ce qu'on ressent dans cette situation, mes sœurs. Vous savez ce qu'on ressent quand on est rejeté, mis à l'écart. Considérées comme quantité négligeable par le reste du monde.

Une rumeur indignée traversa le sous-sol. Plus d'une Theta leva les yeux au plafond, désignant les responsables de leur mise au ban : les Kappa. Vivi comprenait leur amertume. Mieux, elle compatissait. Elle ne pouvait nier que les Kappa avaient longtemps fait leur loi à Westerly, qu'elles écrasaient de leur mépris les autres sororités, que leur procédure de recrutement se basait sur des critères délirants. Elles avaient gardé leur magie pour leur seul et unique usage.

Alors que les Theta, elles, avaient accueilli Vivi à bras ouverts. Elles ne lui avaient jamais demandé de faire ses preuves, jamais demandé de faire des pieds et des mains pour montrer qu'elle était digne d'elles.

Scarlett prenait tout le monde de haut à l'époque où elle possédait encore des pouvoirs. Vivi également, mais c'était avant – elle pouvait décharger sa conscience maintenant que son Aînée n'avait plus prise sur elle. Elle avait fait un nombre incalculable de sacrifices pour intégrer Kappa, pour s'y faire accepter, et tout ça pour quoi ? Pour la magie ? Cette magie, elle l'avait à portée de main. Sa mère le lui avait toujours dit. Il existait plus d'une façon d'être sorcière.

Grâce à Tim, Vivi découvrait quels autres chemins elle pouvait emprunter – à condition d'oser les emprunter.

— Aide-moi à libérer mes frères ce soir, lui dit le démon, et tu seras récompensée au-delà de tes rêves les plus fous. Tu seras au-dessus de toutes les autres. Tu n'auras plus à jouer les figurantes, à te battre bec et ongles pour recevoir ce que tu veux. Tu l'obtiendras aussi aisément que la magie que je t'ai donnée.

Il claqua des doigts. Aussitôt, toutes les Theta l'imitèrent. Ce fut un concert qui résonna à travers le sous-sol. Vivi leva la main, elle aussi. Une flammèche surgit entre son pouce et son index, courut le long de son bras.

— J'avais besoin de votre présence à toutes pour déverrouiller la Porte d'Hadès, poursuivit le démon. Chacune m'est nécessaire. Essentielle.

Son regard se posa sur Vivi et il lui sembla qu'il ne s'adressait qu'à elle.

— Alors, Vivi, tu veux bien m'aider ?

Ce n'était pas un ordre ; il la suppliait, littéralement. Et son désespoir était presque palpable. Tout comme son impatience à la perspective d'être réuni avec ses frères et ses sœurs qui lui manquaient tant et qui croupissaient dans ces contrées désolées par-delà la Porte d'Hadès. Vivi se rappela ce qu'elle avait ressenti quand elle avait appris qu'elle n'était pas fille unique. Et même si c'était un leurre, la joie que Tim avait manifestée lorsqu'il avait fait sa connaissance avait semblé sincère. Aussi sincère que sa requête.

Son désir était d'une simplicité enfantine. Il voulait retrouver sa famille. Raviver cette solidarité. Il voulait que le pouvoir de ses frères s'ajoute au sien et c'était précisément ainsi que fonctionnait Theta, et Kappa aussi d'ailleurs. Comment lui refuser une demande aussi innocente, aussi pure ?

— *J'ai besoin de toi, Vivian*, répéta-t-il, de cette même voix omniprésente qui retentit à travers tout son corps.

Elle était la clef qui allait ouvrir la serrure. Comme c'était agréable de se sentir acceptée – de sentir qu'on avait besoin d'elle pour mener ce projet à bien.

Alors Vivi lui adressa un sourire, un sourire doux et rassurant, et elle chuchota :

— Dis-moi ce que je dois faire.

Sous ses pieds, le sol trembla. On aurait cru que les légions infernales applaudissaient à tout rompre.

35

Scarlett

Scarlett n'avait pas oublié la fois où un séisme avait frappé Savannah, seuls ceux qui se trouvaient aux derniers étages des immeubles d'affaires du centre-ville avaient senti les secousses. Sauf que là…

Ce n'est pas un tremblement de terre.

Scarlett et Xavier se précipitèrent dehors à l'instant où une foule de PiKa se déversait sur le trottoir dans un brouhaha de voix et de clameurs. L'inquiétude était peinte sur tous les visages. La sirène d'un camion de pompiers retentit au loin. Scarlett fit abstraction de tout cela.

— Ils ont atteint la Porte, haleta-t-elle.

Autrement dit : Typhéus avait abattu le dernier obstacle qui se dressait sur sa route. Il avait sous sa coupe un clan de sorcières, et maintenant…

Vivi. Vivi est là-dedans.

Scarlett piqua un sprint, Xavier accélérant à ses côtés. Ensemble, ils gagnèrent le perron de Kappa et ils ouvrirent la porte en la faisant voler sur ses gonds, si bien qu'elle cogna le mur. Personne ne vint à leur rencontre, personne ne leur demanda ce qu'ils faisaient là. L'angoisse au ventre, Scarlett fila dans les couloirs sous les portraits des anciennes Kappa qui, toutes, semblaient poser sur elle un regard de reproche. Elle les entendait quasiment chuchoter : *Nous*

nous sommes trompées sur ton compte. Tu as livré tes sœurs au danger.

Arrivée devant la porte du sous-sol, Scarlett hésita. Des serpentins noirs s'échappaient par le trou de la serrure et par l'espace entre la porte et le plancher. La poignée était tellement chaude que l'air autour semblait lui aussi chauffé à blanc. Scarlett enveloppa sa main dans son t-shirt avant de la poser dessus. Malgré ces précautions, le métal lui brûla la paume et laissa des marques rouges sur ses doigts. Ignorant la douleur, elle plongea le regard dans l'escalier. Une épaisse fumée l'avait envahi et les empêchait de voir ce qui les attendait en contrebas.

Xavier posa une main sur son épaule.

— Laisse-moi y aller le premier.

Il passa devant, la dague à la main. Scarlett avala une dernière bouffée d'air frais, puis s'enfonça à sa suite dans l'escalier. À l'instant où ils pénétrèrent dans le nuage de fumée, elle sentit monter en elle une émotion intense. Une *rage* brute, à l'état pur.

Oui, Scarlett était en colère. Contre tout ce qu'elle avait subi, tout ce qu'elle avait enduré au cours du semestre. Contre ses sœurs, qui s'entre-déchiraient alors qu'elles auraient mieux fait de se serrer les coudes. Contre Theta, contre Typhéus, et même contre Xavier et Vivi. C'était d'une injustice profonde. Elle aurait dû prendre la présidence de Kappa et passer une année tranquille, comme celles qui l'avaient précédée à ce poste. Elle n'avait pas mérité ça.

Quelque chose lui frôla la main. Les doigts de Xavier. Ce contact la fit revenir à l'instant présent ; il lui rappela où ils se trouvaient, et ce qu'elle avait à faire. Elle progressa, la main sur la balustrade. Au début, elle avança dans une obscurité impénétrable. La fumée lui piquait les yeux, lui brûlait les poumons. Lorsque ses pieds entrèrent en contact avec le sol en terre battue, sa vision s'éclaircit un peu. À travers un voile de larmes, elle perçut une lueur rougeoyante et entendit des voix.

Des voix qui psalmodiaient.

Xavier, qui la précédait de quelques pas, s'immobilisa et fit un geste. À ce signal, elle se figea. Elle le vit se plier en deux et se faufiler derrière une étagère, et elle suivit son exemple. Depuis sa cachette, elle aperçut la crevasse qui avait tenté de l'avaler la fois précédente et qui s'était élargie au cours des derniers jours. Scarlett n'arrivait pas à en voir le fond mais elle distinguait sans peine les bruits qui s'élevaient du gouffre – des hurlements inhumains, horribles. Une lumière rougeâtre éclairait par en dessous le visage des Theta qui formaient un cercle autour. Ainsi illuminées, Maria et ses disciples avaient perdu toute leur humanité. Leurs dents semblaient plus longues, plus pointues, et il y avait une sauvagerie dans leur regard. Leurs pupilles s'étaient dilatées au point que leurs yeux étaient des taches noires. Scarlett repéra Reagan et Hazel et son cœur se serra comme un poing.

Et là, dernier maillon de la chaîne, récitant avec les autres une formule dans une langue occulte... *Vivi.*

Scarlett laissa échapper un petit cri.

À cet instant, la silhouette au visage masqué par une capuche au centre du cercle leva la tête et huma l'air. *Typhéus.* C'était lui, forcément. Entre cette couronne monstrueuse et cette dague à la lame maculée de sang qu'il tenait à la main, le doute n'était pas permis. Ses yeux, comme les yeux des Theta, étaient devenus complètement noirs. Mais, sous la capuche... ce que vit Scarlett la glaça d'effroi. Elle entendit Xavier lâcher un juron à côté d'elle.

— Tim, souffla-t-elle.

Un Tim abominable, difforme et hideux, mais reconnaissable quand même.

Scarlett se souvenait que Tim et Maria s'étaient mis ensemble deux ans plus tôt et des détails sur les débuts de leur idylle lui revinrent à l'esprit. Elle aurait pu jurer qu'à l'époque où elle sortait avec Mason, avant que Maria ne se prenne de haine pour les Kappa, ils avaient passé une soirée avec eux.

— J'aurais dû m'en douter, souffla Xavier.

Xavier faisait également partie des proches de Tim, ils avaient discuté comme de vieux amis sur la pelouse du campus. Tout ce temps, Typhéus les avait bernés. Il avait pris racine dans leurs souvenirs.

Mensonges. Un ramassis de mensonges.

Des mensonges, tu en es certaine ? chuchota Typhéus sous son crâne. De l'autre côté du sous-sol, il vrilla son regard dans celui de Scarlett.

Xavier l'attrapa par le poignet et tenta de l'entraîner derrière une pile de cartons, un peu plus loin. Mais Scarlett ne voulait plus battre en retraite, elle ne voulait plus se cacher. Ce temps-là était révolu. Elle se redressa, les yeux rivés sur le monstre qui se tenait devant elle.

— Tu m'as volé mes sœurs, lança-t-elle.

Son accusation attira l'attention des Theta, qui se retournèrent vivement vers elle et la fusillèrent des yeux, ensemble, à la façon d'une hydre. Il lui suffit de poser le regard sur Vivi pour se remotiver.

L'hilarité gagna Typhéus. Ce rire… il donnait l'impression que plusieurs personnes mêlaient leurs voix en lui.

— Tes sœurs sont venues à moi de leur plein gré, affirma-t-il, comme enroué. Tu confirmes, Vivian ?

D'un geste, il invita Vivi à s'approcher, ce qu'elle fit, les poings serrés.

— Il dit la vérité, Scarlett. Personne ne m'a forcé la main. À présent, je suis une Theta. Et j'ai récupéré mes pouvoirs. Tu ne pourras pas nous arrêter.

— Montre-lui, Vivian, chuchota Typhéus. Donne une bonne leçon à celle qui était ta sœur. Et montre-nous de quoi tu es capable.

— Vivi, *non* ! s'exclama Scarlett.

Vivi leva la main et son Aînée sentit la terre trembler sous ses pieds. Elle tendit la main, s'agrippa à une étagère – mais le meuble qui se trouvait à côté d'elle quelques secondes auparavant avait été remplacé par un entrelacs humide, couvert d'écailles. Des serpents l'attaquèrent et s'enroulèrent autour de son poignet, puis de ses chevilles. Elle poussa un hurlement, s'écarta d'un mouvement brusque.

À l'autre bout du sous-sol, Vivi éclata de rire. Les autres Theta joignirent leur voix à la sienne, extériorisant un plaisir sadique.

— Tu croyais que Kappa était puissante, grande sœur ? Regarde ce dont je suis capable maintenant.

Là-dessus, Vivi serra le poing et Scarlett lâcha un cri de détresse lorsque le serpent qui prenait son poignet en étau enfonça ses crochets dans son avant-bras. Elle tenta de prendre la fuite, mais elle trébucha et tomba à genoux. Les reptiles qui la retenaient par les chevilles progressèrent le long de ses mollets et serrèrent, de plus en plus fort. Elle commença à perdre toute sensation dans ses orteils, puis ses jambes furent parcourues de fourmillements et s'engourdirent. Elle avait le bras en feu et sentait le venin acide couler dans ses veines – se diriger droit vers son cœur.

Son regard traversa un brouillard écarlate et croisa celui de sa Cadette.

— Vivi, arrête. Ce n'est pas ce que tu veux.

— Tu ne sais pas ce que je veux, répliqua cette version cauchemardesque de Vivi d'une voix de harpie. Tu ne me connais pas, Scarlett. Je n'étais qu'un soldat parmi d'autres dans ta petite armée personnelle.

— C'est faux, et tu le sais très bien, hurla Scarlett. Tu te rappelles Tiffany ? Tu te rappelles qu'on a réussi à la vaincre ? Ensemble. On peut recommencer.

Le serpent s'acharna sur son bras, toucha un nerf. La douleur fusa et Scarlett serra les dents à les faire grincer. Le sous-sol se mit à tourner autour d'elle, les contours des objets devenaient de plus en plus flous. Le venin. Elle tenta de lever la tête mais ses yeux avaient du mal à rester focalisés, comme le zoom déréglé d'un appareil photo. Pourtant elle crut distinguer quelque chose. Une ombre, derrière la silhouette encapuchonnée de Typhéus. Elle fronça les sourcils, en proie à une confusion totale.

— Oh, je me rappelle très bien de tout ça, répondit Vivi.

Elle avança d'un pas et Scarlett reporta son attention sur sa Cadette.

— Je me rappelle l'impuissance que j'ai ressentie, reprit Vivi. Je me rappelle qu'elle a failli me tuer. Plus jamais je ne revivrai ça ; plus jamais je ne serai faible.

— Alors montre-le, cracha Scarlett, qui commençait à avoir les poumons en feu et respirait par à-coups. Montre à quel point tu es forte. *Arrête-le.*

À l'instant où ces paroles franchirent ses lèvres, l'ombre derrière Typhéus bondit. Elle aperçut un éclair métallique. *Xavier.* Elle comprit ce qu'il se passait au même moment que le démon et vit Xavier enfoncer sa dague runique entre les omoplates de sa proie. Essayer, du moins.

Typhéus se déplaça à une vitesse étourdissante, qu'aucun humain n'aurait pu atteindre. Le temps de cligner des paupières, il avait disparu – non, il n'avait pas disparu. Il était toujours là, sauf qu'il s'était posté *derrière* Xavier.

Au lieu de se planter dans le dos de son ennemi, la lame brandie par le chasseur de démons fendit l'air et il tourna la tête dans tous les sens, cherchant Typhéus des yeux, en proie à la panique. Il avait perdu le démon de vue.

— Xavier ! essaya de l'avertir Scarlett.

Sa voix resta bloquée au fond de sa gorge. Il n'en sortit qu'un râle étranglé. À cet instant, Xavier la regarda. Alors Typhéus prit sa tête entre ses mains et, d'un coup sec, lui brisa la nuque.

Scarlett poussa un hurlement.

Le corps sans vie de Xavier s'affaissa et la dague tomba au sol dans un grand fracas, désormais inutile, à quelques centimètres de la Porte d'Hadès.

Le gouffre s'élargit. Scarlett aperçut des créatures indéfinissables qui grouillaient au bord. Des *mains* qui labouraient la terre nue du sous-sol, qui tentaient de se raccrocher à quelque chose, n'importe quoi. Les Theta se remirent à psalmodier, à pleins poumons cette fois-ci. Typhéus fit entendre un rire sonore, ravi de la tournure que prenait la situation.

— Tu arrives trop tard, petite Aile d'Ombre, chuchota-t-il à l'adresse de Scarlett. Ton règne, et celui de tes sœurs, touche à sa fin. Laisse-moi quand même te remercier.

Elle avait de plus en plus de mal à respirer. Elle lutta de toutes ses forces pour redresser la tête, fusiller une dernière fois Typhéus du regard. Elle voulait bouger, ramper vers le cercle des officiantes, mais ses membres semblaient lestés de plomb. Elle était comme enracinée dans la terre.

Typhéus tendit la main et la passa, non sans tendresse, dans les cheveux de Maria, qui se tenait à ses côtés. Lorsqu'il se détacha d'elle, un filet de sang coula le long de la joue de la présidente de Theta. Il l'avait griffée de ses ongles, qui prenaient l'allure de serres.

— Tu m'as servi la victoire sur un plateau, Scarlett. Tu t'étais fait tellement d'ennemies sur le campus. Ça a été un jeu d'enfant. Les Theta n'ont pas hésité longtemps avant de me consacrer leur âme. Je n'ai eu qu'à leur promettre un soupçon de la magie exploitée par Kappa. Et j'ai maintenant assez de pouvoir pour ouvrir la Porte, lâcher mes frères et mes sœurs dans votre petit monde pitoyable.

— Vivi, souffla Scarlett.

Elle était à bout de forces. Elle n'arrivait pas à voir si sa Cadette l'écoutait encore, ni même si sa voix lui parvenait à cette distance. Le brouillard écarlate se refermait sur elle.

— Tu es… plus puissante que lui, articula-t-elle. Bats-toi…

Elle ne voyait plus sa sœur. Elle ne voyait plus les Theta, ni le gouffre. Mais elle les entendait encore. Elle les entendait chanter. Elle entendit le démon rire une dernière fois. Puis les ténèbres l'engloutirent.

36

Vivi

Scarlett s'effondra, les yeux braqués sur les serpents qui s'entortillaient autour de ses bras avec, au fond des prunelles, un mélange d'horreur et de dégoût. Elle tenta de se libérer d'un geste sans conviction, puis poussa un cri suraigu lorsque les serpents émirent un sifflement et resserrèrent leur prise.

C'était la première fois que Vivi voyait son Aînée si vulnérable et ce spectacle faillit lui arracher un rire satisfait. Elle avait récupéré sa magie, elle était plus puissante que jamais et plus personne ne mettrait en doute ses pouvoirs.

— *Tu en as assez fait pour la soirée,* chantonna Vivi sur un ton moqueur, reprenant mot pour mot ce que Scarlett lui avait dit après la fête soirée costumée. Crois-moi, Scar, tu n'as encore rien vu.

— Vivi ? Pourquoi tu fais ça ? pantela Scarlett.

Elle le mérite, chuchota une petite voix à l'arrière de son crâne. *Après tout ce qu'elle t'a infligé, tout ce qu'elle t'a fait subir.* Tandis que Vivi regardait Scarlett lutter contre les effets du venin qui coulait dans ses veines, une autre pensée s'infiltra dans son esprit.

Elle s'est battue pour toi.

Dans la forêt, lorsque Tiffany s'apprêtait à lui arracher le cœur, Scarlett était arrivée juste à temps pour affronter sa meilleure amie et sortir Vivi de ses griffes. Elle avait risqué sa vie, consciente des pouvoirs contre-nature de Tiffany, consciente que cela pouvait très mal finir. Et pourtant elle était là, et l'histoire se répétait. Elle était descendue au sous-sol les mains vides, sans la moindre goutte de magie pour la protéger. Pourquoi ?

Pour moi.

Vivi sentit l'incompréhension livrer une bataille acharnée contre la colère. La colère, c'était plus facile – plus simple. Il suffisait de s'y abandonner, de la laisser remplir son cœur et guider ses poings.

Mais, sous cette fureur, d'autres émotions tourbillonnaient. La culpabilité, la peur, et quantité d'émotions désagréables que Vivi préférait mettre en sourdine.

Elle détacha son regard de Scarlett et braqua les yeux sur le cadavre aux pieds de Typhéus. Xavier avait accompagné Scarlett au sous-sol et il ne restait plus de lui qu'un corps inerte au cou tordu et aux yeux vitreux. Le poignard dont il avait essayé de se servir brillait à côté de la main qui l'avait lâché, à quelques centimètres de la gueule béante du gouffre. Il suffirait d'une seule secousse pour qu'il bascule et soit perdu pour l'éternité.

Vivi crut voir la lame émettre une faible lueur. Elle était entourée d'une aura bleu clair qui contrastait avec le rouge et l'ambre des flammes.

À ce stade, Scarlett avait cessé de lutter. Le poison faisait son chemin dans son organisme et elle n'allait pas tarder à être aussi immobile que Xavier. Un couple parfait, même dans la mort. Elle avait fermé les yeux, ses paupières frémissaient et elle prononçait des paroles que Vivi n'arrivait pas à entendre. Peut-être se réconciliait-elle avec la mort qui s'approchait d'elle à pas feutrés, ou chuchotait-elle des adieux à l'adresse de sa famille, qu'elle ne reverrait plus.

Alors sa voix résonna sous le crâne de Vivi – ce n'était pas la voix d'une jeune fille à l'agonie.

Tu es si forte. Plus forte que lui. Rappelle-toi qui tu es.

— Beau travail, Vivi, ronronna le démon. Maintenant, le coup de grâce.

Vivi sentit une énergie effervescente remonter le long de ses bras, mais elle n'invoquait pas sa propre magie – c'était la magie du démon qui coulait en elle comme un fleuve impétueux. Elle fut parcourue d'une vibration, comme si son squelette était trop fragile pour contenir ces forces qui s'entrechoquaient en elle. Dotée de ce pouvoir, elle se sentait capable de tout. De déraciner un arbre centenaire. De réduire un immeuble en tas de gravats. Elle était une tornade. Elle était la mort, la destruction et la résurrection. Sauf que c'était la magie de Typhéus. Elle devait lui obéir, sous peine de perdre cette sensation. Comment retrouver son enveloppe de chair périssable après avoir goûté à cette magie venue du fond des âges ? Elle retrouverait sa faiblesse, son impuissance. Cela ferait d'elle une autre victime potentielle. Un autre souffre-douleur, une autre proie.

— Achève ce que tu as commencé, gronda Typhéus. Tue-la.

Vivi s'agenouilla et, les paumes appuyées au sol, se prépara à jeter une autre malédiction à Scarlett. Puis elle enroula ses doigts autour de la poignée de la dague.

À peine l'avait-elle touchée que le brouillard se dissipa.

Souviens-toi de tes sœurs. Sa poitrine s'allégea d'un poids qu'elle n'avait pas remarqué jusque-là. Estomaquée, elle eut l'impression de remplir ses poumons d'air frais pour la première fois depuis des semaines. Lorsqu'elle releva la tête, le sous-sol baignait dans une clarté inédite. Les moindres détails lui sautèrent aux yeux. Oui, le voile s'était bel et bien levé.

Souviens-toi des Ailes d'Ombre.

Scarlett était toujours à genoux, cernée par les Theta qui, lentement, se tournèrent vers Vivi, les traits tordus par la fureur, tout en scandant d'une voix gutturale les paroles de la malédiction que le démon leur avait enseignées.

Ce n'était pas cela, la magie que Vivian voulait. Ce n'était pas bien du tout.

Typhéus leva les bras pour terminer sa sombre besogne. À cet instant, il ne la regardait pas. Il ne regardait aucune d'elles, d'ailleurs. Il avait les yeux fixés sur le gouffre qui s'élargissait à ses pieds. Des griffes sortaient des profondeurs, des doigts noueux, comme passés au chalumeau. Attachés à de longs bras, qui n'avaient rien d'humain. Des membres tordus, désarticulés – monstrueux, pour tout dire.

Une fraction de seconde, la terreur cloua Vivi sur place. La partie animale de son cerveau lui donna l'ordre de s'échapper, de fuir. C'était une question de survie pure et simple. Alors elle vit Scarlett s'effondrer par terre, secouée de spasmes de douleur.

Non. Ce mot jaillit d'elle à la façon d'une bête sauvage qui se libérait d'une cage. Il fallait qu'elle agisse. Il fallait qu'elle mette un terme à tout ça. Lentement, comme à travers une purée de pois, elle leva le bras, la dague miroitant dans sa main.

Elle avait du mal à bouger. Des forces invisibles l'entravaient et une cacophonie de voix résonnait à l'intérieur de son crâne ; les unes la sommaient de ne pas bouger, les autres de réciter la malédiction avec les Theta. *On touche au but,* sifflaient-elles. *On ne peut pas arrêter là.*

Vivi se força à imaginer Scarlett en train de descendre l'escalier menant au sous-sol pour venir à son aide, au péril de sa propre vie. Elle pensa aux Kappa réunies aux étages supérieurs, qui étaient loin de se douter que l'apocalypse était à leur porte. Elle pensa même aux Theta qui formaient un cercle autour d'elle, ces filles qui étaient presque des étrangères mais dont elle avait bu le sang et qui n'étaient que des pions sur un échiquier démoniaque. Des filles qui, à leur insu, composaient l'armée d'un monstre.

Elle se leva sur des jambes flageolantes et esquissa lentement un pas vers l'avant. Un jet brûlant jaillit du gouffre, lui roussit la peau, lui picota les yeux. Les mâchoires crispées, elle referma le poing sur la dague.

— Hé, Tim, cracha-t-elle.

Au son de sa voix, le démon se retourna. Son visage n'avait plus rien d'humain à ce stade : ce qu'il restait de Tim, les derniers lambeaux, se désagrégeait, ses pupilles fendues rappelaient celles d'un chat et sa bouche était beaucoup trop large. Pourtant, il afficha une expression de surprise quand il la vit puiser la force de lui planter sa lame en plein cœur. Cette mine étonnée ne le quitta pas lorsque son regard passa de la dague à Vivi, et il se mit à vociférer des imprécations dans une langue qui lui était inconnue. Le sol se souleva, Vivi percuta Rose tandis que les Theta titubaient et tombaient à la renverse.

Sifflant et crachant, le démon chercha d'une main tâtonnante la lame fichée dans sa poitrine. Dès l'instant où il entra en contact avec la poignée, la magie contenue par les runes entra en action et le sous-sol fut envahi d'une odeur pestilentielle de poils et de peau grillés. Typhéus ouvrit la bouche et laissa échapper un hurlement qui transperçait les tympans. Sous les yeux de Vivi, ses mains se mirent à fondre. Elle recula d'un pas, frappée d'horreur.

Après ses mains, les bras de Typhéus commencèrent à se dissoudre et formèrent des stalactites de cire avant de s'écouler par terre. Il émit un horrible gargouillis et son visage s'effondra. Il se liquéfia, centimètre après centimètre, jusqu'à ce qu'il ne reste plus de lui qu'une flaque d'où s'élevaient des vapeurs toxiques, recouverte par une tunique noire qui fumait.

Quelqu'un poussa un cri de détresse. Maria. Vivi tourna la tête à temps pour voir la présidente de Theta se précipiter vers la flaque.

— Non !

Elle la retint par le bras. Maria lâcha un cri strident et laboura de ses ongles le visage de Vivi. Autour d'elles les Theta émergeaient de leur état second, les unes clignant des paupières, les autres secouant la tête, et découvraient choquées cette scène de chaos.

— Mais qu'est-ce que tu as fait ? rugissait Maria.

Certaines de ses amies tentèrent de s'interposer entre elle et Vivi. Rose la prit dans ses bras et chuchota :

— Ça va aller… tout va bien.

Une fois Maria à l'écart, Vivi observa la Porte d'Hadès. Pas de doute, elle était plus large que tout à l'heure. Mais c'était pour l'instant le cadet de ses soucis. La priorité était de porter secours à Scarlett, étendue par terre. Vivi se rua sur son Aînée. Reagan avait posé la tête de Scarlett sur ses genoux tandis qu'Etta et Bailey marmonnaient des formules au-dessus d'elle, le visage baigné de larmes.

Vivi vérifia que son cœur battait. Oui, mais très faiblement. La poitrine de Scarlett se soulevait, à peine, et sa respiration évoquait le râle d'un agonisant. Lançant un juron, Vivi regarda les Theta qui s'éloignaient d'un pas trébuchant de la Porte d'Hadès. Sous ses yeux effarés, le corps de Xavier, aussi flasque qu'une poupée de chiffon, bascula dans le vide et disparut pour l'éternité.

— Tout le monde sur le pont ! hurla-t-elle. Toutes les Ailes d'Ombre ! Maintenant !

Reagan montra d'un hochement de tête qu'elle avait compris. Elle reposa avec mille précautions la tête de Scarlett par terre puis elle galopa jusqu'à l'escalier, Etta sur les talons, en bousculant les Theta qui se trouvaient sur son passage.

Vivi voulut invoquer ses pouvoirs, en vain. Sans qu'elle puisse expliquer la cause, elle n'avait plus accès à la magie qui circulait en elle quelques minutes plus tôt – elle s'était volatilisée en même temps que le démon. Elle n'arrivait pas non plus à exploiter la magie des Theta en un claquement de doigts, comme avant. Elle ferma les yeux, chercha au plus profond. Elle sentait la terre, le sol au contact de ses genoux, les racines, les lombrics et toute cette vie qui s'agitait au-dessous d'elle, à quelques centimètres à peine.

C'est alors qu'elle entendit sa magie l'appeler.

Elle entendit les feuilles qui bruissaient sous la caresse du vent dans la forêt derrière Kappa House.

Elle sentit les pierres froides près du ruisseau, polies par le passage perpétuel de l'eau.

Elle huma le parfum de la terre mouillée après la pluie.

Elle regarda des plantes percer la croûte du sol et se déployer. Elles faisaient partie d'elle, comme elle faisait partie d'elles. Malgré ce qu'il s'était passé, elle restait une sorcière de Deniers.

Elle plaça les deux mains sur la poitrine de Scarlett, au niveau du cœur. Cela faisait des lustres qu'elle n'avait pas jeté ce sort et son jeu de tarot était quelque part en haut, perdu dans le désordre.

Cela n'a pas d'importance. La magie est en toi.

Vivi ferma à nouveau les yeux.

— J'en appelle à la Reine de la Terre qui nourrit. Montre que tu peux de la même main ôter et rendre la vie, récita-t-elle d'une voix affirmée.

Elle entendit un craquement tout proche, mais elle n'osa pas ouvrir les paupières.

— J'en appelle à la Reine de la Terre qui nourrit, répéta-t-elle. Montre que tu peux de la même main ôter et rendre la vie.

Elle sentit son corps puiser la magie directement à la source et la canalisa vers Scarlett. Dans un coin de sa tête, elle visualisa les arbres qui se mirent à tanguer derrière Kappa. Dans le jardin, les plantes explosèrent en une profusion de couleurs avant de se faner et de sécher, en sacrifice à la sorcière de Deniers qui avait besoin de leur pouvoir. Mais elle avait beau servir de canal à cette énergie vitale, cela ne suffisait pas. Le poison avait déjà fait son œuvre. Les larmes lui montèrent aux yeux.

— Non, Scarlett, je t'en supplie. Par pitié.

Alors elle sentit quelque chose lui frôler la joue, comme un murmure. Pas besoin de se retourner pour la sentir – l'odeur de la magie.

Kappa avait répondu à son appel.

Vivi ouvrit les yeux et découvrit Etta, Hazel et Bailey qui se tenaient au-dessus de Scarlett. Reagan descendait les marches quatre à quatre, amenant d'autres Kappa dans son sillage.

Mei prit Vivi par la main droite, Ariana par la gauche. Les autres s'agenouillèrent, une à une, et formèrent un cercle autour de Scarlett. De la Porte d'Hadès s'élevaient des grondements sinistres, pourtant pas une ne tourna la tête, pas une ne broncha. Elles faisaient face au danger pour leur sœur.

Maintenant, et de tout temps.

Vivi serra de toutes ses forces les mains de ses amies.

— J'en appelle à la Reine de la Terre qui nourrit, psalmodia-t-elle.

Et, cette fois-ci, ses sœurs joignirent leur voix à la sienne. Les voix s'élevèrent jusqu'au plafond et noyèrent les mugissements qui montaient du gouffre.

— Montre que tu peux de la même main ôter et rendre la vie.

La poitrine de Scarlett s'immobilisa et un grand silence se fit.

Vivi retint sa respiration, elle aussi, et sentit qu'autour d'elle ses sœurs l'imitaient, sans quitter une seule seconde leur sœur – leur présidente – du regard.

Allez, Scarlett, l'implora Vivi en son for intérieur. *Réveille-toi.*

37

Scarlett

Vêtue d'une robe blanche qui lui arrivait aux chevilles, Scarlett se tenait au bord de l'océan. Des vaguelettes lui léchaient les orteils, apportant un parfum iodé, si intense qu'elle le sentait sur sa langue. Le ciel au-dessus de sa tête hésitait entre le jour et la nuit. Le crépuscule donnait une teinte laiteuse à l'eau.

Il y avait à quelques mètres un bateau à la coque de bois sombre et, gravé sur la proue, un nom qu'elle n'arrivait pas à distinguer. Elle fit un pas dans sa direction et l'eau monta jusqu'à ses mollets, lui chatouillant l'arrière des genoux.

— Scarlett.

Son cœur se serra. Cette voix, cela faisait des mois qu'elle ne l'avait pas entendue, pourtant elle l'aurait reconnue entre mille.

— Minnie.

Scarlett pivota sur elle-même et la robe suivit son mouvement, flottant à la surface des vagues comme de l'écume. La femme qui l'avait élevée, ou quasiment, se tenait pieds nus sur le sable, et elle portait une robe qui rappela tant de souvenirs à Scarlett. C'était la robe que Minnie avait coutume de porter à l'église à Pâques, la tenue des « grandes occasions ». La mère de Scarlett lui avait proposé maintes et maintes fois de lui en acheter une neuve, mais Minnie avait toujours refusé. *Celle-ci fait encore très bien l'affaire,* disait-elle, avec dans la voix une pointe de reproche qui faisait secrètement jubiler Scarlett. Elle aimait beaucoup quand Minnie tenait tête à sa mère. Quand elle insinuait que l'argent, le pouvoir et le style n'avaient pas réponse à *tout*, contrairement à ce que prétendait Marjorie Winter.

Mais la personne qui l'attendait sur le rivage était jeune, beaucoup plus jeune, que la Minnie que Scarlett avait côtoyée. Sur ce visage épargné par les rides, dans ce sourire épanoui, aucune trace de la maladie qui avait ravagé son corps sur la fin. C'est alors que le déclic se fit dans la tête de Scarlett.

— Je suis morte, c'est ça ? demanda-t-elle.

L'expression de Minnie s'adoucit. Elle posa sur Scarlett un regard qu'elle avait vu un million de fois durant l'enfance. Un regard qui signifiait : *Tu connais déjà la réponse.*

— Cela dépend de toi, murmura-t-elle. Toi seule peux choisir le chemin que tu souhaites emprunter.

Scarlett sentit son cœur se tordre. Elle voulait être avec Minnie. Elle voulait la prendre une nouvelle fois dans ses bras. *Mais… j'ai encore toute une vie à vivre.* Et une mission à accomplir. Un flambeau à porter. Sans oublier…

Dans le lointain, elle entendit des voix qui appelaient son nom. Des voix qu'elle connaissait bien. Vivi, Mei, Etta…

Mes sœurs m'attendent, dit-elle. Ou peut-être que ces mots ne franchirent jamais ses lèvres. Scarlett ouvrit la bouche et s'apprêtait à les répéter, alors…

Sa respiration resta bloquée dans sa gorge.

Une brûlure terrible. Qui lui comprimait la poitrine, les poumons. Son corps tout entier lui donna l'impression d'être consumé par les flammes. Elle ouvrit brusquement les yeux. Minnie, la plage, le sable, l'océan, tout avait disparu. Elle se retrouva couchée sur un sol dur, encerclée par une dizaine de visages dont les yeux la fixaient, toutes les nuances de la peur imprimées sur leurs traits.

Elle s'accrocha à la première personne qu'elle vit.

— Vivi, fit-elle d'une voix éraillée.

Sa Cadette émit un bruit étranglé, à mi-chemin entre le rire et le sanglot. Puis elle entoura ses épaules de ses bras et serra de toutes ses forces. Scarlett grogna.

— Aïe.

— J'ai bien cru qu'on t'avait perdue, lâcha Vivi, son souffle chatouillant le cou de Scarlett.

La mémoire de Scarlett revint par soubresauts. Le corps de Xavier, inerte, étendu au sol. Le démon, Typhéus, qui levait la main dans sa direction et Vivi qui calquait son geste sur le sien, ses yeux noirs comme l'enfer. Le serpent et ses crochets dégoulinants de venin qui s'enfonçaient dans le poignet de Scarlett.

— Tout ça, c'est bien mignon, murmura Jess. Mais on a encore un gros problème à régler.

Avec l'aide de Vivi, Scarlett se redressa péniblement, par étapes, avant de se mettre debout en chancelant.

— Le démon… Tim ?

— Il est mort, répondit Vivi, manifestement soulagée. Et on a récupéré nos pouvoirs, ajouta-t-elle en jetant un coup d'œil vers ses sœurs. Mais…

Elle esquissa un geste. C'est à cet instant que Scarlett se retourna pour examiner la Porte d'Hadès. Cette dernière avait avalé la moitié du sous-sol et une pulsation rouge, féroce, se devinait au fond. Le ballon d'eau s'était détaché en arrachant une bonne partie du mur et une eau nauséabonde s'en déversait par hectolitres. Le mur détruit avait commencé à se fissurer, la peinture partait par plaques entières. Au-dessus d'elles, la maison se mit à gémir sur ses fondations.

— Ailes d'Ombre, lança Scarlett, au comble de l'émotion.

Ses sœurs tendirent l'oreille, épaule contre épaule, faisant toutes face au gouffre.

— Si vous me faites toujours confiance…, poursuivit-elle.

— Dis-nous ce qu'il faut faire, merde, aboya Reagan.

Etta émit un petit reniflement narquois et elle planta son regard dans celui de Scarlett. Mei lui mit un coup de coude.

— On a toutes foiré, d'accord ? Ce que tu as fait, ce n'est pas pire que ce que nous, on a fait.

— Je suis votre présidente, marmonna Scarlett. J'aurais dû montrer l'exemple.

— Alors montre-nous, répondit Vivi d'une voix douce.

Son Aînée redressa les épaules. L'heure était venue de sauver les Kappa. De sauver Savannah – voire le monde entier. *J'en suis parfaitement capable.* Les encouragements de Minnie résonnèrent sous son crâne. *Toi seule peux choisir le chemin que tu souhaites emprunter.* Ce n'était qu'un sort parmi d'autres. Rien de plus.

Scarlett attrapa ses sœurs par la main. Un croassement déchira l'air et accapara son attention une fraction de seconde. Levant furtivement les yeux, elle vit des corbeaux tracer des cercles au-dessus de sa tête en zigzaguant entre les poutres. Ils avaient quitté la volière, comme attirés dans les entrailles de la maison par les énergies à l'œuvre. Ou par le désespoir des sorcières.

Scarlett sourit, puis elle reporta son regard sur la Porte d'Hadès.

— J'en appelle aux quatre puissantes, à toutes les Reines. Refermez cette Porte, que du mal cesse le règne.

Ses sœurs répétèrent religieusement la formule. La magie des Ailes d'Ombre les auréola en crépitant et des étincelles jaillirent de leurs doigts. Lorsque Scarlett prit une inspiration, elle sentit que l'air lui irritait les poumons – sensation à la fois pénible et rassurante, car familière. Sa magie était de retour. Elle était redevenue une sorcière, redevenue *elle-même.*

Et pourtant… elle avait aussi dépassé ce stade. Parce qu'elle savait à présent que même privée de ses pouvoirs, Scarlett Winter restait une battante. Elle se jetait dans la mêlée la tête la première pour une de ses sœurs, même si elle avait zéro chance d'y parvenir.

Elle sourit. Sans magie, elle était une guerrière. Et *avec* ? La Porte d'Hadès n'avait pas la moindre chance de survivre.

— J'en appelle aux quatre puissantes, à toutes les Reines. Refermez cette Porte, que du mal cesse le règne.

Son incantation s'acheva sur un cri, et ses sœurs crièrent en écho.

Le sol sous leurs pieds grogna. Les murs ployèrent. Un courant électrique jaillit dans les canalisations et les branchements. Quelque chose explosa dans un coin et l'eau répandue par le ballon fit œuvre de conducteur, produisant des gerbes d'étincelles. De la vapeur jaillit en sifflant.

Puis le sol se désagrégea sous les pieds des Kappa et les blocs de terre rejoignirent la cascade. Quelque part dans les étages, du verre se brisa. Scarlett entendit le vent hurler dans l'escalier ; il s'abattit sur elles avant de s'engouffrer dans la Porte d'Hadès.

— J'en appelle aux quatre puissantes, à toutes les Reines. Refermez cette Porte, que du mal cesse le règne.

L'eau sembla couler plus vite. Plus fort. *Grâce à ma magie de Coupes*, songea Scarlett à l'instant où la rafale se transformait en bourrasque, leur envoyant les cheveux dans les yeux. La terre s'ouvrit sur l'ordre des Deniers. Tous les éléments se joignirent à la lutte.

Le feu arriva en dernier. Une langue enflammée jaillit du gouffre et se contorsionna, comme un serpent qui avalerait sa propre queue. Elle traça un arc de cercle qui joignit les deux bords de la crevasse, à la façon d'une passerelle.

— J'en appelle aux quatre puissantes, à toutes les Reines, hurlèrent les Ailes d'Ombre. Refermez cette Porte, que du mal cesse le règne.

Dans un dernier grognement, une dernière trépidation, l'eau, la terre, l'air et le feu convergèrent au cœur de la Porte d'Hadès. Les deux moitiés du plancher s'élevèrent de quelques centimètres, puis se recollèrent dans un fracas assourdissant.

La maison continua à trembler, l'eau à se répandre du ballon éventré. Sauf que le sol était parfaitement lisse. Il n'y avait plus de crevasse, plus de gouffre. Rien qu'une flaque qui se formait rapidement sous leurs pieds.

Scarlett se rendit compte qu'elle avait arrêté de respirer à l'instant où Vivi posa la main sur son épaule. Sa Cadette lui chuchota à l'oreille :

— C'est bon. C'est fini.

Elles avaient refermé la Porte d'Hadès.

38

Vivi

La première chose que firent les Ailes d'Ombre une fois leur magie restaurée, ce fut de remettre la maison en état – réparer les carreaux brisés, le réseau électrique et le plancher du sous-sol. Ce fut un travail de longue haleine. Même les sorcières les plus aguerries rencontrèrent des difficultés lorsqu'il fallut recalibrer des pouvoirs qui se cabraient à la manière d'un mustang craintif, en lieu et place de l'habituel cheval de trait.

— Eh bien, ce n'est pas comme ça que j'imaginais le résultat, s'esclaffa Hazel en reculant d'un pas pour examiner le mur qu'elle venait de nettoyer.

Son sort avait fonctionné, presque trop bien : en plus de lessiver la fumée et les débris divers, il s'était également attaqué aux tableaux, qu'il avait réduits en poussière, et à la peinture, en mettant le plâtre à nu. Hazel secoua ses mains, pour apaiser la brûlure provoquée par la magie.

À l'autre bout du salon, Ariana luttait pour remettre à neuf un carreau fendu. La cassure ne se voyait plus, mais la vitre était devenue violet foncé, sans qu'elle puisse expliquer ce qu'il s'était passé.

— Franchement, tu te débrouilles mieux que moi, lui lança-t-elle.

— C'est joli. Laisse comme ça, fit remarquer Mei.

Perchée au sommet d'une échelle, elle remplaçait prudemment une ampoule. Au début, elle avait essayé de léviter mais, au lieu de rester en suspens entre le sol et le plafond, elle avait passé son temps à percuter le plafond – sans conséquence pour ses cheveux, Dieu merci. Aujourd'hui elle avait opté pour de longues ondulations auburn et son regard était moins terne, grâce à un mélange de bonne humeur et de sorts savamment dosés.

Vivi était ravie de participer aux réparations et au ménage, mais elle n'arrivait pas à se débarrasser du malaise qui lui nouait l'estomac. Elle n'avait toujours pas pu tirer les choses au clair avec Scarlett et l'atmosphère était à couper au couteau. C'était elle qui tenait l'échelle de Mei. Elle appela Bailey pour qu'elle prenne le relais, puis se rendit dans le bureau de son Aînée. Elle la trouva en train de balayer des éclats de verre grâce à un sort. Elle paraissait exténuée et elle transpirait mais, à part ça, elle était sortie indemne des événements de la veille. Pourtant, Vivi ne put réprimer un sursaut d'horreur lorsqu'elle repensa à la malédiction qu'elle avait failli lui jeter. À la docilité avec laquelle elle avait suivi les ordres de Typhéus.

— Salut, lança-t-elle, postée sur le seuil. Tu as une seconde ?

Scarlett s'immobilisa et s'essuya le front, les cheveux plaqués par la sueur. D'un geste, elle invita Vivi à prendre place dans le fauteuil capitonné de velours vert.

— Bien sûr.

Au lieu de s'asseoir, Vivi se campa face à Scarlett et bredouilla :

— Je suis trop, trop désolée. Je n'arrive pas à croire que j'ai failli…

— Vivi…

— Je n'aurais jamais dû abandonner Kappa. J'aurais dû t'en parler avant de prêter serment à Theta pour récupérer nos pouvoirs, je…

Scarlett l'interrompit en levant la main.

— Et moi, je n'aurais jamais dû te demander d'y aller, point barre. Pas comme ça, seule, sans magie.

— Ça n'excuse pas ce… ce sort que j'ai essayé de te jeter, répondit Vivi en termes vagues, car elle était incapable de dire la vérité à voix haute. *Ce sort qui devait te tuer.*

— Tu étais sous l'emprise de Typhéus. Tu as vu ce qu'il a fait faire aux Theta.

— J'avais tellement peur de me retrouver sans pouvoir. De ne pas pouvoir me défendre, comme la dernière fois…

Scarlett marqua une courte pause, puis elle poussa un soupir et elle alla poser une main sur l'épaule de Vivi.

— On a commis l'une et l'autre des erreurs. J'étais tellement focalisée sur la présidence de Kappa que je n'ai pas vu à quel moment tu as eu besoin de mon aide.

Vivi pensa aux Kappa qui les avaient précédées, y compris à celles qui avaient fait le choix de piéger Typhéus à l'intérieur du talisman d'Hénôsis.

— On ne s'en sort pas trop mal au bout du compte, dit-elle avec un sourire pâlot. On a banni un démon au lieu de refiler le bébé aux générations suivantes.

— Mais à cause de moi, on a perdu la Fiesta de Printemps, on a presque révélé à la terre entière qu'on est des sorcières, perdu définitivement nos pouvoirs et, oh, j'allais oublier, ouvert dans notre cave une porte qui mène aux enfers. Excellent, comme CV.

— Presque, oui, mais c'en est resté là, Scar. Les meilleurs leaders, ils s'engagent à fond. Ce sont ceux qui répondent présent quand les gens réclament leur aide. Qui sont altruistes. Et malgré tes bourdes, tu étais là pour moi. Tu t'es précipitée dans la gueule de l'enfer, littéralement, sans aucun pouvoir, pour me sauver. C'est ça, un vrai leader.

Scarlett lui retourna, enfin, son sourire.

— Si tu veux prendre les choses sous cet angle, j'imagine…

— Oui, c'est ce que je veux. Et… je te présente mes excuses. Pour t'avoir fait du mal.

— Ne te soucie pas de ça, déclara Scarlett, perdue un instant dans ses pensées. À la fin, tu as pris la décision qu'il fallait. Certaines personnes ne peuvent pas en dire autant.

Comme le silence s'éternisait, Vivi tendit la main et offrit son petit doigt à Scarlett.

— On se fait une promesse. À partir de maintenant, on demande de l'aide à chaque fois qu'on en a besoin. Plus de honte, plus de fierté mal placée sous prétexte de tout faire soi-même, comme une grande, et de prouver de quoi on est capable. On est des sœurs.

Les lèvres de Scarlett furent parcourues d'un frémissement. Puis elle leva la main et noua son auriculaire à celui de Vivi.

— Des sœurs, répéta-t-elle. Mais sur un point, je ne suis pas d'accord avec toi. Les meilleurs leaders travaillent en équipe. Alors, qu'est-ce que tu en dis ? On bosse dans la même équipe, miss « chargée de l'événementiel » ?

— Compte sur moi, répondit Vivi avec un grand sourire.

Scarlett alla aider Jess, qui se battait avec une canalisation éventrée, et Vivi s'enfonça d'un air détaché dans le jardin. Elle voulait téléphoner à sa mère. Les plantes fanées retrouvaient déjà leur vigueur et Vivi prit une profonde inspiration, savourant le parfum frais, végétal, de la magie de son *coven.* Lorsqu'elle se sentit ragaillardie, elle chercha le numéro de téléphone de Daphné dans ses contacts. Même s'il était encore très tôt, Daphné décrocha.

— Allô ? dit-elle, la langue pâteuse. Tout va bien, mon sucre d'orge ?

Lorsqu'elle entendit sa voix, inexplicablement, Vivi sentit les larmes lui monter aux yeux. Elle se laissait sans doute aller à un mélange de fierté, de soulagement et de fatigue.

— Tout va bien ? répéta-t-elle avec un rire sans conviction. Je ne sais même pas par où commencer…

Elle fit de son mieux pour récapituler, dans les grandes lignes, la nouvelle calamité qui s'était abattue sur Kappa. Même s'il ne s'était écoulé que quelques heures depuis qu'elles avaient terrassé Typhéus, Vivi avait l'impression de relater un cauchemar perdu dans les oubliettes de la mémoire.

— Mais quelle horreur…, se désola Daphné. Je ne sais pas quoi dire pour te consoler, ma chérie. C'est une terrible épreuve que vous avez traversée, toutes seules, alors que vous ne vous êtes pas encore tout à fait remises de la trahison de Tiffany. Je n'arrive pas à croire que je t'ai abandonnée une fois encore.

— Ne te soucie pas de ça, répondit Vivi avec une parfaite sincérité. On a fini par s'en sortir, comme des grandes.

— Ça ne m'étonne pas de toi. Tu es une sorcière incroyable. Je suis si fière de toi.

— Merci. Mais pourquoi moi ? Pourquoi Typhéus avait-il besoin de mon sang, précisément, pour ouvrir la Porte ?

Daphné eut un instant d'hésitation et Vivi crut qu'elle allait éluder la question, comme elle en avait l'habitude.

— Nous sommes issues d'une longue lignée de sorcières, ma puce. Si je devais hasarder une réponse, je dirais que la personne qui a ouvert cette Porte la première fois était l'une de nos ancêtres. Quelqu'un dont le sang circule encore dans tes veines.

Vivi pensa alors au portrait de la vieille femme à la Ferme du Saule solitaire.

— Il y avait une femme – si on peut dire ça. Son portrait nous a mises en garde, Scarlett et moi, contre le démon et la Porte d'Hadès.

— C'est une magie ancienne, très puissante, expliqua Daphné avec du respect dans la voix. Les Ailes d'Ombre sont liées par la magie et la famille par le sang – même outre-tombe. Une de nos aïeules a fait partie des Kappa et possède l'aptitude d'entrer en communication avec le monde des vivants. Elle est revenue t'avertir, Vivi, et je me réjouis que tu l'aies écoutée.

— Moi aussi.

Alors Vivi prit son courage à deux mains pour aborder le sujet qui lui tenait le plus à cœur, et qui avait motivé son coup de fil :

— Il y a autre chose qui me turlupine. Tim et moi, on a passé beaucoup de temps à discuter de notre père et il faut vraiment que je sache la vérité : il s'est passé quoi, entre vous ?

L'alliance entre secrets et magie démoniaque empêchait Vivi de tracer une frontière nette entre le vrai et le faux. Si Tim n'existait pas, est-ce que ce qu'il lui avait raconté n'était aussi qu'un tissu de mensonges ?

À l'autre bout de la ligne, Daphné fit entendre un long soupir.

— Bien entendu, ma puce, tu as le droit de savoir. Mais il n'y a pas grand-chose à dire. Vince et moi, on a étudié à Westerly à la même période. C'était un jeune athlète prometteur, j'avais le béguin pour lui. Quand j'ai lâché mes études pour rouler ma bosse, je suis passée par Vancouver. Le hasard a fait qu'il s'y était installé lui-même peu de temps avant, alors on s'est donné rendez-vous dans un hôtel et… voilà, c'est comme ça que tu as été conçue.

Rien de tout cela n'étonna Vivi.

— Alors il vit au Canada ?

— Je n'en suis pas certaine. On s'est plus ou moins perdus de vue depuis. J'ai tout rejeté sur ses épaules et je me suis convaincue qu'il ne voulait pas être dans notre vie. C'est pour ça que j'ai décidé de ne jamais te parler de lui – je ne voulais pas que tu souffres de cette situation. Mais je me rends compte que mon silence t'a causé encore plus de chagrin et j'en suis terriblement désolée.

Vivi garda le silence un long moment, puis elle puisa en elle la force de poser la question qui lui nouait le ventre :

— Est-ce qu'il sait que j'existe, au moins ?

— Oui. La dernière fois qu'on a discuté, je lui ai tout avoué. Il m'a dit qu'il serait heureux de rencontrer sa fille, son seul enfant, à condition qu'elle soit d'accord de son côté.

Vivi savoura la portée de ces mots. *Sa fille, son seul enfant.*

— Ça t'embêterait si je voulais le voir ?

— Non, Vivi. Tu dois suivre ton propre chemin. Par ailleurs, j'ai tiré les cartes hier et j'ai sorti le Valet de Coupes. Peut-être que c'est un signe. Prendre contact avec ton père pourrait être le début d'un voyage enrichissant.

Vivi sourit et secoua la tête.

— Peut-être…

39

Scarlett

— Et voilà. Je crois que je n'ai rien oublié.

Marjorie mit un point final à ses souvenirs avec un geste théâtral de la main et passa le registre à sa fille.

Scarlett posa les yeux sur le papier et vit les lettres tracées par sa mère se modifier jusqu'à ce que son écriture devienne identique à celle des autres rédactrices dans le volume relié de cuir. L'enchantement fonctionnait à merveille. Lorsque Scarlett lui avait raconté ce qu'il s'était passé, Marjorie lui avait présenté ses excuses et expliqué qu'elle avait eu l'impression d'avoir le cerveau embrumé ces dernières semaines. Peut-être que Typhéus les avait toutes manipulées. Dans la foulée, elle avait suggéré aux Ailes de Feu de contribuer au projet de Scarlett et de participer à la rédaction de l'*Histoire des Ailes d'Ombre*, pour éviter que le *coven* revive ce genre d'épreuve.

— Ça veut dire que tu es enfin prête à me donner raison ? voulut savoir Scarlett.

— Je veux bien reconnaître que c'est une bonne idée de consigner au même endroit, de manière impartiale, les expériences que nous avons vécues ici, entre les murs de Kappa. Aucune force venue de l'extérieur ne pourra les falsifier. Tu es plus forte que je l'ai jamais été, Scarlett, fit

Marjorie en plongeant son regard dans celui de sa fille. Prends-le comme un compliment.

Scarlett se pétrifia sur sa chaise.

— Maman…

— Mais je serai toujours une sorcière plus puissante que toi, évidemment, corrigea Marjorie.

Scarlett ne put s'empêcher de rire. *Évidemment.* Sa mère sourit, ravie de son effet.

— Enfin. C'est possible. Non, je parle de ton courage. De ta loyauté envers tes sœurs, de ta capacité à rester concentrée sur un objectif quelles que soient les apparences, ou le prix à payer. C'est ça, Scarlett, la force authentique. C'est plus puissant que n'importe quel sort.

Scarlett esquissa un sourire, la gorge nouée par l'émotion.

Il lui restait une tâche qu'elle évitait. Une tâche à accomplir pour ses sœurs et, malgré tout son courage, elle aurait préféré y échapper le plus longtemps possible.

Après le départ de Marjorie, Scarlett s'attarda dans le salon. Couronnée d'un chignon de boucles rouge vif qu'elle venait de créer, Mei était en train de donner à Reagan des astuces sur le *contouring* magique.

— Il faut trouver le juste équilibre entre une beauté réaliste et le look héroïne qui fout les jetons, conseillait-elle.

Etta s'affairait à leurs côtés. Les plantes d'intérieur avaient meilleure mine depuis que les Ailes d'Ombre avaient recouvré leur magie, mais Etta ne voulait courir aucun risque et elle était aux petits soins avec elles. Jess triait des coupures de journaux disposées sur le tapis. Penchée au-dessus de son épaule, Sonali lui posait des questions.

Le spectacle de ses sœurs occupées à des tâches routinières lui remonta le moral, plus que n'importe quelle formule magique. Comme tout cela lui avait manqué. Le train-train quotidien et la rumeur des conversations à Kappa, un jour comme un autre.

L'une des sorcières poussa un petit cri qui fit sursauter Scarlett. Ariana avait raté un sort et éteignait une bougie avec l'arrosoir d'Etta.

Bon. Un jour comme un autre, c'était vite dit.

C'est pour elles que je fais ça, se rappela Scarlett avec un rapide coup d'œil à l'horloge au-dessus de la porte. Et si elle voulait que ce soit fait dans les règles, il ne fallait pas traîner.

Elle traversa le campus d'un pas vif et arriva à la bibliothèque quelques secondes avant que la cloche ne marque la fermeture en cette fin de vendredi après-midi. Alors, comme elle l'avait prévu, le profil de Jackson apparut derrière une fenêtre. Elle s'attarda sur le trottoir et le vit descendre de sa démarche souple les marches du perron. Elle l'arrêta à ce niveau.

— Jackson.

Leurs regards se croisèrent et Jackson ne put cacher les émotions qui se déchaînaient en lui. La surprise, la colère, mais aussi autre chose, une souffrance fugace qu'elle ne parvint pas à déchiffrer. Enfin, il fronça les sourcils, une expression qui contrastait avec sa jovialité habituelle.

— Winter.

Ils en étaient revenus aux noms propres. Formidable. Mais cela valait mieux que ces épisodes où il l'avait effacée complètement du paysage au profit d'une fille qui l'avait envoûté. Lorsqu'il s'engagea sur le sentier qui menait au resto U, Scarlett lui emboîta le pas.

— Comment tu te sens ? lui demanda-t-elle.

Il jeta un coup d'œil dans sa direction et soutint son regard, plus longtemps cette fois-ci.

— Je ne sais pas trop comment répondre. Ni pourquoi tu me poses cette question, en fait.

Elle tressaillit. Elle le méritait, ce coup de griffe.

— J'ai appris que tu avais rompu avec Cait, enchaîna-t-elle.

Jackson s'arrêta net et se tourna vers elle pour lui parler dans le blanc des yeux.

— Tu sais, je me demande ce qui est pire à long terme. Être envoûté et perdre totalement son libre arbitre… ou savoir que la seule personne qui aurait pu venir à mon aide m'a menti depuis le début.

À son tour, Scarlett se figea.

— Jackson…

Il attendit qu'elle parle. Qu'elle dise quelque chose. Lorsqu'elle resta muette, il croisa les bras et serra la mâchoire.

— Eh oui. Évidemment, le sort que m'a jeté Cait est brisé. J'imagine que c'est à toi que je dois dire merci ?

Il sait que Cait lui a jeté un sort. Par conséquent…

Scarlett choisit ses mots avec soin.

— Je suis désolée. J'aurais dû m'en occuper plus tôt. J'ai voulu, mais je ne pensais pas que c'était aussi compliqué et… De quoi tu te souviens précisément, Jackson ?

Il l'étudia des pieds à la tête et sembla s'adoucir. Comme si sa cuirasse s'était fendillée.

— De choses et d'autres. Scarlett… je ne sais pas quoi penser. Au dernier semestre, je me sentais… j'avais des sentiments pour toi, avoua-t-il, les yeux fermés. J'en ai toujours. Mais ce que tu m'as fait, effacer mes souvenirs comme ça…

— J'y étais obligée, Jackson. Si tu te rappelles tout ce qu'il s'est passé au dernier semestre, alors tu te rappelles les règles, aussi.

Scarlett scanna les environs d'un regard circulaire, mais ils étaient seuls ; il n'y avait pas d'oreille indiscrète qui traînait. Par prudence, elle se rapprocha de Jackson.

— La magie doit rester secrète, insista-t-elle. Pour la sécurité des Ailes d'Ombre, mais aussi pour celle du monde en général.

Jackson serrait les dents. Il leva les yeux au ciel, comme s'il ne pouvait supporter de croiser son regard.

— Tu crois que ça m'a échappé ? Après Cait…, fit-il d'une voix étranglée.

— Je suis vraiment désolée, fit Scarlett, le visage rembruni. J'ai du mal à imaginer ce que tu as dû ressentir.

— Être incapable de contrôler son propre corps, son propre esprit ? Non. Personne ne peut l'imaginer.

Elle attendit qu'il poursuive, mais il avait la gorge nouée par l'émotion qu'il essayait de réprimer. Des nuages floconneux défilaient dans l'azur immaculé du ciel. Une journée splendide à Savannah. Qui représentait un contraste cruel par rapport à ce qu'elle éprouvait à cet instant. Un cumulus annonçant l'orage s'était installé dans sa poitrine et n'allait pas tarder à crever.

— Je te l'ai dit au dernier semestre, je pense qu'il est dangereux que certaines personnes exercent un tel contrôle sur d'autres. Je reste persuadé de ça, conclut-il. Et je te mets dans le lot, Scar.

— Je comprends, je t'assure.

Elle se tordit les mains. Lorsqu'elle reprit la parole, ce fut d'une toute petite voix. Une voix qui exprimait un conflit intérieur.

— Je ne sais pas quoi faire, Jackson.

— Quoi ? Tu n'es pas là pour effacer mon cerveau, comme l'autre fois ? Pour me voler mes souvenirs, trafiquer mon passé ?

— Je n'en ai pas du tout envie.

— Mais tu vas le faire quand même.

— J'ai une responsabilité. Envers mes sœurs, envers Kappa.

Si Scarlett avait retenu une leçon de ces derniers mois, c'était qu'elle ne pouvait pas se permettre de perdre ses responsabilités de vue.

— Crois-moi, enchaîna-t-elle, s'il existait un moyen de te laisser conserver ces souvenirs, ça m'arrangerait. Ça me tuerait que tu n'aies pas la moindre idée de ce qu'il s'est passé ces derniers mois. De ce qu'on a vécu ensemble.

Jackson se rapprocha d'elle et elle sentit sa respiration se bloquer.

— Alors, laisse-moi garder mes souvenirs, Scar.

— Tu me promettrais de ne jamais en parler à personne ? De garder tout ça pour toi, même si tu es témoin de choses incroyables, de phénomènes étranges sur le campus…

— Tu sais que je ne pourrais pas te promettre ça, l'interrompit-il d'une voix douce. Pas si ça se reproduit. Pas si d'autres personnes sont en danger.

Là-dessus, il se pencha lentement vers elle. Elle se sentit partir vers l'avant, se dresser sur la pointe des pieds. Leurs regards se croisèrent, se nouèrent. C'était le Jackson qui lui avait tant manqué. Le Jackson dont elle était tombée amoureuse. Une tête de mule. Celui qui n'acceptait pas qu'on lui dise non. Qui avait ses convictions et qui s'y tenait. Elle respectait cela, elle le respectait lui. Et c'était précisément pour cette raison qu'elle ne pouvait pas mettre la vie de ses sœurs entre ses mains.

Elle pensa à Xavier. Au sacrifice qu'il avait fait pour toutes les sauver. S'il était capable de donner sa vie, Scarlett n'avait aucune excuse. Elle ne pouvait tirer un trait sur la seule personne qui avait vu sa vraie nature. Qui la comprenait.

— Je suis désolée, Jackson, chuchota-t-elle.

Il ferma les yeux. Une fraction de seconde, elle crut qu'il allait l'embrasser. Un moment magique, suspendu dans le temps. Qu'ils fassent semblant l'un et l'autre, quelques instants encore, que tout finisse bien. Qu'ils puissent se mettre ensemble. Trouver une solution.

— Il n'y a pas que la magie. Je ne veux pas t'oublier, toi non plus, murmura-t-il, et cet aveu lui broya le cœur comme un poing.

— Je regrette que ça se finisse comme ça.

Ils étaient si proches l'un de l'autre, quelques centimètres seulement les séparaient… Alors Jackson ouvrit vivement les yeux, recula d'un pas et se passa la main dans les cheveux, manifestement troublé.

— Tu veux bien me laisser une journée, au moins ? Encore une journée, pour passer un peu de temps avec mes souvenirs. Simplement… J'aimerais avoir une nuit entière pour méditer sur ce qui est arrivé à Harper, pour digérer sa mort, expliqua Jackson, contenant difficilement ses larmes. Demain, tu pourras faire tout ce que tu veux. Même si je n'ai pas vraiment mon mot à dire, mais…

Scarlett prit une lente inspiration. Elle n'avait pas fait entrer cet élément dans ses calculs. Cela avait dû être pour lui un cataclysme de découvrir comment sa sœur adoptive avait réellement trouvé la mort.

— Une nuit, dit-elle avec douceur. C'est jouable.

— Merci, répondit-il d'une voix redevenue dure. À demain, alors.

Il tourna les talons sans laisser à Scarlett le temps de trouver les mots pour lui demander de ne pas partir.

40

Vivi

Mei scrutait les blazers, les escarpins et les robes droites que Scarlett avait préparés en prévision de la réunion du Conseil panhellénique.

— Tu crois vraiment que c'est une bonne idée de s'habiller comme si on était convoquées au tribunal ? dit-elle. Ce n'est pas un procès.

— Il faut montrer qu'il n'y a aucune raison que le blâme ne soit pas levé, expliqua Scarlett.

Elle ajusta ses trois rangs de perles pour qu'ils ressortent sur la laine noire de sa robe.

— Aucune raison, à part qu'on a ouvert la porte de l'enfer et qu'on a failli anéantir le campus, lança Reagan depuis le canapé, où elle se laquait les ongles en noir.

Ces derniers jours elle s'était montrée particulièrement discrète, ce qui ne lui ressemblait pas du tout. Même si Vivi ne l'aurait jamais reconnu à voix haute, elle était contente de voir que le naturel de Reagan, son côté grande gueule, était en train de revenir au galop.

Juliet alla redresser le col du blazer que portait Jess.

— Il faut qu'on l'envisage sous l'angle « service public », lança-t-elle sur un ton enjoué. Même si, pour ma part, j'éviterais de mettre le sujet sur la table. Jusqu'ici tout le monde a l'air d'avaler la version du tremblement de terre ?

— Oui, jusqu'ici, confirma Scarlett. Le doyen nous tient à l'œil mais je ne vois pas comment il pourrait nous mettre une catastrophe naturelle sur le dos.

— Une catastrophe démoniaque, tu veux dire, rectifia Reagan.

Certaines Kappa s'esclaffèrent. De son côté, Vivi ébaucha un sourire attristé. Il était absurde de pleurer la perte d'un frère qui n'avait pas vraiment existé mais elle ne pouvait s'empêcher de ressentir du chagrin, en plus de la honte et de la colère d'avoir succombé aux belles paroles de Typhéus. Lorsqu'elle avait rencontré Tim, elle s'était dit que c'était trop beau pour être vrai et, avec le recul, elle aurait dû écouter son instinct. Jamais elle n'aurait pu imaginer une conclusion aussi noire, aussi effrayante. Pourtant, elle portait le deuil de ce qui aurait pu être, dans une autre vie. Sans ressentir de solitude, étonnamment. Après tout, Vivi avait grandi fille unique, mais à présent elle avait une myriade de sœurs, soudées par une force plus puissante que le sang. La magie.

Une heure plus tard, les Kappa débarquèrent dans le grand auditorium, Scarlett à leur tête, dans un concert de talons hauts qui martelaient le sol en marbre. Vivi ne put s'empêcher de noter, avec un sourire discret, les chuchotements et les regards admiratifs que leur passage déclenchait. Les Kappa aimantaient l'attention à chaque fois qu'elles se déplaçaient, et de toute évidence, les sanctions du Conseil panhellénique n'avaient pas entamé leur aura.

Du coin de l'œil, elle aperçut Maria conduire un groupe de Theta dans l'allée de l'autre côté de la salle et se diriger droit vers les places du premier rang qu'occupaient traditionnellement les Kappa. Dans la précipitation, Maria avait perdu toute dignité et elle s'était mise à courir. Ridicule.

Rien à voir avec Scarlett, l'élégance incarnée, qui descendait l'allée la tête haute, majestueuse.

Maria et Scarlett arrivèrent au pied de l'estrade, s'engagèrent dans la rangée puis se retrouvèrent face à face. C'était la première fois qu'elles se retrouvaient depuis leur affrontement dans le sous-sol de Kappa et Vivi fut frappée par sa transformation. Les cheveux ternes, Maria était pâle et affaiblie. Ses traits tirés étaient accentués par sa queue-de-cheval. On aurait pu croire qu'elle avait perdu beaucoup plus que ses pouvoirs magiques. Les deux présidentes échangèrent un regard, muettes. Maria commença à se dandiner et à adresser des regards furtifs aux autres Theta, tandis que Scarlett restait droite comme un i, comme si elle avait tout son temps. L'image même de la sérénité. En temps normal, il en fallait beaucoup pour perturber Scarlett Winter – même ceux qui n'étaient pas initiés au monde magique sentaient qu'il valait mieux ne pas la compter parmi ses ennemis. Maria ressemblait à une gazelle qui venait de se rendre compte qu'un lion n'allait pas tarder à faire d'elle son quatre-heures. Elle finit par se retourner et elle alla s'asseoir un peu plus loin, ordonnant d'une voix sifflante aux Theta de la suivre.

Vivi vit les autres filles échanger des regards nerveux et elle éprouva une certaine compassion. Les Theta n'avaient pas compris dans quel pétrin elles se fourraient lorsqu'elles étaient tombées sous la coupe de Typhéus. Si même Vivi, une sorcière qui avait l'expérience de la magie malveillante, s'était laissé manipuler par Typhéus, comment en vouloir à une bande d'étudiantes qui n'avaient aucune connaissance du monde surnaturel ?

Bien entendu, les Theta ne se souvenaient pas en détail de tout ce qu'il s'était passé. Les Kappa avaient modifié leurs souvenirs. Mais certaines choses, par exemple la terreur qu'elles avaient toutes ressentie en reprenant conscience près de la Porte d'Hadès, constituaient un traumatisme indélébile. Vivi avait appris par le bouche-à-oreille que plusieurs Tetha avaient décidé de mettre un terme à leur semestre.

À cet instant, M. Sanderson traversa l'estrade à grandes enjambées et prit place derrière le pupitre. Depuis la dernière réunion, il semblait avoir pris un sacré coup de vieux. Vivi se dit que pour lui aussi, le mois avait dû être compliqué. Entre les séismes qui avaient secoué le campus sans préavis – et causé d'importants dégâts aux artefacts les plus précieux exposés à la bibliothèque Hewitt, sans parler des bâtiments occupés par les étudiants sur la voie Grecque – et toutes les réunions qu'il avait fallu organiser pour sanctionner les infractions qui s'étaient multipliées à Westerly, vu que les Kappa et les Theta n'avaient pas été les seules à subir l'influence négative de Typhéus… le doyen semblait au bout du rouleau. Il déclara la séance ouverte d'une voix enrouée et il avala des lampées de café au goulot d'un thermos, puis il souhaita la bienvenue aux participants et demanda aux présidents des différentes fraternités et sororités de prendre place à ses côtés.

— Bonne chance, chuchota Vivi à l'adresse de Scarlett, qui se mit debout et négocia les trois marches qui menaient à l'estrade.

De toute évidence, elle pouvait se passer de magie pour marcher perchée sur ses escarpins – on aurait dit qu'elle avait appris à marcher en talons aiguilles. Elle s'assit, les jambes croisées au niveau des chevilles, et écouta le doyen lire en préambule les minutes de la précédente réunion, puis passer à une discussion sur le financement d'un nouveau bâtiment et sur le programme de reconstruction post-séisme, une expression polie mais ennuyée sur le visage.

Le doyen parcourut ses notes et se racla la gorge.

— Nous en arrivons à présent au blâme infligé à Kappa Rho Nu, annonça-t-il.

— Je sais qu'on s'est toutes mises d'accord pour ne plus jamais influencer quelqu'un grâce à la magie, fit Mei à voix basse, mais j'avoue que c'est tentant.

— Tu m'étonnes, répondit Vivi en gigotant sur sa chaise.

Sa voisine lui attrapa la main et serra de toutes ses forces.

— Au terme de la période de sursis d'un mois, le conseil n'a trouvé aucun reproche à formuler contre Kappa. À la lumière de ces développements, la sororité peut reprendre son fonctionnement habituel dans les capacités précisées plus tôt.

Vivi jeta un coup d'œil à Mei. *Est-ce que ça veut dire…*

Sur l'estrade, Maria leva précipitamment la main. Le doyen lui adressa un regard dédaigneux.

— Vous aurez l'obligeance d'attendre que j'arrive au terme de ma déclaration, mademoiselle Grimaldi.

Maria laissa retomber sa main sur ses genoux, tendue comme la corde d'un arc.

— Étant donné, comme l'a souligné Mlle Winter, qu'aucune infraction n'a été portée au dossier de Kappa Rho Nu par le passé et leur comportement exemplaire au cours du mois qui vient de s'écouler, le conseil a décidé, après un vote, de leur rendre le privilège d'organiser la Fiesta de Printemps.

Jess lâcha un petit cri de victoire et quelques membres du public se mirent à applaudir, spontanément – ce qui prouvait que Kappa n'avait pas sa pareille pour planifier la Fiesta de Printemps. Mei empoigna Vivi par l'épaule, surexcitée, et se mit à la secouer. Scarlett donnait l'impression qu'elle essayait de réprimer un sourire de triomphe.

Maria s'affaissa sur sa chaise. Lorsque Vivi promena son regard sur l'assistance, elle vit Rose affaissée elle aussi, la tête sur l'épaule de Spencer. Cela aurait dû être une grande victoire. Les Kappa reprenaient la place qui leur revenait de droit : celle de reines incontestées du campus. Pourtant, Vivi ne put s'empêcher de penser à la facilité avec laquelle Typhéus s'était servi de Theta. En partie à cause de la façon dont les Kappa se comportaient. Elles étaient snobs, centrées sur leur propre nombril. Même si les Theta s'étaient trompées dans les grandes largeurs, Vivi ne pouvait nier qu'elle avait préféré leur approche à elles, plus accueillante, plus inclusive.

La réunion se poursuivit. Vivi glissa une main dans son sac, cherchant son tarot. Elle parcourut les cartes jusqu'à trouver une lame d'Épée qui allait l'aider à pratiquer un sort particulier, puis elle concentra son énergie sur Scarlett, qui se trouvait toujours sur l'estrade.

J'ai une idée, lui dit-elle par voie télépathique. Une seconde plus tard le regard de Scarlett rencontra le sien, et elle hocha la tête.

À l'instant où le doyen clôtura la réunion, Vivi quitta sa chaise d'un bond, comme électrocutée.

— Hé, tu vas où comme ça ? lui lança Mei.

Mais Vivi était responsable de l'événementiel ; c'était son boulot.

Elle repéra les cheveux roses de Rose dans la foule et se fraya un chemin jusqu'au groupe que formaient les Theta. Elle les rejoignit au même moment que leur présidente, qui avait les épaules voûtées, accablée par cet échec cuisant.

— Il va falloir retenter le coup l'année prochaine, dit Maria. Ce n'est pas si grave.

Elle-même ne croyait pas un mot de ce qu'elle disait. Les Theta étaient au trente-sixième dessous. Vivi s'éclaircit la voix. C'est Rose qui la remarqua la première et qui la montra de la tête. Les autres se retournèrent et le visage de Maria se durcit.

— Oh, Vivian. Tu es venue nous enfoncer encore plus ?

Le regard de Vivi passa de Rose à Maria.

— En fait... En tant que responsable de l'événementiel à Kappa, je voulais vous demander si ça vous intéresserait de participer à nos côtés à l'organisation de la Fiesta du Printemps cette année.

Sa proposition fut accueillie par un profond silence que Rose finit par briser, un grand sourire sur le visage :

— Tu es sérieuse ?

— Il va falloir qu'on y réfléchisse…, fit Maria, mais Vivi comprit, au fard qu'elle avait piqué, qu'elle allait accepter sans la moindre hésitation.

— Je sais à quel point cette institution compte pour vous toutes, ajouta Vivi. Et je sais que Kappa n'a jamais été la sororité la plus… ouverte. Mais ça, c'était avant. On veut faire table rase du passé ce semestre. Collaborer avec les autres filles sur le campus, au lieu d'être en concurrence.

Maria la dévisagea longuement, puis elle sourit à son tour.

— Je savais que tu avais un peu des idéaux de Theta en toi, Vivian.

— Oh, je suis une Aile d'Ombre à la vie à la mort. Mais si tu veux mon avis, les Kappa et les Theta ne sont pas aussi différentes qu'on le croit.

Rose s'approcha de Vivi et lui serra brièvement, le bras.

— Complètement d'accord avec toi. Vivement qu'on prépare la Fiesta ensemble.

— Pareil, répondit Vivi, aux anges.

Et, contrairement aux fêtes précédentes, où elle s'était mis la rate au court-bouillon, cette fois-ci, elle avait sincèrement hâte de se lancer dans les préparatifs en compagnie de ses sœurs.

Lorsque Vivi rejoignit les autres Kappa à l'extérieur de l'auditorium, elles étaient toutes sur leur téléphone, en train de taper furieusement des textos pour annoncer la bonne nouvelle au reste du *coven*.

— On est libres ! s'exclama Mei en sautillant sur place.

Elle jeta un coup d'œil à gauche, puis à droite, secoua ses longues ondulations auburn et les remplaça par des bouclettes rose fuchsia parfaitement assorties à ses baskets à plate-forme.

— Vraiment ? fit Scarlett avec un petit sourire narquois. Tu prends tous ces risques pour changer de coiffure ?

— C'est toi qui dis ça, rétorqua Jess en lui donnant un petit coup de coude affectueux. Toi qui avais ta petite fiole à portée de main pour verser de la potion dans le café du doyen si la réunion n'allait pas dans notre sens.

Scarlett haussa les épaules.

— Une bonne présidente n'est jamais prise au dépourvu. Bon, qui veut manger des cupcakes dans ce salon de thé trop choupi en ville ? C'est moi qui régale.

Tandis que les Kappa regagnaient le campus, Vivi se détacha du groupe et se dirigea vers la bibliothèque des livres rares. Elle s'installa sur les marches en pierre du perron, un gobelet de café fumant dans chaque main. Le crépuscule était tombé, le moment de la journée qu'elle préférait. Les lampadaires qui encadraient la pelouse projetaient une lumière tremblotante.

Vivi inspira l'air du soir à grandes goulées, dans l'objectif d'apaiser sa nervosité, mais elle n'arrêtait pas de trembler et le café menaçait de fuir sous le couvercle du gobelet. Elles avaient terrassé Typhéus et récupéré les pouvoirs de Kappa, mais il lui restait une épreuve à traverser. Six heures sonnèrent au campanile et, quelques minutes plus tard, Mason apparut au bout du sentier en brique. Il avait coutume de venir étudier à la bibliothèque, une heure environ, avant le dîner. Lorsqu'il l'aperçut il s'arrêta net et, un court instant, Vivi crut qu'il allait lui tourner le dos et repartir dans la direction opposée. Ce fut tout le contraire : il sembla se ressaisir et il reprit son chemin, évitant son regard jusqu'à ce qu'il se retrouve face à elle.

— Salut, fit Vivi. Désolée, j'imagine que j'aurais dû t'envoyer un texto, mais je ne savais pas trop quoi dire. Alors j'ai pensé…

Elle lui tendit le gobelet, un sourire plein d'espoir sur le visage.

— … que si je t'apportais un café qui coûte la peau des fesses, tu me pardonnerais d'avoir été la pire petite amie de l'histoire de l'humanité. Ça me paraît équitable, non ?

Mason la toisa sans rien dire, une expression impénétrable sur le visage. Il avait instauré une distance qui faisait souffrir Vivi. D'ordinaire, elle lisait en lui comme à livre ouvert mais, en cet instant, il était désespérément fermé.

— Je t'assure, il m'a coûté un rein, bafouilla-t-elle. Je suis allée à cet endroit branché où ils préparent une tasse à la fois et où ils te flinguent des yeux si tu demandes du sucre.

— Merci, fit Mason en acceptant son offrande.

Elle devinait qu'il avait eu une longue journée : il étirait encore plus ses syllabes quand il était fatigué.

— Écoute, je sais que rien ne t'oblige à me pardonner. Je sais que je n'ai pas assuré du tout, que je t'ai lâché sans même une explication…

— Alors c'est maintenant que tu m'en sers une ? l'interrompit Mason.

Il avait l'air parfaitement écœuré. Par sa faute. Elle l'avait repoussé – elle avait laissé la magie s'interposer entre eux. Le pire, c'est qu'elle ne pouvait pas se confier à lui. Elle ne pouvait pas lui raconter toute l'histoire. Ni lui dire son plus gros secret. Mais elle pouvait aborder d'autres sujets.

— J'ai failli quitter Kappa, annonça-t-elle. J'ai démissionné, à vrai dire, temporairement, et je suis allée frapper à la porte des Theta.

— Quoi ? Mais ça n'a aucun sens. Kappa compte plus que tout pour toi.

— Je sais. C'était vrai. C'est toujours vrai. Mais à un moment, j'ai perdu de vue mon objectif. Les deux premières soirées du semestre ont été un désastre et Scarlett s'appuyait trop sur moi, et on n'arrêtait pas de se disputer avec les autres filles. Je t'ai dit que je ne voulais pas qu'on m'aide, mais je ne t'ai pas tout dit. En réalité, fit-elle en prenant une grande inspiration, j'étais terrifiée.

Le scepticisme s'effaça des traits de Mason. Le jeune homme exprima une compassion sincère et Vivi sentit sa gorge se nouer.

— Je sais que c'est stupide, poursuivit-elle. Maintenant ça va, j'ai survécu à cette tempête. Mais quand je ferme les yeux dans mon lit le soir, j'ai l'impression de me retrouver en plein dedans et je pense que ça va être moi ce coup-ci, que c'est moi qui vais mourir à la place de ces filles.

— Vivi… je suis vraiment désolé. Ça a l'air terrible, à t'entendre.

— Oui, c'était terrible, soupira-t-elle. Mais ce n'est pas une excuse, je m'en rends compte. J'aurais dû te parler, et j'aurais dû t'écouter quand tu voulais que je t'écoute.

Mason resta sans parler quelques instants.

— Parfois, le plus difficile, c'est de demander de l'aide, déclara-t-il.

— Crois-moi, j'ai retenu la leçon, répondit Vivi avec un rire amer.

— Alors, tu ne fais plus partie de Kappa ?

— Elles ont accepté de me réintégrer. Mais j'ai dû promettre de ne plus bosser comme une folle et de déléguer dès que je me sens débordée.

— Tant mieux. Ces filles se soucient de toi. Et toi, tu te soucies d'elles.

Vivi se mit debout et s'approcha de Mason, par degrés. Une bouffée de son parfum chatouilla ses narines.

— Mon plus grand regret, malgré tout, c'est la façon dont je t'ai traité. Je t'ai abandonné quand tu avais besoin de moi. Et je sais que mon comportement est inexcusable. Mais si j'ai la chance, l'immense chance, que tu m'en accordes une seconde, ça ne se reproduira pas. Je m'engage, cette fois-ci, à *communiquer* pour de vrai.

Il lâcha un petit rire, un rire qui ranima les braises mourantes de son espoir. Elle avait envie qu'ils se remettent ensemble. Terriblement envie, même. Elle allait le reconquérir. Quoi qu'il en coûte.

— Vivi…, soupira Mason, attristé.

S'il te plaît, l'implora-t-elle en son for intérieur.

— J'ai besoin d'un peu de temps, avoua-t-il, et elle dut se faire violence pour ne pas se laisser tomber sur les marches. Il faut encore que je réfléchisse.

— Oui, oui. Bien sûr, prends le temps qu'il te faut. Je comprends totalement.

— Je ne dis pas non, d'accord ? C'est juste que… on verra.

— Je vais revenir à la charge. Même si ça me prend des années. Je ne tire pas un trait sur nous, Mason.

C'était une promesse que se faisait Vivi.

41

Scarlett

La femme qui attendait Scarlett au café du centre de Savannah lui parut si familière qu'une fraction de seconde elle resta figée au beau milieu du trottoir, comme frappée par la foudre.

Ce n'était pas la première fois, depuis le combat contre Typhéus, que Scarlett revivait les derniers moments de Xavier. Leurs regards qui s'étaient croisés à l'instant où le démon avait posé ses mains de part et d'autre de sa tête. Ce craquement atroce lorsque ses cervicales avaient cédé.

— Vous devez être Claudia, fit-elle, encore secouée. Scarlett Winter.

Elle échangea une poignée de main avec la femme et prit place en face d'elle. Elle avait reçu un message via les réseaux sociaux dans les deux ou trois jours qui avaient suivi le décès de Xavier. Manifestement, sa famille avait été informée du triste sort qu'il avait connu – par quel moyen, Scarlett l'ignorait. Elle ne savait pas non plus s'il leur avait tout dit au sujet des Kappa, ou s'il avait passé certains détails sous silence.

Claudia, en particulier, voulait la rencontrer. Elle avait insisté. C'était la copie conforme de son frère. Ils auraient pu être jumeaux. Sauf que là où Xavier apparaissait comme un séducteur difficile à cerner, sa sœur donnait l'impression de s'ennuyer à cent sous l'heure.

— Toutes mes condoléances, ajouta Scarlett dans un murmure.

Il n'en fallut pas plus pour que la façade de Claudia se fissure. Elle ferma les yeux et resta ainsi un long moment, comme pour recouvrer son calme, puis elle hocha la tête.

— Merci. C'est difficile pour toute la famille.

— Xavier m'a beaucoup parlé de vous, relança Scarlett.

Surtout pour se plaindre de la pression qu'ils mettaient sur lui, c'est vrai. Mais Scarlett le savait d'expérience – on pouvait adorer les proches qui vous en demandaient le plus.

— Il voulait vous rendre fiers. C'était sa priorité, ajouta-t-elle.

Claudia poussa un soupir, ses épaules s'affaissèrent.

— Et il a réussi. En y laissant sa vie, malheureusement.

Scarlett plongea la main dans son sac et en tira une boîte qui contenait la dague de Xavier. Cela l'avait mise mal à l'aise de conserver l'arme d'un chasseur de sorcières entre les murs de Kappa. Cela la mettait encore plus mal à l'aise de la restituer à une personne qui appartenait au camp ennemi.

Ils nous ont envoyé Xavier pour nous aider, se rappela-t-elle. *Ils sont de notre côté.* Inspirant profondément, elle fit glisser la boîte sur la table, en direction de Claudia.

— Ceci vous revient, déclara-t-elle.

Claudia souleva le couvercle et un nuage assombrit une nouvelle fois son visage – une nouvelle lézarde dans son masque. Elle fronça les sourcils, son regard se voila. Elle ne pleurait pas, mais…

Scarlett se demanda de quelle façon réagirait Eugenie si elle connaissait une fin tragique. Même si elles se crêpaient sans cesse le chignon, elles avaient beaucoup de choses en commun. La même histoire familiale, la même ambition, les mêmes objectifs à Kappa.

Au bout d'un silence qui sembla durer des siècles, Claudia referma la boîte.

— L'arme d'un chasseur doit être léguée à son successeur. J'en ai déjà une. Celle de Xavier devrait revenir à un apprenti, mais il n'avait encore désigné personne, donc…

— Je ne comprends pas, fit Scarlett, le front barré d'une ride.

— Qu'est-ce que Xavier vous a raconté à notre propos, au juste ? demanda Claudia en s'agitant sur sa chaise.

— Si vous avez peur qu'il m'ait révélé des secrets professionnels, rassurez-vous, répondit Scarlett, non sans bienveillance. Jusqu'au bout, votre frère les a gardés jalousement.

— C'était un puriste, renchérit Claudia avec un sourire. Il était convaincu que son travail – notre travail à nous tous – avait beaucoup d'importance. Qu'il changeait le monde, à son échelle, quand bien même cette mission pouvait relever du sacerdoce.

— C'est vrai. Il nous a sauvé la vie. Il a sauvé le campus tout entier, à vrai dire, et peut-être même le monde.

— J'aimerais tellement lui dire combien je suis fière de lui. Encore une fois.

Alors Claudia tapota la boîte et la rendit à Scarlett.

— Gardez-la, pour l'instant. Elle vous protégera. Et si vous croisez le chemin d'une personne que vous jugez digne de cet héritage, eh bien… Dites-lui de m'appeler.

Là-dessus, elle posa une carte de visite sur la table et prit congé de Scarlett, qui la suivit du regard. D'un seul coup, elle sentit la tension quitter sa poitrine et elle rangea la dague dans son sac tandis qu'une idée germait sous son crâne.

— Je ne comprends pas, fit Mei, les yeux fixés sur la boîte que Scarlett lui avait confiée. Ce n'est pas à la rentrée qu'on vote l'intégration des novices ?

À la demande de Scarlett, les Ailes d'Ombre s'étaient réunies dans le jardin d'hiver, prenant place en tailleur sur des poufs en rotin assortis qu'Etta avait matérialisés à partir de paniers retournés, avec une pincée de magie.

— Il ne s'agit pas vraiment d'une procédure de recrutement, corrigea Scarlett, mais j'ai besoin de votre avis avant de passer à l'étape suivante. Je veux m'assurer que le clan tout entier est d'accord avec ma proposition.

Haussant les épaules, Mei sortit une plume blanche de la boîte qu'elle passa à Etta. Pendant que les Kappa faisaient circuler, chacune se munissant de sa plume, Scarlett posa précautionneusement la dague de Xavier par terre, au centre du cercle. Plus d'une sorcière fut parcourue d'un frisson, même si leur présidente avait déjà expliqué qui était Xavier, et qu'il s'était battu à leurs côtés. Difficile de museler des préjugés martelés par leurs parents dès leur plus jeune âge. Un chasseur, c'était dangereux, forcément. En même temps, Dieu savait qu'elles avaient toutes affronté des dangers bien plus terribles au cours des derniers mois.

Scarlett chercha dans le cercle sa Cadette, qui l'encouragea d'un sourire.

— Comme je vous l'ai déjà expliqué avec Vivi, la famille de Xavier est à la recherche d'une nouvelle recrue.

— Et en quoi c'est notre problème ? grommela Reagan.

Scarlett lui répondit d'un sourire indulgent.

— Tu préfères qu'ils prennent quelqu'un au hasard, qui ne connaît pas les Ailes d'Ombre et qui pourrait considérer la magie comme une menace ? Tu ne penses pas qu'il vaudrait mieux qu'on ait notre mot à dire ? Que son successeur nous connaisse et ne menace pas notre mode de vie ?

Sauf si vous voulez que l'une d'entre nous suive l'exemple de Tiffany, s'agaça intérieurement Scarlett.

— Elle me plaît bien, cette idée, déclara Etta. Ça me plairait que les sentinelles nous apprennent des choses, et vice versa.

— Je ne comprends toujours pas ce que les plumes viennent faire là-dedans, lança Jess.

— Eh bien. Les plumes, c'est parce que…

Scarlett hésita, chercha du regard le soutien de Vivi et de Mei.

— Parce que j'ai un nom à vous proposer. Et j'aimerais savoir ce que vous en pensez. À titre personnel, je suis certaine que cette personne fera du très bon boulot, mais peut-être que je suis subjective. Donc voilà, je voulais le soumettre au vote.

Alors, elle révéla le nom de son candidat.

Comme elle s'y attendait, un débat éclata. Certaines validèrent son choix sans hésiter. D'autres soulevèrent des questions que Scarlett trouva parfaitement justifiées. Des questions qu'elle s'était posées elle-même : n'était-ce pas égoïste ? Était-ce une bonne idée de lui proposer cette mission ?

Au bout du compte, après avoir analysé le sujet sous tous les angles, Scarlett leva sa plume.

— Celles qui sont pour, fit-elle.

Sa plume immaculée se para d'un noir d'encre. Autour d'elle le noir déferla, comme une vague, jusqu'à ce que toutes les plumes illustrent l'adhésion des Kappa à la décision de leur présidente.

Scarlett afficha un grand sourire, émue.

— Bon. Je crois que c'est réglé.

42

Vivi

Vivi avait découvert qu'il était tout de même plus simple d'organiser une fête quand on acceptait l'aide de ses sœurs et de ses amies. Cette année, la Fiesta de Printemps aurait lieu à bord d'un bateau à vapeur – le père de Maria en possédait un qu'il proposait à la location, et il avait consenti un gros rabais aux deux sororités.

Le bateau en question n'était pas un quelconque rafiot. Trois ponts, une piscine impressionnante aménagée tout en haut, un bar à ciel ouvert au milieu et une authentique roue à aubes installée en poupe. Les améliorations magiques des Kappa n'avaient fait qu'ajouter à l'ambiance festive : une cascade de guirlandes lumineuses décorait les pales de la roue, ce qui donnait à l'eau des reflets dorés ; grâce à une isolation phonique bien pensée, les enceintes diffusaient une musique différente sur chaque pont et on passait de l'un à l'autre avec fluidité, sans avoir les tympans agressés ; et elles avaient perfectionné la potion mise au point par Etta et Ariana, celle qui permettait d'éviter les réveils difficiles. Les fêtards apprécieraient cette petite attention le lendemain matin seulement, mais c'était un détail qui avait son importance.

Appuyée au garde-fou sur le pont supérieur, Vivi regardait les étudiants de Westerly prendre d'assaut le bateau, une vraie marée humaine. Tous avaient sorti leurs plus beaux atours. Elle adressa un sourire à Rose qui la rejoignait, chargée de deux gobelets en plastique.

— Trinquons au travail d'équipe.

Rose choqua son gobelet contre celui de son amie. Il était formellement interdit d'utiliser des verres à bord du bateau et les Kappa avaient dû céder aux Theta et à leur éternelle vaisselle à usage unique. Scarlett avait froncé le nez la première fois où le barman lui avait servi son martini dans un contenant aussi inélégant, mais elle eut la décence d'effacer sa contrariété lorsqu'elle découvrit que Vivi l'observait. Puis elle avait éclaté de rire et bu une gorgée.

— Ça a le même goût, au final, avait-elle reconnu, et son sourire avait remonté le moral de sa Cadette.

Vivi entendit les invités émettre des murmures de surprise et d'admiration et elle fut parcourue d'un frisson de satisfaction.

— On a fini par faire une super équipe, pas vrai ? observa-t-elle.

— C'est clair, répondit Rose. Même si j'aurais préféré que tu nous laisses t'aider pour les finitions. Ces guirlandes ont dû te demander des heures de travail ! Comment tu t'es dépatouillée avec ?

Vivi ne put s'empêcher de dévisager Rose, à la recherche du moindre signe – une étincelle au fond de ses yeux, l'ébauche d'un sourire de connivence –, du moindre indice qui prouvait qu'elle savait exactement comment Vivi s'était débrouillée avec les guirlandes. Mais son visage ouvert et amical ne révéla rien. Le sort d'amnésie avait parfaitement fonctionné.

Aucune des Theta ne se rappelait avoir possédé, un jour, des pouvoirs magiques. Et tant mieux. Il aurait été cruel, voire franchement risqué, de laisser aux Theta le souvenir de la trahison de Tim. Pourtant, Vivi ne pouvait s'empêcher de ressentir une certaine pitié vis-à-vis d'elles. Perdre sa magie, c'était une véritable épreuve.

— Mason est arrivé ? demanda Rose en étudiant la foule, penchée par-dessus le garde-fou.

— Non, et je ne sais pas trop s'il va venir. Ce soir, il a un repas de famille qu'il ne voulait surtout pas rater.

Rose lui serra gentiment le bras.

— Il va passer.

— Peut-être.

Vivi avait croisé Mason à plusieurs reprises depuis leur conversation devant la bibliothèque. Pas franchement dans l'ambiance la plus romantique – la semaine précédente, elle l'avait accompagné à un pot organisé par son département d'histoire et elle avait rencontré sa conseillère, qui s'était répandue en louanges sur le travail de Mason. Vivi en avait rougi de fierté. Il l'avait traitée comme sa petite amie officielle et présentée aux étudiants de son cursus, mais il ne l'avait pas touchée de la soirée. Lorsqu'il l'avait raccompagnée chez Kappa, Vivi avait remonté l'allée écrasée de solitude. Elle avait compris qu'elle devait regagner la confiance de Mason, mais le doute la mettait à la torture.

Vivi repéra Bailey, Ariana, Sonali et Reagan qui lui faisaient signe depuis le pont inférieur.

— Je vais voir si elles ont besoin de moi. On se recroise tout à l'heure ?

Rose la salua de son gobelet. Vivi descendit l'escalier, puis elle se fraya un chemin à travers les fêtards pour rejoindre ses sœurs.

— C'est absolument fabuleux, fit-elle en balayant d'un œil admiratif le bar à huîtres et la colonne de fruits de mer qui s'étaient matérialisés vingt minutes plus tôt. Merci mille fois à vous toutes pour votre aide. J'espère que ça n'a pas été trop galère.

Cette fois-ci, elle avait confié certaines tâches – et certains sorts – aux Kappa, pour être sûre de ne pas se retrouver submergée.

— On t'a déjà dit un million de fois qu'on veut t'aider, rétorqua Sonali. C'est ça, l'intérêt d'être une Aile d'Ombre. On bosse ensemble.

— Même s'il faut composer avec les Theta, souffla Ariana avec une méfiance exagérée, en balayant le pont du regard.

Elle avait mis plusieurs jours à se remettre de la douleur d'avoir vu ses sœurs quitter Kappa, même si elles étaient sous l'emprise d'un démon. Vivi savait qu'Ariana se laissait peu à peu charmer par les Theta. Elle l'avait même vue déjeuner avec Spencer quelques jours plus tôt.

— Hé, Vivi, lança Reagan avant de lui asséner un coup de coude dans les côtes.

— Aïe, mais ça va pas ?

Vivi lui jeta un regard noir, mais la vue d'un visage familier fit battre son cœur un peu plus vite. Mason venait de monter à bord et, déjà, il cherchait quelqu'un dans la foule.

— Bonne chance, lui chuchota Reagan.

Vivi se dirigea vers Mason, l'estomac noué par la fébrilité. Elle l'avait fait tellement souffrir, il avait parfaitement le droit de décider qu'il n'était pas prêt à lui offrir une seconde chance. Pourtant, tandis qu'elle le regardait fendre la foule dans un costume en seersucker bleu assorti à ses yeux, saluant d'un sourire chaleureux les visages familiers qu'il croisait, Vivi sut qu'elle ne pourrait jamais se contenter de rester amie avec lui.

Elle ajusta sa jupe une dernière fois avant de le rejoindre. Elle hésita et le prit maladroitement dans ses bras.

— Je suis contente que tu aies pu venir, dit-elle.

— Moi aussi.

Elle se mordit nerveusement la lèvre et se rassura en pensant qu'elle pourrait se servir d'un sort pour retoucher son maquillage. Elle se moquait bien de passer pour quelqu'un de collant, ou de vulnérable. Elle ne voulait plus lui cacher ses émotions.

— Je… je me demandais si j'allais te voir.

— Pour être franc, moi aussi, fit Mason en fourrant les mains dans ses poches.

— Oh. Je comprends.

— Non, tu m'as mal compris. Je voulais simplement dire que je ne savais pas si j'allais pouvoir me sauver à temps.

— Oh, répéta-t-elle, soulagée. J'ai cru que… Laisse tomber.

— Ma conseillère t'a vraiment appréciée, au fait, déclara Mason, manifestement impatient de changer de sujet.

— Ça me fait plaisir. J'ai eu peur qu'elle lise dans mon cerveau et qu'elle découvre qu'au collège j'ai tapé « qui est le roi des États-Unis ? » sur Google.

— Je suis certain qu'elle aurait été impressionnée par cette preuve précoce de curiosité intellectuelle… Tu as vraiment tapé ça sur Google ?

— C'est ce qui arrive quand tu changes sans arrêt d'école. Tu n'apprends jamais comment s'est achevée la révolution américaine.

— Une raison de plus pour m'accompagner à cette conférence à Boston.

Vivi sentit un courant d'excitation circuler dans ses veines.

— Celle qui est programmée à l'automne ?

— Oui, sauf si tu as déjà quelque chose de prévu dans six mois.

— Parce que ça va te prendre six mois pour réfléchir ? demanda Vivi, soudain pleine d'audace.

— J'ai assez réfléchi, souffla Mason, et il lui prit la main. Je veux que tu fasses partie de ma vie. J'ai besoin de toi.

— Donc, tu es en train de me dire…

Elle laissa la phrase en suspens car la peur lui nouait la langue.

Il se pencha et déposa un baiser sur ses lèvres, puis il approcha sa main de sa joue.

— Je suis en train de te dire que je t'aime, et je veux qu'on soit ensemble.

Une vague de soulagement et de joie submergea Vivi avec une violence telle qu'elle faillit tomber à la renverse.

— Je t'aime aussi, dit-elle, et elle se mit sur la pointe des pieds pour l'embrasser à son tour.

Lorsqu'elle se détacha de lui, un large sourire fendait le visage de Mason. Ces fichues fossettes. Jamais elle ne se lasserait de le voir ainsi, confiant, heureux. Elle lui prit la main et se blottit contre lui.

— Je te jure de ne plus être bizarre, et de ne plus te faire de cachotteries ni te poser de lapins.

— Tu peux être bizarre autant que tu veux. C'est une des choses que j'aime chez toi.

— Une seule ? Et les autres ?

— Eh bien… tu sais organiser des fêtes mémorables.

— Ça ne compte pas.

— Tu es super mignonne quand tu fais semblant d'être en colère, ajouta-t-il avant de planter un baiser sur ses cheveux. Ça compte ?

— D'accord, mais il va falloir que tu me dises le reste plus tard.

— Entendu. Mais pas avant de t'avoir raconté l'histoire du premier roi d'Amérique, quand même.

— Arrête de te moquer de moi ! J'aurais mieux fait de ne rien dire.

— Il était une fois, dans un royaume appelé Géorgie, une belle princesse qui posait un lapin à tous les princes…

Mason s'interrompit dans un éclat de rire lorsque Vivi l'entraîna sur la piste de danse et se lova entre ses bras.

Quoi qu'il arrive, quels que soient les obstacles qui se mettraient en travers de leur route, Vivi s'assurerait qu'ils les affrontent ensemble. Côte à côte.

43

Scarlett

Félicitations, sœurette. Il paraît que cette soirée a de la gueule. Le texto envoyé par Eugenie arracha un sourire à Scarlett. Depuis qu'elle avait rencontré la sœur de Xavier, deux semaines plus tôt, elle avait tendu une branche d'olivier qu'Eugenie avait acceptée. Elles progressaient à petits pas sur une route criblée de nids-de-poule, pensait-elle, mais c'était mieux que rien. Beaucoup mieux.

— Alors, crache le morceau, fit Mei. C'est qui, ton cavalier ce soir ?

Ça spéculait sec à Kappa depuis plusieurs jours. En éludant la question à chaque fois qu'elle lui était posée, Scarlett n'avait pas exactement alimenté le moulin à rumeurs. À présent, elle ne pouvait l'éviter plus longtemps.

— Je suis venue seule, reconnut-elle.

Mei la dévisagea, bouche bée.

— Tu veux rire.

— C'est un problème, de faire la fête en solo ? répondit Scarlett en rejetant sa chevelure, passée pour l'occasion au fer à boucler, par-dessus son épaule. Je n'ai pas besoin d'être pendue au bras d'un mec pour m'amuser.

Mei leva les mains, montrant drapeau blanc.

— Non, bien sûr que non. C'est juste que… je ne pensais pas voir le jour où tu choisirais le célibat, c'est tout.

Ce n'était pas un célibat volontaire, à vrai dire. Mais Scarlett ne comptait pas admettre devant tout le monde que son cavalier potentiel l'avait envoyée balader, encore une fois. Elle comprenait les raisons de son refus, bien sûr. Elle ne lui en voulait pas. Mais ça faisait toujours mal.

— Je t'apporte à boire ? proposa Scarlett. Je retourne au bar.

— S'il te plaît.

Mei lui confia son gobelet – des gobelets rouges en carton, franchement, est-ce que les Theta étaient tombées sur la tête ? Même si, Scarlett devait bien le reconnaître, à bord d'un bateau qui heurtait le quai et tanguait gentiment alors qu'ils avançaient sur l'eau, c'était plus indiqué que du verre. Elle n'aurait pas aimé être celle qui serait chargée de mettre au point un sort pour s'assurer que le roulis épargne les objets en verre, du début à la fin de la soirée.

Scarlett se faufila entre les fêtards. Elle allait pratiquer un sort express pour couper la file au bar lorsque quelqu'un lui effleura le coude.

— Dis-moi ce que tu veux, je peux te servir, fit Jackson.

Son cœur faillit lâcher. Elle haussa un sourcil.

— Jackson. Je ne pensais pas te voir ce soir.

Il portait un uniforme de serveur, ce qui la surprit. Elle lui tendit ses gobelets et il lui versa une dose généreuse de champagne.

— Je ne pouvais pas t'accompagner, expliqua-t-il, parce que je m'étais déjà engagé auprès du traiteur.

— Tu mets toujours de l'argent de côté pour ton *road trip* ?

— En l'honneur de Harper. Même si ça va me faire beaucoup souffrir, une fois que j'aurai oublié ce qui s'est réellement passé. J'y tiens. Je lui ai promis.

— Tu aurais pu me dire, tu sais. Pour ce soir.

Elle l'avait invité par texto. Il n'avait pas répondu. Elle lui avait également proposé de mettre les choses au clair de vive voix. Ce texto-là, il ne l'avait même pas lu.

— Je sais, soupira Jackson. J'imagine que… je me suis dit, la prochaine fois qu'elle voudra me voir, ce sera pour… eh bien. Pour me droguer à nouveau.

Ah.

— Tu n'as pas encore compris que je n'ai pas besoin d'être collée à toi pour le faire ?

La fois précédente, Scarlett avait eu recours à une potion d'amnésie mais elle connaissait, bien entendu, des formules qui permettaient d'effacer la mémoire à distance. Les Kappa étaient devenues très habiles dans ce domaine ces derniers temps.

— Houlà, me voilà vachement rassuré, fit Jackson, les yeux mi-clos.

— Je te dis les choses comme elles sont, c'est tout, répondit Scarlett en haussant les épaules.

Il posa la bouteille de champagne sur le plateau d'un autre serveur qui circulait entre les invités et il croisa les bras.

— Alors c'est terminé, c'est ça ? Mon heure est venue ?

— Pas nécessairement.

Jackson fronça les sourcils et c'est à cet instant qu'elle se rendit compte qu'il avait les yeux injectés de sang. La fatigue, et l'inquiétude.

— Comment ça ? Je croyais que c'était la seule possibilité que tu avais.

Il haussa le ton et Scarlett ne put s'empêcher de jeter un sort de distraction, pour détourner le regard des autres étudiants massés autour d'eux. Certains plongèrent le nez dans leur gobelet, d'autres reprirent leurs conversations.

Jackson tressaillit lorsqu'il la vit lever la main.

— Scarlett, non…

— Ce n'est pas à toi que je jette un sort, siffla-t-elle. J'essaie de garder cette discussion entre nous.

Jackson se retourna et essaya d'attirer l'attention d'un couple en agitant la main sous leur nez.

— Hé, salut ! lança-t-il.

Personne ne réagit. Lorsque Jackson reposa les yeux sur Scarlett, ses traits trahirent le fait qu'il était impressionné, mais à contrecœur.

— Ce n'est pas juste. Qu'une poignée de gens aient autant de pouvoir. Personne d'autre que moi ne le sait. Tu dois bien admettre que c'est problématique.

— Oui, je m'en rends compte, répondit simplement Scarlett.

Jackson cligna des yeux, pris au dépourvu. Il s'attendait sans doute à ce qu'elle proteste. Cela la fit sourire, un peu.

Elle avait pris la bonne décision. C'était pour cela que son instinct lui avait dit qu'elle avait mal agi la dernière fois qu'elle avait modifié la mémoire de Jackson. Il était la personne idéale.

Avec des gestes lents, Scarlett sortit une boîte de son sac à main.

— Ouvre.

Contrairement aux Kappa, qui avaient eu le réflexe de reculer à la vue de la dague de Xavier, Jackson explora les runes du doigt, fasciné.

— Magnifique. Où est-ce que tu as trouvé ça ? Ça m'a l'air d'être une antiquité. Tu n'as pas braqué un musée, quand même ?

— Non, s'esclaffa-t-elle. C'est une acquisition parfaitement légale. Un poste s'est libéré et on le propose à quelqu'un qui a les mêmes opinions que toi. Quelqu'un qui voudrait assurer la sécurité de deux mondes, le surnaturel et le « normal ». Ce n'est pas un poste facile. Le dernier qui s'est servi de cette arme est… il est mort. Au combat.

Jackson la dévisagea.

— Xavier ? lança-t-il.

— Comment tu sais…

— Quand j'étais encore sous l'emprise de Cait, Tim m'a avoué qu'il se méfiait de Xavier. Il ne lui faisait pas confiance. Ensuite, quand j'ai appris que Xavier était mort dans un accident de voiture, la nuit même où mon sort a été brisé… j'ai trouvé que c'était une drôle de coïncidence. Xavier essayait d'arrêter Tim, pas vrai ?

— Il a sacrifié sa vie pour sauver le campus.

Jackson retira la dague de sa boîte et la soupesa.

— Mais ce n'était pas un sorcier, comme toi ?

— Non. C'était une sentinelle, expliqua Scarlett, en lui confiant la carte de visite de Claudia. Comme les autres membres de sa famille. Ils ont proposé de te former, si ça t'intéresse. Ils peuvent t'enseigner comment arrêter des démons comme Tim, ou quiconque va trop loin dans sa poursuite du pouvoir.

— Même une sorcière renégate ? lâcha Jackson, le sourcil en accent circonflexe.

Scarlett eut un moment d'hésitation.

— Même une sorcière, oui, si… si elle commence à se comporter comme…

Pas besoin de prononcer le nom de Tiffany. Jackson se souvenait de tout à présent. C'était à bien des égards un soulagement. Mais peut-être qu'elle se montrait égoïste en espérant qu'il relève le défi. En espérant qu'il coure d'immenses risques pour continuer à faire partie de son monde.

— Tu n'es pas obligé de décider à chaud. Prends ton temps, réfléchis. Pèse les risques.

Jackson replaça la dague dans sa boîte et referma le couvercle.

— Est-ce que ça me permettrait de garder mes souvenirs ? Si j'accepte.

Scarlett répondit par l'affirmative.

— Mais il faut que tu sois certain de le vouloir vraiment, Jackson. En dehors de cette histoire de souvenirs.

Jackson glissa la carte de visite dans sa poche. Lorsqu'il reposa les yeux sur elle, un sourire flottait sur ses lèvres.

— Laisse-moi deviner. Tu donnes aux mecs qui te plaisent une mission qu'ils doivent remplir au péril de leur vie avant de daigner sortir avec eux.

Scarlett émit un petit rire narquois sans pour autant le contredire, ce qui fit rire Jackson à son tour.

— Vous êtes impossibles, les Kappa.

— Et dangereuses. Tu viens toi-même de le dire. Voilà pourquoi on a besoin que quelqu'un garde un œil sur nous. Pour notre propre sécurité, et pour la sécurité du commun des mortels.

— Dis-moi que ce n'est pas seulement un stratagème pour me convaincre de t'embrasser, Winter, asséna Jackson, et ses paroles déclenchèrent chez Scarlett une étincelle qui lui embrasa la cage thoracique.

C'est ce qui lui avait manqué tout le semestre. Leur ping-pong verbal, sa façon de dire tout haut ce que personne d'autre n'aurait le culot de dire.

— Eh bien… en partie, rétorqua-t-elle, et le sourire de Jackson s'élargit.

— Tu es vraiment une vilaine sorcière, s'esclaffa-t-il.

Elle fit un pas vers lui, il l'imita et leurs poitrines se frôlèrent, cette proximité embrasant chaque centimètre de son corps. Elle retrouvait Jackson, après cette séparation interminable.

— Est-ce que ça veut dire que tu seras ma sentinelle ? insista-t-elle.

Une déflagration retentit un peu plus loin. Elle leva la tête et vit que le feu d'artifice avait démarré. D'éblouissantes rosaces se dessinèrent au-dessus de la rivière. Autour d'eux, les fêtards se répandaient en cris émerveillés.

Pas une seconde, Jackson ne détacha les yeux d'elle.

— Défi accepté, murmura-t-il.

Puis il inclina la tête et enfin, *enfin*, il l'embrassa. Tandis qu'elle se liquéfiait entre ses bras, pendue à son cou, Scarlett ressentit la sensation la plus étrange. Comme si elle tombait dans le vide sans jamais atteindre le fond.

Alors quelqu'un la bouscula à l'épaule et ils se détachèrent, essoufflés.

Vous ratez le spectacle, les tourtereaux, la gronda Mei par transmission de pensée. Avec un grand sourire, Scarlett saisit la main de Jackson et l'entraîna vers la proue.

Ses sœurs refermèrent les rangs autour d'eux, accueillant Jackson sans la moindre réticence, comme s'il était l'un des leurs. Elle vit Mason et Vivi qui se tenaient à la lisière du groupe. Haussant les sourcils, sa Cadette lui posa une question muette.

Il a accepté, la rassura Scarlett.

Vivi lui répondit d'un sourire. Et, à la façon dont sa tête trouva l'épaule de Mason, il avait dû lui pardonner aussi.

Posté derrière elle, le menton calé sur son épaule, Jackson l'entoura de ses deux bras.

— Dans quel pétrin je me suis fourré ? chuchota-t-il.

Scarlett sentit son souffle lui chatouiller la nuque et elle lui jeta un sourire moqueur.

— Ne me dis pas que tu as peur de quelques sorcières maquillées en étudiantes.

— Oh, je crois que tout le monde devrait avoir peur de vous. Parce que je suis à peu près certain que rien ne peut vous arrêter.

Vivi et Mason vinrent se placer à côté d'eux. Scarlett prit la main de sa Cadette dans la sienne. Jackson avait raison. Avec ses sœurs à ses côtés, rien ne pouvait l'arrêter. Rien ne pouvait les arrêter, point. Ensemble.

Le ciel nocturne se para de gerbes multicolores et Scarlett gonfla la poitrine. Elle savait que rien au monde ne valait cette sensation.

C'était magique.

Ce livre existe grâce au travail de toute une équipe.

Communication : Caroline Babulle, Sandrine Perrier-Replein, Typhaine Maison, Adélaïde Yvert.

Coordination éditoriale et administrative : Céline Poiteaux, Martine Rivierre.

Studio : Pascaline Bressan, Barbara Cassouto-Lhenry, Joël Renaudat.

Fabrication : Muriel Le Ménez, Céline Ducournau, Bernadette Cristini, Sophia Paroussoglou, Phousa Chantharath, Isabelle Goulhot.

Correction : Emmanuelle Coppeaux, Valérie Gautheron.

Commercial, relation libraires et marketing : Laetitia Beauvillain, Élise Iwasinta, Morgane Rissel, Perrine Therond, Aurélie Scart.

Cessions de droits : Isabelle Votier, Benita Edzard, Lucile Besse, Sonia Guerreiro.

Gestion : Sophie Veisseyre, Chloé Hocquet, Isabelle Déxès, Camille Douin.

Service auteurs : Viviane Ouadenni, Jean-François Rechtman, Catherine Reimbold.

Ressources humaines : Mylène Bourreau.

Juridique : Juliane Charbois, Laëtitia Doré, Anaïs Rebouh, Valérie Robe, Julia Crosnier.

Diffusion : Aurélia Spalacci, Nadine Eugénie, Céline Pitt, Arnaud Weill, Hervé Adamczyk, Annie Bourgade, Éric Charpentier, Gilles Couillard, Sandrine Ducrocq, Élisabeth Ehlinger, Guillaume Loras, Jean-Philippe Pilloux, Philippe Maulnier, Gilles Torché, Élisabeth Gastaldo, Jean-Pierre Stephany (Belgique), Olivier Béguin (Suisse), Emmanuelle Cadot, Virginie Godet et Caroline Pan.

Avec le soutien des équipes d'Interforum et d'Editis qui participent à la création, la diffusion et la distribution de ce livre.

Canoros Vehit Canentes

Imprimé en France par CPI
en juin 2022

N° d'édition : 63510/01
N° d'impression : 167692